UN VOYOU À BRISER

LES INSAISISSABLES : LES IMPOSTEURS
LIVRE TROIS

DARCY BURKE

Traduit par
SOPHIE SALAÜN

Zealous Quill Press

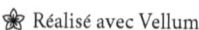

UN VOYOU À BRISER

Anne Pemberton était l'une des jeunes femmes les plus populaires de la saison jusqu'à ce que son fiancé soit arrêté pour extorsion de fonds lors de leur mariage. Devenue paria, elle ne peut s'empêcher de songer au fringant gentleman qu'elle a rencontré avant le début de la saison. Bien qu'ils aient passé plusieurs après-midi à explorer l'est de Londres ensemble, ils ne se sont jamais dévoilé leurs noms. Cependant, ils ont échangé un baiser, et Anne ne parvient pas à oublier ce moment ni cet homme.

Ancien voleur, Rafe Blackwell est aujourd'hui un gentleman respectable qui n'a qu'un seul but : éliminer l'homme qui a assassiné ses parents. Lorsqu'il retrouve Anne, leur attirance est toujours aussi forte, mais il ne peut pas la laisser s'approcher de trop près, car son cœur est à jamais froid et sa mission est trop désespérée. Mais quand la jeune femme tente de le sauver, tant émotionnellement que physiquement, il doit embrasser les ténèbres ou risquer de perdre la seule lumière qu'il ait jamais connue.

PROLOGUE

Fin février 1819

On ne déclenchait pas de scandale quand on suivait les règles, mais quand on se faisait prendre. Ainsi vivait Anne Pemberton, et cela expliquait pourquoi elle passait deux heures par semaine dans un coin de chez Hatchard, un voile sur le visage, pendant que son « chaperon » était ailleurs.

Elle ne lui demandait jamais où elle allait, pas plus qu'elle ne voulait le savoir. Elle n'allait certainement pas contribuer à ce que la fille de son parrain – sa « sœurraine » – se fasse prendre.

De plus, Anne s'en moquait. Surtout que cela lui permettait d'échapper aux exigences de ses parents et de s'évader dans un autre monde. Pas la librairie, mais les livres eux-mêmes. Même si elle lisait rapidement, elle n'arrivait jamais à terminer une histoire en une seule fois. Peut-être devrait-elle allonger ses visites à trois heures. Cela dérangerait-il Deborah ?

Distraite un instant du livre posé sur ses genoux, et dissimulée sous son long voile, Anne recentra son énergie. *Le Jeûne de sainte Madeleine* n'était pas aussi passionnant qu'elle l'avait espéré, ce qui était regrettable puisque *Les Frères hongrois* était l'une de ses histoires préférées.

— De retour, hein ?

La voix masculine envahit l'esprit et l'espace d'Anne. Elle referma le livre sur son index et tourna légèrement la tête vers celui qui l'avait interrompue.

Deux jeunes hommes se trouvaient là : elle ignorait lequel avait parlé. Ils étaient de taille et de corpulence moyennes, vêtus de costumes plutôt moyens, et ils possédaient des traits tout à fait… moyens. Cependant, celui de droite semblait avoir un nez plutôt long.

Anne choisit de les ignorer. Tournant à nouveau la tête, elle rouvrit son livre et retrouva l'endroit où elle s'était arrêtée.

L'un d'eux toussa. Puis ils se déplacèrent. Leurs jambes étaient à présent visibles au-delà de son livre. Anne avait pris soin d'orienter sa chaise vers le coin de la pièce, mais elle s'était abstenue de vraiment s'asseoir dans le coin, de peur de paraître bizarre et de se faire remarquer alors qu'elle faisait tout ce qu'elle pouvait pour l'éviter.

— Que cachez-vous sous votre voile ? s'enquit l'un d'eux.

Anne leva les yeux de son livre et leur lança un regard noir, même s'ils ne voyaient pas son expression.

— Un visage hideux, rétorqua-t-elle. Maintenant, si vous voulez bien partir, je préfère ma solitude.

— Hideux ? répéta Long-nez, lançant un regard interrogateur à son ami. Voilà qui m'a l'air intrigant. Je pense que nous devrions jeter un coup d'œil.

— Et je pense que vous devriez passer votre chemin,

suggéra la voix grave et faussement agréable d'un troisième homme.

Son ton était trompeur, car son regard était indubitablement menaçant ; même Anne le voyait à travers la gaze de son voile.

Elle frissonna.

Nez-normal se tourna pour regarder le nouvel arrivé, qui était incroyablement grand et impeccablement vêtu.

— Qui êtes-vous, son père ?

— Qui je suis ne vous regarde pas, et cette femme ne vous concerne pas davantage. Partez avant que je ne sois obligé de vous aider à le faire, ordonna-t-il, tout en faisant un pas vers les jeunes hommes.

Que ce soit à cause de sa taille imposante, de son regard menaçant, de son ton hostile ou de la vilaine cicatrice qui traversait sa lèvre inférieure et son menton, venant ternir la beauté par ailleurs saisissante de son visage, les hommes partirent brusquement.

Anne expira.

— Merci, dit-elle, lui jetant un regard méfiant. Que voulez-vous ?

— Rien. Il m'a semblé qu'ils vous ennuyaient. Je ne cherchais qu'à vous porter assistance.

La sensation de véritable soulagement qui envahit Anne lui permit de respirer plus facilement.

— Je vous en remercie. Je pensais qu'un coin chez Hatchard était un endroit sûr pour éviter les interruptions.

— En particulier quand vous vous êtes tournée à l'écart de tout le monde, et que vous portez un voile, remarqua-t-il, et le coin de sa bouche se releva brièvement.

Si vite qu'elle se demanda si elle ne s'était pas trompée.

— Voulez-vous que je reste ? Je ne vous dérangerai pas.

— Proposez-vous d'être mon garde du corps ? s'enquit Anne, se tournant pour lui faire face.

— Sans doute que oui.

— Je devrais refuser, mais si vous avez un livre à lire…, lui dit-elle, inclinant la tête vers celui qu'il tenait dans sa main. Joignez-vous à moi, je vous en prie. Y a-t-il une autre chaise ?

Elle regarda autour d'elle.

— Je vais en chercher une.

Il revint quelques instants plus tard, soulevant une chaise d'une main par son dossier. Il l'installa près de celle d'Anne, de sorte à la protéger du reste de la pièce, et il s'assit.

Non seulement il était grand, mais il était musclé d'une manière très virile, différente de la majeure partie des hommes qu'elle avait rencontrés. Non pas qu'elle en ait rencontré beaucoup jusqu'à présent. Sa saison commençait à peine.

À travers son voile, elle distinguait les traits de son visage aquilin, le bleu perçant de ses yeux et la rondeur généreuse de ses lèvres. Celle du bas était coupée en deux par une cicatrice qui descendait jusqu'à son menton. Elle était pâle, ce qui signifiait que la blessure s'était produite longtemps auparavant.

— Cela a dû être douloureux, dit-elle sans réfléchir. Mes excuses ! Je n'aurais pas dû dire cela.

Il toucha sa bouche et son menton, son doigt ganté balayant la cicatrice.

— Ceci ? Oui. Mais cela s'est passé il y a une éternité.

Une éternité, c'était très long. Mais elle se doutait qu'il était un peu plus âgé qu'elle, qui n'avait que vingt-deux ans. Il devait avoir au moins trente ans, voire plus. Outre son apparence, il portait un poids sur les épaules et… presque une lassitude qui laissait supposer une certaine expérience de la vie. Anne ne possédait rien de tout cela.

Il ouvrit son livre. Apparemment, ils allaient simplement lire. Et pourquoi pas ? C'est ce qu'elle était venue faire, et elle l'avait invité à se joindre à elle. Mais, maintenant qu'il était là, elle était rongée par la curiosité et par quelque chose de plus viscéral. C'était comme si elle ne parvenait pas à détourner son regard de lui.

— Allez-vous lire ? lui demanda-t-il, sa voix profonde pénétrant en elle avec un délicieux réconfort, comme si elle s'enfonçait dans un lit chaud et moelleux.

— Oui.

Elle reporta les yeux sur son livre, et tenta de retrouver où elle en était. Elle finit par y arriver ; toutefois, alors qu'elle l'écoutait tourner une page, puis une autre, elle se rendit compte qu'elle ne lisait pas, mais se contentait de fixer les mots.

Et de jeter des coups d'œil furtifs dans sa direction.

Leur manège dura un certain temps. Anne commença à tourner les pages, mais elle ne les lisait toujours pas. Elle avait envie de lui parler, mais chaque fois qu'elle ouvrait la bouche, elle la refermait.

— Vous ne lisez pas, n'est-ce pas ? affirma-t-il sans lever le nez de son livre.

— Comment le savez-vous ?

— Vous venez de tourner trois pages à la suite, si rapidement que je me pose des questions sur la vitesse à laquelle vous lisez. D'autant plus qu'avant cela, vous tourniez à peine les pages.

Anne sourit sous son voile. Il s'était autant intéressé à elle qu'elle l'avait observé.

— Je préférerais discuter avec vous. Venez-vous souvent ici pour lire ? La plupart des gens viennent pour acheter un ou plusieurs livres et repartent.

— C'est ce que je fais habituellement, oui, répondit-il sur un ton plutôt sérieux. Mais vous venez ici pour lire ?

— Chaque semaine. Ou du moins, chaque semaine depuis mon arrivée à Londres il y a un mois.

— Vous êtes ici pour la saison ?

— Oui. Et vous ?

— Je vis ici. À plein temps.

— Cela vous plaît-il ? Je trouve Londres passionnante et merveilleuse, bien que je n'aie pas été autorisée à en voir beaucoup.

Elle savait qu'elle avait l'air nostalgique et peut-être même mécontente.

— Que voudriez-vous voir ?

La question semblait sincère. Néanmoins, elle lui demanda :

— Vous voulez vraiment savoir ?

— Oui.

Anne réfléchit à ce qu'elle pouvait révéler, et elle décida finalement d'être honnête. S'il la jugeait mal, qu'il en soit ainsi.

— Covent Garden. J'adore observer les gens, et cela me semble être un endroit fantastique pour le faire.

L'homme pencha la tête sur le côté et plissa légèrement les yeux.

— Vous êtes ici pour la saison et votre tenue est d'une grande qualité, vous devez donc être une demoiselle de la bonne société. Vous portez un voile, semble-t-il, en raison d'une certaine laideur. Cependant, si vous êtes ici pour la saison, je n'imagine pas qu'il y ait quoi que ce soit de hideux chez vous.

Anne fut impuissante à empêcher son rougissement, mais il ne pouvait pas le voir de toute façon.

— Pourtant, chaque semaine, vous vous isolez et vous vous cachez sous un voile chez Hatchard. Où est votre chaperon ?

— Je n'en ai pas besoin, affirma-t-elle, puis elle se pencha vers lui et baissa la voix. Voyez-vous, j'ai un garde du corps à la place.

Les lèvres de l'inconnu s'écartèrent lentement pour former un grand sourire.

— Vous êtes un peu insolente, murmura-t-il. Cela me plaît.

Anne eut le souffle coupé tandis qu'elle le regardait dans les yeux. Il lui rendit son regard, mais, avec le voile qui les séparait, ce n'était pas la même chose.

— Et qu'en est-il de vous ? Vous aussi, vous êtes élégamment vêtu. Aurais-je pris un comte comme garde du corps ?

Il lui adressa un regard déterminé, tandis que son sourire s'estompait.

— Non, dit-il sur un ton qui la fit frissonner. Peut-être devrions-nous rester anonymes, puisque vous déployez tant d'efforts pour cacher votre identité.

— Les gens voient d'un mauvais œil les demoiselles de la bonne société qui n'ont pas de chaperon et n'ont que des gardes du corps.

— C'est vrai. Votre effort est louable. Ainsi, vous reviendrez la semaine prochaine ?

— Oui.

— Portez votre robe la plus simple. Nous irons à Covent Garden.

— Je n'ai que deux heures.

Anne ne voulait pas en dire davantage. Elle aimait l'idée de l'anonymat presque autant qu'elle aimait celle qu'il l'emmène à Covent Garden. Un sentiment d'excitation et d'interdit l'étreignit.

— Ce sera donc un tour rapide. Mais je vous promets qu'il sera agréable.

De cela, Anne ne doutait pas.

∾

Une semaine plus tard…

. . .

*A*près s'être retrouvés chez Hatchard, lord Garde-du-corps, c'était le nom qu'Anne avait donné au gentle-man, l'accompagna jusqu'à son cabriolet et les conduisit à Covent Garden. Ou plutôt près de Covent Garden, puisqu'ils confièrent le véhicule au tigre* de son escorte pendant qu'ils se dirigeaient vers la place.

— Je pense que j'ai eu raison de vous appeler lord Garde-du-corps, dit Anne en lui prenant le bras.

Il tourna la tête, arquant les sourcils sous l'effet de la surprise.

— *Lord Garde-du-corps ?*

Elle haussa une épaule.

— Vous semblez riche.

— Tous les nobles ne sont pas riches, remarqua-t-il avec un petit rire. Et tous les hommes riches ne sont pas nobles.

— Vous êtes aussi imposant. Et intelligent, et plein d'esprit.

— Tous les nobles ne sont pas imposants, remarqua-t-il, et le dédain dans son ton en disait long. Je vous ai dit que je n'étais pas comte.

Elle agita la main avant qu'il puisse répondre.

— Je m'en fiche. Dans mon esprit, vous êtes résolument lord Garde-du-corps.

Il afficha un bref sourire.

— Alors, je serai lord Garde-du-corps.

— Comment m'appelez-vous ?

— Je ne vous appelle pas.

Anne ressentit une pointe de déception.

---

* Note de la Traductrice (NdT) : palefrenier en livrée, généralement jeune et de petite taille. Il prenait place sur un siège situé au-dessus des essieux. Il s'occupait des chevaux quand son maître s'absentait du véhicule. Avoir le plus petit tigre possible était un symbole de statut social.

— Comment devrais-je vous appeler ? l'interrogea-t-il alors qu'ils marchaient sur la place.

Son attention fut aussitôt attirée par les gens qui circulaient, les stands et les chariots proposant des marchandises, de la nourriture et des objets, ainsi que par la façade de l'église Saint-Paul. Ils restèrent parfaitement silencieux pendant qu'il lui faisait faire le tour de la place. Elle s'imprégna de tous les sons et de toutes les scènes, mais, lorsqu'ils atteignirent Saint-Paul, elle était déjà lassée de son voile.

Relevant la gaze, elle la rabattit sur le bord de son chapeau et expira.

— Beaucoup mieux.

— Beaucoup.

Anne tourna la tête pour le voir la fixer, une lueur d'appréciation dans le regard. Elle ne pouvait se détourner. Les yeux de son compagnon, d'un bleu vif, étaient les plus inhabituels qu'elle ait jamais vus. Il y avait une tache orange dans le droit, comme si un feu brûlait en lui, qui ne pouvait être contenu.

— Mademoiselle Éblouissante, dit-il doucement, répondant lui-même à la question qu'il avait posée quelques minutes auparavant.

Éblouissante. On l'avait qualifiée de belle, de charmante, de gracieuse, mais jamais d'éblouissante.

— Je pense que je ferais mieux d'être *madame*. Pour sauver les apparences.

Il lui sourit.

— Pour être clair, je ne vous appellerai pas ainsi à haute voix.

Seulement dans son esprit, tout comme elle l'appelait lord Garde-du-corps dans le sien. Elle resserra sa prise sur son bras.

— Qu'allons-nous faire ?

— Finir d'explorer la place, après quoi je vous emmènerai manger des huîtres.

Anne avait entendu dire par sa sœur aînée que certains hommes mangeaient des huîtres chaque jour pour conforter leur réputation de séducteurs. Elle lui adressa un regard interrogateur tandis qu'ils poursuivaient leur promenade.

— Pourquoi des huîtres ?

— Parce que c'est pour cela que le restaurant est connu. En avez-vous déjà mangé ?

— Non. Je dois admettre que cela a l'air plutôt dégoûtant.

Il s'arrêta et se tourna pour la regarder.

— Me faites-vous confiance ?

Elle appuya le bout de ses doigts contre sa manche.

— Oui.

Deux semaines plus tard...

— **Q**uelle délicate spécialité de la mer me réservez-vous aujourd'hui ? s'enquit Anne alors qu'ils marchaient dans un Paternoster Row animé, près de la cathédrale Saint-Paul.

La rue était bordée de libraires et d'éditeurs.

— J'espère que ce sera meilleur que le caviar de la semaine dernière.

Lord Garde-du-corps lui adressa un sourire chaleureux et taquin.

— Vous avez aimé les huîtres lors de notre première excursion.

Elle lui serra le bras.

— C'est vrai. Mais le caviar à Cheapside la semaine

dernière n'était pas à mon goût, affirma-t-elle avec une grimace.

Le reste de l'après-midi avait été merveilleux. Cheapside était un quartier très animé, avec toutes sortes de boutiques et beaucoup de monde. Anne y serait retournée avec joie cette semaine.

Avant de rencontrer lord Garde-du-corps, elle attendait avec impatience de pouvoir lire tranquillement chez Hatchard. Mais le temps qu'elle passait avec lui était bien plus excitant. Ce n'était pas seulement le point culminant de sa semaine. Les souvenirs de leurs après-midi passés ensemble et la perspective de leur prochaine aventure avaient fini par accaparer la quasi-totalité de ses pensées.

Au fil de leurs rencontres, ils se dévoilaient davantage, mais pas trop. Alors qu'elle ne connaissait toujours pas son nom, elle savait qu'il aimait les livres et construisait une bibliothèque dans sa nouvelle maison, qu'il n'aimait pas monter à cheval, ce qui l'avait choquée, et que les huîtres faisaient partie de ses mets préférés. Elle avait été surprise de constater qu'elle ne les détestait pas, mais c'était peut-être parce qu'elle s'était beaucoup amusée avec lui. Apprendre à aspirer l'huître hors de la coquille avait nécessité des efforts et de la patience, et cela s'était accompagné de nombreux rires, ainsi que d'une prise de conscience exaltante. La simple évocation de la façon dont lord Garde-du-corps l'avait observée, les paupières alourdies et les yeux sombres, la faisait frissonner.

Un autre gentleman salua lord Garde-du-corps depuis l'une des maisons d'édition devant lesquelles ils passaient. Ils s'étaient déjà arrêtés pour parler à deux libraires.

— Vous passez beaucoup de temps dans cette rue, remarqua-t-elle. Votre amour des livres est peut-être plus grand que vous ne le laissez paraître.

En contradiction avec sa personnalité forte et pleine d'as-

surance, il lui offrit un regard penaud qu'elle trouva incroyablement attachant.

— Coupable. Je me suis efforcé de me familiariser avec le
plus grand nombre possible de libraires et d'éditeurs.

— Pour votre bibliothèque ?

Il acquiesça.

— J'aurai accès aux nouvelles œuvres littéraires avant
tout le monde à Londres.

— Mon Dieu ! C'est excitant, n'est-ce pas ? Êtes-vous
motivé par votre amour des livres ou par le désir d'être le
premier ?

Il laissa échapper un rire franc.

— Vous avez un sens aigu de l'observation. Comment
avez-vous compris que je suis un compétiteur ?

Elle haussa les épaules.

— Ce n'est pas le cas. Mais, maintenant, je suis très
curieuse.

— J'ai dû travailler très dur pour trouver ma place dans ce
monde, dit-il doucement.

Avant qu'elle puisse demander pourquoi, il fit un geste en
direction du *Chapter Coffee House*.

— Voulez-vous que nous nous arrêtions prendre un café ?

— Je ne suis jamais allé dans un café. Comment pourrais-
je refuser ?

Anne tira sur son bras, l'obligeant à s'arrêter. Le trottoir
était juste assez large pour que deux personnes puissent
marcher de front, et un autre gentleman se dirigeait vers eux.

Lord Garde-du-corps se rapprocha d'elle pour lui laisser
plus de place. Par conséquent, ils se retrouvèrent poitrine
contre poitrine. Elle leva le nez vers son regard captivant et
eut le souffle coupé.

De son autre main, il agrippa doucement sa hanche, la
retenant pendant que l'homme passait près d'eux.
Lord Garde-du-corps ne recula pas immédiatement ; elle

n'avait pas non plus envie qu'il le fasse. En réalité, elle aurait pu rester ainsi tout l'après-midi. C'était comme si le reste du monde avait disparu, les laissant tous les deux seuls dans cette proximité captivante.

— Merci, lui dit-elle d'une voix douce. De m'emmener dans des endroits que je ne pouvais qu'imaginer.

— C'est un plaisir pour moi.

Il retira sa main de la hanche de la jeune femme, mais il saisit ensuite ses doigts et les porta à ses lèvres. Pas un seul instant il ne détourna ses yeux des siens tandis qu'il déposait un baiser à l'arrière de son gant.

Anne frissonna. Pas de froid ni de peur, mais de quelque chose qu'elle n'avait jamais ressenti auparavant : le désir. Elle n'avait jamais été embrassée, et elle voulait que lord Garde-du-corps soit le premier.

Ils poursuivirent leur chemin vers le café, se déplaçant plus près l'un de l'autre qu'ils ne l'avaient fait avant. Il l'accompagna à l'intérieur, où ils trouvèrent une table dans le coin arrière de la salle. Il cherchait toujours à éviter qu'ils ne soient au centre de l'attention, et cela la touchait. Il était presque impossible que quelqu'un puisse la reconnaître dans ce quartier, d'autant plus qu'elle était nouvelle en ville, mais il était sage d'être prudent.

— C'est aussi une auberge, lui indiqua-t-il alors qu'il l'aidait à s'asseoir sur une chaise, avant de prendre place à côté d'elle.

Il regardait vers la porte, tandis qu'elle était tournée vers le mur ; son visage n'était donc pas visible de la partie principale de la salle commune.

— Les écrivains qui n'habitent pas en ville séjournent ici lorsqu'ils viennent à Londres.

— Vous connaissez *très bien* Paternoster Row.

— J'avoue que j'adore cet endroit. Le dernier jour du mois, c'est la journée des magazines. C'est le moment où les périodiques sont mis en vente, ce qui attire beaucoup de monde. En tant que personne qui aime observer les gens, cela vous plairait.

— Alors, je ferai en sorte de revenir à la fin du mois. Dommage que ce ne soit pas un jeudi après-midi.

— Je pourrais quand même vous emmener. Ou vous retrouver ici. En fait, si vous venez, vous devriez vous habiller en homme. Ainsi, vous vous fondriez dans la masse. Dans cette rue, il y a beaucoup plus d'hommes que de femmes, vous avez donc tendance à vous démarquer.

L'idée enthousiasmait Anne. Mais, où pourrait-elle se procurer des vêtements d'homme ?

— Pourrais-je passer pour un gentleman ?

Il l'observa avec attention, la parcourant du regard. Il pencha la tête pour voir au-delà du coin de la table.

— Cela demanderait des efforts, mais, étant donné votre petite taille, vous pourriez probablement passer pour un garçon. Si vous bandez votre, euh… poitrine.

Il releva soudain le regard vers celui d'Anne, les yeux légèrement écarquillés. Il se leva brusquement.

— Je vais aller chercher nos cafés.

Anne l'observa tandis qu'il s'approchait du comptoir. Il était toujours magnifiquement habillé, de son grand chapeau noir à sa cravate blanche impeccable, en passant par la coupe moulante de son pantalon marron foncé rentré dans ses bottes Wellington noires. Son manteau de laine bleue était parfaitement taillé, épousant les muscles de ses épaules et de ses bras. Lorsqu'elle le voyait, son cœur battait la chamade et elle avait le souffle coupé, immanquablement. Même maintenant, alors qu'elle ne faisait que le regarder, elle éprouvait une poussée d'excitation, d'impatience.

Il revint avec deux tasses de café qu'il posa sur la table. Reprenant sa place, il lui adressa un petit sourire.

— Je dois m'excuser pour le commentaire que j'ai fait tout à l'heure.

Anne essaya de se rappeler ce qu'il avait dit ; son cerveau était subjugué par lui.

— Oh ! À propos de ma poitrine ?

Elle baissa les yeux sur son propre corps, puis elle leva le nez vers lui et se rendit compte qu'il avait suivi son regard.

Il détourna son attention d'elle pour la reporter sur son café.

— J'ai commandé un breuvage léger pour votre première dégustation. Le café peut être très fort.

Elle trouvait sa maladresse adorable.

— Vous n'aviez pas à vous excuser.

— Je n'aurais pas dû dire quelque chose d'aussi… intime, répondit-il, haussant l'un de ses sourcils blonds. Peut-être sommes-nous devenus trop familiers.

— Je ne crois pas.

Elle posa une main sur le bras de son compagnon. Il baissa le regard sur l'endroit où elle le touchait, puis il la regarda dans les yeux. Le moment se prolongea jusqu'à ce qu'elle l'interrompe.

— Maintenant, montrez-moi comment boire du café.

Retirant sa main de son bras, Anne réprima le désir qui tourbillonnait en elle une fois de plus. Elle prit sa tasse.

— Avez-vous vraiment besoin que je vous montre ? s'enquit-il, ironique.

— Je suppose que non.

Elle souleva le récipient, approcha ses lèvres du bord et goûta prudemment le breuvage sombre. Une amertume intense frappa sa langue. Elle posa la tasse assez durement, manquant de faire passer du café par-dessus le bord. Elle eut un peu de mal à l'avaler ; elle passa ensuite sa langue sur son palais et l'arrière de ses dents.

— Ceci, c'est léger ?

Il souleva la tasse d'Anne et la sentit.

— Oui, confirma-t-il en lui tendant sa propre tasse. Sentez ceci, et dites-moi ce que vous en pensez.

Elle inspira et tourna aussitôt la tête pour tousser.

— Très bien ! Le mien est léger.

Réprimant un sourire, il but une gorgée de son café avant de reposer sa tasse sur la table.

— C'est un goût acquis.

Il aurait tout aussi bien pu lui donner de la terre dans une tasse, elle n'en avait cure. Rien ne pouvait entacher le temps qu'ils passaient ensemble.

— Je veux venir à la journée des magazines, déclara-t-elle. Je ferai le nécessaire pour me trouver une tenue d'homme, ainsi qu'une raison de sortir.

Elle devrait demander à son chaperon, la fille de son parrain, si elles pouvaient déplacer leur rendez-vous du jeudi au mercredi.

— En êtes-vous certaine ?

— Absolument.

La marque orange dans son œil sembla briller plus fort tandis qu'il la dévisageait. Soudain, son regard se déplaça par-dessus l'épaule de la jeune femme. Sa mâchoire se contracta, et une ombre presque imperceptible passa sur ses traits.

Il se leva brusquement.

— Venez, lui intima-t-il, puis, se plaçant derrière sa chaise, il l'aida à se lever.

— Et notre café ?

— Je sais que vous n'en avez pas vraiment envie, murmura-t-il tout près de son oreille.

Un nouveau frisson parcourut l'échine d'Anne. Il passa un bras autour de sa taille et l'entraîna vers le fond de la salle commune. Ils franchirent une porte et entrèrent dans un couloir étroit. Passant devant elle, il lui prit la main.

Elle se sentit soudain légèrement inquiète.

— Où allons-nous ?

Il regarda par-dessus son épaule, et au-delà de la jeune femme.

— Quelqu'un que je ne veux pas voir est entré dans le café. Nous allons sortir par l'arrière.

Il continua d'avancer, passant devant des portes fermées de part et d'autre du couloir.

— Vous semblez savoir où vous allez, remarqua-t-elle.

— Je suis doué pour faire semblant.

Ses paroles la poussèrent à s'arrêter. Elle tira sur sa main.

— Est-ce ce que nous avons fait ?

Il tourna les talons et elle suivit le mouvement, jusqu'à ce qu'elle se retrouve dos au mur. Mesurant plus de trente centimètres de plus qu'elle, il la dominait.

— Qu'aurions-nous fait semblant de faire ? Je ne suis pas un lord. Je l'ai dit clairement dès le départ.

Il avait précisé qu'il n'était pas *comte*, mais elle ne voulait pas ergoter. Maintenant qu'il était si près d'elle dans cet espace restreint, elle savait que ce qu'elle avait dit était insensé. Avec lui, elle était aussi vraie qu'elle pouvait l'être. Il n'attendait pas d'elle qu'elle soit une parfaite jeune demoiselle, ou qu'elle conquière la bonne société et rencontre le succès que sa sœur aînée n'avait pas connu.

— Je ne fais pas semblant avec vous, dit-elle doucement.

Elle ne lui disait pas non plus toute la vérité, comme son nom, et il ne se révélait pas non plus totalement à elle.

— Vous voyez qui je suis. N'est-ce pas ?

— Oui, affirma-t-il, et sa voix résonna dans la poitrine d'Anne.

— Et je vous vois.

— Non, répliqua-t-il, vite et fort. Vous voyez ce que je veux que vous voyiez.

Il posa la paume sur le mur à gauche au-dessus de la tête

de la jeune femme, tout en pressant son corps contre le sien. Puis il baissa la tête et la regarda dans les yeux.

— Que voyez-vous ?

Anne leva la main et lui toucha la joue. Elle fit glisser ses doigts jusqu'à sa mâchoire.

— Je vois un homme. Un homme qui me donne l'impression d'être importante, et qui me valorise. Un homme que je veux.

Un son doux, mais guttural se logea dans la gorge de lord Garde-du-corps.

— Vous ne savez pas ce que cela signifie.

— Ah non ?

Elle glissa la main entre son col et son cou pour la poser sur sa nuque. L'attirant vers elle, elle se hissa sur la pointe des pieds et effleura ses lèvres des siennes.

Que diable était-elle en train de faire ? C'était de la pure folie. C'était une chose de flâner dans l'Est de Londres en compagnie d'un inconnu, mais l'embrasser ?

Seulement, ce n'était pas un inconnu. Elle ignorait peut-être son nom, mais elle le connaissait... du moins, elle connaissait son caractère.

Et maintenant, elle l'embrassait.

Il lui agrippa la taille et éloigna ses lèvres des siennes, mais ne recula pas.

— Impudente, murmura-t-il contre sa bouche. Magnifique.

Elle le regarda dans les yeux.

— Embrassez-moi. S'il vous plaît.

— Je devrais refuser, mais heureusement pour vous, ma capacité de jugement est discutable.

Il glissa sa main entre elle et le mur, plaquant sa paume contre le creux de son dos. La tenant fermement, il se pressa contre elle tout en posant la main sur le côté de son cou, caressant sa mâchoire avec son pouce.

— Prête ? N'oubliez pas que je ne suis pas celui que vous croyez, lui rappela-t-il quand elle hocha la tête.

Il colla sa bouche à la sienne, et ses mains la serrèrent, la capturant pour l'assaut de ses lèvres et de sa langue. Car c'était bien de cela qu'il s'agissait : un tumulte de désir et de désespoir qui faisait écho au sien. Elle ne savait pas ce qu'il avait en tête lorsque sa langue se glissa dans sa bouche, mais elle le voulait par-dessus tout.

Les sensations augmentaient en intensité, allumant de petits feux de besoin dans tout son corps. Mais c'était la beauté sensuelle de son baiser qui la captivait. Il avait le goût de ce café amer, mais il y avait quelque chose d'autre, une saveur masculine et une prestance qui menaçaient de l'emporter si elle se fiait à la soudaine faiblesse de ses jambes.

La langue de son compagnon caressa la sienne, l'explorant, la taquinant, la poussant à réagir. Elle lui répondit par une légère poussée, et elle avait dû bien faire, car son pouce appuya sur sa joue, juste devant son oreille.

Son corps était grand et solide contre elle, et elle se sentait à la fois petite et en sécurité dans son étreinte. Elle aurait voulu ne jamais la quitter. Ni le quitter, lui.

Leur baiser se fit plus tendre et ralentit jusqu'à ce qu'il se retire. Mais il ne s'écarta pas d'Anne.

— C'était malavisé.

Anne ouvrit les yeux et lui sourit.

— C'était divin. S'il vous plaît, recommencez.

Les coins de la bouche de lord Garde-du-corps se relevèrent.

— Que vais-je faire de vous ? murmura-t-il.

— Tout ce que vous voulez.

Elle fit glisser le bout de ses doigts sous sa mâchoire et jusqu'à sa gorge.

— *Tentatrice* impudente.

Il la relâcha brusquement et lui prit la main, puis l'entraîna vers une porte. Une fois dehors, dans une ruelle étroite, il contourna la rangée de bâtiments et revint sur Paternoster Row.

— Il est temps de retourner chez Hatchard.

Anne soupira.

— Dommage.

Ils marchèrent en silence pendant un moment. Anne s'efforçait de mettre de l'ordre dans ses pensées désordonnées et d'étouffer le désir persistant qu'elle nourrissait à l'égard de cet homme.

— Serait-ce si terrible que de nous dire qui nous sommes ?

— Oui, répondit-il sans s'arrêter ni même ralentir. Je pensais ce que j'ai dit tout à l'heure : je ne suis pas l'homme que vous croyez. Si vous espérez que je pourrai vous faire la cour, sachez que ce n'est pas le cas. *Jamais.* Je n'aurais pas dû vous embrasser.

Jusqu'à cet instant, Anne ne s'était pas rendu compte qu'elle avait espéré quelque chose. Peut-être pas qu'il lui fasse la cour, mais en dehors de cela, qu'attendait-elle ? Espérait-elle qu'il la prendrait dans le couloir arrière d'un café ? Une vague de chaleur honteuse l'envahit à cette idée.

— Alors que faisons-nous ensemble ?

— Je ne sais pas.

Le silence retomba, et ce ne fut que lorsqu'il la conduisit en direction de son cabriolet garé qu'elle s'arrêta enfin, lui tirant le bras pour qu'il fasse de même.

Anne leva les yeux vers lui et posa la paume sur son torse.

— Je ne sais pas ce que nous faisons, mais c'est ce que j'attends avec le plus d'impatience. Je vous aime bien.

Je t'aime. Oui c'était ce qu'elle brûlait de lui dire, mais elle n'en ferait rien.

— J'aime nos aventures. Je ne veux pas qu'elles s'arrêtent.

Il regarda derrière elle, ses pupilles se contractèrent et la tache orange de son œil droit s'agrandit.

— Moi non plus, répondit-il, reportant son regard sur celui de la jeune femme. Mais viendra le moment où elles… où *nous* devrons cesser.

Nous.

Oh ! Comme elle aimait ce petit mot !

— Alors, je suppose que nous allons devoir profiter de chaque instant, affirma-t-elle, se mettant sur la pointe des pieds pour effleurer ses lèvres des siennes. Lorsque nous arriverons à votre cabriolet, je vous embrasserai à nouveau, parce que je le peux. Préparez-vous.

Il laissa échapper un petit rire grave, et ses yeux brillèrent.

— Je suis en train de découvrir que je ne suis pas certain de pouvoir me préparer de manière adéquate pour vous.

Le plaisir envahit Anne.

— Je le prends comme un compliment.

— C'en était un, confirma-t-il, puis il posa sa main sur celle d'Anne, qui était toujours sur son torse. Préparez-vous également, car j'ai l'intention de vous embrasser en retour.

Anne brûlait d'impatience.

~

*E*lle était en retard.

De plus d'une demi-heure.

Rafe Blackwell se tenait en face de chez Hatchard, tout près de la *Burlington Arcade*, qui avait ouvert ses portes quelques jours auparavant. Son cabriolet était garé à proximité, et son tigre était chargé de conduire le véhicule afin qu'ils puissent se rendre rapidement à Aldersgate Street.

Elle n'était *jamais* en retard.

Quelque chose de terrible l'avait-il empêchée de venir ?

Peut-être était-elle malade ou blessée. Cette pensée le plongea dans un état de panique totale. Et cela l'effrayait. Quatre ans plus tôt, il s'était promis de ne plus jamais s'exposer à un tel chagrin.

Pourtant, il était là, à attendre un petit bout de femme qui faisait battre son cœur d'une manière à laquelle il ne s'attendait pas. Pas après ce qu'il avait enduré, ce qu'il avait trouvé et perdu.

Au bout d'un quart d'heure, il se fit à l'idée qu'elle ne viendrait pas. Marmonnant un juron, il entra dans la galerie. L'élite londonienne se promenait au milieu des boutiques luxueuses. Il entra chez un bijoutier et examina les vitrines, s'arrêtant lorsque son regard tomba sur un camée taillé dans une coquille d'huître. Il songea aussitôt à Mme Éblouissante, car les boucles de la femme du bijou s'enroulaient autour de ses épaules. Les cheveux de Mme Éblouissante ne faisaient pas tout à fait la même chose, mais une ou plusieurs de ses mèches blondes s'égaraient souvent, en dépit de tous ses efforts pour les garder domptées sous son chapeau.

Et, bien sûr, la coquille d'huître lui faisait penser à elle. Pourrait-il un jour en manger une sans penser au temps passé ensemble ?

Sans trop y réfléchir, il attira l'attention d'un employé.

— J'aimerais acheter cette broche.

— Aphrodite ? s'enquit l'homme d'âge moyen.

Rafe faillit sourire. Évidemment, il s'agissait d'Aphrodite. Il avait toujours été attiré par les représentations de la déesse, sans pouvoir dire exactement pourquoi.

— Oui.

L'homme retira le bijou de la vitrine avec un sourire.

— Quel beau cadeau ! Je vais vous l'emballer.

Rafe demanda le prix et paya l'homme. Ce n'était pas un cadeau. En fait, il ne savait même pas pourquoi il l'achetait.

Parce que tu le peux.

C'était peut-être cela. Il était un homme disposant de moyens considérables maintenant. Pouvoir se promener dans cette nouvelle galerie, construite spécialement pour les membres les plus prestigieux de la bonne société, sans être considéré comme un intrus, était un véritable accomplissement.

Néanmoins, il n'était pas satisfait. Peut-être ne le serait-il jamais.

L'employé revint avec la broche enveloppée dans une boîte. Rafe rangea le paquet dans son manteau et sortit de la boutique.

La frustration le disputait à la déception tandis qu'il regagnait Piccadilly. Il ne put s'empêcher de regarder vers Hatchard, au cas où il la verrait l'attendre à l'extérieur. Elle n'était pas là. La profondeur de ses émotions le troublait. Il s'était amusé avec elle… du moins, c'était ce qu'il avait cru.

Bon sang ! Il avait baissé sa garde de façon spectaculaire. C'était une chose qu'il ne faisait pratiquement jamais, à deux exceptions près : sa sœur et Eliza. Et les deux étaient sorties de sa vie, preuve irréfutable qu'il ne devait jamais laisser les gens se rapprocher de lui.

Il avait de bonnes raisons de se tenir à l'écart. Pour se protéger. Parce qu'il n'était pas digne. Pour assurer la sécurité des autres. Il était un risque à ne pas prendre.

Il était brisé.

C'était bien qu'elle ne soit pas venue. C'était une bonne chose pour lui, mais encore meilleure pour elle.

Il était troublé de constater que son mécontentement habituel était désormais amplifié. Mais cette sensation finirait par s'estomper. Elle avait constitué une distraction bienvenue, et, à présent, il était temps de la laisser partir. Cela devrait être simple. Il était passé maître dans l'art de laisser les choses… de laisser les gens partir. Mais une pression vive et soudaine sur sa poitrine lui disait le contraire.

Peut-être avait-elle été plus qu'une distraction.

CHAPITRE 1

Juin 1819

*L*a bibliothèque était presque terminée.

Rafe Blackwell, ou Raphael Bowles comme on l'appelait désormais, passa en revue l'immense pièce, qui était la deuxième plus grande de sa nouvelle et grandiose maison d'Upper Brook Street. Seule la salle de bal était plus imposante. Elle aurait sans doute pu contenir au moins huit fois le logement d'une seule pièce dans lequel il avait vécu avec sa sœur et leur « oncle » lorsqu'ils étaient enfants dans l'Est de Londres.

Deux valets de pied apportèrent des caisses de livres et les placèrent sur une longue table rectangulaire recouverte d'un tissu pour en protéger la surface. À une époque, une telle considération aurait été étrange pour Rafe. Cela faisait quatre ans seulement qu'il possédait une table digne d'être recouverte. Auparavant, il n'en avait pas eu beaucoup.

Et il n'avait jamais possédé autant de livres. Il remercia les valets de pied qui s'en allèrent. Rafe s'approcha d'une des boîtes et regarda à l'intérieur. Tant de livres !

Il pensa immédiatement à Mme Éblouissante : les livres lui faisaient toujours songer à elle. Non seulement parce qu'il l'avait rencontrée chez Hatchard, mais parce que la dernière fois qu'il l'avait vue, c'était ce jour-là à Paternoster Row.

Il avait envisagé de la retrouver. Cela n'aurait pas été difficile, puisqu'elle entrait dans la société cette saison.

Il ne voulait pas le faire.

Enfin, ce n'était pas tout à fait vrai. *Mieux valait* qu'il ne la retrouve pas.

De plus, il s'attendait à ce qu'elle soit déjà mariée maintenant, ou bien elle le serait avant la fin de la saison. Elle était bien trop intelligente, charmante et magnifique pour faire long feu sur le marché du mariage de la bonne société. Il aurait détesté participer à un tel spectacle.

Il ne put s'empêcher de se demander s'il aurait vraiment détesté si sa vie avait pris une autre tournure. Ses parents étaient morts dans un incendie quand il avait cinq ans. Il ne savait pas grand-chose d'eux, si ce n'était qu'ils lui avaient appris à lire, que son père lui avait offert un poney, et qu'ils l'avaient aimé. Le poney laissait supposer une certaine richesse, mais Rafe n'avait jamais su la vérité. Leur nourrice, qui s'occupait de sa petite sœur et de lui, les avait sauvés de l'incendie et les avait confiés à son frère, qui les avait emmenés à Londres. Lorsque Rafe avait demandé à « Oncle » Edgar d'où il venait, ce dernier s'était toujours contenté de hausser les épaules en affirmant que cela n'avait pas d'importance. Que ce qui comptait, c'était l'endroit où il allait.

Regarde toujours vers l'avant.

C'était ce que Rafe avait fait, car c'était de loin préférable à la vie dans le présent, qui avait souvent été une existence horrible faite de faim, de honte et de désespoir. Edgar s'était servi de lui pour voler et escroquer, et Rafe avait grandi dans les rues de l'Est de Londres, aussi loin que possible des promenades à poney et des parents aimants.

Mais, maintenant qu'il était arrivé à destination, l'élégance huppée et la sécurité de Mayfair, Rafe ne cessait de regarder en arrière. Car, près d'une semaine plus tôt, il s'était souvenu de quelque chose qui pourrait enfin éclairer ses origines. Le jour où sa jeune sœur s'était mariée, elle avait reçu en cadeau un collier de corail, qui lui avait fait penser à un bijou que leur mère avait porté.

En voyant le collier sur Selina, sa sœur, un souvenir coincé dans les recoins de l'esprit de Rafe s'était réveillé. Il se rappelait distinctement avoir été assis sur les genoux de sa mère, avoir touché ce collier tout en regardant une folie à proximité. Ils avaient pique-niqué au bord d'un lac, à l'ombre de cette folie. Il ignorait même ce que c'était jusqu'à ce que Beatrix le lui explique.

Beatrix, que Selina avait rencontrée à l'internat alors que Rafe l'y avait envoyée à l'âge de onze ans pour la protéger des dangers toujours plus nombreux de leur vie dans l'Est de Londres, avait offert le collier à sa sœur. Fille bâtarde d'un duc, la jeune femme avait connu une enfance luxueuse jusqu'à la mort de sa mère, la maîtresse de son père. Dans sa jeunesse, elle avait visité un domaine doté d'une folie et elle avait ainsi pu la décrire : un faux temple ou un autre genre d'édifice installé sur un domaine pour le décorer ou se divertir. Apparemment, certains propriétaires de folies *payaient* même des ermites pour y vivre. Rafe ne comprendrait jamais ces maudits riches.

— Monsieur ?

Le majordome de Rafe, un homme élégant aux cheveux argentés d'une cinquantaine d'années, doté d'une grande expérience et d'excellentes références, se tenait juste à l'intérieur de la bibliothèque.

— Oui ?

— Lady Rockbourne et Mme Sheffield sont ici pour vous voir. Elles sont dans le salon bleu.

Beatrix et Selina.

— Merci, Glover.

Rafe avait prévu que les invités le rencontrent toujours dans le grand salon qui donnait sur le jardin. C'était un espace élégamment décoré, avec juste ce qu'il fallait d'opulence intimidante et de chaleur accueillante. Du moins, c'était ce qu'il espérait.

Rafe passa devant le majordome et se dirigea vers le salon bleu. Beatrix était assise sur un canapé au milieu de la pièce, tandis que Selina faisait les cent pas près de l'imposante cheminée bordée de dorures et surmontée d'un large miroir de style baroque.

Il s'inquiéta un instant du fait que sa sœur soit en train d'user son nouveau tapis d'Aubusson, non pas pour le tapis lui-même, mais de ce qui provoquait chez elle une telle nervosité.

— Bonjour, dit-il. Je suis surpris de vous voir toutes les deux, jeunes mariées que vous êtes.

Une semaine plus tôt, Selina avait épousé l'honorable Harry Sheffield, constable de Bow Street* et second fils d'un comte, et Beatrix s'était mariée avec le vicomte Rockbourne seulement trois jours auparavant.

Selina cessa de faire les cent pas et lui fit face, les mains jointes devant elle.

— Nous avons des nouvelles. Enfin, Beatrix a des nouvelles.

Cette dernière cligna des yeux, ses cils pâles balayant ses yeux noisette.

---

* NdT : Les coureurs de Bow Street furent les premières forces de police professionnelles de Londres.

— Hier, je suis allée rendre visite à la cousine de Tom. Nous avons pris deux chatons pour Regan, expliqua-t-elle.

Tom était son mari, et Regan sa belle-fille de quatre ans.

— Pendant que nous étions à Sutton Park, nous avons pique-niqué près d'un lac.

Rafe eut soudain le souffle coupé. Il ne dit rien, mais il alla se placer près d'un fauteuil à haut dossier. Posant la main sur le dessus, il enfonça le bout de ses doigts dans le velours.

— J'ai aperçu une folie de l'autre côté du lac, annonça Beatrix, et Rafe sut ce qu'elle allait dire ensuite.

Il le fit pour elle.

— C'était *la* folie.

Beatrix hocha la tête.

— Avec le dauphin et Aphrodite au centre.

Comme dans le souvenir de Rafe. Il avait dessiné ce dont il se souvenait et le leur avait montré. Rafe serra le dossier du fauteuil. Il n'arrivait pas à croire qu'elle l'avait trouvée.

— Tu en es certaine ?

— Oui. D'autant plus qu'elle se trouve à proximité du lac.

— C'est à Sutton Park ? demanda Rafe, qui ignorait où cela se trouvait.

— Non, dans le domaine voisin, Ivy Grove. Il appartient au comte de Stone.

Le comte de Stone. Bon sang ! Mais qui était-ce ? Rafe n'avait pas encore noué les relations qu'il souhaitait avec les plus hauts membres de la société. Cependant, il était en bonne voie, car sa sœur était désormais mariée au fils du comte d'Aylesbury, et que sa fausse sœur était devenue vicomtesse.

Toutes deux appartenaient également à une organisation philanthropique féminine, la Société des femmes de tête, qui comptait parmi ses membres des duchesses, des marquises, des comtesses, et bien d'autres encore. Des femmes d'influence et de prestige.

Comment étaient-elles parvenues jusqu'ici ?

Par le travail et la persévérance. Depuis leur rencontre au pensionnat plus de quinze ans auparavant, Selina et Beatrix avaient tissé des liens aussi étroits qu'entre deux sœurs. En fait, elles racontaient à tout le monde qu'elles *étaient* sœurs, et, par conséquent, Rafe, qui avait été présenté comme le frère de Selina, avait désormais une fausse demi-sœur. Il n'avait rien à objecter à ce mensonge, d'autant plus que Beatrix avait fait figure de famille pour Selina lorsqu'elle en avait eu le plus besoin. Quand Rafe l'avait envoyée à l'école et abandonnée. Il n'avait pas prévu de ne pas la revoir pendant près de vingt ans, mais lorsqu'il l'avait imaginée revenir à cette vie dont il l'avait sauvée, il avait cessé d'écrire tout en continuant à payer ses études. Il ne l'avait retrouvée que quelques semaines plus tôt.

Tout en sachant qu'il avait bien agi, il souffrait d'une angoisse profonde et lancinante qui le hanterait le reste de sa vie. Car s'il avait protégé Selina des dangers de l'Est de Londres, elle avait dû tracer sa propre voie et celle de Beatrix. Étant deux femmes seules au monde, elles avaient recouru à tous les moyens possibles pour survivre, y compris l'escroquerie et le vol. Il se sentait coupable de cela aussi : si Selina n'avait pas connu une enfance marquée par le vol et l'escroquerie, elle aurait peut-être trouvé une autre voie.

Elle l'avait sans doute fait, finalement. Grâce à l'amour. Sheffield et elle étaient profondément et merveilleusement amoureux, et Rafe n'aurait pas pu être plus reconnaissant. Il en allait de même pour Beatrix et Rockbourne.

Il espérait que cela durerait pour eux.

— Connais-tu Stone ? s'enquit Selina. Visiblement, tu es perdu dans tes pensées.

Effectivement.

— Non. J'essaie de réfléchir et de voir si je connais quelqu'un qui le connaît.

Jusqu'à récemment, Rafe avait été un prêteur d'argent surnommé le Vicaire. À ce titre, il avait rencontré des hommes qui évoluaient au sein de la bonne société, notamment le vicomte Colton.

Rafe n'avait jamais rencontré Stone ni entendu son nom, mais peut-être le vicomte pourrait-il l'aider. Il se trouvait que ce dernier lui devait une faveur qu'il n'avait pas encore réclamée.

— La cousine de Tom, la comtesse de Sutton, le connaît, annonça Beatrix. Parce qu'ils sont voisins. Je suis certaine que nous pourrions tous aller à Sutton Park.

Il était sensible à son attention, mais ce n'était pas suffisant.

— Je veux aller à Ivy Grove.

Selina s'avança vers lui et s'arrêta à quelques pas, une moue déterminée sur le visage.

— Moi aussi.

Évidemment, elle voulait venir. Elle n'avait presque aucun souvenir de leurs parents, en dehors de ce collier de corail qu'elle portait à nouveau. Elle l'avait porté chaque fois qu'il l'avait vue depuis que Beatrix le lui avait offert.

Il ne pouvait pas s'agir du véritable collier de leur mère. Mais ils n'avaient aucun moyen de le savoir, puisque Beatrix se l'était procuré dans une boutique de recel que Rafe n'avait vendue que récemment, alors qu'il œuvrait à se défaire des entreprises qu'il possédait sous l'identité du Vicaire. Il y était retourné pour se renseigner, mais on lui avait seulement dit qu'il venait de Petticoat Lane. Comme il s'agissait du centre des objets volés à Londres, le collier aurait pu provenir de n'importe où.

— Alors, il semblerait à tout le moins qu'il faille que nous soyons présentés à Stone.

Rafe prévoyait de rendre visite à Colton dès qu'elles seraient parties.

— Je m'en occupe.

— Comment ? s'enquit Selina, qui plissa légèrement ses yeux bleus.

— Fais-moi confiance.

Selina ricana, ce qui fit sourire Rafe. Il ne lui avait donné aucune raison de lui faire confiance, et il essayait de se racheter. Cependant, il savait à quel point il était difficile pour sa sœur de faire confiance à quiconque en dehors de Beatrix. Baisser sa garde avec celui qui était désormais son époux avait presque été trop difficile pour elle. Heureusement, elle avait réussi à s'ouvrir à lui, ce qui soulageait Rafe autant que cela le ravissait. Personne ne méritait le bonheur plus qu'elle.

Il retira sa main du dossier du fauteuil, qu'il contourna pour s'approcher de sa sœur.

— Lina, tu *peux* me faire confiance pour cela. Je te promets de t'impliquer à chaque étape.

— Ils étaient aussi mes parents, dit-elle d'une voix douce.

— Je sais.

— Crois-tu vraiment que nous allons découvrir qui ils étaient ? Qui *nous* sommes ?

Cela, il l'ignorait. Mais il espérait.

— Je ferai tout ce qui est en mon pouvoir pour que cela se produise.

La colère jaillit dans les yeux de Selina.

— Pourquoi Edgar ne nous en a-t-il pas dit plus avant de mourir ?

Leur « oncle » Edgar avait succombé à une consommation excessive d'alcool lorsque Rafe avait treize ans et Selina dix. Deux ans avant cela, il les avait vendus à Samuel Partridge, un criminel hébergeant une armée de jeunes voleurs parmi d'autres activités, telles que des bordels et des boutiques de receleurs, mais il était resté dans les environs et avait maintenu un lien ponctuel.

— Parce qu'il se fichait de tout le monde, sauf de lui-même, et qu'il ne lui servait à rien d'en révéler davantage que ce qu'il avait fait.

Ce qui n'était presque rien. Il avait dit *une* chose qui s'était accrochée à une partie de l'esprit de Rafe, et qui refaisait surface de temps en temps.

Songeur, il se rapprocha de la fenêtre pour observer le jardin clos de murs. Avec ses arbustes soignés et ses fleurs colorées, il ressemblait à un parc miniature, avec un sentier, des statues et quelques bancs. C'était on ne peut plus éloigné des souvenirs qui embrumaient actuellement son cerveau.

Rafe se détourna de la fenêtre pour faire face à Selina et Beatrix.

— La dernière fois que j'ai vu Edgar, c'était la veille de sa mort, raconta-t-il.

À ce moment-là, l'homme n'était plus qu'une version jaunie et flétrie de lui-même.

— Il a demandé à être enterré à l'église de la paroisse de Croydon. Cela n'avait aucun sens à mes yeux, et je me fichais d'honorer ses souhaits, alors je l'ai ignoré.

Si Rafe lui avait rendu visite, c'était pour se vanter de sa récente promotion dans l'organisation de Partridge. Il voulait qu'Edgar sache à quel point Selina et lui étaient mieux sans lui. Alors âgé de treize ans, Rafe était arrogant et fanfaron. Il avait depuis longtemps abandonné ce dernier aspect de sa personnalité, mais d'aucuns diraient qu'il était toujours arrogant. Il préférait le terme de confiant.

Beatrix se leva du canapé. Elle était petite et mesurait quinze bons centimètres de moins que Selina, qui mesurait un mètre soixante-quinze.

— Nous avons traversé Croydon pour nous rendre à Sutton Park. Ce qui signifie que c'est également sur le chemin d'Ivy Grove.

Qu'est-ce que cela pouvait bien vouloir dire ?

Selina passa une main sur sa joue.

— Pourquoi Edgar aurait-il voulu être enterré dans une ville où nous n'avons jamais mis les pieds, ou du moins, nous n'en gardons aucun souvenir, et qui se trouve être proche d'un endroit dont tu gardes un souvenir d'enfance ?

— Je l'ignore, mais je vais le découvrir.

L'esprit de Rafe était déjà en ébullition. Il voulait rencontrer Stone, et visiter cette église paroissiale de Croydon. Ce dernier point était sans doute inutile, mais il avait l'intention d'exploiter chaque piste.

Il lut la détermination dans le regard de Selina.

— Je viens à Croydon avec toi.

— Je ne crois pas pouvoir t'en empêcher, fit-il remarquer avec ironie. Et je n'en ai pas envie non plus.

— Bien. Fais-moi savoir quand tu prévois de rencontrer Stone. Et fais-le vite !

— Je le ferai.

Rafe en ferait une priorité. *La* priorité. Il se tourna vers Beatrix.

— Merci.

— Pour quoi ? Pour avoir eu la chance de pique-niquer près de cette folie ? s'enquit-elle, agitant la main. Peut-être est-ce ainsi que les choses devaient se passer.

Le destin ? Rafe ne croyait pas à ce genre de choses. Pourtant, il s'agissait d'une sorte de providence. Peut-être était-il simplement temps que le puzzle de sa vie et de celle de Selina s'assemble. Il avait perdu l'espoir de découvrir un jour la vérité sur leur passé.

— Je ne sais pas si je crois à cela, remarqua Selina. Mais je suis ravie que tu aies été là, et que tu te sois montrée aussi observatrice.

Elle lança à Beatrix un sourire complice qui éveilla une pointe d'envie chez Rafe. Elles avaient un véritable lien de sœurs. Il avait renoncé à cette proximité fraternelle en laissant Selina se débrouiller seule. Elle disait lui pardonner, mais il n'était pas certain de pouvoir se pardonner à lui-même.

Peut-être pourrait-il commencer à le faire s'il parvenait à découvrir la vérité au sujet de leur passé.

~

*P*osant son livre sur ses genoux, Anne replaça une mèche de cheveux dans le bandeau noué autour de sa tête. Une boule de poils rayés sauta sur le livre ouvert, mais ne s'y attarda pas et, dans sa fuite, fit tomber l'ouvrage sur le sol.

Anne expira.

— C'est une bonne chose que ce livre ne m'intéresse pas vraiment.

Une deuxième boule de poils fauves et rayés passa en trombe devant son fauteuil, manifestement à la poursuite de la première. Au vu de leur taille, elle devina que la première était Jonquille, le plus petit des deux chatons, et que la seconde était sa sœur, Fougère.

Jane, la sœur aînée d'Anne, qui avait quatre ans de plus, entra à grands pas dans le petit salon.

— Où sont-elles passées ?

Jonquille passa à côté de la jambe de Jane, bousculant sa robe. Fougère la suivit, sautant par-dessus le seuil dans une joyeuse course-poursuite.

Jane adressa un sourire d'excuse à sa sœur.

— Désolée. T'ont-elles dérangée ?

— Jamais. Ce sont des chatons. Je regrette seulement que ces petites soient parties aussi vite.

— Elles reviendront. À moins qu'elles ne se fatiguent, auquel cas elles chercheront Anthony.

Les chatons adoraient dormir sur le mari de Jane.

— C'est vrai, répondit Anne, qui posa son livre sur la table à côté de son fauteuil.

— Cela te dérange-t-il si je m'assieds une minute ? s'enquit Jane.

— Pas du tout.

Anne fit un geste vers l'autre fauteuil placé près du sien, devant le petit foyer.

Jane prit place et passa ses mains sur sa robe vert bouteille. Ses cheveux blonds étaient impeccablement coiffés, chaque mèche était à sa place, contrairement à ceux d'Anne, qui semblaient mener une vie à part du reste de son corps, dotés d'un esprit et d'un désir qui leur étaient propres.

— La saison est presque terminée, remarqua Jane.

Ce n'était pas une question, mais Anne devinait ce que sa sœur voulait savoir. Elle avait choisi de venir vivre avec Anthony et elle après leur mariage quelques semaines plus tôt. Leurs parents s'étaient retirés à la campagne après le scandale de l'annulation des noces d'Anne. Près de quatre semaines s'étaient-elles déjà écoulées depuis ce jour désastreux ?

Non, pas désastreux. Épouser Gilbert Chamberlain aurait été un véritable désastre. Au lieu de cela, elle n'avait subi que l'humiliation de l'arrestation de son fiancé lors de leur mariage.

À vrai dire, elle n'avait pas vraiment été humiliée par cette partie, même si la bonne société pensait qu'elle aurait dû l'être. Ce qui l'horrifiait le plus, c'était de s'être laissée fiancer à quelqu'un comme lui. Pire encore, à quelqu'un qu'elle n'avait pas aimé.

— Le scandale autour du mariage s'est apaisé… un peu, dit Jane d'un ton faussement optimiste.

— Un peu, mais pas entièrement.

— Cela finira par arriver, affirma Jane avec assurance.

— D'ici la saison prochaine, peut-être.

— Veux-tu dire que tu préfères continuer à décliner les invitations ? s'enquit Jane.

Par miracle, Anne en recevait encore. Mais c'était dû au fait que Jane était un membre fondateur de la Société des femmes de tête, et aux puissantes amies qu'elle s'était faites par ce biais.

Anne fronça les sourcils.

— Je ne sais pas.

— Tu sais que je te soutiendrai, quoi que tu veuilles faire. Je comprendrais parfaitement que tu veuilles te retirer et faire un pied de nez à la bonne société.

Bien sûr qu'elle comprendrait, puisque Jane elle-même l'avait fait quelques mois plus tôt. Après cinq années passées sur le marché du mariage, elle en avait eu assez. À la grande horreur de leurs parents, elle s'était proclamée vieille fille et elle avait emménagé dans une maison de Cavendish Square appartenant à son amie Phoebe, qui était désormais la marquise de Ripley.

Jane avait attendu qu'Anne soit fiancée à Gilbert pour revendiquer son indépendance, afin de ne pas nuire à la réputation de sa sœur. La jeune femme avait eu de la peine pour son aînée à l'époque, mais rétrospectivement, elle l'enviait.

À cause de l'échec de Jane sur le marché du mariage, leurs parents avaient placé tous leurs espoirs sur elle pour qu'elle fasse une bonne rencontre. La pression et les attentes avaient été presque trop fortes. C'était ainsi qu'elle s'était retrouvée fiancée à un homme qu'elle n'aimait pas. Elle détestait être reconnaissante qu'il se soit avéré être un escroc, mais elle ne pouvait pas nier ce qu'elle ressentait. Non seulement parce qu'elle avait échappé à un mariage avec lui, mais parce qu'elle était encore libre.

Libre de choisir une autre voie, si elle existait. Elle pensait souvent à lord Garde-du-corps, et elle espérait le revoir. Il ne venait plus chez Hatchard le jeudi. Elle le savait, parce qu'elle avait commencé à y retourner deux semaines auparavant. Et elle comptait bien continuer à honorer leur rendez-vous, même s'il était bien trop tard.

— Ripley organise un grand bal pour célébrer la fin de la saison à Brixton Park dans quelques semaines. Veux-tu y assister avec nous ?

Anne haussa les épaules. Elle n'avait jamais rencontré lord Garde-du-corps à aucun des événements mondains auxquels elle avait assisté depuis mars et elle n'avait aucune raison de penser qu'il serait là. Il était peut-être la seule chose qui pouvait l'inciter à entrer à nouveau dans la société, ne serait-ce que pour un bal.

— Tu as le temps de te décider, dit Jane avec un petit sourire. Après cela, Anthony et moi irons à Oaklands, dans sa propriété à la campagne. Tu peux nous accompagner, bien sûr. Ou bien tu pourrais rester ici, et Mme Hammond te servira de chaperon.

C'était une vieille amie de la famille qui avait parfois joué le rôle de chaperon avec la fille du parrain d'Anne, Deborah, lady Burnhope.

— J'ai remarqué que tu n'avais pas suggéré que je rentre à la maison, nota Anne d'un air amusé.

Jane réprima un rire.

— Je ne ferais jamais une chose pareille.

— Tant mieux, parce que je n'irai pas, répondit Anne, tirant un fil lâche sur l'accoudoir de son fauteuil. Ai-je vraiment besoin d'un chaperon ? Peut-être aimerais-je me proclamer vieille fille. Ou femme de tête.

— Je n'y vois aucun inconvénient, mais tu es bien plus jeune que je ne l'étais quand j'ai pris cette décision, déclara Jane, qui fit une pause avant de lui adresser un regard lourd de sens. Une fois que tu l'auras fait, tu ne pourras plus revenir en arrière.

— Vu la débâcle de mon mariage, je ne suis pas sûre que cela soit important.

— Les gens ne te font pas de reproches. Chamberlain va être déporté, pour l'amour du ciel !

Anne avait été ravie d'apprendre cette nouvelle. Il avait extorqué de l'argent à plusieurs personnes, y compris Anthony, en menaçant de révéler leurs secrets les plus chers, des vérités qui les ruineraient et les détruiraient. Le beau-frère d'Anne avait décidé de révéler le sien pour faire tomber Gilbert et d'empêcher la jeune femme de l'épouser. Elle ne le remercierait jamais assez.

— Bon débarras, marmonna Anne, puis elle se leva brusquement. Je vais faire un tour dans le jardin.

Jane se leva à son tour.

— Tu sais que je ferai tout ce dont tu as besoin ? Tu n'as qu'à demander.

Anne lui adressa un sourire rassurant.

— Je le sais. Merci de m'avoir invitée à séjourner avec vous.

— Pas séjourner avec nous, *vivre* avec nous. Jamais tu ne seras obligée de partir.

Peut-être pas, mais Anne ne voulait pas être la sœur vieille fille qui n'avait pas de vie propre. Ce qui signifiait qu'elle allait devoir *trouver* sa vie propre.

Anne sortit du salon et descendit au premier étage. De là, elle poursuivit son chemin dans le grand escalier jusqu'au rez-de-chaussée. Alors qu'elle atteignait la dernière marche, elle aperçut une silhouette qui se tenait dans le hall d'entrée. Elle crut d'abord qu'il s'agissait de Tabor, le majordome, à cause de ses cheveux blonds. Mais quelque chose dans la silhouette de l'homme la poussa à s'arrêter.

Changeant de direction, elle s'avança vers l'entrée, curieuse, au moment où l'homme se tournait vers elle.

Elle haleta, et ses yeux s'écarquillèrent.

— Lord Garde-du-corps ! souffla-t-elle.

Il haussa un sourcil blond alors que le choc qu'elle éprouvait se reflétait dans son regard de cobalt.

— Madame Éblouissante !

En le voyant, sa poitrine se serra. Il était d'une beauté presque insoutenable avec son manteau vert et son pantalon chamois, sa cravate d'un blanc immaculé nichée sous la ligne forte et familière de sa mâchoire.

— Comment m'avez-vous retrouvée ? lui demanda-t-elle, plutôt essoufflée.

— Je ne l'ai pas fait. Du moins, pas volontairement. Je suis ici pour voir lord Colton. C'est votre… ?

— Beau-frère.

Sa mâchoire se décrocha, du moins elle en eut l'impression. Tout se passa si vite qu'elle douta de ce qu'elle avait vu.

— Vous ne savez donc pas qui je suis ? s'enquit-elle.

— Je le sais, maintenant.

— Dans ce cas, vous êtes dans une situation plus favorable que la mienne, puisque je devrai encore vous appeler lord Garde-du-corps.

— Monsieur Bowles ? l'appela Tabor quand il entra dans le hall derrière Anne.

M. Bowles. Anne chercha ce nom dans sa tête, mais ne trouva rien. Pourquoi était-il venu voir Anthony ? Elle avait tant de questions, et aucune d'entre elles ne recevait de réponse. La frustration lui noua le ventre.

— J'espère que je vous reverrai, monsieur Bowles, lui dit-elle d'une voix douce lorsqu'il s'approcha d'elle.

Il croisa son regard avec une sombre intensité qui la réchauffa.

— Le plaisir sera pour moi.

Anne le regarda suivre Tabor dans le bureau d'Anthony. Elle brûlait d'envie de les espionner, mais elle ne pouvait pas le faire. Envahie d'une énergie nerveuse, elle se rendit dans le petit salon puis sortit dans le jardin. La journée était radieuse et chaude, mais elle était indifférente aux fleurs, aux oiseaux et à tout le reste. Son esprit était entièrement tourné vers M. Bowles et le fait qu'il était *ici.*

Qui était-il pour Anthony ? Et qu'avait-il voulu dire en affirmant qu'il savait qui elle était maintenant ? Quelque chose dans la façon dont il avait prononcé ces mots avait fait battre son cœur un peu plus vite.

Connaissait-il simplement son nom ou était-il également au courant de ses fiançailles et de son mariage avorté ? Elle arpenta l'allée qui longeait le jardin, s'énervant à nouveau contre Gilbert qui s'était avéré être une personne si horrible et dont le comportement l'avait injustement entachée.

Revenant au début de son circuit, elle s'arrêta net et fixa du regard la porte du petit salon. Elle mourait d'envie d'entrer et de faire irruption dans le bureau d'Anthony. Une fois là, elle traînerait M. Bowles... où ? Elle s'en moquait. Elle voulait simplement des réponses. Elle voulait retrouver ce lien qu'ils avaient partagé, parce que, depuis leur dernière rencontre, elle s'était sentie terriblement seule.

Et peut-être voulait-elle un autre baiser. Ou dix.

Bon sang ! Apparemment, elle était toujours amoureuse de lui.

CHAPITRE 2

*L*e corps de Rafe fourmillait d'impatience. Il devait se concentrer sur la raison pour laquelle il était venu voir Colton. Au lieu de cela, il était assailli de pensées pour Mme Éblouissante… non, Mlle Anne Pemberton. Il savait précisément qui elle était. Tout comme il avait connu son fiancé. Jamais Rafe n'aurait imaginé que la pauvre femme dont le mariage avait été interrompu par l'arrestation de son fiancé était sa Mme Éblouissante.

Sa ?

— Je ne devrais pas être surpris de vous voir, remarqua Colton, debout près de l'âtre, le coude appuyé sur le manteau de bois sombre. Et pourtant, je le suis. Je me demandais si vous alliez me rendre visite un jour.

Il pointa du doigt deux fauteuils situés devant la cheminée froide et sombre. En cette belle journée d'été, ils n'avaient pas besoin de chaleur supplémentaire.

Rafe prit place sur l'un des sièges en velours bleu foncé, dotés d'un haut dossier et d'accoudoirs. Colton s'assit dans l'autre.

Jamais Rafe n'avait vu le vicomte plus détendu. Ses yeux

bleus dégageaient une chaleur qui n'existait pas avant son mariage avec Mlle Jane Pemberton.

La sœur de Mme Éblouissante. Rafe n'arrivait toujours pas à croire que c'était elle.

— Félicitations pour votre mariage, dit Rafe.

— Merci, répondit Colton d'un ton ironique. Je suppose que vous êtes venu réclamer la faveur que je vous dois.

— Oui. Plutôt qu'une liste de personnes que j'aimerais rencontrer, il n'y a qu'un seul homme : le comte de Stone.

Colton pinça les lèvres et s'adossa à son fauteuil.

— Je ne le connais pas très bien. Cependant, je connais son fils, le vicomte Sandon. Il vient de rentrer de la propriété familiale en Irlande.

— Je dois rencontrer Stone. De préférence dans sa maison au sud de Londres.

Colton haussa brièvement les sourcils.

— Ivy Grove ? s'enquit-il, inclinant la tête sur le côté. Vous voulez que je vous obtienne une invitation pour rencontrer lord Stone à Ivy Grove ? Vous rendez-vous compte à quel point c'est difficile ?

— Oui, répondit-il alors qu'il n'en savait rien, même s'il pouvait l'imaginer. Y parviendrez-vous ?

Se caressant la mâchoire, Colton expira.

— Stone aime divertir. Il est très fier de ce domaine. Je peux essayer de glisser un mot à Sandon, pour qu'il suggère à son père d'organiser quelque chose pour lui souhaiter la bienvenue après son retour d'Irlande.

— À vous entendre, ce n'est pas si difficile que cela.

Le vicomte éclata d'un rire sombre.

— Ma suggestion pourrait ne mener nulle part. La saison touche à sa fin. Il pourrait bien être trop tard.

— Je vous remercie d'essayer. Vous me tiendrez au courant ?

Colton acquiesça.

— Je le retrouverai chez Brooks plus tard, dit-il, puis il balaya Rafe du regard, des bottes à la tête. Souhaiteriez-vous entrer dans l'un des clubs ?

Rafe l'avait envisagé. Il ne cherchait qu'à établir des relations d'affaires. Il avait récemment investi dans une maison d'édition et était sur le point de se lancer dans un projet immobilier. Il prévoyait de construire des logements pour la classe ouvrière. Des logements de qualité, que les gens méritaient, plutôt que les taudis dans lesquels beaucoup vivaient.

— Peut-être. Proposeriez-vous de me recommander ?

— Ce serait une deuxième faveur.

— Ou quelque chose que vous feriez pour un ami.

Colton se pencha en avant, une étincelle dans le regard.

— Vous pensez que nous sommes amis après tout ce qui s'est passé entre nous ?

— Je vous ai prêté de l'argent et vous m'avez remboursé.

Un courant d'énergie traversa Rafe. Il appuya son coude droit sur le bras du fauteuil.

— Je pensais que nous avions résolu la question de vos parents. Je n'ai jamais voulu qu'ils soient tués ni vous.

Colton avait emprunté des fonds pour régler des dettes, et il avait continué à jouer. Il avait également continué à perdre, et il n'avait pas remboursé dans les délais dont ils avaient convenu.

À cette époque, Rafe avait des hommes chargés de recouvrer les dettes impayées, comme celles de Colton. En l'occurrence, l'employé avait pris sur lui de faire plus que d'exercer une simple pression sur le débiteur. Il avait tué les parents de Colton sur le chemin de leur propriété. Ce jour-là, c'était Colton qui était censé être sur la route, et l'employé de Rafe était chargé de lui rappeler, en termes clairs, ses obligations financières. Au lieu de cela, il avait commis un meurtre.

— Peut-être la question est-elle résolue pour vous, dit Colton à voix basse. Pour moi, elle ne le sera jamais.

— Je comprends, répondit Rafe, tournant la tête vers l'âtre. J'ai perdu mes parents quand j'étais très jeune.

À peine les mots furent-ils sortis de sa bouche qu'il voulut les reprendre. Il ne révélait rien sur lui-même. Alors, pourquoi le faisait-il maintenant ? Il se tourna à nouveau vers Colton. Rafe cherchait-il vraiment un ami ?

Non. Il était simplement… à vif. Il était sur le point de découvrir qui étaient ses parents, et il avait diablement besoin de Colton.

— Je suis désolé pour votre perte, lui dit ce dernier.

Inspirant, Rafe revint au sujet dont ils discutaient.

— Je n'ai pas besoin que vous me recommandiez pour entrer dans un club. Juste l'invitation à Ivy Grove, s'il vous plaît.

— Juste cela, répondit Colton d'un ton sarcastique. Vous semblez plutôt bien vous débrouiller. Je suis navré que nous n'ayons pas pu assister au bal que vous avez donné pour votre sœur.

— Vous n'avez pas besoin de vous excuser. Ce fut un succès malgré tout.

Rafe grimaça intérieurement : il avait l'air d'un imbécile arrogant. Non, il avait l'air d'un gentleman de la bonne société.

— Alors, le Vicaire fait définitivement partie du passé ? lui demanda Colton, et Rafe ressentit une contraction entre ses omoplates.

— Absolument. Je n'ai aucune envie de le ressusciter.

Rafe avait envie de demander à Colton si sa femme était au courant, et, le cas échéant, si elle en parlerait à sa sœur, mais cela aurait soulevé trop de questions. Non pas que cela aurait de l'importance si Anne – bon sang ! Il l'appelait déjà par son prénom ! – ou plutôt, Mlle *Pemberton* savait qui il était. Ce n'était pas comme s'ils avaient un avenir ensemble.

Se levant, Rafe réajusta son gilet.

— Merci pour votre temps, et pour votre aide.

— Je vous aide seulement parce que je vous suis redevable d'avoir trouvé l'homme qui m'extorquait de l'argent, répondit Colton en se levant à son tour. Sans votre aide, Chamberlain n'aurait pas été arrêté.

Colton était venu voir Rafe en pensant que c'était lui qui lui extorquait de l'argent. Le message que le vicomte avait reçu le menaçait de révéler qu'il avait des dettes de jeu, ainsi que le fait que lesdites dettes avaient entraîné la mort de ses parents. Colton avait naturellement pensé qu'il s'agissait de Rafe puisqu'il était au courant des dettes et que, dans son rôle de Vicaire, il était impliqué dans des activités qui repoussaient les limites de la légalité. Mais s'il avait prêté de l'argent à des taux illégalement élevés, possédait des boutiques de receleurs et avait été le bras droit de l'un des criminels les plus puissants de l'Est de Londres, il ne s'était jamais livré à l'extorsion.

Rafe avait mené sa propre enquête et découvert que Chamberlain, un homme à la moralité douteuse qui conduisait au Vicaire des gentlemen ayant besoin d'un prêt, était responsable. Après qu'il en avait informé Colton, ce dernier avait fait le nécessaire, en avouant ses propres transgressions, pour s'assurer que Bow Street arrêterait le criminel.

Et, ce faisant, il avait évité à Anne d'épouser ce brigand. Une vague de colère submergea Rafe. Il savait que Chamberlain était animé par l'avarice et la vanité. À la seule pensée qu'Anne aurait pu l'épouser, Rafe éprouva le besoin irrationnel de se rendre à Newgate et de réduire l'homme en bouillie avant qu'ils ne le déportent à l'autre bout du monde.

— Chamberlain est une crapule, dit-il froidement. Vous avez rendu un immense service à tout le monde en veillant à ce qu'il soit arrêté. En particulier à votre belle-sœur.

Colton fronça les sourcils.

— Vous en avez entendu parler ?

— *Tout le monde* en a entendu parler.

— Sans doute que oui. Si je suis heureux qu'Anne ne se soit pas retrouvée piégée dans un mariage avec lui, les choses n'ont pas été faciles pour elle. Je crains que sa réputation ne soit encore entachée.

Rafe détestait entendre cela.

— Rien de ce qui s'est passé n'est de sa faute.

— Je le sais, répondit Colton, de la douleur dans le regard.

Rafe voyait que l'autre homme se sentait coupable de cela aussi.

— Les choses vont sûrement s'améliorer.

Ou pas… Rafe ignorait comment fonctionnait la bonne société. Plus il en apprenait, et ce n'était pas grand-chose, moins il comprenait.

— Je l'espère bien. La saison touche à sa fin, et peut-être que l'année prochaine les gens auront oublié, ou du moins, qu'ils auront décidé d'être gentils avec Anne, lui dit Colton, qui posait un regard curieux sur lui. J'apprécie votre… inquiétude à son sujet.

Bon sang! Rafe ne voulait pas attirer l'attention sur ce point.

— Ce n'est que par politesse. Je suis impatient d'avoir de vos nouvelles au sujet de Stone.

Colton acquiesça, et Rafe prit congé. Un sentiment d'impatience envahit ses nerfs tandis qu'il se dirigeait vers le hall d'entrée. Sa respiration se bloqua longuement. Mais elle n'était pas là.

Tant mieux. Il ne devait pas la revoir. Pourtant, maintenant qu'il savait qui elle était et où elle vivait, pourrait-il rester à l'écart?

Il le devait.

Le majordome ouvrit la porte, et Rafe sortit dans l'après-midi radieux. Il tourna en direction de Grosvenor Square, afin de traverser pour se rendre à sa maison d'Upper Brook Street. *Bon sang !* Elle était bien trop près.

À l'angle de Davies Street, une silhouette familière, dotée d'un voile, s'avança sur son chemin. Bien trop près, *en effet.*

— Mademoiselle Pemberton, la salua-t-il, et il savoura son nom sur sa langue.

Anne serait encore meilleur.

— Monsieur Bowles. Et si nous faisions une promenade autour de la place ?

Rafe jeta un coup d'œil autour de lui.

— N'avez-vous donc jamais de chaperon ?

— J'ai presque toujours un chaperon. Sauf quand j'ai un garde du corps, si vous vous souvenez bien.

Rafe ne put s'empêcher d'arborer un grand sourire, et lui répondit dans un murmure.

— Toujours aussi insolente. Nous ne pouvons pas nous promener sur la place et vous le savez bien, lui dit-il, se retenant de dire « diablement ».

Parfois, la transition de son ancienne vie à la nouvelle lui demandait beaucoup d'efforts. Elle soupira.

— Je suppose que vous avez raison.

Enroulant sa main autour du coude de Rafe, elle l'entraîna dans Davies Street, puis dans l'étroite ruelle. Ils se tenaient à l'angle d'une écurie.

Hors de vue de la rue, elle retira sa main de son bras et lui fit face.

— Pourquoi rendez-vous visite à mon beau-frère ?

Il aurait aimé mieux voir son visage. Il distinguait à peine la courbe de sa mâchoire et la pente gracieuse de son nez. Ses yeux noisette et ses joues aux délicieuses fossettes étaient complètement cachés.

— J'avais des affaires à régler.

Elle posa une main sur sa hanche.

— C'est tout ce que vous allez me dire ? Après trois mois ?

— Quel est le rapport entre ma visite à votre beau-frère et la dernière fois que nous nous sommes vus ? Je devrais vous interroger sur les raisons pour lesquelles vous n'avez pas honoré notre rendez-vous pour aller à Aldersgate Street.

Elle baissa la tête et la tourna sur le côté.

— Je n'ai pas pu vous rejoindre.

— Était-ce à cause des baisers ? s'enquit-il.

Il n'aurait pas dû aborder le sujet. Mais, bon sang ! Il conservait un souvenir vivace de la pression de ses lèvres et de chaque caresse de sa langue.

— Je n'aurais pas dû en parler. Et je n'aurais pas dû vous embrasser en premier lieu.

Rabattant son voile sur son chapeau, elle lui adressa un sourire ironique.

— Vous parlez comme si vous étiez le seul responsable. J'ai participé très volontiers, affirma-t-elle avec un regard doux. Je ne vous ai jamais oublié.

Voir son visage le ramena à leurs merveilleux après-midi, et lui arracha une douleur.

— Pas même quand vous étiez fiancée ?

Il n'avait pas voulu lui faire de mal, mais lui faire remarquer qu'elle était clairement passée à autre chose. Devant la lueur de désarroi dans ses yeux, il s'empressa d'ajouter :

— Vous avez fait ce que vous aviez à faire. Et vous *devriez* m'oublier.

Tout comme il devrait l'oublier.

— Est-ce ce que vous avez fait ?

— Oui, mentit-il.

Elle releva le menton.

— Je ne vous crois pas. Vous ne me demanderiez pas pourquoi je ne vous ai pas rejoint et vous ne mentionneriez pas mes fiançailles si vous m'aviez oubliée, si vous n'en aviez rien à faire.

Zut ! Il ne voulait pas se montrer cruel, mais, apparemment, il allait devoir l'être.

— Je n'en ai rien à faire. Vous n'étiez qu'une passade.

Elle inspira brusquement.

— J'ai *essayé* de vous oublier. Et oui, je me suis fiancée, car c'était ce que l'on attendait de moi. Je me sentais terriblement mal de ne plus pouvoir vous retrouver… c'était stupide de notre part de ne pas échanger nos noms. Je vous aurais envoyé un message.

— Ce n'était pas stupide du tout. Je n'ai aucun regret.

Ce n'était pas tout à fait vrai. Il n'aurait pas dû l'embrasser. Il n'aurait pas dû faire quoi que ce soit de tout cela. Mais elle l'avait captivé dès leur rencontre. Il avait eu faim de quelque chose, d'un lien, peut-être.

— Eh bien, moi, j'en ai, lui dit-elle d'une voix douce, la tristesse assombrissant les parties vertes de ses yeux noisette. J'aimais notre amitié et j'aurais aimé qu'elle se poursuive.

Rafe entendit l'espoir dans sa voix et tâcha de le réduire à néant.

— Nous n'étions pas amis, et nous ne le serons pas. J'ai profité de vous, et vous avez eu l'intelligence de mettre un terme à la situation.

— Ce n'était pas *mon* choix. Mon chaperon n'était plus en mesure de m'accompagner chez Hatchard et je ne pouvais pas m'y rendre seule, répliqua-t-elle, plissant les yeux. Je ne comprends pas pourquoi vous vous montrez cruel. Vous pouvez nier que nous étions amis, ou que nous partagions un lien, mais vous ne me convaincrez pas. J'étais là.

Rafe grimaça quand elle prononça le mot « lien ». Elle fit un pas vers lui, les rapprochant plus que la bienséance le voulait.

Malgré cela, il ne bougea pas.

— Pourquoi ne pouvez-vous pas au moins admettre que nous étions amis ? M'en voulez-vous de ne pas vous avoir rejoint ? s'enquit-elle, posant timidement la main sur son torse. J'ai été dévastée de ne pas avoir pu vous rejoindre. J'aurais donné n'importe quoi pour savoir qui vous étiez afin de pouvoir vous retrouver.

Il envisagea de lui dire qu'il aurait pu facilement la retrouver, et qu'il avait choisi de ne pas le faire. Mais, en fin de compte, il ne voulait *pas* la blesser.

— Nous étions… amis. Mais c'était dans le passé.

Anne soutint son regard, tout en appuyant fermement sa main contre lui.

— Rien ne nous oblige à laisser cela dans le passé.

Qu'était-elle en train de proposer ? Rafe lui prit la main et la ramena vers son flanc.

— Si, bien sûr. Je n'aurai pas de liaison avec vous.

Elle écarquilla les yeux, et il se rendit compte qu'il avait mal compris. Elle voulait… une cour ? C'était encore pire. Elle pinça les lèvres et fit la moue en détournant le regard.

— Vous avez une piètre opinion de moi maintenant, comme tout le monde.

Rafe lui saisit le menton et l'obligea à le regarder.

— Non. Je ne pourrai jamais avoir une mauvaise opinion de vous.

Une lueur d'espoir apparut dans le regard de la jeune femme.

— Je ne demandais pas de liaison… mais seulement ce que j'ai dit : une amitié. Ce serait agréable d'avoir quelqu'un qui ne me regarde pas avec pitié et qui ne me juge pas. Vous avez parlé de mes fiançailles, vous devez donc savoir ce qui s'est passé.

— Oui, répondit-il, tout en se demandant une nouvelle fois s'il devait aller à Newgate et frapper Chamberlain.

Sa détermination faiblissait. Elle ne voulait que ce qu'il lui avait offert, et qu'il n'ait pas une mauvaise opinion d'elle. Il la relâcha.

— Anne, je ne peux pas être votre ami. Mais je vous soutiendrai sans réserve, et si vous avez besoin d'aide, vous savez maintenant où me trouver.

Le soupçon d'un sourire releva le coin de sa bouche pulpeuse, qu'il brûlait d'embrasser à nouveau.

— Vous m'avez appelée Anne. C'est ce que font les amis. Je crains donc que vous ne puissiez mettre un terme à ce qui s'est déjà produit. Nous sommes amis.

Rafe faillit éclater de rire. Il en avait envie. Mon Dieu ! Ce petit bout de femme qui devait avoir dix ans de moins que lui s'était proprement immiscé dans son esprit et dans sa vie comme personne d'autre ne l'avait fait.

Peut-être pas *personne* d'autre. Il n'y avait qu'à voir comment cela s'était terminé. Qu'Anne soit entrée d'une manière ou d'une autre dans le même royaume qu'Eliza avait habité autrefois était à la fois choquant et terrifiant.

— Je ne mérite pas d'être votre ami, mademoiselle Pemberton, et plus tôt vous l'accepterez, plus vous serez heureuse.

Il se détourna d'elle et perçut le murmure de sa réponse dans la brise d'été.

— *Vous* me rendiez heureuse.

Rafe sortit de la ruelle sans se retourner.

~

*A*nne n'avait pas bien dormi la nuit précédente. Maintenant qu'elle savait qui était lord Garde-du-corps, elle devait faire de gros efforts pour ne pas lui rendre visite. Ou l'inviter à Aldersgate Street. Ou l'embrasser.

Il était exactement comme dans son souvenir : grand, avec des cheveux dorés, remarquablement beau, même avec cette cicatrice qui lui entaillait le menton et la lèvre. Peut-être à cause de cette estafilade. Il dégageait une masculinité pure qu'aucun autre homme qu'elle avait rencontré à Londres ne possédait.

Et il ne voulait rien avoir à faire avec elle.

Sauf si elle avait besoin d'aide. Alors elle pourrait faire appel à lui. Peut-être devrait-elle chercher les ennuis. Que pourrait-elle faire qui nécessiterait son aide ?

La journée des magazines avait lieu une semaine plus tard. Elle tenait toujours à y assister, et il ne voudrait sûrement pas qu'elle y aille seule... Pfft. Cela ne pouvait être considéré comme un besoin d'aide.

— Pourquoi es-tu renfrognée ? lui demanda Jane en entrant dans le petit salon, où Anne buvait une tasse de café.

Et faisait une fixation sur M. Bowles. Quel était son prénom ? Elle voulait le savoir, surtout que lui connaissait le sien, et l'avait utilisé.

— Mon café est froid.

— Et c'est pour ça que tu es renfrognée ? fit Jane en riant. Je me disais que nous pourrions sortir tout à l'heure.

— Pour aller où ? s'enquit Anne, sceptique.

Jane avait redoublé d'efforts pour faire sortir Anne de la maison, mais à quoi bon quand la moitié de la société la traitait en paria et que l'autre moitié secouait la tête en la regardant avec pitié ?

— N'importe où. Le parc ? Bond Street ? Chez Hatchard ? Je sais à quel point tu aimes cet endroit.

— Excusez-moi, dit Purcell, le majordome d'Anthony, en entrant dans le petit salon. Inclinant légèrement sa tête poivre et sel. Lord Stone est ici.

Anne ignorait si elle en était contente ou ennuyée. Elle aimait son parrain, mais depuis que ses parents avaient quitté la ville à la suite de l'arrestation de Gilbert, il avait pris l'habitude de s'immiscer dans sa vie, envoyant d'innombrables lettres pour s'enquérir de son bien-être et lui demander comment il pourrait l'aider.

— Nous le retrouverons dans le salon, dit Jane.

Quand Purcell s'en alla, elle regarda Anne en plissant les yeux.

— Je pensais que tu aimais ton parrain.

— C'est le cas. Je l'aime beaucoup.

Dans un certain sens, elle l'aimait plus que son père. Et même s'il se mêlait de tout, au moins le faisait-il d'une manière moins autoritaire et affreuse que leur père.

Jane lissa la bordure de dentelle retournée sur la manche de sa robe.

— Au moins, tu as quelqu'un qui se soucie de ton bien-être.

Aussitôt, Anne se sentit penaude. À cause d'une fausse rumeur lancée au sujet de Jane cinq ans plus tôt, elle n'avait jamais eu de succès sur le marché du mariage. Et leurs parents, en particulier leur père, ne lui avaient jamais permis de l'oublier.

Anne lança un regard d'excuse à sa sœur.

— Je suis désolée que tu n'aies plus de parrain ou de marraine.

Ils étaient morts plusieurs années auparavant, et il était inutile de mentionner leurs parents. Ces derniers avaient pratiquement renié Jane lorsqu'elle s'était proclamée vieille fille, et ce, même si elle avait épousé un vicomte depuis. Et peu importait aussi qu'elle soit follement heureuse.

— Viens, allons retrouver le comte.

Jane sortit du petit salon avant Anne, qui la suivit docilement à l'étage

Alors qu'elles pénétraient dans la grande pièce qui donnait sur Grosvenor Street en contrebas, Stone se détourna des fenêtres, un large sourire illuminant ses yeux bleus. Ses cheveux châtain clair étaient implantés en cœur, ce qui contribuait peut-être à la longueur de son visage, tout comme la fente de son menton. Il était plutôt grand et conservait une bonne forme physique, bien qu'âgé de plus de cinquante ans.

— Ma chère Anne ! s'exclama-t-il en la regardant, avant de se tourner vers Jane. Lady Colton.

— C'est un plaisir de vous accueillir, lord Stone, lui dit Jane, qui fit un geste en direction des sièges installés près des fenêtres. Et si nous nous asseyions ?

Anne rejoignit son parrain et déposa un baiser sur sa joue, tandis qu'il l'embrassait affectueusement.

— C'est vraiment gentil de nous rendre visite.

— Comme tu refuses toujours mes invitations à dîner et que tu ne m'invites pas à te rendre visite, j'ai décidé de prendre les choses en main.

Il s'assit dans un fauteuil tandis qu'Anne et Jane s'installaient sur un petit canapé. Un frisson de malaise parcourut Anne. Elle espéra qu'il voulait simplement venir la voir, mais elle craignait que ce ne soit plus que cela.

— Je suis ravie que vous l'ayez fait.

— Sais-tu que Sandon est de retour en ville ? s'enquit le comte.

— Oui. Jane a mentionné qu'il était à un pique-nique la semaine dernière.

Anne n'avait pas voulu l'y accompagner.

— Ah, oui ! Bien sûr, répondit-il en souriant à Jane, puis il pinça les lèvres en regardant Anne. Je suppose que tu n'y étais pas ? Bien sûr que non. Tu ne vas nulle part. Tu ne dois pas devenir une ermite, ma chérie. Cela ne ferait qu'aggraver la situation.

Sans doute pensait-il que ce genre de remarque l'aidait à se sentir mieux…

— La saison est presque terminée. Je ne crois pas que cela ait une quelconque importance si je sors. L'année prochaine viendra bien assez tôt.

Peut-être que, d'ici là, l'idée d'assister à un événement de la société ne lui ferait plus mal au ventre.

— Bonjour, dit Anthony en entrant dans le salon.

Il se dirigea directement vers eux et fit un signe de tête au comte.

— Lord Stone, bienvenue, le salua-t-il en prenant place sur un autre fauteuil, près du canapé.

— Bonjour, Colton. Je disais justement à votre belle-sœur qu'il était grand temps pour elle qu'elle réintègre la société. J'aimerais organiser un dîner, mais rien de trop important ni de trop compliqué. Ce serait l'occasion idéale de montrer à tous qu'elle est toujours l'illustre jeune femme qui a captivé tout le monde cette saison.

Pas tout le monde. En tout cas, pas de façon permanente. Pourquoi Bowles ne voulait-il pas poursuivre leur amitié ? Anne s'intima de prêter attention et de cesser de penser à lui.

Jane regarda son mari.

— Je ne sais pas si tu t'en souviens, ou même si je te l'ai déjà dit, mais lord Stone est le parrain d'Anne.

— Je ne crois pas que je le savais, répondit Anthony, penchant la tête sur le côté. Un dîner serait une bonne chose, mais c'est maintenant l'été, et la saison est presque terminée. Un événement à Ivy Grove serait un enchantement.

Pourquoi son beau-frère encourageait-il une telle chose ? Anne le regarda en plissant les yeux. Il ne s'en rendit pas compte.

— Peut-être un pique-nique ou une soirée ; comme vous l'avez dit, rien de trop important.

Stone hocha la tête.

— C'est une excellente idée ! Nous fêterons le retour de Sandon à Londres, affirma-t-il, adressant un sourire à Anne. Et nous réintroduirons Anne par la même occasion. C'est un plan merveilleux !

Non, absolument pas. C'était affreux. Anne jeta un regard

suppliant à Jane, qui pinça les lèvres et jeta un coup d'œil à Anthony, qui, une fois de plus, ne sembla pas le remarquer.

— Je me demande si je pourrais suggérer quelqu'un pour la liste des invités, intervint-il. J'ai récemment fait la connaissance de M. Bowles, un gentleman fascinant qui vient d'arriver à Londres.

Anne se redressa. Peut-être ne serait-ce pas si affreux après tout.

— Oh, oui ! dit Jane, incitant Anne à la regarder à nouveau.

Maintenant, *elle* aidait ? Et pourquoi ? Que savait-elle de Bowles ? Anne eut un moment de panique.

— M. Bowles a deux sœurs avec lesquelles j'ai fait connaissance, lady Rockbourne et Mme Sheffield.

Anne cligna des yeux. Elles étaient membres de la Société des femmes de tête, le club que Jane avait fondé avec ses amies Phoebe et Arabella, et qui était devenu une association philanthropique comptant aujourd'hui plus d'une douzaine de membres. Et c'étaient ses *sœurs* ? Il avait été si près d'elle pendant tout ce temps.

— Je vais écrire leurs noms pour votre liste, proposa Jane, qui se leva et se dirigea vers un bureau dans le coin de la pièce.

Lord Stone lui sourit.

— Oui, un pique-nique. Ce sera merveilleux ! Je vais envoyer les invitations immédiatement, pour que nous puissions organiser l'événement le plus tôt possible. Vendredi, je pense.

— Si tôt ? demanda Anne.

Même si elle voulait avoir l'occasion de revoir Bowles, c'était terriblement court pour planifier et organiser un événement.

Le comte agita la main.

— Il reste encore beaucoup de temps, et les gens ajusteront leurs plans pour venir. Je n'ai pas reçu à Ivy Grove cette saison.

Il sourit avec assurance. Peut-être même un peu trop. Il avait toujours été un peu arrogant. Anne l'acceptait comme faisant partie de qui il était.

— Nous attendons cela avec impatience, affirma Anthony en souriant.

Anne était partagée entre l'envie de jeter quelque chose à la tête de ce dernier, et celle de le remercier d'avoir invité M. Bowles. Bien sûr, elle ne pouvait faire ni l'un ni l'autre.

Jane revint et tendit un morceau de parchemin plié au parrain d'Anne.

— Et voilà. Je vous remercie de les inviter. Je ne sais pas si lord et lady Rockbourne viendront, mais c'est gentil de votre part de les inclure.

— Ah, oui ! Une… étrange situation, dit Stone qui se leva et rangea le papier dans la poche de sa veste. Ils seront les bienvenus s'ils décident de venir. Mieux vaut laisser derrière nous toutes ces bêtises au sujet de la famille Chamberlain.

Des bêtises ? Ces frère et sœur étaient détestables. Gilbert était sur le point d'être déporté pour extorsion, et sa sœur, l'ancienne lady Rockbourne, était à l'origine de la rumeur infâme sur Jane cinq ans plus tôt, qu'elle avait lancée pour inciter Rockbourne à lui faire la cour plutôt qu'à Jane. Cela avait fonctionné, et Mlle Dorothea Chamberlain était devenue la vicomtesse Rockbourne. Elle était morte quelques semaines auparavant, après être tombée de leur balcon. Le vicomte, père de leur jeune enfant, s'était rapidement remarié. Peut-être était-ce étrange, mais la nouvelle lady Rockbourne, leur amie Beatrix, était charmante.

Et elle était également la sœur de lord Garde-du-corps.

Anne n'arrivait toujours pas à croire que leurs cercles se croisaient à ce point et qu'ils ne s'étaient pourtant jamais encore croisés. Et s'ils l'avaient fait il y a de cela plusieurs

semaines, avant qu'elle ne rencontre Gilbert Chamberlain ?
Ce n'était pas la peine d'y penser.

Anne, Jane et Anthony se levèrent à leur tour. Stone prit
la main d'Anne et la serra.

— Je suis ravi que tu sois de retour dans la société. Tous
ces désagréments sont maintenant derrière toi. Qui sait ?
Peut-être rencontreras-tu vendredi l'homme qui deviendra
ton mari ? suggéra-t-il, agitant les sourcils en regardant sa
filleule.

Bon sang ! Il voulait qu'elle se fasse courtiser à nouveau ?
Elle serra les dents et afficha un sourire tendu.

— Qui sait ?

Il éclata de rire et lâcha sa main. Il leur souhaita un bon
après-midi et prit congé. Jane regarda sa sœur.

— Je suis désolée, Anne. Je sais que tu ne veux pas y aller,
et encore moins que le comte essaie de te trouver un époux,
lui dit-elle, lançant un regard noir à Anthony. Pourquoi as-tu
fait cela ?

— Fait quoi ? s'enquit-il, fronçant les sourcils. C'est toi qui
m'as dit qu'Anne devrait sortir.

Jane lança un coup d'œil à sa sœur, mais répondit à son
mari.

— Pour qu'elle fasse une promenade dans le parc, ou bien
qu'elle aille faire quelques courses, pas pour un pique-nique.

— Mais tu as toi-même essayé de la convaincre d'aller à
un pique-nique la semaine dernière ! répliqua Anthony, qui
secoua la tête en marmonnant. Je ne comprends rien aux
femmes.

— Je suis juste là, fit remarquer Anne. J'aurais préféré que
les choses ne se passent pas ainsi, mais il n'y a plus rien à
faire.

Surtout que Bowles serait présent. En supposant qu'il
accepte l'invitation. Oh, il le fallait ! La Société des femmes de
tête se réunissait le lendemain dans la maison des femmes de

tête de Cavendish Square, désormais habitée par Selina, la sœur de M. Bowles. Beatrix serait probablement là aussi, et Anne pourrait les encourager, ainsi que leur frère, à venir à Ivy Grove.

Si cela se produisait, si lord Garde-du-corps était présent, Anne y assisterait avec joie.

Anthony lui adressa un regard sincère.

— Je te présente mes excuses, Anne. J'essayais seulement d'aider.

— Tout comme moi, intervint Jane.

— Je le sais, et je vous remercie tous les deux. S'il vous plaît, ne vous disputez pas pour moi. Votre affection mutuelle est cruciale pour moi, elle me rappelle qu'il y a du bonheur à prendre.

Anthony s'approcha de Jane et lui passa un bras autour de la taille.

— En effet, il y en a, même quand on croit qu'il n'y en a pas. Je le sais bien.

Oh que oui ! Après le meurtre de ses parents l'année précédente, il pensait ne plus jamais pouvoir être heureux ni mériter de l'être. Jane l'avait remis sur pied, tant sur le plan émotionnel que physique, après qu'il s'était présenté sur le pas de sa porte, battu au point d'en être méconnaissable. S'il avait pu trouver l'amour, Anne le pouvait sûrement aussi.

Sauf qu'elle était à peu près certaine que le trouver ne serait pas un problème pour elle. Savoir s'il y aurait réciprocité était une tout autre question.

CHAPITRE 3

*A*près avoir été annoncé par le majordome de sa sœur, Rafe entra dans la salle jardin de la nouvelle résidence de cette dernière à Cavendish Square. La pièce était encombrée, car l'on y avait ajouté plusieurs chaises.

— Tu attends une armée ? l'interrogea Rafe.

Selina ajusta la position d'une chaise près des portes menant au jardin. Il y avait normalement une table à cet endroit, mais elle avait apparemment été déplacée hors de la pièce.

— Rien que la Société des femmes de tête. Bien que notre nombre augmente, nous sommes loin d'être une armée. De toute façon, tout le monde ne sera pas là aujourd'hui, y compris Beatrix, lui dit-elle, puis elle s'interrompit brusquement et le regarda fixement. Tu es ici à cause de l'invitation.

Elle n'avait pas à préciser de quelle invitation il s'agissait.

— Tu l'as déjà reçue ?

Selina hocha la tête.

— Un pique-nique à Ivy Grove *demain*. Comment as-tu réussi ? Et si rapidement ?

Rafe haussa une épaule.

— Quelqu'un me devait une faveur.

Sa sœur fronça les sourcils en contournant une chaise.

— Personne de peu recommandable, j'espère. Nous sommes censés avoir laissé cette vie derrière nous.

Son ton était à la fois sérieux et plein d'espoir, ce qui fit presque sourire Rafe. Ils avaient tous deux traversé tant d'épreuves, ensemble lorsqu'ils étaient enfants, puis plus tard lorsqu'il l'avait envoyée à l'école et qu'ils s'étaient retrouvés séparés pendant dix-neuf ans, une durée qu'il ne se pardonnait pas.

— T'ai-je dit à quel point j'étais heureux que tu sois enfin revenue à Londres ? lui demanda-t-il.

Elle croisa les bras.

— T'ai-je dit à quel point j'étais en colère quand je croyais que tu te fichais de moi ?

— Oui. Et tu n'as pas besoin d'arrêter. Je mérite chaque mot blessant que tu pourrais prononcer, même si j'essayais vraiment d'assurer ta sécurité, lui répondit-il avec un regard ironique. Tu as plus que largement démontré ta capacité à prendre soin de toi.

— Oui, c'est parce que j'ai appris du meilleur, expliqua-t-elle en inclinant la tête. Bon, tu ne m'as pas rassuré sur cette personne qui te devait une faveur. Est-ce quelqu'un de ta vie passée ?

Rafe passa ses doigts sur sa mâchoire.

— Oui… et non. Lord Colton devait une faveur au Vicaire.

Selina grommela un juron.

— Étais-tu mêlé à cette affaire d'extorsion entre lui et l'ancien beau-frère de Thomas ?

Elle faisait référence à Gilbert Chamberlain, le frère de l'épouse décédée de Rockbourne, leur nouveau beau-frère. Le brigand qu'Anne avait failli épouser.

— Je n'avais rien à voir avec l'extorsion, non. Je ne m'impliquerais jamais dans une activité aussi détestable, soupira Rafe. Mais, quand j'étais le Vicaire, j'ai eu quelques relations avec Chamberlain il y a plusieurs années. Son manque de moralité correspondait à mes besoins quand je cherchais à atteindre des clients plus riches et avec de meilleurs statuts.

— Mon Dieu ! Cela semble horrible ! Et pourtant, je comprends dans quelle mesure c'était utile à ta cause, reconnut-elle, les lèvres pincées.

— La cause consistant à nous sortir de l'ornière, dit-il tranquillement.

Tous deux avaient fait des choses qu'ils regrettaient, des choses qui avaient été nécessaires à leur survie, ou qui les avaient propulsés là où ils en étaient maintenant. Voir Selina heureuse, amoureuse, et, par-dessus tout, en sécurité, en valait largement la peine.

— Oui. Je comprends. Totalement, affirma-t-elle, et son regard, teinté d'une légère tristesse, lui disait qu'elle était sincère.

— Chamberlain était bien placé dans la société, en particulier auprès de gentlemen qui avaient besoin d'une aide financière.

— Que le Vicaire, autrement dit, toi, pouvait leur fournir sous la forme de prêts à taux d'intérêt élevé.

— C'est ainsi que j'ai fait la connaissance de lord Colton. Plus tard, à sa demande, j'ai découvert que c'était Chamberlain qui lui extorquait de l'argent. En échange de mon aide, Colton me devait une faveur. Je lui ai demandé s'il pouvait s'arranger pour que je sois présenté à Stone, de préférence à Ivy Grove. Il m'a dit que ce serait difficile, mais visiblement, il n'a rencontré aucun problème.

Les lèvres de Selina se retroussèrent en un petit sourire.

— *Visiblement.*

— Je n'imaginais pas que cela arriverait aussi rapidement, mais c'est tout à fait heureux.

Rafe était impatient d'explorer la folie et de voir si d'autres souvenirs remontaient à la surface.

— Colton sait que tu étais le Vicaire. N'est-ce pas dangereux ?

— Pas plus dangereux que le fait que ton mari, coureur de Bow Street de son état, soit au courant.

— Harry ne dira jamais rien, même si vous n'êtes pas devenus amis. J'espère sincèrement que cela changera, ajouta-t-elle.

Rafe doutait de cette possibilité. Sheffield avait passé des années à traquer le Vicaire pour un crime qu'il n'avait pas commis. Quand Sheffield l'avait appris et qu'il avait capturé l'homme qui avait incendié un bordel, tuant plusieurs personnes à l'intérieur, il avait abandonné son besoin de vengeance. Pourtant, ils n'avaient pas noué d'amitié, en dépit du fait qu'ils étaient désormais liés par un mariage.

— Je ne m'inquiéterais pas pour Colton. Cela ne lui servirait à rien de dire quoi que ce soit. Autant que moi, il veut tirer un trait sur son passé.

Le vicomte n'avait aucune envie de rappeler aux gens qu'il avait croulé sous les dettes de jeu, et qu'il avait emprunté de l'argent qu'il n'avait pas été en mesure de rembourser à l'origine. Ou bien que sa défaillance avait mené au meurtre de ses parents.

Selina décroisa les bras et les laissa retomber le long de son corps.

— Comment vas-tu faire pour parler à lord Stone au milieu d'un pique-nique ?

— Je suis sûr que l'occasion se présentera.

Dans le cas contraire, il en créerait une.

— Et que vas-tu lui dire ? Comptes-tu lui demander s'il reconnaît en toi un visiteur qui est venu dans sa propriété il y a près de trente ans, alors que tu étais enfant ? s'enquit-elle.

L'observant avec les yeux plissés, elle se rapprocha. Elle observait son œil droit.

— Cependant, tu as cette tache orange, et elle est là depuis toujours. Je suppose qu'il n'est pas impossible qu'il reconnaisse ce signe distinctif.

— Je n'ai pas encore décidé quoi lui dire. Peut-être seras-tu celle qui parlera. Tu préférerais être avec moi quand je l'aborderai, n'est-ce pas ?

Elle inclina la tête.

— J'aimerais beaucoup, oui.

— C'est notre passé commun, Lina. Tu n'en as peut-être aucun souvenir, mais c'étaient aussi tes parents.

— J'aimerais me souvenir d'autre chose de plus qu'un collier de corail.

Elle porta la main sur le pendentif qu'elle portait, et qui était si semblable à celui qui avait appartenu à leur mère.

— Peut-être qu'Ivy Grove éveillera des souvenirs en toi, suggéra Rafe.

Selina laissa échapper un petit rire.

— J'avais deux ans et demi lorsque l'incendie a emporté nos parents. C'est un miracle que je me souvienne du collier, dit-elle, redevenant sérieuse. Et l'église de Croydon ?

— Je me suis dit que nous pourrions peut-être nous y arrêter demain, en chemin pour Ivy Grove.

Elle hésita.

— Harry sera avec moi.

Rafe comprit ce qu'elle ne disait pas.

— Je préférerais qu'il n'y ait que toi et moi. Je ne te demande pas de lui cacher des choses, mais seulement que nous y allions seuls.

— Merci. Nous irons un autre jour ? Bientôt ?

— Oui, lui répondit Rafe avec un sourire. Sheffield est un homme chanceux.

Selina secoua la tête.

— C'est moi qui ai de la chance. J'espère que tu en auras aussi… un jour.

— Je n'ai pas besoin de tomber amoureux pour me sentir chanceux.

Il n'avait pas besoin de tomber amoureux, *point.* Pas une nouvelle fois. Anne traversa son esprit comme un éclair. Soudain, il fut aveuglé. Jusqu'à ce qu'il cligne des yeux.

— Madame Sheffield, vos premières invitées sont arrivées.

Rafe cligna à nouveau des yeux.

— Je vais y aller.

Tournant les talons, il s'immobilisa quand Anne entra dans la pièce avec sa sœur ; du moins Rafe était-il certain qu'il s'agissait de sa sœur, lady Colton.

L'expression d'Anne se teinta de surprise, et Rafe espéra que Selina ne s'en était pas aperçue. Sauf que sa sœur était diablement observatrice. C'était là une compétence essentielle pour un tire-laine* prospère.

— Bonjour, lady Colton, mademoiselle Pemberton, les salua chaleureusement Selina. Permettez-moi de vous présenter mon frère, M. Raphael Bowles.

Raphael était le nom qu'il avait pris pour que « Rafe » ait l'air plus sophistiqué. À l'âge de huit ans, il avait rencontré un homme nommé Bowles, propriétaire d'un cercle de jeux huppé. Vêtu de façon luxueuse et s'exprimant bien, il avait impressionné Rafe.

— Bonjour, dit lady Colton.

Elle mesurait quelques centimètres de plus qu'Anne, et ses yeux étaient plus foncés, d'un vrai brun, sans le vert qui rendait les yeux d'Anne noisette. Leurs cheveux blonds étaient aussi légèrement différents, non pas dans leur teinte, mais dans leur vitalité, ce qui n'avait absolument aucun sens

---

* NdT : Pickpocket.

lorsqu'il s'agissait de décrire des cheveux. Néanmoins, ce mot représentait parfaitement les boucles d'Anne, qui échappaient souvent à leur coiffure pour frôler son front, sa joue ou son cou. Tous les endroits qu'il voulait embrasser.

Bon sang !

— C'est un plaisir de vous rencontrer, monsieur Bowles, lui dit Anne en hochant la tête d'un air sage, même s'il était certain qu'il n'y avait rien de sage chez elle.

Rafe s'inclina. C'était l'une des rares choses que son père lui avait enseignées et dont il gardait le souvenir.

— Tout le plaisir est pour moi. Je vous prie de m'excuser. Je ne souhaite pas perturber votre réunion.

Il sourit avant de passer devant elles. Mais il perçut d'abord le regard intense d'Anne, et le léger écartement de ses lèvres. Elle voulait dire autre chose, mais il n'allait pas lui en donner l'occasion.

Seulement, Anne était une femme plutôt persistante.

— Nous verrons-vous demain au pique-nique à Ivy Grove ?

Rafe se retourna vers sa sœur et elle. Évidemment, elles seraient présentes. Si Colton était à l'origine de l'événement, il était logique que tous les trois soient également invités.

— Oui. J'ai hâte d'y être.

La bouche d'Anne afficha un sourire provocateur.

— Moi aussi.

Avant qu'Anne ne dise ou ne fasse quoi que ce soit d'autre qui puisse attiser la curiosité de Selina, Rafe quitta la maison à grands pas. Il devait réfléchir au pique-nique, à ce qu'il allait dire à Stone.

Sauf qu'Anne serait présente également. Et cela rendait cet événement encore plus attrayant.

*a*lors qu'Anthony aidait Anne à descendre de la calèche à Ivy Grove, elle leva les yeux vers le ciel gris.

— Je crains qu'il ne pleuve.

Elle espérait que le pique-nique ne serait pas annulé. Ou bien que M. Bowles, *Raphael*, n'ait pas décidé de ne pas venir.

Anthony fronça les sourcils en levant le regard vers le ciel.

— J'en ai bien l'impression. Espérons que ton parrain aura prévu une solution de repli.

Il offrit son bras à Jane, et un valet de pied leur indiqua d'un geste le chemin qui les mènerait au pique-nique.

Anne se mit en marche de l'autre côté de sa sœur. Elle était déjà venue à Ivy Grove à plusieurs reprises et n'avait pas été surprise lorsqu'un palefrenier avait dirigé la calèche vers le lac. C'était l'endroit idéal pour un pique-nique. Le chemin contourna un bosquet, et le temple d'Aphrodite apparut. En matière de folie, il constituait un exemple extraordinaire. Peut-être était-ce une chose étrange, mais c'était ce que son parrain préférait dans ce domaine. Apparemment, son père l'avait construite.

Rond et couvert d'un dôme, le temple comportait neuf colonnes sur son pourtour. Au centre de l'édifice trônait une imposante statue de la déesse tenant une colombe tandis que des roses fleurissaient à ses pieds. Autour de la base du temple se trouvaient des dauphins et d'autres créatures marines plus petites, ainsi que des coquillages.

— Te souviens-tu d'être venue ici quand nous étions enfants ? demanda Anne à Jane.

Cette dernière hocha la tête.

— Oui. Je me souviens que j'avais envie de pêcher, et que je n'en avais pas le droit, parce que papa disait que ce n'était pas approprié pour les filles.

— Je t'emmènerai pêcher, mon amour, lui proposa Anthony en souriant. Quand il ne sera pas sur le point de pleuvoir.

Plusieurs autres invités étaient rassemblés près du lac, où des couvertures étaient étalées sur l'herbe. Anne repéra aussitôt lord Garde-du-corps, car il était plus grand que tous les autres. Elle résista à l'envie de marcher droit vers lui.

— Où est lord Stone ? s'enquit Jane.

Anne observa une nouvelle fois les personnes rassemblées.

— Je ne le vois pas.

— Lady Colton, mademoiselle Pemberton, les salua Lorcan Mallory, vicomte Sandon et fils de Stone, en arrivant derrière elles.

— Pourquoi t'adresses-tu à nous de manière aussi formelle ? s'exclama Anne en riant. Tu nous connais depuis toujours.

— Oui, mais Jane est maintenant vicomtesse.

Sandon s'inclina devant cette dernière, puis devant Anne. Lorsqu'il se redressa, il leur sourit à toutes les deux.

— Pardonnez à mon père. Il hésite à déplacer le pique-nique à l'intérieur, expliqua-t-il, levant les yeux vers le ciel, où un nuage particulièrement sombre se dirigeait droit sur eux. Je pense qu'il devrait le faire, mais il ne m'écoute pas toujours.

— Peut-être aurons-nous de la chance et que la pluie ne s'abattra pas sur nous, remarqua Anne.

Le regard de Sandon se porta sur les valets de pied, qui servaient du vin.

— Je vous prie de m'excuser, mais je dois m'occuper de l'organisation du pique-nique. Mon père voudrait attendre quelques minutes de plus pour boire le vin, le temps que ces nuages plus sombres se dissipent.

Estimant qu'elle avait attendu un temps raisonnable avant

d'approcher lord Garde-du-corps, Anne se tourna vers l'endroit où il se tenait avec sa sœur et son mari.

— Allons parler à Selina.

Jane acquiesça, et le trio se dirigea vers la jeune femme, son mari et M Bowles. Selina les salua chaleureusement, tout comme son époux, M. Sheffield. M. Bowles s'inclina et Anne jugea qu'il était plutôt doué pour cela.

La jeune femme se plaça à côté de lord Garde-du-corps.

— Avez-vous vu le temple ?

— Oui, répondit-il, les yeux rivés sur la folie à quelques mètres de là. Il est assez difficile à manquer.

— Venez, je vais vous montrer ma partie préférée.

Il haussa les sourcils.

— Vous êtes déjà venue ici ?

Elle lui prit le bras et le conduisit jusqu'à la folie.

— À de nombreuses reprises. La déesse de l'amour, lui dit-elle avec un regard en coin, mais il ne réagit pas. Elle venait de la mer, c'est pourquoi la base du temple est décorée de créatures de l'océan. J'adore les dauphins, mais il y en a un en particulier...

Elle le guida vers l'arrière du temple.

— Tenez. Celui-ci a l'air de sourire.

Lord Garde-du-corps s'approcha du dauphin, dont le nez pointait vers le ciel comme s'il remontait à la surface de l'eau inexistante. Il toucha la pierre, les yeux rivés sur l'animal.

— Extraordinaire, souffla-t-il.

— Avez-vous déjà vu un vrai dauphin ? l'interrogea-t-elle. Moi, non.

Il caressa le nez du dauphin.

— Je ne suis jamais allé au bord de la mer. Du moins, pas que je m'en souvienne, ajouta-t-il d'une voix douce

— Vous devriez rectifier cela. J'adore l'océan. Le son et l'odeur ont quelque chose d'incroyablement paisible et rafraîchissant.

— Peut-être le ferai-je, lui dit-il, puis il tourna la tête et la regarda. Personne ne peut nous voir ici. N'est-ce pas scandaleux ?

Elle haussa une épaule.

— Sans doute que si.

Elle faillit lui dire qu'elle avait déjà eu son lot de scandale, mais elle n'avait pas envie de discuter de son mariage avorté. Surtout pas avec lord Garde-du-corps.

— Ainsi, vous vous appelez Raphael ?

Il retira sa main du dauphin.

— Rafe.

— Rafe. Cela vous va bien.

Il esquissa un petit sourire.

— Quelle chance après trente-deux ans !

— Voilà donc à quel point vous êtes plus âgé que moi.

— De combien ?

— Dix ans. Cela peut sembler beaucoup, pourtant je connais plusieurs jeunes ladies qui ont épousé des hommes plus âgés que vous cette saison.

Rafe soutint son regard.

— Vous n'allez pas m'épouser, mademoiselle Pemberton.

— Vous m'avez déjà appelée Anne, murmura-t-elle. Vous pouvez le faire quand nous sommes seuls.

— Nous ne devrions jamais être seuls.

— Mais nous l'avons été.

Il jeta un regard en direction de l'aire de pique-nique, qu'ils ne pouvaient pas voir.

— C'était malavisé, affirma-t-il, fronçant les sourcils. Je pensais m'être montré clair avec vous l'autre jour : nous ne sommes pas amis.

— Et je vous ai expliqué, clairement aussi, que nous le sommes. Cessez de lutter.

— Je ne vois pas comment nous pourrions être amis. Ou pourquoi. Ce n'est pas comme si je pouvais vous emmener à la journée des magazines. Alors je *devrais* me marier avec vous.

Anne lui décocha un sourire.

— Serait-ce si terrible ?

Il éclata de rire, et elle se rappela que la cicatrice sur son menton s'aplatissait quand il souriait ou riait. Elle se souvenait aussi de la sensation de la légère crête au bas du centre de sa lèvre contre elle.

— S'il vous plaît, cessez de fleureter avec moi, Anne. Nous ne pouvons pas revenir à… avant.

— Fleuretions-nous avant ? s'enquit-elle, car elle ne pouvait s'en empêcher.

Avec lui, elle se sentait légère, merveilleusement bien, mieux qu'elle ne l'avait été depuis des mois.

Une grosse goutte de pluie atterrit sur la manche de Rafe, près de la main d'Anne. Il leva la tête, plissa les yeux.

— Et voilà.

Il lui attrapa la main alors que quelques gouttes commençaient à tomber, et ensemble, ils coururent jusqu'à une porte étroite nichée sur le côté de l'escalier qui menait à la statue et à l'espace couvert principal.

Il l'ouvrit et l'attira à l'intérieur avant qu'ils soient complètement trempés.

Elle le regarda avec surprise.

— Comment avez-vous su que c'était ici ?

Ses sourcils se froncèrent, et la confusion assombrit ses yeux.

— J'ai simplement… J'ai vu la porte.

— Je n'avais jamais le droit de venir ici.

Elle balaya du regard le petit espace sombre, mais sans pouvoir en évaluer la taille ou la profondeur.

— Vos cheveux se sont détachés, remarqua-t-il, glissant une mèche humide derrière son oreille, sous son chapeau.

— Ils le font toujours, murmura-t-elle.

Instinctivement, elle leva la main et la posa sur celle de Rafe. Elle ne s'écarta pas. Et lui non plus.

— Je m'en souviens.

Ils se dévisagèrent tandis que la pluie ruisselait à l'extérieur de la porte. Quelqu'un pourrait venir et *viendrait* probablement en cherchant à échapper au grain. Malgré cela, Anne ne pouvait se résoudre à s'écarter.

Elle se rapprocha de Rafe.

— Anne, souffla-t-il, et son nom sonna à la fois comme un avertissement et une invitation.

— Anne !

Surprise, elle recula quand son parrain fit irruption dans la pièce sous l'escalier.

— Parrain, vous êtes trempé !

— Absolument, confirma-t-il, frottant ses manches humides. Je venais tout juste de revenir au pique-nique pour annoncer que nous devrions aller à l'intérieur. Trop tard, je le crains.

Il s'interrompit, puis posa les yeux sur Rafe.

— Vous devez être monsieur Bowles.

Anne les regarda l'un après l'autre. Ils ne s'étaient pas encore rencontrés ?

— C'est moi, confirma Rafe. Vous devez être lord Stone. Je vous remercie de votre aimable invitation aujourd'hui.

— Je suis heureux de vous accueillir à Ivy Grove. Je vois que vous avez trouvé la pièce secrète de la folie. C'est très malin de votre part. Ou bien ma filleule vous a-t-elle amené ici quand la pluie a commencé ?

— Votre filleule ?

Rafe regarda Anne, mais elle ne pouvait pas bien voir son visage maintenant qu'ils n'étaient plus si proches l'un de l'autre. Entre l'obscurité de la pièce et le bord de son chapeau, elle ne voyait pas du tout ses yeux.

— Mlle Pemberton est ma filleule, dit le comte.

Rafe hocha lentement la tête ; cela, elle le voyait.

— Voilà pourquoi vous êtes venue ici à de nombreuses reprises.

— Oui, depuis que je suis enfant, confirma Anne.

— Depuis avant que tu t'en souviennes, intervint le comte en riant. Oh ! Regardez, la pluie ralentit. Quand elle s'arrêtera, nous courrons vers la maison. Enfin, pas vraiment ! dit-il en riant.

— Devrions-nous prendre les calèches ? proposa Rafe.

— Ce serait plus rapide… et plus sec, au cas où le ciel déciderait de pleurer à nouveau. Excellente idée, Bowles ! s'exclama le comte, regardant Anne en souriant.

— J'ai une calèche en tête pour toi, ma chérie. Sir Algernon a un nouveau véhicule élégant.

Oh, non ! Son parrain voulait vraiment jouer les entremetteurs. Anne ne voulait pas prendre part à cela. Elle pria en silence pour que la pluie continue.

Hélas, elle ne fut pas écoutée. Un instant plus tard, le silence se fit et le ciel s'éclaircit.

— Merveilleux ! dit le comte qui sortit et leva le nez. Viens, dépêchons-nous. J'ai vu la plupart des invités se rassembler à l'intérieur du temple autour de la statue. Nous allons monter et leur expliquer le plan : nous précipiter vers les calèches, et pique-niquer dans la salle de bal !

Il le dit avec une telle gaieté que l'on aurait pu croire que cela avait été son plan depuis le départ, et non un contretemps. Anne voulait lui dire de continuer, et qu'elle accompagnerait M. Bowles jusqu'aux calèches, mais Rafe était déjà en train de sortir.

— Je vous verrai à la maison, dit-il en inclinant la tête, d'abord vers Anne, puis vers le comte avant de s'éloigner.

Déçue, elle serra les dents, prit le bras de son parrain et l'accompagna dans le temple. Là, il orienta tout le monde

vers les véhicules, et promit des couvertures et des serviettes
à leur arrivée à la maison.

— Ah ! Voilà sir Algernon.

Il commença à la guider vers le chevalier, qui devait avoir
quinze ans de plus qu'elle… soudain, Rafe lui sembla bien jeune.

Elle essaya de planter les talons de ses demi-bottes dans la
pierre. Comme elle s'était déjà pliée aux désirs de ses parents,
avec des résultats désastreux, Anne rechignait à recommencer. Elle voulait faire ses propres choix, bon sang !

— Je ne suis pas prête à être courtisée. C'est trop tôt.

— Oh, voyons ! Ce n'est absolument pas trop tôt. Tu t'es
complu assez longtemps dans cette situation, et tu dois
montrer à la société que tu es faite de l'étoffe la plus solide,
que tu es au-dessus de toutes ces bêtises.

Anne craignait ce qu'elle pourrait faire s'il qualifiait
encore une fois de « bêtise » le scandale honteux causé par
son ex-fiancé et le comportement criminel de ce dernier. En
attendant, elle pinça les lèvres, mais il ne le remarqua pas ou
n'en tint pas compte.

— Vas-tu au moins le rencontrer ? s'enquit le comte d'un
ton un peu plaintif.

Au moins, il demandait et n'exigeait pas, comme l'aurait
fait son père.

— Tout cet événement a pour but de *te* soutenir.

— Et dire que je pensais que c'était aussi pour fêter le
retour de Sandon, répondit-elle d'un ton pince-sans-rire. J'ai
déjà rencontré sir Algernon. Mais, si cela peut t'apaiser, je
t'accompagnerai pour discuter avec lui.

— Et retourner à la maison avec lui, ajouta le comte en
souriant.

— Seule ? Je ne pense pas.

C'était une chose que de passer du temps seule avec Rafe,
ce qu'elle ferait volontiers, mais elle n'avait aucune envie de

compromettre ce qui lui restait de sa réputation avec sir Algernon. En fait, ce n'était pas le problème. Sa réputation était déjà passablement entachée par la faute de Gilbert. Elle n'avait tout simplement aucune envie de se retrouver seule avec sir Algernon.

— Ah ! Te voilà, Anne ! dit Jane, arrivant derrière sa sœur, lui posant une main sur l'épaule.

Anne fut si soulagée qu'elle eut envie de la serrer dans ses bras.

— Oui.

Elle lança un regard suppliant à Jane, puis tourna les yeux vers son parrain. Une ombre perplexe passa sur les traits de Jane, mais elle hocha imperceptiblement la tête.

— Et si nous allions dans la maison avant qu'il ne pleuve à nouveau ?

Anne adressa un sourire d'excuse au comte, puis elle accompagna sa sœur et Anthony jusqu'à la calèche.

— Bien sûr. Merci, ajouta-t-elle dès qu'ils furent hors de portée de voix de Stone.

— Où étais-tu pendant l'averse ? s'enquit Jane. Je ne te trouvais pas dans le temple. J'étais inquiète.

— Il y a une pièce sous l'un des escaliers. J'y ai trouvé refuge.

— Avec M. Bowles ? demanda Jane.

— Et mon parrain.

Qui était arrivé après un moment. Elle ne voulait pas parler de ce qui s'était réellement passé, du fait qu'elle s'était brièvement retrouvée seule avec Rafe… du moins, pas devant Anthony.

— Eh bien ! Je suis ravie que tu aies pu rester à peu près au sec. Anthony et moi nous demandions si nous ne devrions pas retourner à Londres. Tous les deux, nous avons été un peu mouillés.

Anne n'était pas prête à partir. Elle n'avait pratiquement

pas passé de temps avec Rafe, et elle ne l'avait pas encore convaincu qu'ils devaient poursuivre leur amitié. Ils avaient pu s'éclipser ensemble pendant quatre après-midi de bonheur. Ils pourraient certainement le faire à nouveau, surtout après la fin de la saison.

— Pourrions-nous rester, s'il te plaît ?

Jane lança un regard à Anthony, qui haussa les épaules et répondit :

— Je n'ai pas de préférence.

— Alors nous restons, conclut Jane. Mais, allons dans la maison avant d'être trempés une fois encore.

Anne sourit, impatiente de retrouver Rafe et de le convaincre qu'ils pouvaient vraiment être amis.

CHAPITRE 4

*L*es calèches arrivèrent en masse dans l'allée et les invités se précipitèrent à l'intérieur alors qu'un autre nuage sombre approchait. Sauf Rafe. Il resta en retrait, le regard rivé sur la façade. Construite en pierre claire et dotée d'une entrée de style palladien haute et imposante, la maison se dressait devant lui et lui donnait des frissons de lucidité.

Il fut l'un des derniers à entrer ; il avait perdu de vue sa sœur et Harry. Mais il s'en fichait. Voir la folie avait fait naître un sentiment de familiarité qui était encore plus intense ici. Il se disait que c'était logique, car, étant donné qu'il était allé à la folie, il avait certainement visité la maison.

Mais ce n'était pas tout. Il *connaissait* cette maison. Quand il y pénétrerait, l'entrée serait ronde et s'il la traversait, il se retrouverait dans un grand hall avec un escalier grimpant sur le côté gauche jusqu'à une galerie séparée par des arches de l'espace donnant sur le hall en dessous.

Prenant une petite respiration, il gravit les marches jusqu'à la porte ouverte et entra. Ses gestes lui semblaient guindés et hésitants, comme s'il n'était pas entièrement maître de lui-même.

Ressaisis-toi ! Mais ensuite, il s'immobilisa. Le hall d'entrée était exactement comme il l'avait imaginé. *Bien sûr qu'il l'est, espèce d'idiot ! Tu es déjà venu ici.*

Pourquoi, alors, réagissait-il ainsi ? C'était comme s'il se déplaçait dans un rêve.

Sans réfléchir, il traversa l'entrée et se dirigea vers le hall près de l'escalier. Une fois encore, tous les détails qu'il avait imaginés se révélèrent exacts. Il leva les yeux vers la galerie au-dessus. Il savait ce qu'il trouverait là-haut…

— Rafe ?

Il entendit son nom, mais ne se retourna pas. La main de Selina se posa sur son bras.

— Rafe ?

— Je m'en souviens, Lina. Avant d'entrer dans la maison, je pouvais décrire le hall d'entrée, cet escalier. Là-haut, il y a une galerie de portraits.

Il se dirigea vers les escaliers, s'arrêta à la première marche et tourna la tête pour la regarder.

— Tu viens ?

Elle le suivit à la hâte.

— Qu'est-ce que cela signifie ?

— Je n'en suis pas sûr. Mais je pense que vous avons fait plus que visiter Ivy Grove.

Selina s'arrêta lorsqu'ils arrivèrent en haut des marches, et il se tourna vers elle. Elle avait légèrement pâli.

Il lui tendit la main et lui adressa un signe de tête rassurant. Ensemble, ils franchirent l'une des arcades qui séparaient la galerie de l'espace donnant sur le hall en contrebas. À une extrémité se trouvait une méridienne, et à l'autre, deux fauteuils.

— Il y a un problème avec ces fauteuils, déclara Rafe. Il n'y avait rien ici avant.

— Comment peux-tu te souvenir de cela? chuchota Selina.

Il ne pouvait pas répondre. Lui serrant la main, il l'entraîna vers les fauteuils, puis s'arrêta brusquement devant le portrait qu'il cherchait.

Selina haleta et sembla aspirer tout l'air qui les entourait.

— Qui est-ce? s'enquit-elle alors que son regard passait du portrait à Rafe, et vice-versa. Il te ressemble.

— C'est parce que c'est notre grand-père. Nous avons vécu ici, Lina. J'en suis certain.

— Nous vivions *ici*?

Elle regarda autour d'elle, toujours aussi blême. Il la sentit trembler, et son corps faiblir. Relâchant sa main, il passa le bras autour de la taille de sa sœur, et la maintint fermement contre lui.

— Notre chambre d'enfant se trouvait au deuxième étage. Nous pouvions voir la folie depuis la fenêtre.

Avant ce jour-là, il ne se rappelait pas tout cela, mais le fait d'être ici, de voir la maison, avait fait remonter un flot de souvenirs.

— Mais cette maison n'est pas neuve et la nôtre a brûlé. N'est-ce pas?

— Puis-je vous aider? leur demanda une voix féminine agréable.

Rafe et Selina se retournèrent en même temps. À en juger par sa tenue, c'était une domestique. Ses cheveux, en grande partie argentés, étaient sévèrement tirés en arrière de son visage rond et rangés sous une coiffe. Ses yeux sombres et curieux se posèrent sur eux.

— Puis-je vous accompagner dans la salle de bal?

Elle fit une moue en s'approchant d'eux. Son regard passa de Rafe au portrait, ses yeux s'écarquillèrent avant qu'elle ne reporte son attention sur lui.

— Ce n'est pas possible! souffla-t-elle, se rapprochant

davantage pour observer son visage, plissant légèrement les yeux. Vous en êtes le parfait reflet, mais... Votre œil... la tache orange...

Rafe se pencha vers elle, ouvrant grand les yeux.

— Dans mon œil droit, oui.

— Juste ciel !

La femme blêmit brutalement avant de s'effondrer sur le sol.

— Bon sang de bonsoir ! murmura Rafe.

— La méridienne, suggéra Selina avec un geste vers l'autre bout de la galerie.

Rafe se baissa et souleva la femme dans ses bras. Il la porta jusqu'à la méridienne, où il l'étendit avec précaution sur les coussins.

— Elle m'a reconnu.

— Je crois bien que oui, répondit Selina, qui semblait aussi essoufflée que Rafe.

Les yeux de la femme s'ouvrirent. Elle cilla en regardant Selina avant de passer à Rafe. Portant la main à sa bouche, elle secoua la tête. Des larmes lui montèrent aux yeux et roulèrent sur ses joues. Une cascade d'émotions s'abattit sur Rafe, mais aucune n'était aussi puissante que le besoin désespéré de *savoir*.

— Pourquoi pleurez-vous ?

— C'est vous... c'est forcément vous.

— Qui suis-je ? lui demanda-t-il, coulant un regard vers Selina. Qui *sommes-nous* ?

Le regard plein de larmes de la femme se porta sur sa sœur.

— Et vous devez être la petite Selina.

La gorge de la jeune femme se noua.

— Vous connaissez mon nom, croassa-t-elle.

Rafe voulait lui prendre la main, mais il était incapable de bouger. Il avait du mal à formuler une pensée cohérente. La femme s'assit et posa les pieds sur le sol. Elle passa les mains sur ses joues pour essuyer ses larmes.

— Oui. J'étais l'une des nouvelles femmes de chambre quand vous viviez ici, enfants, expliqua-t-elle, de profonds sillons marquant son front. C'est le portrait de votre grand-père que vous regardiez.

S'ils avaient, en réalité, vécu ici, et que ce portrait était celui de leur grand-père… Rafe tenta de prendre une respiration, en vain.

— Qui étaient nos parents ? Nous ne nous en souvenons pas. Nous les avons perdus dans un incendie, mais, de toute évidence, cette maison n'a pas brûlé il y a vingt-sept ans.

— Non, l'incendie s'est produit au siège de votre famille, à Stonehaven, dans le Staffordshire. Nous vous croyions morts. Comment est-ce possible que vous ne soyez pas morts avec vos pauvres parents ?

Rafe regrettait que ces maudits fauteuils soient aussi loin, car il craignait de s'effondrer à son tour.

— Rafe ?

Selina se colla contre lui et lui glissa un bras autour de la taille. Elle se passa une main sur le front.

— Qui êtes-vous ? demanda-t-elle à la femme.

— Je suis Mme Gentry, l'intendante, se présenta-t-elle en se levant, le regard chaleureux et bienveillant. Mes pauvres chéris, c'est un choc pour vous, je le vois bien. Que puis-je faire pour vous ?

Elle s'interrompit, puis tourna son regard vers Rafe.

— My lord ?

My lord. Ses genoux faiblirent. Selina dut le sentir, car elle resserra sa prise sur lui.

— Notre père était le comte ? réussit-il à demander.

Mme Gentry acquiesça.

— Oui. C'était le frère aîné de lord Stone, expliqua-t-elle, puis elle secoua la tête. Mes excuses… *vous* êtes lord Stone. Oh, mon Dieu ! Que va dire votre oncle ?

Son oncle. Son véritable oncle.

Rafe se passa une main sur le visage. Bon sang ! Il était un maudit comte ! De façon absurde, il songea à tous les gens qu'il avait connus pendant les longues années de son enfance, lorsqu'il dirigeait une petite armée de voleurs et, plus tard, lorsqu'il supervisait une douzaine de boutiques de receleurs, de Saffron Hill à Petticoat Lane. Ou à ceux qui l'avaient connu comme le Vicaire.

Selina le fit tourner et le poussa sur la méridienne. Il l'entraîna avec lui : il avait besoin d'elle à ses côtés.

— Voudriez-vous boire quelque chose ? demanda Mᵐᵉ Gentry. Peut-être du porto ?

— Non. Peut-être.

Rafe secoua la tête. Il n'arrivait pas à *réfléchir*. Et pourtant, il en avait besoin. Il fixa l'intendante d'un regard intense, sans se soucier de l'effrayer par son besoin féroce de comprendre.

— Êtes-vous certaine que je suis…, commença-t-il avant de s'interrompre, car il ne connaissait même plus son nom. L'héritier de Stone ?

L'intendante secoua la tête.

— Vous n'êtes pas certaine ? demanda Selina d'une voix timide, fronçant les sourcils.

— Je le suis. Je vous demande pardon, c'est un choc pour moi aussi. Cependant, vous n'êtes pas l'héritier de Stone. Vous l'étiez, mais maintenant vous êtes lord Stone. Votre nom est Raphael Jerome Mallory. Jerome était votre père. Je vous ai toujours inclus dans mes prières. Mais nous nous adressions à vous en tant que lord Sandon, bien entendu. Votre père vous appelait Sandy, mais votre mère vous appelait Rafe.

Sandy. Ce nom éveilla quelque chose en lui. Un son

horrible jaillit de sa poitrine, à mi-chemin entre un halètement et un sanglot. Il plaqua une main sur sa bouche et
détourna le regard.

Quand il eut réussi à maîtriser son émotion, il tourna à
nouveau la tête vers l'intendante.

— Parlez-nous de l'incendie.

— Te voilà ! s'exclama Harry Sheffield, le mari de Selina,
saisissant ce moment inopportun pour les interrompre alors
qu'il entrait dans la galerie. Je t'ai cherchée partout…

Il s'arrêta brusquement.

— Qu'est-ce qui ne va pas ?

— Oh, Harry ! dit Selina, qui laissa échapper un son similaire à celui de Rafe.

Sheffield se précipita et s'accroupit devant elle.

— Que se passe-t-il, mon amour ?

Selina lui passa les bras autour du cou et se mit à pleurer.
Rafe la fixait, aussi accablé qu'elle, mais également figé. Shef-
field croisa le regard de son beau-frère par-dessus l'épaule de
Selina.

— Que diable se passe-t-il ?

— Nous avons subi un choc.

Était-ce tout ce qu'il pouvait en dire ?

— Venez, nous devons descendre et trouver lord Stone,
dit l'intendante avant de froncer les sourcils. Enfin…
M. Mallory.

Selina s'écarta de Sheffield et s'essuya les yeux avant de
regarder Rafe.

— Le devrions-nous ?

— Vous devez le faire, insista la gouvernante. Il voudra
savoir que vous n'êtes pas vraiment morts !

— J'exige une explication, intervint Sheffield.

En tant qu'agent de police, il était toujours en quête de
réponses. Selina posa une main sur la joue de son mari.

— Tu sais que nos parents sont morts dans un incendie.

Mme Gentry, dit-elle avec un signe de tête vers l'intendante, a reconnu Rafe… à cause de la marque orange dans son œil. Elle sait qui étaient nos parents : le comte et la comtesse de Stone.

Sa voix se brisa sur le dernier mot. Rafe posa une main sur son épaule. Sheffield écarquilla les yeux et regarda son beau-frère, bouche bée.

— Vous aurez besoin de preuves pour affirmer cela.

— Je suis la preuve, dit Mme Gentry, un peu fâchée. Et je suis certaine que les autres membres de la maisonnée qui étaient présents lorsqu'ils étaient enfants conviendront qu'il s'agit de lord Stone. De plus, il y a sûrement plusieurs personnes à Stonehaven qui seront en mesure de le faire également.

— Stonehaven ? répéta Sheffield.

— Le siège de la famille Stone.

Le siège de *ma* famille, songea Rafe. Il était un maudit *comte* ! Et il ignorait totalement quand, ou si, cela lui rentrerait dans le crâne.

Sheffield plissa les yeux en dévisageant Mme Gentry.

— Vous êtes certaine que c'est lui ?

— Elle l'est, répondit Rafe d'un ton laconique. Tout comme je suis certain d'être déjà venu ici, d'y avoir vécu. Je savais à quoi ressemblait la maison avant d'y entrer, et j'ai conduit Selina directement à un portrait de notre grand-père.

— Harry, il savait que c'était lui, dit doucement Selina. Puis Mme Gentry est venue, et elle l'a dit aussi.

Rafe serra doucement l'épaule de Selina, puis il la relâcha.

— Oui, descendons. La salle de bal, dites-vous ? Elle se trouve dans un coin, je ne suis pas sûr duquel, et sur deux murs se trouvent des portes donnant sur l'extérieur. Il y a un miroir d'eau.

Mme Gentry sourit.

— Oui. C'est exact.

Rafe se leva ; il se sentait enfin stable sur ses jambes, et son cœur battait à un rythme un peu plus lent. Sheffield fit de même, et proposa son aide à Selina. Elle lui prit la main et se serra contre lui. Rafe était content qu'elle l'ait. C'était plus qu'un choc ; c'était tout simplement incroyable. Un flot ininterrompu de questions l'assaillit.

— Suivez-moi, my lord, dit Mme Gentry. À moins que vous ne vous souveniez du chemin.

— Je n'en suis pas certain, admit Rafe.

L'intendante acquiesça avant de tourner les talons et de quitter la galerie. Sheffield regarda Rafe, les yeux brillants d'incrédulité.

— Vous êtes le comte de Stone ?

Rafe inspira plus fort qu'il ne l'avait fait depuis qu'il avait posé le pied dans la maison.

— Apparemment, oui.

~

*A*près avoir fait le tour de la salle de bal, Anne dut se rendre à l'évidence : Rafe n'était pas là. Était-il parti ? Soudain, la journée lui parut bien moins intéressante.

— Bonjour, mademoiselle Pemberton. Quelle terrible tempête, n'est-ce pas ? lui demanda sir Algernon, l'interrompant alors qu'elle recommençait un nouveau tour de la salle.

La dépassant de quelques centimètres seulement, sir Algernon Betts-Hinsworth, avec ses cheveux bruns épais et ses yeux bienveillants, n'hésitait pas à faire savoir qu'il était sur le marché du mariage. Il avait exprimé son intérêt pour Anne avant même qu'elle n'ait accepté la demande de Gilbert. Avec le recul, elle avait fait un très mauvais choix, et tout cela parce que les baisers de Chamberlain n'étaient pas désagréables.

Après avoir embrassé Rafe, et en avoir savouré chaque seconde, cela lui apparaissait maintenant comme un attribut important. Et comme elle l'avait cru perdu pour elle, elle avait cherché un remplaçant… et s'était résignée à ne jamais retrouver quelqu'un qui lui ferait ressentir la même chose.

Cependant, ce n'était plus le cas.

Elle afficha un sourire pour sir Algernon. C'était un homme agréable, même si Anne n'avait aucune envie de l'embrasser.

— Oui ! C'était plutôt soudain, et la pluie était violente, remarqua-t-elle, évoquant la bourrasque qui les avait tous poussés à se rassembler à la folie.

— Un pique-nique à l'intérieur, c'est excitant, n'est-ce pas ?

Anne n'aurait pas employé le mot « excitant ».

— C'est mieux que pas de pique-nique.

— C'est vrai, c'est vrai.

Les valets de pied avaient étalé des couvertures autour de la salle de bal et commençaient à installer la nourriture. Dehors, le ciel s'était encore assombri, et le deuxième orage qui menaçait quand ils étaient entrés se déchaînait maintenant. De l'eau ruisselait sur les fenêtres de la salle de bal, et le vent secouait les arbres.

— Je suis ravi d'être à l'intérieur ! remarqua sir Algernon. Je pense que le trajet de retour à Londres prendra deux fois plus de temps qu'à l'aller.

Pendant qu'il parlait, Anne balaya la salle du regard, puis posa les yeux sur l'entrée. L'arrivée de deux personnes lui coupa le souffle, jusqu'à ce qu'elle les reconnaisse : la fille de son parrain, Deborah, et son mari, lord Burnhope.

Anne saisit l'occasion pour s'excuser.

— Pardonnez-moi, sir Algernon. Je voudrais souhaiter la bienvenue à lady Burnhope.

Elle lui adressa un sourire chaleureux, avant de se hâter de traverser la salle de bal.

Le temps qu'Anne arrive auprès de Deborah, son mari était déjà parti.

— J'ai cru que tu ne viendrais peut-être pas.

— Je suis juste en retard, lui répondit Deborah.

Elle tapota d'une main fine l'arrière de ses cheveux bruns élégamment coiffés. Elle semblait toujours tout droit sortie des pages de *La Belle Assemblée**.

— Nous avons été pris dans cette épouvantable tempête, ce qui nous a encore retardés.

Lord Stone s'approcha d'eux, les sourcils froncés, observant sa fille.

— Deborah, tu es très en retard. Comme d'habitude, remarqua-t-il, les lèvres pincées, signe de sa désapprobation.

— Mes excuses, papa. Burnhope avait des affaires à régler qui nous ont retardés, et le temps n'était pas coopératif.

— Il écrit un autre traité sur les coléoptères, n'est-ce pas ? s'enquit le comte, légèrement sarcastique. Enfin, vous êtes là. Nous avons déplacé le pique-nique à l'intérieur. Il aurait été agréable d'avoir votre aide quand nous avons dû ajuster toute l'organisation.

Anne s'agita, mal à l'aise. À de trop nombreuses occasions, elle avait été présente lorsque son parrain aiguillonnait sa fille, et Deborah piquait généralement une colère noire en retour. Ils entretenaient une relation conflictuelle. Une fois, lord Stone avait dit à Anne qu'il aurait préféré qu'elle soit sa fille. Il s'était ensuite rapidement excusé, mais la jeune femme n'avait jamais oublié.

---

* NdT : Magazine féminin britannique paru de 1806 à 1837. Y étaient publiés des illustrations de mode, de la poésie, des romans sous forme de feuilletons, etc.

Les yeux de Deborah se durcirent, mais elle afficha un sourire.

— Comment puis-je aider, maintenant que je suis ici ?

— Je crois que tout a été réglé. Contente-toi de surveiller Anne, si tu le veux bien. Tu es douée pour cela.

Stone adressa un clin d'œil à Anne avant d'aller parler à certains de ses invités.

— Tu es douée pour cela, répéta Deborah d'un ton moqueur, avant de se passer le dos de la main sur le front. Mes excuses. As-tu vraiment besoin que je te surveille ?

L'ironie, c'était que Deborah n'était *pas* douée pour cela. Elle avait été un très mauvais chaperon lorsqu'elle avait laissé Anne seule chez Hatchard pendant deux heures tous les jeudis. Elle avait également été déçue lorsque la mère de la jeune femme avait mis fin à ces excursions pour que cette dernière puisse se concentrer sur sa saison. Anne n'avait jamais demandé à Deborah ce qu'elle faisait pendant ces après-midi, mais elle la soupçonnait depuis longtemps de mener une liaison amoureuse.

— Non, mais ta compagnie est la bienvenue, dit-elle. J'étais coincée à parler avec sir Algernon.

Elle lança un coup d'œil coupable dans la direction de ce dernier, et elle constata avec satisfaction qu'il était à présent occupé avec un groupe d'autres invités.

Deborah suivit son regard.

— Il est sur la liste restreinte de maris potentiels que mon père tient pour toi.

— Il a une *liste* ? s'exclama Anne avant de laisser échapper un doux gémissement.

Deborah rit et baissa les yeux sur Anne du haut de sa taille bien supérieure à la moyenne.

— Oui, désolée. Il tient absolument à ce que tu te maries dans les plus brefs délais. Il avait espoir pour la fin de la saison, mais vu qu'elle est proche, je m'attends à ce qu'il soit déçu. À moins que tu n'épouses quelqu'un avec un permis spécial.

Elle rit de nouveau.

Anne ne voyait pas cela se produire. Pas alors que la seule personne qui lui venait à l'esprit quand elle envisageait le mariage était Rafe. Et *cela* ne se produirait pas, permis spécial ou non.

— J'en déduis que tu n'as pas spécialement envie de satisfaire les attentes de mon père ?

— Pas du tout ! confirma-t-elle en adressant un regard ironique à Deborah. Me reproches-tu ce que j'ai vécu avec Gilbert ?

— Juste ciel ! Non ! Mais la raison pour laquelle tu l'as choisi reste un mystère pour moi.

Anne n'allait pas lui parler du baiser. D'ailleurs, c'était plus que cela. Elle avait choisi quelqu'un qu'elle pourrait apprécier, mais pas aimer, ce dont elle ne s'était rendu compte qu'après l'annulation du mariage. Qu'elle ait trouvé Gilbert appréciable témoignait de l'habileté de ce dernier à cultiver des relations qui pouvaient lui être profitables.

— Cela n'a guère d'importance dans la mesure où il n'en est rien résulté, dit Anne, pressée d'en finir avec le sujet. Quoi qu'il en soit, je n'ai aucune envie de me marier de sitôt. Comme tu l'as dit, de toute façon, c'est presque la fin de la saison.

Deborah la regarda avec curiosité.

— Je crois que je peux comprendre, mais n'oublie pas qu'il est de la responsabilité de chaque jeune lady de se marier, et de bien se marier. Et ce n'est pas comme si la route vers le succès était toujours droite et simple comme elle l'a été pour moi ! Regarde ta sœur. Cinq ans à faire tapisserie, et aujourd'hui, elle est comtesse. Mais, avec un peu de chance, tu n'auras pas à attendre aussi longtemps, remarqua Deborah, qui fronça ensuite les sourcils en tapotant son menton du bout du doigt. Hélas, tu es victime d'un scandale, tout comme elle.

Un sentiment de colère s'empara d'Anne. Elle n'était pas une victime. Du moins, elle ne voulait pas l'être.

— C'est bien que mon père t'aide, poursuivit Deborah. Ta réputation n'a pas été aussi entachée que celle de ta sœur, mais elle a tout de même été mise à mal. Le soutien de mon père arrangera les choses. En outre, il est bon que ta sœur ait épousé un vicomte, même si celui-ci n'est qu'un bon à rien.

Anne donna un léger coup de coude dans le bras de Deborah.

— Tu te rends compte qu'il s'agit de ma sœur, et que je l'aime énormément ? Et que je vis actuellement avec elle et le bon à rien que j'aime également comme un frère ?

L'autre femme éclata d'un rire joyeux.

— Oui ! Je n'avais pas l'intention de t'insulter, mais les faits sont les faits, ma chère. Ma porte t'est ouverte si tu veux venir vivre avec moi.

Anne ne le ferait jamais. Elle ne détestait pas Deborah, mais elle ne l'appréciait pas forcément non plus. C'était une relation compliquée, comme dans de nombreuses familles. Et Anne considérait son parrain, Lorcan et Deborah comme sa famille. En particulier, elle n'aimait pas la façon dont cette dernière traitait son mari. Lord Burnhope était un homme discret qui aimait l'entomologie. Il était aussi différent que l'on puisse l'être de sa femme férue de mode et prétentieuse.

— Je suis très heureuse de vivre avec ma sœur et mon beau-frère, insista Anne, s'efforçant de garder un ton égal.

Le regard de Deborah se reporta sur Jane et Anthony, qui se tenaient ensemble près d'une des portes menant à l'extérieur.

— Ils semblent bien assortis.

Y avait-il une pointe d'envie dans son ton ?

— Oui, confirma Anne. Se marier par amour est une grande chance, n'est-ce pas ?

— Seulement si c'est avec la bonne personne. Bien se marier est primordial. S'il y a de l'amour dans l'affaire, alors, oui, c'est une chance.

Comme c'était froid de sa part ! Pourtant, Anne avait été élevée dans cette croyance. Jusqu'à ce qu'elle rencontre Rafe, elle ne s'était jamais vraiment demandé si elle tomberait amoureuse. L'espoir avait été présent, certes, mais pas l'attente. Ensuite, elle l'avait rencontré, et son monde avait changé.

Jusqu'à ce qu'il la replace à l'endroit où elle était censée être. Pour ensuite la précipiter en terre inconnue.

Anne adressa un regard sérieux à Deborah.

— Es-tu tombée amoureuse de Burnhope ?

Agitant la main, Deborah rit doucement.

— Ne sois pas bête, Anne. Les ladies ne discutent pas de ce genre de choses.

— Mais, tu as dit…

Anne avait été sur le point de lui faire remarquer qu'elle avait fait des commentaires sur Jane et Anthony, mais l'arrivée de Rafe dans la salle de bal lui ôta les mots de la bouche, et chassa l'air de ses poumons.

Il entra en compagnie de sa sœur, de M. Sheffield et de… l'intendante ?

— Qui est ce gentleman blond ? s'enquit Deborah avec un vif intérêt.

Anne se raidit, mais ne lui répondit pas. Elle était trop concentrée sur le fait que Rafe semblait un peu pâle. Tout comme sa sœur. Deborah inspira brusquement, attirant l'attention d'Anne.

— Et qui est la femme qui l'accompagne ?

Elle plissa les yeux et commença à marcher vers eux, qui se dirigeaient droit sur lord Stone.

— C'est Mme Sheffield, répondit Anne, qui marchait vite pour suivre les pas plus longs de Deborah. Le gentleman blond est son frère, M. Bowles.

— Son frère ? répéta Deborah qui se renfrogna tout en continuant à marcher vers eux.

Lord Stone s'éloigna des gens avec lesquels il se trouvait et salua Rafe et les autres en plissant le front, son regard se posant sur l'intendante. Sa présence parmi eux était... étrange.

Deborah s'inséra dans le groupe, prenant place à côté de son père. Anne se plaça de l'autre côté, concentrant toute son attention sur Rafe et son expression impassible. Il lui jeta un coup d'œil, les narines légèrement dilatées, avant de fixer son regard sur Lord Stone.

Le comte se tourna brièvement vers Deborah.

— Permettez-moi de vous présenter ma fille, lady Burnhope. Deborah, je crois que vous connaissez M. Sheffield. Voici sa femme, Mme Selina Sheffield, et son frère, M. Raphael Bowles.

Selina plissa les yeux et sa mâchoire se contracta quand elle regarda Deborah, qui arborait une expression presque identique.

Cette dernière prit la parole avec un sourire glacial.

— Quel *plaisir* de te revoir, Selina.

La couleur qui avait quitté le visage de Selina revint en force. Il était évident, du moins pour Anne, qu'elles se connaissaient. Et que leur relation n'avait rien d'amical.

— Je te demande pardon, fit le comte, mais vous connaissez-vous déjà ?

— Oui, confirma Deborah, mais l'intendante lui coupa la parole.

— Je suis désolée de vous interrompre, my lord, dit Mme Gentry en grimaçant, envoyant un regard d'excuse à Rafe.

Des excuses ? Pourquoi ? Anne était complètement déso-
rientée. Mais il y avait plus que cela. Un frisson lui parcourut
la nuque.

Mme Gentry faisait face à son employeur avec détermination.

— Je dois… *nous* devons discuter d'une affaire de la plus
grande importance avec vous. Pourrions-nous nous retirer
dans un endroit plus privé ?

Une expression de vive contrariété passa sur les traits de
Deborah. Elle pinça les lèvres et lança un regard noir à l'intendante, qui sembla rapetisser. Anne aurait voulu se trouver
près de Deborah pour pouvoir lui donner un nouveau coup
de coude.

— Oui, dit cette dernière, surprenant Anne en se rangeant
à l'avis de Mme Gentry. Nous devrions nous excuser. J'ai tant
de questions à poser à Selina. Mes excuses, à *madame
Sheffield.*

Le regard qu'elle lança à Selina aurait pu faire disparaître
le papier peint de la salle de bal. Et celui que la jeune femme
lui lança à son tour aurait pu terroriser une portée de chiots.

Le comte s'emporta.

— Je ne peux pas m'absenter de mon propre pique-nique !
Et ce, indépendamment du drame qui se joue ici, ajouta-t-il,
posant un regard irrité sur sa fille. Nous étions sur le point
de manger.

— Laissons-les manger pendant que nous nous retirons
dans la bibliothèque. Je doute que cela prenne beaucoup de
temps, affirma-t-elle avec un sourire mauvais.

Anne ne l'avait jamais vue se comporter ainsi. Ce n'était
pas seulement effrayant, c'était horrifiant. Lord Stone secoua
la tête.

— Cela devra attendre.

— Je suis votre neveu, déclara Rafe.

C'était comme si l'air de la pièce s'était raréfié et que

toutes les personnes présentes dans leur petit cercle avaient cessé de respirer.

Anne regarda le visage de son parrain se vider de ses couleurs. Elle ressentait un choc similaire. Rafe était son neveu ? Comment était-ce possible ? Son parrain n'avait pas de frères et sœurs vivants, et les enfants du seul frère qui avait survécu jusqu'à l'âge adulte étaient également morts.

— Mon *quoi* ? s'exclama-t-il, et Anne se sentit aussi perdue que lui.

— Ce sont les enfants de votre frère, insista Mme Gentry. Raphaël et Selina. Vous pouvez certainement le voir. Il vous suffit de regarder son œil.

Rafe ouvrit largement les yeux, et il fut impossible alors de ne pas voir cette nette tache orange.

— Mon oncle, il semblerait que je sois le véritable comte de Stone.

CHAPITRE 5

*L*e comte… non, pas le comte, mais Mallory, son oncle… Bon sang ! Rafe ne savait pas comment l'appeler ! L'homme les conduisit dans la bibliothèque. Alors qu'il franchissait le seuil, il fut envahi d'un sentiment de familiarité. Il avait passé du temps ici. Avec son père. Une avalanche d'émotions faillit l'engloutir.

— Est-ce que vous allez bien ? lui murmura Anne, qui était parvenue à se frayer un chemin jusqu'à lui.

Son regard était doux et inquiet.

— Non, répondit-il, car il ne voyait aucune raison de mentir.

Tout du moins, pas à elle. Cette maudite journée était terriblement compliquée.

Il regarda derrière elle les rangées de livres, et ses yeux se promenèrent le long des étagères.

— Cet endroit vous est familier, constata-t-elle.

Il acquiesça avant de se déplacer, comme attiré par un aimant, vers le coin. Sans réfléchir, il leva la main et tira un épais livre bleu foncé. L'étagère entière s'ouvrit. Il sourit, puis porta la main à sa bouche. Au-delà de la porte se trouvait une petite pièce secrète ;

Se retournant, il regarda sa sœur.

— Tu t'en souviens, Lina ?

Elle secoua la tête : évidemment qu'elle ne se rappelait pas. Elle était bien trop jeune à l'époque. Il détestait qu'elle ne se souvienne de rien, qu'on lui ait volé ne serait-ce qu'une fraction de son enfance. Rafe avait au moins cela.

Il passa en revue le reste des occupants de la pièce. Tout le monde le dévisageait à l'exception de Harry qui se concentrait, à juste titre, sur sa femme. Le regard d'Anne était émerveillé, celui de Mᵐᵉ Gentry empli de joie. Mallory et sa fille semblaient choqués.

Sa fille avait connu Selina. Comment ? Plus important encore, que pouvait-elle révéler ? *Bon sang !*

Selina et lui devaient s'assurer que leurs histoires s'accordaient. Ils voulaient tous deux enterrer les vingt-sept dernières années, mais, aujourd'hui, le faire était essentiel. Si Rafe devait être un comte, il ne pouvait pas vraiment être connu en tant qu'usurier, criminel ou voleur. Et sa sœur ne pouvait pas être dénoncée comme étant un escroc, d'autant plus que son mari était un fichu constable.

— Mais vous vous en êtes souvenu, my lord, lui dit Mᵐᵉ Gentry, qui s'adressait à lui comme il se devait, sans doute, même si cela sonnait totalement faux à ses oreilles.

Il vit son oncle tressaillir.

Rafe prit un moment pour étudier l'homme. Il lui avait paru étrangement familier lorsqu'ils s'étaient rencontrés plus tôt, mais Rafe avait attribué ce sentiment au fait qu'ils se trouvaient sous la folie. Il était plus petit que Rafe, avec des cheveux châtain clair et une implantation en forme de cœur. Les yeux de son oncle étaient du même bleu que les siens, mais sans la marque orange.

Cette marque.

Au fil des ans, il avait maudit cette bizarrerie, mais elle

l'identifiait désormais sans conteste comme Raphael Mallory, maudit comte de Stone.

— Comment saviez-vous que c'était là? demanda lady Burnhope avec un regard dubitatif.

Rafe haussa les épaules.

— Je le savais, tout simplement. Tout comme je savais comment trouver la galerie et le portrait de mon grand-père. De *notre* grand-père, corrigea-t-il.

Le regard mécontent de lady Burnhope se reporta sur Selina. Rafe n'appréciait pas du tout l'animosité de cette femme. Elle allait causer des problèmes.

— Je ne comprends pas comment cela est possible, protesta Mallory, passant nerveusement sa main sur son front. Les enfants de Jerome sont morts dans cet incendie. Nous les avons enterrés.

Mme Gentry s'avança vers lui, l'air suppliant.

— Vous ne pouvez pas nier qu'il s'agit de ces enfants. Regardez-les! Si la marque dans son œil ne vous suffit pas, vous voyez certainement à quel point il ressemble à votre père dans ce portrait à l'étage. Et ils s'appellent Rafe et Selina. La coïncidence est bien trop grande. De plus, il connaît très bien Ivy Grove, comme il vient de le démontrer avec l'étagère.

— Vous devez l'accepter, intervint Sheffield.

Il avait passé un bras autour de Selina, qui avait l'air si raide que Rafe craignait qu'elle ne se brise. Il se tourna vers Mme Gentry.

— Il est probable que d'autres personnes, ici à Ivy Grove ou à Stonehaven, témoigneront en faveur des prétentions de M. Bowles au titre de comte.

— Mais il n'est pas obligé de le revendiquer. Selon la loi, il est mort, se hâta de préciser Mallory, qui se tourna ensuite vers Rafe. Souhaitez-vous au moins être le comte? Vous ne sauriez pas comment faire.

Rafe brûlait d'envie de répliquer qu'il pouvait apprendre à faire tout ce qu'il voulait, mais ce n'était pas le moment de se montrer arrogant.

Sheffield fixa Mallory avec un mépris à peine voilé.

— Les enfants de votre frère sont *vivants*. Voilà qui devrait certainement être une raison de vous réjouir.

Mallory se passa la main sur le visage avant de se déplacer d'un pas chancelant jusqu'à une chaise. Il se laissa tomber sur le siège et baissa le menton.

— Bien sûr. Simplement, c'est un véritable choc. Je ne peux pas… Je n'arrive pas à concevoir qu'après tout ce temps, ils soient là, dit-il, et son regard passa de Rafe à Selina. Votre père serait tellement heureux de vous savoir en vie ! Comment avez-vous réussi à survivre ?

Il s'arrêta un moment pour reprendre son souffle.

— Vous souvenez-vous de l'incendie ?

Selina secoua la tête, mais Rafe répondit :

— Je me souviens de la fumée, et que quelqu'un m'a porté.

C'était tout ce qu'il voulait dire pour le moment. Il avait bien trop d'autres questions. Et maintenant, non seulement il voulait absolument visiter cette église de Croydon, mais il espérait ardemment qu'il y aurait quelque chose à y apprendre.

— Qui vous a porté ? lui demanda lady Burnhope… Bonté divine ! Sa *cousine* !

Elle croisa fermement les bras, scrutant Rafe et Selina comme s'ils étaient des imposteurs. Ce qu'ils étaient. Ou, qu'ils avaient été. Ou… pas.

Bon sang ! Il ne savait pas qui il était. Il imaginait bien que Selina n'était pas mieux lotie. Il lui suffit d'un regard vers elle pour le confirmer : elle était serrée contre le flanc de son mari, les traits tirés et le regard glacial. Il en suivit la direction et se rendit compte qu'elle scrutait lady Burnhope.

— Notre nourrice, répondit Rafe d'un ton laconique.

Il se plaça de l'autre côté de Selina et se rapprocha d'elle.

— Ce qui me perturbe, c'est la raison pour laquelle notre nourrice nous aurait emmenés, aurait changé notre nom de famille et n'aurait dit à personne qu'elle nous avait sauvés.

Cette femme, dont il se souvenait à peine, avait-elle vraiment été leur nourrice ? Oui. Cela, il le savait. Il se rappelait la jeune femme aux cheveux presque noirs et la petite tache brune sur sa joue.

— Elle chantait pour Selina.

— *Lavender Blue*, murmura celle-ci.

Rafe tourna la tête pour la regarder. Selina avait à peine parlé jusqu'à l'âge de quatre ans, mais elle avait chanté.

— Oui. C'était ta chanson préférée.

Une larme roula sur la joue de sa sœur. Elle s'empressa de l'essuyer, gardant une expression stoïque, même si Rafe percevait l'émotion qui bouillonnait en dessous.

— On dirait bien que la nourrice vous a enlevés, dit Mme Gentry, arborant une expression affligée avant de s'adoucir. Qu'est-il arrivé quand elle vous a emmenés ? Vous vous en êtes assurément bien sortis.

Il y avait une note de fierté dans sa voix, qui le fit presque sourire.

— Oui, c'est vrai, remarqua lady Burnhope d'un air dubitatif. Je me suis toujours demandé comment une fille qui disait venir de l'Est de Londres pouvait se permettre de fréquenter le séminaire pour dames de Mme Goodwin.

Rafe se rapprocha de Selina, et posa doucement la main dans le creux de son dos. C'était donc ainsi que cette mégère, leur maudite cousine, la connaissait. Et Selina lui avait dit qu'elle venait de l'Est de Londres ?

— Si vous voulez bien nous excuser, dit Sheffield en venant à sa rescousse. Cette situation a été particulièrement bouleversante. Vous aurez le temps par la suite d'échanger des histoires et de régler les détails. La session parlementaire touchant à sa fin, mon beau-frère souhaitera soumettre les informations nécessaires au prince régent et au procureur général afin que le « comité spécial des privilèges » puisse le reconnaître comme étant le comte de Stone dans les plus brefs délais.

Rafe ignorait totalement comment tout cela fonctionnait.

— Ils lui demanderont de prouver sa naissance, déclara Mallory.

— Les preuves comprendront ses souvenirs de sa vie ici, et d'avoir été sauvé de l'incendie. Mme Gentry et d'autres employés ici et à Stonehaven témoigneront de son identité. Vous conviendrez que la marque orange dans son œil est une preuve singulière.

Rafe appréciait le ton péremptoire de Sheffield et l'autorité de cet homme. Le constable lança un regard interrogateur à Mallory.

— Doutez-vous qu'il soit votre neveu, et qu'elle soit votre nièce ?

Mallory n'hésita qu'un bref instant avant de secouer la tête.

— Non.

— Je comprends que ce soit un choc, poursuivit Sheffield avec plus de douceur. Pourquoi ne pas vous joindre à nous pour un dîner à Cavendish Square lundi soir ? Nous poursuivrons cette discussion et organiserons une transition lorsque tout le monde aura eu l'occasion d'assimiler cette révélation.

— Nous serons là, dit Mallory, l'air vaincu.

Sheffield inclina la tête avant d'accompagner Selina hors de la pièce. Rafe regarda Mallory.

— Mon oncle.

Il inclina la tête, et, se tournant, il laissa son regard s'attarder sur Anne. Elle se tenait près de son parrain. Soudain, Rafe prit conscience que cette femme qu'il n'arrivait pas à oublier était liée à sa famille. Ses traits étaient tendus, mais ses yeux étaient brillants et sérieux tandis qu'elle le regardait fixement.

Détachant son attention d'elle, il remercia Mme Gentry et sortit à la suite de sa sœur et son beau-frère.

Aucun d'eux ne dit mot jusqu'à ce qu'ils soient assis dans la calèche de Rafe. Dès que le véhicule se mit à rouler dans l'allée, Selina tourna son corps vers la fenêtre pour regarder la pluie.

— Mon Dieu ! C'était notre maison.

— *C'est* notre maison, la corrigea Rafe.

— *Votre* maison, dit Sheffield doucement.

Il prit la main de Selina, qui s'adossa à la banquette.

— Je n'arrive pas à croire que cette horrible Deborah Mallory soit notre cousine ! s'exclama-t-elle avec une grimace. Tout ceci est incroyable, mais cette partie est vraiment épouvantable. Beatrix sera horrifiée.

— Tu as dit à Deborah que tu venais de l'Est de Londres ? l'interrogea Rafe.

Selina haussa une épaule.

— Elle était méchante avec Beatrix parce que c'était une bâtarde. Deborah saisissait toutes les occasions pour faire étalage de sa supériorité et de sa richesse. Je pense que cela la dérangeait énormément que le père de Beatrix soit un duc alors que le sien n'était qu'un comte, dit-elle.

Un rire s'échappa de ses lèvres, surprenant Rafe, tout comme Sheffield, dont les yeux s'écarquillèrent brièvement.

— Et son père *n'est pas* réellement un comte, ajouta-t-elle, levant un regard émerveillé sur Rafe. *Toi*, tu en es un. *Lord Stone.*

Elle rit à nouveau, laissant éclater son sentiment de joie pure. Sheffield se tourna vers sa femme.

— Et toi, *tu* es lady Selina.

— Oh ! Deborah va *détester* cela ! s'exclama la jeune femme, les yeux brillants de joie.

Sheffield se passa la main sur le visage en souriant.

— Voilà un incroyable retournement de situation, remarqua-t-il, puis, l'air plus sérieux, il se tourna vers sa femme. Est-ce que tu vas vraiment bien ?

— Ça ira, lui répondit-elle, posant brièvement la tête contre son épaule, le regard rivé sur Rafe en face d'elle. Et toi ?

Non. Il n'arrivait toujours pas à y croire, et pourtant, son esprit avançait à grands pas.

— Qu'est-ce qu'un maudit comité spécial des privilèges ? Voilà qui semble incroyablement prétentieux.

Rafe était heureux que sa sœur ait épousé un constable qui avait autrefois été avocat.

— C'est l'une des nombreuses commissions de la Chambre des lords. Ils voteront sur la base des preuves que nous leur présenterons. Mais nous allons d'abord soumettre ces informations au prince régent. Ensuite, le procureur général devra valider votre demande. Demande qui sera par la suite soumise au comité qui votera.

— Donc, il a besoin du soutien du prince régent, du procureur général et des membres de la commission ? s'enquit Selina, dont les traits montraient son inquiétude.

— Oui, répondit Sheffield avec un sourire encourageant. Ne t'inquiète pas, mon amour. Je connais personnellement le procureur général et il se trouve que mon père siège au comité spécial des privilèges.

Rafe ricana.

— Cela a-t-il réellement de l'importance si je suis vraiment celui que je prétends être ?

Sheffield fronça les sourcils.

— Bien sûr que oui. Cependant, connaître des personnes bien placées est toujours un avantage. Vous en avez sûrement fait l'expérience aussi ?

Sheffield était parfaitement conscient de la façon dont Rafe et Selina avaient grandi.

Et il avait raison : Rafe en avait fait l'expérience. Il bénéficiait de toutes les marques de courtoisie et de déférence depuis qu'il était devenu l'un des favoris de Samuel Partridge. Lorsque Rafe avait gravi les échelons, ses relations s'étaient multipliées et il était devenu aussi respecté et craint que l'homme pour lequel il travaillait.

— Je vois ce que vous voulez dire, répondit-il, échangeant un regard avec Selina.

Elle comprenait aussi.

— À votre place, je ne serais pas inquiet. Il s'agit d'une question de forme. Les preuves sont nombreuses, affirma Sheffield d'un ton empreint de certitude. Je vais envoyer quelqu'un à Stonehaven pour interroger les domestiques.

Il fixa Rafe de son regard fauve.

— Cette marque orange dans votre œil est une chance.

— Je ne la voyais pas de cette manière.

Selina lui adressa un regard compatissant.

— Lorsque nous étions jeunes, notre oncle, qui n'était pas vraiment notre oncle, racontait aux gens que Rafe était atteint de folie. Edgar demandait alors des dons pour payer un médecin et provoquait Rafe pour qu'il agisse de manière effrayante. Certains avaient pitié de nous et nous donnaient de l'argent.

— D'autres s'enfuyaient.

Rafe n'avait pas repensé à cette honte depuis longtemps. Edgar leur avait fait faire des choses épouvantables.

— Pourquoi faisait-il cela ? murmura Rafe. Ne savait-il pas qui nous étions ?

— Pourquoi notre nourrice nous a-t-elle emmenés, et a-t-elle changé nos noms ? s'enquit Selina d'un ton qui reflétait sa propre angoisse.

Sheffield déposa un baiser sur la main de son épouse.

— Je suis sincèrement désolé, ma chérie. Et pour vous aussi, euh... Stone ? dit-il, le regard aussi compatissant que confus. C'est votre nom maintenant.

Quelque chose passa entre eux. Sheffield n'avait éprouvé que du mépris pour le Vicaire, et maintenant, il lui proposait de l'aider. Rafe était conscient que c'était à cause de Selina, que, sans elle, il s'en ficherait probablement. Du moins, c'était ce qu'il pensait avant. Aujourd'hui, il n'en était plus aussi sûr.

— Sans doute que oui. Je ne devrais pas vous demander cela, mais, me feriez-vous la gentillesse de m'appeler Rafe ? Au moins quand nous sommes seuls... Et nous pourrions nous tutoyer, vu que nous sommes de la même famille. Qu'en penses-tu ?

La surprise se lut dans les yeux de l'autre homme.

— J'espère que tu m'appelleras Harry.

Un sourire chaleureux étira les lèvres de Selina.

— Peu importe ce qui s'est passé aujourd'hui. *Ceci*, c'est la meilleure chose qui soit. Mes deux hommes préférés sont parvenus à un accord. Cela commence vraiment à ressembler à une famille.

Soudain, elle eut la gorge nouée, et elle tourna à nouveau la tête vers la vitre.

Le silence régna pendant quelques minutes dans la calèche tandis qu'ils voyageaient sous une pluie fine. Rafe était en proie à un tumulte d'émotions, et il essayait de prévoir ce qui viendrait ensuite.

— Notre oncle va-t-il simplement tout nous céder ?

Harry hocha la tête.

— Il le devra... du moins, tout ce qui faisait partie de votre héritage.

— J'ignore absolument de quoi il s'agit, dit Rafe.

— Je le découvrirai.

Selina posa son autre main sur leurs mains jointes.

— Merci de nous avoir guidés. Je ne sais pas ce que nous ferions sans toi.

Rafe ne savait pas non plus. Et il détestait ce sentiment. Cela faisait des années qu'il ne comptait que sur lui-même, et la sensation de dépendre des autres ne lui manquait pas.

— Il était contrarié par le fait que nous soyons en vie.

— Bien évidemment, acquiesça Harry. Il va presque tout perdre : son titre, ses terres, son statut. Si quelque chose n'est pas directement lié à votre héritage, vous pourriez envisager tous les deux de ne pas en contester la propriété.

— Peut-être, répondit Selina avant que Rafe le fasse.

Elle échangea avec son frère un regard noir qui disait ce qu'il pensait : ne faire confiance à personne. C'était leur ligne de conduite depuis longtemps. Ils auraient aussi du mal à tout simplement donner quelque chose. Rafe était enclin à garder tout ce qu'il pouvait, et, pour lui, Selina était du même avis.

Il concentra son attention sur le domaine dans lequel il excellait : la stratégie.

— Nous avons besoin d'une histoire au sujet de notre passé. Nous dirons qu'Edgar nous a élevés à Londres, et nous n'aurons pas besoin de préciser où, et que tu es allée étudier chez Mme Goodwin. Après cela, tu…, commença-t-il avant de s'interrompre, sourcils froncés. Voilà qui va poser problème à Beatrix. Nous ne pouvons plus prétendre qu'elle est notre sœur, ce qui signifie que nous devrons admettre avoir menti.

Selina se massa la tempe.

— Beatrix se fiche de sa réputation. Elle nous suggérera probablement de dire que nous la protégions parce qu'elle est une enfant illégitime.

— Qu'en est-il de Ramsgate ?

Si le père de Beatrix, le duc de Ramsgate, l'avait reconnue en privé, il avait été catégorique sur le fait qu'il ne le ferait pas publiquement.

— Qu'en est-il de lui ? Beatrix ne révélera pas qui est son père. Laissons la bonne société spéculer sur son identité, répliqua Selina d'un ton aussi dédaigneux que sarcastique.

Rafe fronça les sourcils.

— Je suis navré qu'elle doive endurer cela.

Sa sœur posa les mains sur ses genoux.

— Elle n'y verra pas d'inconvénient. Elle a ce qu'elle a toujours voulu : une famille.

Elle échangea un regard avec Harry et lui offrit un doux sourire.

— Tu devrais les inviter, Rockbourne et elle, à notre dîner de lundi, suggéra Harry. Avoir un vicomte dans la famille ne fait pas de mal.

— Harry, cela te dérangerait-il que nous nous arrêtions chez eux pour que je puisse lui raconter ce qui s'est passé ? s'enquit Selina. Je ne sais pas si la nouvelle va se répandre, mais je veux qu'elle l'entende de ma bouche. Elle va être abasourdie.

Rafe ne comprenait que trop bien ce sentiment. Le choc n'était pas encore passé. Peut-être ne passerait-il jamais.

Il était un maudit *comte* !

— Je doute que Mallory ou lady Burnhope révèlent ce qui s'est produit. Je suppose que l'intendante en parlera aux autres domestiques, et il est possible que la nouvelle se répande ainsi. Je dirais que vous devriez vous préparer à tout, intervint Harry avant de se tourner vers Rafe. Si tu le veux bien, j'aimerais en parler tout de suite à mon père et à mon frère, pour qu'ils puissent également t'apporter leur soutien. Tu auras besoin de tous les amis haut placés possibles.

L'esprit de Rafe s'emballa.

— Merci.

— Rafe, que raconteras-tu au sujet de ton passé ? s'enquit Selina à voix basse. Tu es resté plutôt vague.

Il n'avait pas eu le choix. Raphael Bowles n'existait pas jusqu'à ce printemps. Avant cela, Rafe avait été un criminel, un orphelin de l'*East End* de Londres. Grâce à son père qui lui avait appris à lire dès son plus jeune âge et à son amour des livres, il était éduqué. Bien entendu, les livres étant exceptionnellement onéreux, il n'avait pas pu en acheter. Au lieu de cela, il en avait volé dans Paternoster Row jusqu'à ce qu'un libraire le surprenne un jour. Plutôt que d'envoyer Rafe en prison, M. Fletcher avait eu pitié de lui et l'avait autorisé à lire les livres de son établissement comme s'il s'agissait d'une bibliothèque. Ce cher M. Fletcher était mort huit ans plus tôt, et aujourd'hui, Rafe était propriétaire de la librairie.

Harry plissa le front.

— Tu seras scruté attentivement. Et tu vas également devenir l'un des célibataires les plus convoités de Londres.

Bon sang ! Rafe ne voulait *pas* de cela.

— Heureusement, la saison est presque terminée. Les gens ne vont-ils pas bientôt quitter la ville ?

— Le mois prochain, mais cela pourrait aussi bien être dans un an, remarqua Harry. Tu n'auras qu'à dire que tu as été éduqué par des professeurs particuliers et que tu as hérité de l'argent de l'homme qui t'a élevé.

— Ne vont-ils pas demander de qui il s'agit ? s'inquiéta Selina.

Harry haussa les épaules.

— Sans doute que si, mais Rafe peut simplement dire qu'il est mort il y a longtemps. Reste simple et charmant. La bonne société sera tout simplement *fascinée* par ta résurrection. Tu es beau et riche, et tout le monde voudra que tu réussisses.

Rafe parvint à hocher la tête alors qu'il se sentait complètement dépassé. Maintenant qu'il savait enfin qui il était, il allait devoir faire semblant comme jamais auparavant.

— Je vais découvrir qui était vraiment cet homme, celui

qui nous a enlevés à notre nourrice et nous a emmenés à Londres. Tout cela n'a pas le moindre sens. Pourquoi Selina et moi aurions-nous été déclarés morts ?

Harry pencha la tête.

— En tant qu'enquêteur, je demanderai qui pourrait bénéficier de votre mort.

— Notre oncle, répondirent Rafe et Selina presque simultanément, se regardant dans les yeux.

— Il aurait mis le feu à Stonehaven ? s'enquit Selina, incrédule.

— Et tué nos parents.

Rafe sembla se glacer de l'intérieur. S'il découvrait que c'était vrai, rien ne pourrait protéger Mallory de son courroux.

— Nous n'en sommes pas certains, avança Harry avec prudence. Pour le moment.

Il échangea un regard avec Rafe, qui lui disait qu'il le découvrirait.

Rafe n'arrivait pas à croire que cet homme, qui l'avait traqué pendant des années, était maintenant son allié. Apparemment, cette journée était marquée par d'improbables surprises. Le fait qu'Anne Pemberton soit désormais dans son entourage n'était pas la moindre.

Et, bien qu'il veuille nier sa forte attirance pour elle, c'était même la meilleure partie.

～

*Q*ue faisait Rafe ce jour-là ? À quoi pensait-il ? Était-il triste ? En colère ? Effrayé ? Non, jamais effrayé.

Telles étaient les questions qui taraudaient l'esprit d'Anne le samedi, ainsi que « comment pourrais-je le voir aujourd'hui ? » Elle le verrait au dîner du lundi proposé par M. Sheffield, mais c'était bien trop loin. Elle voulait lui parler, comprendre ce qu'il ressentait. C'était forcément un choc.

Évidemment. Jusqu'à la veille, il ignorait qu'il était comte.

Anne avait rapporté toute cette histoire étonnante à sa sœur et à Anthony pendant le trajet de retour vers Londres après le pique-nique. Comment son parrain était parvenu à faire comme si rien ne s'était passé, comme si sa vie n'était pas sur le point de changer radicalement, restait un mystère pour elle. D'un autre côté, il avait toujours été doué pour être charmeur. En fait, il avait même caché la vérité à Sandon, ou plutôt Lorcan, jusqu'à ce que les invités soient partis. Du moins, c'était ce qu'Anne croyait : son parrain avait prévu de le faire après le départ de Rafe, de sa sœur et de M. Sheffield.

Parce que Deborah l'avait convaincu de ne pas annuler le pique-nique. Il avait voulu le faire, disant qu'il blâmerait le mauvais temps, et suggérant aux invités de rentrer sans tarder à Londres. Deborah avait souligné qu'ils seraient bientôt au cœur d'un scandale, et qu'il était donc inutile d'encourager les spéculations ou la curiosité en mettant fin prématurément au pique-nique.

Aux yeux d'Anne, ce n'était pas un scandale, et elle pensait *sincèrement* avoir de l'expérience en la matière. Ce serait tout de même une *nouvelle*. Tout le monde allait parler du comte de Stone, disparu depuis longtemps.

Et c'était pour cela qu'elle devait le voir. Il aurait besoin de tous les amis possibles, et elle voulait s'assurer qu'il savait pouvoir compter sur elle.

Mais le ferait-il ? Jusqu'à présent, il avait repoussé ses offres. D'une certaine manière. Il disait une chose, mais ses yeux et son comportement en disaient une autre. Elle était convaincue qu'ils avaient été sur le point de s'embrasser sous le temple, la veille. Jusqu'à ce que son fichu parrain se présente. C'était *là* le véritable scandale, du moins pour elle.

Jane entra dans le petit salon en portant Fougère.

Jonquille arriva derrière, ses petites pattes de chaton se déplaçant rapidement pour les suivre.

— Tu es encore là, dit-elle à Anne en déposant Fougère devant la porte donnant sur le jardin.

Elle l'ouvrit, et les deux chatons se précipitèrent dehors.

— Et voilà.

Jane laissa la porte entrouverte. C'était une matinée d'été chaude et calme, à l'opposé des orages de la veille.

— Oui, je suis encore là. Je voulais une deuxième tasse de café et je lisais le journal, répondit Anne en se levant de table.

— Tu n'es pas obligée de partir, remarqua sa sœur, fronçant légèrement les sourcils. Y a-t-il un problème ? Tu es restée terriblement silencieuse depuis notre retour d'Ivy Grove hier.

— Vraiment ? demanda Anne, l'air innocent.

Jane leva les yeux au ciel et se dirigea vers la table, prenant une chaise en face de celle de sa sœur.

— Assieds-toi. Et ne me traite pas comme si je ne te connaissais pas mieux que quiconque. Que se passe-t-il dans ta tête ?

Avec un soupir, Anne se rassit. Avait-elle une raison de ne pas parler de Rafe à sa sœur ? Elle en avait plutôt envie…

— Te souviens-tu que je t'ai dit être amoureuse il y a quelques mois ?

— Oui, tout à fait. Ensuite, tu t'es rapidement retrouvée fiancée à Chamberlain, et il m'a semblé évident qu'il n'était pas l'objet de ton affection initiale. Ai-je raison ?

Anne acquiesça. Elle baissa les yeux sur la nappe et posa la main dessus, la paume contre le doux coton couleur ivoire.

— J'ai perdu le contact avec lui, mais nous nous sommes retrouvés récemment.

La mâchoire de Jane se décrocha.

— C'est Bowles ! Enfin, Stone. N'est-ce pas ?

Reposant sa main sur ses genoux, Anne regarda sa sœur droit dans les yeux.

— Oui.

Jane s'efforça de ne pas avoir l'air atterrée, mais elle n'y parvint pas.

— J'ai plusieurs questions. Comment l'as-tu rencontré ? Et quand ? Pourquoi avez-vous perdu le contact ? Pourquoi n'as-tu rien dit ?

— Je n'ai rien dit parce que tout cela est scandaleux. Quand je suis arrivée à Londres, j'avais l'habitude de sortir avec Deborah tous les jeudis.

— Je m'en souviens.

— En réalité, nous ne passions pas notre temps ensemble, avoua lentement Anne. J'allais chez Hatchard, et elle allait… eh bien ! Je ne sais pas exactement où elle allait. Elle me laissait seule pendant deux heures de bonheur.

Jane resta à nouveau bouche bée.

— Elle était censée te chaperonner !

— Je sais. Mais elle préférait faire autre chose et j'avais envie de m'éloigner de nos parents et de leurs attentes.

Jane grimaça.

— Je suis désolée. C'était ma faute. Si j'avais eu plus de succès, ils n'auraient pas mis autant de pression sur toi.

— Ce n'était absolument pas ta faute. C'est la faute de Chamberlain, cet idiot auquel je me suis fiancée, et celle de son horrible sœur. Ce sont eux qui ont ruiné ta réputation il y a cinq ans. Qu'aurais-tu pu faire différemment ?

— Je ne sais pas, avoua Jane. C'est cela, le pire. Je n'ai rien fait de *mal*.

— Exactement. Voilà pourquoi j'ai décidé que réellement *faire* quelque chose de mal n'avait pas d'importance. Il suffit d'éviter de se faire prendre. Alors, je portais un voile, m'asseyais dans un coin, et je lisais des livres chez Hatchard.

Deux semaines de suite, jusqu'à ce que lord Garde-du-corps se présente.

Anne repensait souvent à ce jour, et cela ne manquait jamais de la faire sourire. Que se serait-il passé si Rafe n'était pas arrivé ? Ces deux hommes l'auraient-ils laissée tranquille ? Elle ne le saurait jamais.

— *Lord Garde-du-corps ?*

— Rafe. M. Bowles. Lord Stone.

— J'ai compris cela. Mais pourquoi l'appelles-tu lord Garde-du-corps ?

— Parce qu'il est intervenu pour me protéger de deux hommes odieux.

— Mon Dieu ! Anne ! Tu n'aurais pas dû être seule.

— J'étais dans une librairie, je ne me promenais pas seule dans Covent Garden. Même si j'y suis allée avec Rafe. Ainsi qu'à Cheapside et dans d'autres endroits. Après cette première rencontre, il m'a proposé de me faire visiter Londres et de me faire découvrir des endroits où je n'aurais pas eu le droit d'aller.

Jane se contenta de la regarder sans rien dire. Anne poursuivit donc son récit.

— Ce furent les meilleurs après-midi de ma vie.

— Tu es tombée amoureuse de lui, constata Jane.

— Oui. Mais il ne le sait pas. Je n'ai pas pu continuer à le retrouver.

Même si elle l'avait fait, Anne n'était pas certaine qu'elle le lui aurait dit la semaine suivante. À ce moment-là, ils ne connaissaient pas le nom de l'autre.

— Si tu te souviens bien, maman m'a fait arrêter mes sorties hebdomadaires avec Deborah. La saison devenait trop chargée. Du moins, c'est ce qu'elle a dit.

— Si tu étais amoureuse de lui, pourquoi avoir accepté la demande en mariage de Chamberlain ? Pourquoi Bowles… enfin, Stone, ne t'a-t-il pas fait la cour ?

— Il n'était pas membre de la société à ce moment-là. Je ne l'avais pas revu jusqu'à ce qu'il vienne voir Anthony la semaine dernière.

— Mais tu aurais sûrement pu le contacter, insista Jane, secouant la tête. Ou pas. Je me rends compte à quel point il était difficile de vivre avec nos parents. Ils ne t'auraient pas permis d'envoyer une lettre à un homme à qui tu n'avais pas été officiellement présentée.

— C'est vrai, mais comme j'avais trouvé un moyen de leur échapper deux heures par semaine, tu imagines bien que je serais parvenue à lui envoyer une lettre.

Elle sourit à Jane, qui rit doucement.

— Tu n'as pas tort. Tu en es tout à fait capable. Alors, pourquoi ne l'as-tu pas fait ?

— Merci. Parce que je ne connaissais pas son vrai nom. Nous avions convenu de garder nos identités secrètes. Je ne le connaissais pas et il ne me connaissait pas. Alors, quand j'ai échoué à honorer notre rendez-vous, tout a pris fin.

Les yeux de Jane s'arrondirent brièvement.

— Comme c'est triste ! Et tellement romantique à la fois !

Anne se mit à rire.

— Je suis heureuse que tu le penses. J'étais dévastée.

— Ensuite tu t'es retrouvée fiancée à un homme que tu n'aimais sûrement pas, poursuivit Jane, posant une main sur sa joue. Oh ! Anne ! Je suis vraiment désolée. Et tellement soulagée que ce mariage n'ait pas eu lieu !

— Pas plus que moi, dit sobrement Anne. Heureusement, c'est du passé, et pour la première fois depuis des semaines, j'ai hâte de voir ce que l'avenir me réserve.

— Avec Stone ?

— Je l'espère, mais j'ignore si mes sentiments sont réciproques. Pour l'instant, je n'arrive même pas à lui faire admettre que nous sommes amis, expliqua-t-elle avant d'agiter la main. Cependant, ce n'est pas important. Nous *sommes* amis, et il a besoin d'amis. Je m'inquiète pour lui. La journée d'hier a été un choc pour lui, et j'ai vraiment envie de savoir comment il va.

— Tu le verras lundi.

— Avec tout le monde ! Je veux le voir *seule.*

Anne reposa sa main sur la table et tapota légèrement le tissu du bout des doigts.

— Nous allons lui rendre une visite au nom de la Société des femmes de tête, déclara Jane, se redressant contre le dossier de la chaise. Cet après-midi.

Anne contempla fixement sa sœur.

— Vraiment ?

— Oui. Et je te laisserai un peu de temps seule avec lui, s'il est d'accord.

— Il le sera.

Anne n'avait aucune raison de croire qu'il en serait autrement. Il ne l'avait pas snobée ni rien de ce genre. Elle sourit à Jane.

— Merci.

Jane passa la main au-dessus de la table pour toucher le bout des doigts de sa sœur.

— Je ferais tout pour assurer ton bonheur, même si cela implique de contourner les règles absurdes de la bonne société. Après tout, je ne suis pas vraiment un modèle en la matière.

Anne éclata de rire.

— Cependant, tu es la meilleure des sœurs.

— C'est totalement vrai ! confirma Jane avec un clin d'œil. Va mettre ta plus belle robe de marche.

Anne était déjà debout. Elle était impatiente de le voir.

CHAPITRE 6

afe était assis dans son bureau, qui se trouvait juste à côté de la bibliothèque. Il regarda par la porte ouverte les étagères de livres et fut immédiatement réconforté.

Harry venait de partir, et, même si la visite avait été positive, car le père et le frère de Harry étaient prêts à soutenir Rafe pour qu'il devienne le comte de Stone, elle l'avait aussi laissé à vif sur le plan émotionnel. Ou plus à vif qu'il ne l'était déjà après les révélations d'hier.

Lord Aylesbury, le père de Harry, avait en fait connu celui de Rafe. Ils avaient été amis. Et, maintenant que Rafe savait qui étaient ses parents, il rencontrerait davantage de gens comme lui, qui les avaient connus. Il n'avait pas réfléchi au nombre de gens de la bonne société qui viendraient le leur dire, à Selina et lui. Avoir ce genre de lien… Rafe dut faire un effort pour ravaler la boule qu'il avait dans la gorge.

Glover apparut dans l'embrasure de la porte.

— Monsieur, vous avez des visiteuses.

Rafe ne lui avait pas encore dit qu'il était comte. Comment annonçait-on ce genre de choses ?

— Lady Colton et Mlle Pemberton.

Rafe se leva d'un bond. Anne était ici ?

— Amenez-les dans la bibliothèque, s'il vous plaît.

Glover inclina la tête et s'en alla.

Peut-être Anne pourrait-elle l'aider à décider de ce qu'il dirait à ses domestiques. Tout ceci était tellement embarrassant… à commencer par le fait d'avoir des employés. Mais c'était la vie à laquelle il avait aspiré, pour que son père, qui n'en saurait jamais rien, soit fier de lui. Avait-il su, inconsciemment, que son père était comte ? Y avait-il quelque chose en lui qui l'avait attiré vers Mayfair, vers cette vie ?

Il entra dans la bibliothèque, puis passa une main dans ses cheveux avant de lisser le devant de sa veste. Quelques instants plus tard, Anne arriva en compagnie de sa sœur. Rafe vit à peine lady Colton tandis qu'il dévora Anne des yeux. Vêtue d'une élégante robe de marche vert mousse, elle était l'incarnation même de la grâce et de la beauté. Et ses cheveux étaient même entièrement disciplinés. Ce qui était peut-être un peu décevant. Il aimait voir ses boucles s'échapper.

Les deux femmes lui firent la révérence.

— My lord, le salua Anne.

Le bruit d'une brusque inspiration poussa Rafe à se tourner vers Glover, qui se tenait juste dans l'embrasure de la porte. Il posa sur son maître un regard interrogateur.

— Oh ! Je vous expliquerai plus tard, dit Rafe à son majordome. Merci.

Glover s'inclina et quitta la pièce. Rafe se tourna vers ses invitées.

— Je crains de n'avoir encore informé personne de ma soudaine ascension au rang de pair.

Anne fronça les sourcils.

— Vous n'avez pas fait une soudaine ascension. Vous en avez simplement récemment pris conscience.

— Non, il a raison, intervint lady Colton. Il n'est pas le comte pour l'instant. Il le sera. La semaine prochaine, sans doute.

Elle s'interrompit, puis elle sourit à Rafe.

— Veuillez excuser notre intrusion. Nous sommes venues discuter des affaires de la Société des femmes de tête avec vous, qui êtes l'un de nos principaux soutiens.

Oui, il s'était engagé à verser beaucoup d'argent à leurs projets, notamment parce que Selina était très impliquée. Elle projetait de créer un orphelinat qui assurerait un avenir stable aux enfants qui y seraient accueillis, et qui serait situé dans l'Est de Londres. Rafe ne voyait rien de plus noble à faire avec la richesse qu'il avait accumulée.

Toutefois, il doutait fort que la Société des femmes de tête soit l'objet de leur visite.

— Je vois. Comment puis-je vous aider ?

Anne s'approcha de lui.

— Ce n'est là qu'une excuse farfelue.

Il faillit rire de son explication.

— Je voulais te voir, et Jane a eu la gentillesse de me proposer de m'accompagner.

— Si vous voulez discuter en privé, je serais ravie de parcourir votre bibliothèque, suggéra lady Colton en leur souriant.

Elle leur tourna ensuite promptement le dos pour étudier les étagères.

Rafe interrogea Anne du regard, et, devant son léger hochement de tête, il lui fit signe de le précéder dans son bureau. Quand ils furent arrivés, elle se retourna et passa devant lui pour aller fermer la porte.

— Scandaleux, murmura-t-il.

— Seulement si nous sommes surpris, et nous ne le serons pas.

— Mais ta sœur est dans la bibliothèque.

— Ma sœur m'a accompagnée ici, répliqua Anne, haussant un pâle sourcil. Et ma sœur a soigné et remis sur pied son mari qui s'était effondré sur le pas de sa porte, roué de coups. Ils sont restés seuls dans sa maison pendant une semaine. Elle ne sourcillera pas si je me retrouve seule avec toi derrière une porte fermée. En fait, elle y est même favorable. Elle sait, tout comme moi, que tu as besoin de moi.

Rafe réprima un sourire.

— Vraiment ? s'enquit-il, se dirigeant vers le buffet où il conservait du vin et son gin préféré. Que dirais-tu d'un verre ? Dans la mesure où nous ne sommes pas scandaleux.

— Non, merci. Mais, je t'en prie, sers-toi.

Il se versa un petit verre de gin. Après avoir bu une gorgée, il s'avança vers le coin salon situé au centre de la pièce.

— Asseyons-nous.

Elle se dirigea vers le canapé et s'assit au bord, comme si elle ne voulait pas y rester. Il se demanda s'il devait l'y rejoindre, mais estima qu'il serait plus prudent de s'asseoir sur un fauteuil. Mieux valait sans doute qu'ils gardent leurs distances.

Mais elle fronça les sourcils lorsqu'il s'avança vers le fauteuil.

— Voudrais-tu t'asseoir avec moi ? s'enquit-elle.

Il aurait dû s'attendre à ce qu'elle exprime ses désirs. Elle n'avait jamais hésité à le faire. C'était une chose qu'il admirait chez elle.

Rafe prit place sur le canapé, tout au bout, puis il remonta son genou sur le coussin pour lui faire face. Elle se recula pour s'installer plus confortablement et se tourna vers lui.

— J'ai eu envie de te serrer dans mes bras quand je suis arrivée.

Il fut déçu qu'elle ne l'ait pas fait.

— Tu penses que j'ai besoin de réconfort ?

— N'est-ce pas le cas ? La journée d'hier t'a changé à jamais.

— Vraiment ?

Anne plissa les yeux.

— Tu me réponds par de nombreuses questions aujourd'hui.

C'était le cas, en effet.

— Mes excuses. Je ne sais plus vraiment où donner de la tête.

Anne souffla en détachant sa coiffe, qu'elle posa sur l'accoudoir du canapé derrière elle.

— C'est compréhensible. J'étais inquiète.

— Pourquoi ?

Il but une gorgée de gin, fasciné par l'attention qu'elle lui portait, et, pour être honnête, ravi de cette distraction.

Elle fronça les sourcils.

— Tu viens juste de dire que tu ne savais plus où donner de la tête.

— Je suis… submergé. J'en veux pour preuve le fait que je n'ai même pas raconté à mes employés ce qui s'est passé. Je suppose que, pour moi, ce n'est pas encore réel.

Et cela n'avait rien à voir avec le titre, qui était insignifiant par rapport à ce qui était vraiment important, à savoir qu'il avait retrouvé ses parents. Il avala le reste de son gin, se délectant de la chaleur qui coulait sur sa langue et dans sa gorge.

— Que s'est-il passé hier après notre départ ?

— Le pique-nique s'est poursuivi, même si mon parrain voulait l'annuler. Deborah l'a convaincu de laisser l'événement avoir lieu. Ils n'ont informé Lorcan de ce qui s'était passé qu'après le départ de tout le monde. As-tu rencontré Lorcan ? lui demanda-t-elle.

Rafe secoua la tête.

— Comment a-t-il réagi ?

— Il était étonnamment calme. Sa première préoccupation était qu'il n'aurait plus accès à la propriété en Irlande. Il s'y plaît beaucoup.

— Je possède un domaine en Irlande ? demanda Rafe, secouant la tête.

Harry travaillait toujours à dresser un inventaire complet des biens qui devraient légitimement appartenir à Rafe. La propriété irlandaise appartenait peut-être à son oncle. Sauf que, si son cousin s'inquiétait aujourd'hui de ne plus y avoir accès, cela semblait peu probable.

— Tu possèdes beaucoup de choses, remarqua Anne.

— Ton parrain était très contrarié.

Anne cilla.

— Bien sûr qu'il était contrarié ! Ne le serais-tu pas, à sa place ?

— Je suis bouleversé d'apprendre qu'on m'a volé ma maison et qu'on m'a privé de ce qui me revenait de droit.

Il avait élevé la voix. Lorsqu'il pensait aux épreuves que Selina et lui avaient affrontées et auxquelles ils avaient survécu, la rage l'envahissait.

Anne aspira une bouffée d'air. Elle s'avança sur le coussin, les yeux pleins de sympathie.

— Je suis désolée.

Rafe se leva et apporta son verre vide sur le buffet. Il l'y posa et observa le tableau devant lui. Il s'agissait d'un sujet anonyme. Il se rendit compte qu'il possédait désormais un nombre incalculable de portraits des membres de sa famille. Y en avait-il un de ses parents, ou avait-il brûlé dans l'incendie ? Il brûlait d'envie d'en trouver un.

Il se tourna vers Anne.

— Qu'a dit lady Burnhope ?

Rafe s'intéressait particulièrement à ce que ferait sa cousine. Elle méprisait Selina et était très certainement mécontente que son ennemie de l'école soit désormais sa cousine. Selina, quant à elle, était totalement révoltée.

— Elle a fulminé contre l'injustice de la situation, ce qui n'a pas aidé, expliqua Anne avec une grimace. Deborah peut être difficile à apprécier.

Selon Selina, elle était *complètement* antipathique.

— Tu la connais bien ?

— Très. C'était mon chaperon quand nous nous retrouvions chez Hatchard.

Rafe laissa échapper un petit rire.

— Elle était très mauvaise.

Anne sourit.

— Heureusement. Sinon, nous ne nous serions pas rencontrés.

Rafe se dit qu'il devrait en être reconnaissant, car rencontrer Anne et partager ces après-midi était la chose la plus merveilleuse qu'il ait vécue récemment.

— Mais quand même, elle *peut* être horrible. Elle pense que tu devrais laisser son père conserver le titre, raconta Anne, levant les yeux au ciel.

— Possède-t-elle des qualités qui la rachèteraient ?

— Elle peut se montrer serviable. Elle s'est donné beaucoup de mal pour me soutenir après l'annulation de mon mariage.

— Comme il se devait, marmonna Rafe.

L'idée qu'Anne aurait pu épouser cette canaille le rongeait encore. Ou peut-être était-ce l'idée qu'il avait failli la perdre. Pour une femme avec laquelle il essayait de ne pas être ami, elle avait fini par représenter beaucoup pour lui.

— Cependant, je doute qu'elle me soutienne autant.

— Sans doute que non, confirma Anne.

Elle croisa ses mains sur ses genoux, et Rafe eut soudain l'impression de les sentir sur lui, lorsqu'elle lui caressait la mâchoire ou posait sa paume sur son torse.

— Mais beaucoup de personnes le feront, y compris Jane, Anthony et moi. Je serai présente au dîner de lundi chez ta sœur.

Surpris, il cligna des yeux.

— Vraiment ?

— Mon parrain m'a demandé de venir. J'espère que cela ne te dérange pas.

— Absolument pas.

En fait, il était heureux d'avoir quelqu'un pour le soutenir.

Mais était-ce vraiment le cas ? L'homme qui était sur le point de tout perdre, ou presque, était le parrain d'Anne. À quel point étaient-ils proches ?

— Crois-tu qu'il devrait conserver le titre ? lui demanda-t-il.

Elle avait levé les yeux au ciel, mais que cela signifiait-il ?

— Je ne crois pas que ce soit aussi simple. Tu es le comte légitime. Cette situation est terrible pour tout le monde, dit Anne avec un sourire triste. Tu as été privé de ton identité pendant près de trente ans, et mon parrain a passé le même temps à vivre une vie qui ne lui appartenait pas vraiment.

Ce n'était pas qu'elle ne le soutenait pas. Mais, de toute évidence, elle compatissait aussi avec son parrain. Il ferait bien de s'en souvenir.

— Nous avons changé le lieu du dîner. C'est moi qui recevrai ici, l'informa-t-il.

Selina ne voulait pas de Deborah dans sa maison, et Rafe ne pouvait pas lui en vouloir.

— Harry enverra un message à ton parrain cet après-midi.

— M. Sheffield est un bon ami pour toi. J'en suis ravie.

C'était vrai, et Rafe avait encore du mal à l'accepter.

— Apparemment, son père était un ami du mien.

Il serra brusquement les dents et repoussa l'émotion qui semblait toujours gronder sous la surface.

Anne se leva et s'approcha de lui, les sourcils froncés.

— Je suis vraiment désolée, Rafe, murmura-t-il. Cela doit être si difficile. Mais n'éprouves-tu pas aussi de la joie ? De savoir qui tu es ?

Elle était si proche. Il pouvait l'entourer de ses bras et l'attirer contre lui, se plonger dans son parfum et sa douceur, se réconforter de son attention et de sa tendresse. C'était presque douloureux pour lui de s'en abstenir.

Oh ! Elle était tellement plus qu'une amie ! C'était absolument terrifiant.

— De la joie ? Je ne sais pas.

Ce n'était pas une émotion qu'il ressentait souvent. Au cours des quatre dernières années, il n'avait jamais été aussi heureux que lorsqu'il avait retrouvé Selina. Mais même cela avait été éclipsé par le fait qu'il l'avait tenue éloignée de lui pendant bien trop longtemps.

— Peut-être suis-je effrayé, dit-il doucement, la voix éraillée.

Il craignait aussi de se retrouver au centre de l'attention, de décevoir ses parents, de ne pas être l'homme qu'il devrait être. Comment pourrait-il l'être, étant donné la façon dont il avait été élevé ? Et celle dont il avait passé presque toute sa vie, en tant que criminel et imposteur ? Oui, il était capable de jouer le rôle du comte... il était si doué pour faire semblant. Mais il ne s'agissait pas d'une comédie. C'était réel. C'était qui il était censé être.

Et s'il échouait ?

— Oh, Rafe !

Elle se rapprocha et posa les mains sur les joues du jeune homme. Elle fronça les sourcils, puis se débarrassa rapidement de ses gants, qu'elle laissa tomber sur le sol avec insou-

ciance. Ses mains nues touchèrent le visage de Rafe, et il se
perdit dans son regard.

— Tu mérites d'être heureux.

Il n'y croyait pas, pas après les choses qu'il avait faites.

— Tu ne me connais pas, murmura-t-il.

— J'essaie de te connaître. J'en ai *envie*. Comment puis-je
t'aider ? Je veux être ton amie… comme Harry.

Rafe sourit à ces mots.

— Je t'en prie, *pas* comme Harry.

Elle rit doucement et, se hissant sur la pointe des pieds,
passa les bras autour de son cou, comme si c'était la chose la
plus naturelle au monde. Rafe lui serra légèrement la taille.
Ce n'était pas naturel. Ce qui lui semblait naturel, c'était de la
serrer fort contre lui. Mais il n'en fit rien.

— Tu vas devenir très populaire dès que tout le monde
entendra parler de ta prétention.

Il grimaça.

— C'est ce que je crains le plus.

— Vraiment ?

— Je tiens à ma vie privée, expliqua-t-il, tout en résistant
à l'envie de déplacer ses mains dans son dos. En outre, si je
deviens le centre d'attention, tu ne pourras plus me rendre
visite, même en compagnie de ta sœur, sous prétexte de t'enquérir de mes actions charitables.

Anne sourit.

— Sans doute que non. Je vais devoir trouver un moyen
d'éviter de me faire remarquer. Je suis douée pour ne pas me
faire prendre. À ce propos, si tu repousses la présentation de
ta requête à jeudi, nous pourrons toujours nous rendre à la
journée des magazines mercredi. Je me suis procuré un
costume d'homme comme tu me l'avais demandé.

— Tu as fait ça ?

En dépit de ses bonnes intentions, ses mains se glissèrent
lentement autour de la taille de la jeune femme. Elle était

bien trop proche, et il ne pouvait tout simplement pas résister.

— Je dois admettre que j'apprécierais quelques jours de plus d'anonymat.

De plus, Harry avait dépêché un greffier à Stonehaven, et ils comptaient attendre le rapport de l'homme avant d'agir. Il ne serait pas de retour avant la journée des magazines.

— Comment comptes-tu te sauver ?

Elle haussa une épaule en jouant avec le col de sa chemise.

— Je dirai que je fais une sieste. Tu pourras venir me chercher dans la ruelle de Grosvenor Street.

— Tu y a réfléchi.

— Oui, en effet, confirma-t-elle avec un regard malicieux. J'aime prévoir.

— J'admire les esprits stratégiques.

Il admirait tout chez elle, depuis son intelligence jusqu'à la passion qu'elle mettait à essayer et à voir de nouvelles choses. Elle semblait plutôt téméraire, constata-t-il, et c'était incroyablement enivrant.

— As-tu peur de quelque chose ? lui demanda-t-il.

— D'être seule, répondit-elle, puis elle pinça les lèvres, fronçant légèrement les sourcils. Je ne savais pas que j'allais dire cela. En fait, j'ignorais que c'était ce que je ressentais jusqu'à maintenant.

— Je ne crois pas que tu aies besoin de t'inquiéter à ce sujet, la rassura-t-il, étalant ses paumes contre le bas de son dos. Ta sœur ne va-t-elle pas se douter de ce que tu trames ? Surtout qu'elle t'a emmenée ici aujourd'hui.

— Peut-être, concéda-t-elle, penchant la tête d'un côté, puis de l'autre. Probablement. Je ne suis pas du genre à faire la sieste, je le crains. Cela n'a pas d'importance… elle ne m'en voudra pas, et elle ne le dira à personne.

Il éclata de rire.

— Tu as une bonne sœur.

Anne lui adressa un sourire rayonnant.

— Toi aussi. J'aime beaucoup Selina.

Il avait une bonne sœur. Ce matin-là, ils s'étaient rendus à l'église de Croydon, où ils avaient discuté avec le vicaire. Il n'avait pas connu leur « oncle » Edgar Blackwell, mais lorsque Rafe avait décrit leur nourrice, il avait affirmé qu'elle ressemblait à l'une de ses anciennes paroissiennes, une certaine Pauline Blaylock. Dotée de cheveux noirs et d'une belle voix, elle avait quitté la maison pour prendre un emploi de nourrice des décennies plus tôt. Sa famille avait été fière qu'elle soit allée travailler pour un comte.

Malheureusement, les membres de la famille Blaylock étaient soit décédés, soit ils étaient partis loin de Croydon, à l'exception d'une personne : la sœur cadette de Pauline. Elle était mariée à un aubergiste de Redhill. Ils n'avaient pas eu le temps de voyager plus au sud pour lui rendre visite à l'*Aigle d'or* ce jour-là, mais ils le feraient bientôt.

— À quelle heure dois-je me tenir prête mercredi ? s'enquit Anne.

La question le tira de ses souvenirs de son voyage à Croydon.

— Euh… dix heures ?

— C'est tellement tôt ! Enfin, pour la bonne société, pas pour moi. Je serai prête.

Elle lui adressa un regard timide et glissa les doigts dans les cheveux de sa nuque. Cet instant était très semblable à celui où elle l'avait embrassé au *Chapter Coffee House*. Lorsqu'il s'était laissé emporter par l'attirance irrésistible qu'il éprouvait pour elle. Ce serait tellement facile de se le permettre à nouveau…

Il se contraignit à retirer ses mains d'elle et à reculer.

— Es-tu sûre que ce soit sage ?

Rafe vit la déception d'Anne à la manière dont ses sourcils se froncèrent.

— De nous rendre à la journée des magazines ? Je te dois une excursion, puisque j'ai manqué la dernière.

Elle était intelligente. Il devait le lui accorder. Et ce n'était pas comme si elle le manipulait. Il savait exactement ce qu'il faisait, que le fait d'accepter de l'emmener, de la voir ici et maintenant, invitait à l'intimité. Au moins sur le plan physique. Il n'était capable de rien d'autre. Il fallait qu'elle le sache.

Il lui prit la main et la conduisit vers le canapé où ils s'assirent tous les deux face à face.

— Anne, tu dois comprendre quelque chose. Tu as dit à plusieurs reprises que tu souhaitais être mon amie. J'accepte ton amitié avec gratitude. Cependant, je ne peux pas accepter davantage, et il semble que tu… voudrais plus.

Elle plissa brièvement les yeux et déglutit.

— Parce que je t'ai embrassé, et que j'ai failli le faire à nouveau à l'instant ?

— Oui.

— Serait-ce si mal ?

— Pour toi ? Oui. Tu n'es pas le genre de femme que je devrais embrasser.

— Qu'est-ce que cela veut dire ? répliqua-t-elle avec un air un peu fâché, les yeux brillants.

— Cela signifie qu'une femme comme toi mérite un homme qui t'embrassera et t'épousera ensuite. Je ne suis pas cet homme et je ne le serai jamais.

Le feu s'apaisa dans les yeux d'Anne, et elle le regarda avec curiosité.

— Pourquoi pas ?

— Parce que j'ai déjà été marié, et que je ne souhaite pas recommencer.

Elle cligna des yeux alors qu'un léger tremblement la parcourait. Il pouvait le voir au battement dans le creux de sa gorge, et au léger frémissement de ses épaules.

— Que s'est-il passé ? l'interrogea-t-elle.

Rafe faisait en sorte de tenir les souvenirs précis à distance. Il ne se laissait jamais aller à les revivre. Agir ainsi relèverait de la folie et du désespoir.

— Elle est morte. Je l'aimais énormément.

Plus que la vie. Et elle portait leur enfant au moment de sa mort. Perdre cette famille qu'il avait si éperdument désirée était comme un gouffre en lui qui ne se refermerait jamais. La vengeance n'avait pas apaisé sa douleur ; rien ne le ferait.

Les yeux d'Anne s'arrondirent.

— Oh ! s'exclama-t-elle, détournant le regard. Voilà pourquoi il y a des ténèbres en toi.

Bon sang ! Elle le voyait *réellement*.

— Oui.

Le regard d'Anne devint féroce et elle prit sa main entre les deux siennes sur ses genoux.

— Je suis ton amie, et je serai peut-être plus. Ou peut-être pas. Je ne me fais aucune illusion, pas après Gilbert Chamberlain. Si j'ai appris quelque chose de cette expérience, c'est que je mérite le bonheur et que je ne me contenterai pas de moins que ce que je veux.

Absolument téméraire. Il ne devrait pas l'emmener à la journée des magazines, mais rien n'aurait pu l'en empêcher. Pas même la cruelle réalité qu'il ne méritait pas de respirer le même air qu'elle. Si elle apprenait de quelle manière il était lié à Chamberlain, elle comprendrait à quel point il était horrible.

Il posa son autre main sur celle d'Anne et se pencha vers elle.

— Comprends-moi, Anne… il y a plus que des ténèbres. Je ne suis *pas* l'homme que tu crois ni l'homme que tu veux que je sois. Je ne suis ni un chevalier ni un héros qui te rendra heureuse pour toujours. Si tu peux accepter cela, nous irons à la journée des magazines pour rattraper notre après-midi perdu. Ensuite, nous nous séparerons en amis. Es-tu d'accord ?

Il soutint le regard de la jeune femme et caressa son poignet avec son pouce.

Anne hocha la tête. Puis il fit l'impensable. Il porta les mains à son visage et la maintint tandis qu'il posait sa bouche sur la sienne. Elle agrippa les revers de sa veste, tirant sur le vêtement tandis que ses lèvres rencontraient celles de Rafe.

Leur baiser fut rapide, mais profond. Ce n'était pas une promesse, mais un regret. Un désir désespéré qui ne serait jamais satisfait.

Rafe laissa échapper un gémissement grave et la relâcha.

— Va-t'en.

Elle posa son chapeau sur sa tête et toussa.

— Mes gants.

Il se leva et les récupéra sur le sol, puis les lui tendit, prenant soin de ne pas toucher la main d'Anne.

— Je te verrai mercredi.

La jeune femme acquiesça, puis elle partit.

Un après-midi volé. Avant que sa vie ne change irrémédiablement.

~

*L*a calèche de Ludlow Mallory s'arrêta devant la magnifique demeure de Rafe, sur Upper Brook Street. Le palefrenier ouvrit la portière et aida Deborah, puis Anne, à descendre. Le parrain de cette dernière et son fils, Lorcan, suivirent. Tous les quatre se tenaient sur le trottoir et contemplaient la façade la plus majestueuse de la rue.

— C'est sa maison ? s'enquit le parrain d'Anne, incrédule. À quel point est-il riche ?

— Je dirais « très », remarqua Deborah avec un léger froncement de sourcils.

— Il n'a pas besoin d'être comte, poursuivit le parrain d'Anne. Pas plus qu'il n'a besoin de tous mes biens et avoirs.

— Néanmoins, il y a droit, intervint Lorcan d'un ton résigné. Et cela inclut mon bien-aimé Kilmaar.

Anne lui adressa un sourire compatissant.

— Il vous laissera peut-être garder quelque chose. Vous ne vous retrouverez sûrement pas démuni.

Du moins, elle l'espérait. Elle ne savait pas dans quelle situation financière ils se trouveraient une fois qu'ils auraient perdu les propriétés et tous les biens qui appartenaient légitimement à Rafe.

— Je ne vois pas comment ton cousin pourrait laisser faire cela.

— Le connais-tu ? s'enquit son parrain avec brusquerie.

Anne déglutit. Deborah souffla.

— Elle se montre simplement optimiste, ce qui est admirable, ajouta-t-elle, souriant chaleureusement à Anne. De mon côté, ma vie ne changera pas.

L'ancien comte lança un regard acerbe à sa fille.

— Précisément. Il t'est facile de te montrer optimiste. Tout comme Anne.

— Tu veux dire égoïste, répliqua Lorcan, adressant un regard déçu à sa sœur avant de s'excuser auprès d'Anne. Je ne parle pas de toi. J'apprécie ton optimisme.

Anne détestait voir Lorcan et son père aussi abattus. Elle comprenait ce qu'ils devaient ressentir. Ils avaient subi un véritable choc.

Prenant une grande inspiration, et rassemblant tout l'optimisme dont ils semblaient avoir besoin, elle redressa les épaules.

— Ne restons pas là, bouche bée.

Elle commença à gravir les marches jusqu'à la porte d'entrée, qui s'ouvrit lorsqu'elle arriva en haut. Le majordome, Glover, si ses souvenirs de sa visite précédente étaient exacts, les fit entrer avec un signe de tête. Une fois que tous furent dans le hall d'entrée, un valet de pied prit les châles d'Anne et de Deborah, et un second remplaça le majordome à la porte.

— Par ici, s'il vous plaît, leur dit Glover, qui les conduisit sur la droite dans une salle élégante décorée de rouge et d'or.

Quelques fauteuils et un canapé s'y trouvaient, mais il semblait s'agir d'une antichambre. Les occupants, à savoir Rafe, ses sœurs et leurs maris, se levèrent.

Ses sœurs.

Anne se souvint alors que son parrain n'avait pas deux nièces. Du moins, pas à sa connaissance. Beatrix était-elle… une enfant illégitime ? Pourquoi n'avait-elle pas pensé à poser la question à Rafe l'autre jour ?

Anne adressa un sourire chaleureux à la jeune femme, que Beatrix lui rendit. Puis le regard de cette dernière se posa sur Deborah et se refroidit instantanément.

— Bonsoir, les salua Rafe. Merci d'être venus ce soir, et d'avoir fait preuve de souplesse en changeant de lieu. Il m'a semblé normal d'être l'hôte.

— Votre maison est très impressionnante, déclara Deborah. Est-ce pour cela que vous souhaitiez nous recevoir ? Pour que nous puissions la voir ?

— Non, ce n'est pas pour cela, rétorqua Selina d'un ton glacial. Je ne voulais pas de toi dans ma maison.

Le nez de Deborah tressaillit et elle afficha un petit sourire mauvais.

— Allons-nous nous montrer ouvertement hostiles ?

Selina haussa les épaules.

— Beatrix et moi en avons discuté, et cela nous a semblé être la ligne de conduite la plus acceptable. Pour nous, en tout cas.

Elle échangea un regard légèrement amusé avec Beatrix,

et Anne ne put s'empêcher d'être admirative de leur solidarité et de leur sororité. Jane et elle se comportaient de la même manière face à un ennemi commun.

— Dans ce cas, permets-moi de te demander la raison de la présence de Beatrix ici, demanda Deborah, leur jetant un regard noir.

— Elle est lady Rockbourne, corrigea le mari de Beatrix d'un ton sec.

— Bien sûr ! J'avais oublié, compte tenu de la précipitation de votre mariage, rétorqua-t-elle avant de faire claquer sa langue en regardant Beatrix. Pourquoi es-tu ici ? Tu n'es pas vraiment leur sœur. Je suppose que tu pourrais être la fille illégitime de mon oncle, mais ton père est prétendument un duc.

— En effet, c'est le cas, répliqua Beatrix.

Elle ne semblait pas le moins du monde perturbée par les taquineries de Deborah. Des taquineries ? Non, son comportement était bien pire que cela. Anne n'était pas certaine de pouvoir se retenir de la houspiller pour cela.

Beatrix agita la main.

— Cela n'a guère d'importance. Je suis très heureuse de la façon dont les choses se sont passées, et je ne me soucie guère du fait que les gens sachent que je suis la bâtarde d'un duc, affirma-t-elle, puis elle se tourna vers son mari, qui posait sur elle un regard d'adoration. Cela te dérange-t-il, mon chéri ?

— Pas du tout, la rassura-t-il, passant un bras autour d'elle pour la serrer contre lui.

Glover réapparut et annonça que le dîner allait être servi. Il ouvrit ensuite les portes de la salle à manger attenante. Avant que Rafe puisse s'approcher d'Anne pour l'escorter, et elle n'était pas sûre qu'il l'aurait fait, tout en se disant qu'il en avait l'intention, Lorcan vint à ses côtés et lui offrit son bras.

Dans la salle à manger, leur hôte prit place en bout de

table, tandis que Selina et Beatrix étaient assises de chaque côté de lui. Les maris s'assirent près de leurs épouses, tandis que Deborah était placée à côté de lord Rockbourne, à son grand désarroi. Mais Anne doutait qu'il y ait un seul endroit à table où elle aurait pu s'asseoir sans que cela lui déplaise. Son père prit la chaise à côté d'elle, tandis qu'Anne se plaçait entre M. Sheffield et Lorcan.

Un bordeaux rouge foncé fut servi et le premier plat posé sur la table. Un silence complet régnait dans la pièce, mais une forte tension plombait l'air.

— Cette demeure est spectaculaire, déclara le parrain d'Anne en regardant la pièce avec son décor ivoire, rouge et or.

Un magnifique miroir surplombait l'âtre, reflétant les centaines de bougies qui vacillaient dans les lustres et les appliques sur les murs. Il y avait également plusieurs grands portraits saisissants, dont un signé Joshua Reynolds.

— Vous semblez être un homme fortuné.

Il reprit son verre de vin et fixa son regard sur leur hôte par-dessus le bord.

— Merci, répondit Rafe d'une voix égale, les yeux froids. Je viens d'arriver à Mayfair, et dans cette maison. J'ai aimé la décorer.

Il ne répondit rien au dernier commentaire du parrain d'Anne. Que pouvait-il dire ? La jeune femme se rendit compte qu'elle était aussi curieuse de savoir comment il avait fait fortune.

— Cela se voit, remarqua Deborah en levant son verre de vin. Les tableaux de cette seule pièce susciteraient la convoitise de tout amateur d'art. L'on ne peut que se demander à quoi ressemble le reste de la maison.

Pour Anne, il était évident que sa cousine voulait le voir de ses propres yeux.

— Oui, j'imagine que l'on peut se poser la question, intervint Beatrix avec un sourire exagérément doux. Je peux vous dire que les œuvres d'art de la galerie sont encore plus impressionnantes. Quant à la bibliothèque… eh bien ! Je ne suis pas certaine que l'on puisse trouver son équivalent à Mayfair.

Deborah plissa les yeux en buvant une gorgée de son vin. Non, le terme de « gorgée » ne convenait pas : elle but très longuement, vidant presque la moitié du verre. Elle lança un regard au valet de pied pour qu'il le remplisse à nouveau.

Après quelques instants durant lesquels la tension sembla augmenter, Rafe posa sa cuillère à soupe et s'adressa à la table. Ses yeux bleus scintillaient à la lumière des bougies, et ses cheveux semblaient briller comme de l'or.

— Mon espoir est que nous puissions trouver un moyen de former une famille, déclara-t-il, jetant un coup d'œil à Selina. Ma sœur et moi n'avions que nous-mêmes jusqu'à ce que Selina ait la chance de rencontrer Beatrix, et jamais nous n'avions imaginé la perspective d'avoir une famille. Retrouver notre oncle…

Il s'interrompit quelques secondes, observant le parrain d'Anne.

— Retrouver le frère de notre père dépasse l'entendement. Je sais que cela doit être un choc terrible pour vous, comme cela l'est pour nous. Mais, au bout du compte, nous espérons que ce sera une bonne chose.

L'ancien comte le regarda dans les yeux.

— Cela dépend. Avez-vous l'intention de nous laisser dans la misère ?

Sheffield toussa.

— Ce n'est pas l'intention de M. Mallory.

Rafe était M. Mallory maintenant ? Sans doute que oui, et son parrain était toujours le comte. Du moins jusqu'au vote du comité spécial des privilèges.

— Cependant, il a l'intention d'être comte, car c'est son

droit héréditaire. Toutes les propriétés incluses dans la succession lui reviendront bien entendu. Les seules qui ne sont pas concernées sont votre maison ici à Londres et Kilmaar en Irlande. Vous avez acheté la première, qui restera donc votre propriété. M. Mallory ne souhaite pas faire valoir le fait que vous avez utilisé de l'argent qui lui revient très certainement de droit, expliqua Sheffield, puis il reporta son attention sur Lorcan. Par ailleurs, il aimerait vous offrir Kilmaar.

Lorcan en resta bouche bée, et il fit tinter sa cuillère contre son bol. Il fixa Rafe du regard.

— Vous n'en voulez pas ?

— *Vous* voulez cette propriété. Il m'a été clairement indiqué que cet endroit était important pour vous. Je ne crois pas que j'aurai l'occasion de me rendre régulièrement en Irlande. Cependant, j'aimerais voir ce lieu une fois. Peut-être pourrez-vous m'accueillir ?

Il adressa un sourire à Lorcan, et, à cet instant, Anne sut qu'elle n'avait *pas* cessé de l'aimer.

— Vous serez le bienvenu à tout moment. Pour toujours, lui répondit Lorcan, qui jeta un coup d'œil vers son père avant de poursuivre. Vous n'aviez pas besoin d'être généreux. J'essaie d'imaginer ce que je ressentirais dans votre situation. Vous devez être tellement en colère !

Il fallut un moment à Rafe pour lui répondre. Pendant ce temps, il échangea un regard lourd de sens avec Selina.

— C'est vrai. Ce n'est pas que je sois contrarié par le fait qu'on m'ait privé de mon héritage. Car je le suis, bien sûr, mais il y a plus que cela. Je suis profondément troublé par la perte de mes parents et par le fait d'avoir été enlevé. J'aimerais savoir pourquoi.

Selina intervint à son tour.

— Moi aussi. Ma vie aurait été différente… elle *aurait dû* l'être, affirma-t-elle avant de fixer Deborah d'un regard glacial. Imagine si j'avais été la fille d'un comte chez Mme Goodwin. Imagine-nous grandir comme des cousines, et combien tu m'aurais traitée différemment.

Deborah eut la grâce de baisser le nez sur sa soupe. Elle reprit son vin et en but une grande rasade. Anne se demanda si Deborah allait s'excuser. Pas ce soir, mais peut-être un jour. Elle l'espérait, et elle prévoyait de lui en parler.

— Lorcan, j'apprécie que vous essayiez de comprendre ce que nous ressentons, lui dit Selina. Cela représente beaucoup pour moi. Et pour Rafe, j'en suis sûre.

— C'est le cas, acquiesça son frère. Je vais avoir besoin de toute l'aide possible. Je n'ai pas été élevé dans cet environnement.

— Vous pouvez compter sur mon soutien, affirma Lorcan, qui leva son verre en un toast silencieux.

Sheffield posa le sien après avoir bu du vin, et il reporta son attention sur le comte actuel.

— Pouvons-nous également compter sur vous pour guider M. Mallory lorsqu'il assumera le rôle qui lui revient ? En l'absence de son père pour lui enseigner, c'est à vous qu'il incombera de le faire. Si lui et sa sœur n'avaient pas été enlevés, et je pense que nous devons qualifier ce qui leur est arrivé de cette manière, car il n'y a pas d'autre explication apparente, c'est vous qui auriez joué le rôle de protecteur auprès de Rafe pendant qu'il grandissait en tant que comte.

Anne retint son souffle. Le parrain qu'elle aimait serait certainement d'accord. Il s'était toujours montré gentil et encourageant. Mais la situation était horrible.

Finalement, son parrain acquiesça.

— Je vais l'aider, dit-il, regardant Rafe. Votre père me manque.

Les traits de Rafe se crispèrent, et sa mâchoire se serra.

— Selina ne se souvient même pas de lui.

Anne fronça les sourcils. Son parrain essayait. Mais elle

était consciente que Rafe essayait, lui aussi. Il y avait tant de douleur et de perte ! Était-ce trop pour que tout le monde puisse aller de l'avant et laisse le passé derrière lui ? Elle pensa à sa propre famille, et se demanda si Jane se réconcilierait un jour avec ses parents. Ils avaient cru à la rumeur concernant leur fille aînée cinq ans plus tôt, et quand elle s'était proclamée vieille fille, ils lui avaient complètement tourné le dos et avaient encouragé Anne à faire de même. Aujourd'hui, c'était cette dernière qui leur avait tourné le dos, et elle ne savait pas quand elle pourrait leur pardonner.

Non, ce n'était pas ça. Elle *pourrait* leur pardonner. Seulement, elle ne savait pas si elle voulait avoir une relation avec eux. Oh ! Les familles étaient tellement compliquées ! Peut-être dirait-elle à Rafe qu'il se portait mieux sans en avoir une.

Mais ce n'était pas à elle d'en décider. Pas pour lui.

Le premier plat fut débarrassé et tout le monde resta silencieux pendant que les domestiques apportaient le suivant.

— Quand prévoyez-vous de présenter votre requête ? s'enquit Lorcan en servant du turbot dans son assiette.

— Dès que nous aurons réuni toutes les preuves, intervint Sheffield. J'ai envoyé un greffier à Stonehaven pour interroger les domestiques. Un autre se rendra à Ivy Grove pour recueillir le témoignage de M\ :sup:`me` Gentry, ainsi que de toute autre personne qui était en poste lorsque M. Mallory et ma femme étaient enfants.

Lorcan prit son verre de vin.

— La nouvelle ne sera donc sans doute pas rendue publique cette semaine ?

— Je doute que la requête soit prête, mais je ne suis pas prêt à m'engager sur une date, répondit Sheffield posément.

Anne se tourna vers Rafe, et leurs regards se croisèrent, communiquant en silence. Rien ne se passerait avant leur excursion de la journée des magazines. Mais peut-être serait-ce la dernière fois qu'elle le verrait en tant que M. Bowles, ou plutôt, M. Mallory. Dès que sa requête serait transmise au prince régent et au procureur général, l'information s'ébruiterait et la bonne société serait bouleversée par la nouvelle. Tout le monde voudrait rencontrer Rafe. Et, quand les femmes le verraient, elles voudraient l'épouser. Ou bien elles voudraient que leurs filles l'épousent.

Ce qui ne plaisait absolument pas à Anne, car elle le voulait pour elle. Mais cela n'avait pas d'importance s'il ne voulait pas d'elle en retour. Avec un peu de chance, elle le découvrirait mercredi.

— Même si cela n'a lieu que dans une semaine, c'est très tôt, déclara Deborah.

Sheffield lui adressa un sourire patient.

— Il n'y a aucune raison d'attendre, répondit-il, plissant légèrement les yeux. Ce n'est pas comme si cette situation vous affectait.

Lorcan décocha un sourire suffisant à sa sœur, qui se renfrogna et baissa les yeux sur son verre de vin.

— Je me demande si vous pourriez nous parler de notre père, demanda Selina à son oncle. Et de notre mère.

Anne attendit, impatiente, que son parrain finisse de mâcher.

— Jerome aurait sans doute dû être le second fils. Il aurait prospéré en étant vicaire ou enseignant à Oxford. Il aimait les livres.

Rafe sourit à son assiette, et Anne ressentit une bouffée de chaleur. Ce devait être merveilleux pour lui.

— Et les chevaux, poursuivit son parrain. Il voulait créer un haras à Stonehaven, et il était en train d'agrandir les écuries lorsque la maison a brûlé.

Les ténèbres balayèrent la lumière sur les traits de Rafe à la mention de l'incendie. Anne s'empressa de poursuivre la discussion sur un sujet plaisant. Elle regarda son parrain en souriant.

— Je me souviens que tu m'as raconté que lui et toi faisiez la course quand vous étiez jeunes.

— C'est vrai. J'étais le meilleur cavalier, mais cela n'empêchait pas Jerome de me défier constamment, répondit-il, jetant un coup d'œil à Selina. Votre mère avait une excellente assiette. Elle était toujours en tête à la chasse.

— Comment se sont-ils rencontrés ? s'enquit Selina d'une voix douce.

Le parrain d'Anne haussa les épaules.

— Pendant la saison, comme cela se fait. Je ne me souviens pas des détails.

— Comme vous pouvez l'imaginer, nous avons beaucoup de questions, déclara Rafe. Nous espérons retrouver notre nourrice. Si vous avez des suggestions qui pourraient nous aider, nous vous en serions reconnaissants.

— Je ne me souviendrais sans doute même pas de son nom, répondit le comte.

Lorcan agita sa fourchette.

— Vous devriez parler aux domestiques de Stonehaven. Peut-être que quelqu'un se souvient d'elle.

Le parrain d'Anne avait levé son verre de vin, mais il lui glissa des doigts et éclaboussa son assiette et ses genoux, avant de rouler sur le sol. Il marmonna quelque chose tandis qu'un valet de pied se précipitait pour ramasser le verre et l'aider avec un linge.

Se levant de sa chaise, le comte prit le torchon et frotta son ventre et sa cuisse.

— Je crains de devoir m'en aller. C'est un véritable désastre.

— Je suis sûr que nous pouvons envoyer chercher des vêtements pour vous, dit Rafe calmement. Inutile de vous précipiter.

Alors que son parrain continuait de tamponner ses vête-ments, Anne se rendit compte que ses mains tremblaient. Elle se leva et fit le tour de la table.

— Nous pouvons partir si vous en avez besoin. Tout va bien, dit-elle d'un ton apaisant.

Ses yeux bleus croisèrent ceux du comte, et elle vit l'an-goisse au fond d'eux. Bon sang ! C'était bien plus difficile qu'elle ne l'avait imaginé. Il acquiesça et Anne tourna la tête d'abord vers Lorcan, puis vers Deborah. Ensuite, son regard trouva celui de Rafe, et elle tenta de lui faire comprendre silencieusement à quel point elle était désolée de tout cela.

— J'essaie, murmura son parrain. C'est juste que... c'est tout ce que je suis.

Elle hocha la tête tandis que ses enfants se joignaient à eux. Deborah passa le bras dans celui de son père.

— Viens, papa.

Lorcan se tourna vers Rafe, qui s'était levé de sa chaise.

— Mes excuses. Nous referons cela. Cela deviendra... plus facile.

— Je l'espère, répondit Rafe en s'avançant vers eux. Je vous raccompagne.

Lorcan et Deborah escortèrent leur père, l'encadrant en sortant de la salle à manger. Rafe adressa un signe de tête à un valet de pied, qui s'esquiva par une autre porte. Tournant la tête, Rafe jeta un coup d'œil à ses sœurs et à leurs maris avant de rejoindre Anne. Ensemble, ils pénétrèrent dans l'an-tichambre.

— Je suis sincèrement désolée, lui dit Anne tout bas, résis-tant à l'envie de lui prendre le bras. Mon parrain a réellement beaucoup de mal.

— C'est notre cas à tous, remarqua Rafe.

— Je sais. J'aimerais juste que ce ne soit pas si douloureux pour tout le monde.

— Comment pourrait-il en être autrement ?

Il parlait d'un ton plat, et elle n'était pas sûre de ce qu'il ressentait. Était-il en colère, frustré, ou autre chose ? Sans doute tout cela à la fois.

— Cela va s'arranger.

Elle lui adressa un sourire tremblant et effleura sa main. Les doigts de Rafe serrèrent les siens. Elle leva les yeux vers lui lorsqu'ils pénétrèrent dans le hall d'entrée et souffla, « mercredi ».

Avec un signe de tête, il la laissa partir. Elle récupéra son châle auprès d'un valet de pied, puis jeta un dernier coup d'œil appuyé à Rafe. Son regard était sombre et intense, la faisant frissonner, mais pas de froid.

Une fois dans la calèche, Deborah passa ses mains sur ses genoux.

— Merci d'avoir renversé ton vin, papa. Je ne crois pas que j'aurais pu supporter cela plus longtemps.

Anne, quant à elle, en avait *supporté* assez.

— Deborah, ne vois-tu pas à quel point cette situation est terrible pour tout le monde ?

Celle-ci écarquilla les yeux, puis les plissa.

— Bien sûr que je peux. Mais j'essaie de soutenir mon père. Il ne mérite pas d'être destitué.

Le comte, qui était assis à côté de Deborah sur le siège orienté vers l'avant, tapota le bras de sa fille.

— Merci, ma chérie.

— Personne ne *mérite* rien de tout cela. Imagine ce que tu ressentirais si tu avais été enlevée pendant ton enfance et privée de la vie que tu étais censée mener.

— Anne a raison, remarqua le comte, soupirant en s'adossant à la banquette. C'est une situation terrible, mais il n'y a rien d'autre à faire que de la traverser. J'aurais dû rester au dîner. Simplement je… je ne pouvais pas.

Il regarda par la vitre.

— Tout va bien, papa, intervint Lorcan.

— C'est facile à dire pour toi, rétorqua Deborah. Tu gardes Kilmaar.

Lorcan se raidit à côté d'Anne.

— Et notre père conserve sa maison de St James Square. Il faudra s'adapter, mais d'après ce que j'ai pu constater, notre cousin sera très généreux alors qu'il aurait tout à fait le droit de ne pas l'être.

La calèche s'arrêta devant la maison d'Anthony et Jane ; Anne n'avait jamais été aussi heureuse qu'un trajet soit aussi court. Elle poussa un soupir de soulagement en descendant du véhicule.

Quel désastre ! Elle espérait simplement que les choses s'amélioreraient à partir de maintenant. Il ne pouvait en être autrement, n'est-ce pas ?

CHAPITRE 7

*R*afe monta dans son cabriolet et quitta la ruelle d'Upper Brook Street. Alors qu'il observait le monde qui l'entourait, il se demanda dans quelle mesure les choses seraient différentes lorsque la nouvelle de sa véritable identité serait connue.

Il traversa Grosvenor Square, puis tourna dans Davies Street. À Mount Street, il prit à gauche vers la ruelle de Grosvenor, où il aperçut immédiatement un jeune homme paré de vêtements sombres près de l'entrée. Non, pas un jeune homme, mais une jeune femme déguisée. L'aurait-elle dupé s'il n'avait pas su qu'il devait la chercher ? Il ne le saurait jamais.

Souriant, il s'arrêta alors qu'elle bondissait vers lui. Elle s'arrêta devant le cabriolet et pinça les lèvres.

— As-tu besoin d'aide ? s'enquit-il.

— Non. Simplement, c'est nouveau, répondit-elle en se hissant sur le siège avec un sourire. Je pense que je pourrais m'y habituer. Je me sens si légère ! Si libre !

Rafe rit.

— Mais tu es tellement ravissante en robe.

Il soupçonnait que son postérieur était encore plus séduisant dans ce costume. Heureusement pour lui, les pans de son manteau le préservaient de la tentation de regarder.

— Merci, répondit-elle avec un hochement de tête tandis qu'il les conduisait vers Bond Street, puis Piccadilly, d'où ils prendraient vers l'est. Peut-être pourrais-je commander une version plus féminine de ce costume.

— De quoi cela aurait-il l'air ?

— Je ne connais rien à la conception de vêtements, mais il y aurait sûrement des volants, répondit-elle avec une grimace. Je n'aime pas les volants. Peut-être pourrait-on simplement jouer avec le tissu ou la couleur. Quelque chose comme cela, dans une soie bleu clair ? À bien y réfléchir, j'ai croisé des gentlemen qui portaient ce genre de choses.

Anne soupira.

— Je suppose que je suis condamnée à porter des robes.

Rafe envisagea de lui suggérer qu'elle serait peut-être plus à l'aise sans rien porter du tout, mais cela mènerait leur conversation sur un terrain qu'il valait mieux laisser inexploré. Surtout aujourd'hui, alors qu'ils étaient seuls. *Une nouvelle fois.*

— Ta sœur ne voyait vraiment pas d'inconvénient à ce que tu sortes avec moi aujourd'hui ?

— Elle a compris que j'allais trouver un moyen. Elle sait aussi que nous serons loin de Mayfair. D'après elle, mon costume dissimule parfaitement ma féminité. Es-tu d'accord avec elle ?

— Je ne crois pas pouvoir répondre à cette question de manière objective. Je sais que tu es une femme. Je ne peux pas oublier que tu es une femme. Pas même un instant.

Bon sang ! Il avait finalement pénétré ce royaume interdit.

Rafe coula un regard dans sa direction et vit qu'elle semblait plutôt ravie. Il réprima un sourire.

— J'étais navrée de la façon dont le dîner s'est déroulé lundi, en particulier du comportement de Deborah. Comment allaient Selina et Beatrix ensuite ?

Rafe ne voulait pas parler du dîner, ni de son oncle, ni de quoi que ce soit en rapport avec l'énorme perturbation qui était sur le point de bouleverser sa vie. Toutefois, il appréciait sa sollicitude.

— Elles vont bien. Notre cousine Deborah est désagréable. Je crois que j'aime bien Lorcan.

— Il était ravi pour Kilmaar. Tu es d'une gentillesse incroyable.

— Quel besoin aurais-je d'un domaine en Irlande ?

Il s'était demandé quelle importance cet endroit avait eue pour son père, s'il en avait eu. Il avait une centaine de questions, un millier ou plus, en réalité, au sujet de son père. L'espoir qu'il avait nourri que son oncle leur réponde était bien mince à présent. Cet homme était dans la tourmente, et si Rafe ne pouvait pas le blâmer, il ignorait s'ils seraient un jour en mesure d'avoir une relation familiale normale. Était-ce ce que Rafe recherchait, une sorte de père de substitution ?

— Néanmoins, c'était un beau geste, et je pense qu'il contribuera à la guérison.

À la guérison de son oncle et de son cousin. En quoi cela aiderait-il Rafe ? Il voulait des informations, il en avait *besoin* pour découvrir pourquoi sa sœur et lui avaient été enlevés. Ce n'était pas à cela qu'il voulait consacrer ses pensées ce jour-là.

— Cela te dérangerait-il si nous ne parlions pas de mon oncle, de mes cousins ou du comté ? Aujourd'hui, je veux simplement être Rafe Bowles.

— Non, bien sûr que non ! le rassura-t-elle, posant une main sur son bras. Mes excuses. C'est ce que je veux aussi. En fait, tu devrais être lord Garde-du-corps et moi, Mme Éblouissante.

— Mme Éblouissante en costume d'homme.

Anne éclata de rire.

— Parfait. Pourquoi ta sœur et toi portez-vous des noms de famille différents ? Elle était Blackwell avant d'épouser Sheffield, n'est-ce pas ?

— J'étais aussi Blackwell, dit-il prudemment.

C'était très proche du sujet qu'il voulait éviter et de celui qu'il ne pouvait en aucun cas révéler, à savoir son comportement criminel.

— Lorsque j'ai déménagé à Mayfair, j'ai changé de nom. Bowles semblait tout simplement plus élégant.

Cela semblait absolument affreux à ses oreilles. Il pourrait tout aussi bien déclarer qu'il était un imposteur. Mais en était-il vraiment un, s'il était en réalité un comte ?

— Où habitais-tu auparavant ? Je sais que c'était à Londres.

Ils se rapprochaient dangereusement de choses qu'il ne voulait pas divulguer. Si Anne apprenait un jour ce qu'il avait été, ce qu'il avait *fait*… elle ne le regarderait plus jamais de la même façon. Et il aimait énormément la façon dont elle le regardait. Comme s'il était son chevalier ou, plus exactement, son lord Garde-du-corps.

— Puisque c'était avant que je sois Rafe Bowles, je ne peux pas en parler aujourd'hui, lui dit-il avec ce qu'il espérait être un charme insouciant.

— Tu l'as dit, effectivement. Je crains d'être envahie de curiosité à ton égard. Je veux *tout* savoir.

Rafe se rendit compte qu'Anne touchait toujours son bras. Ceci, ajouté à l'enthousiasme de la jeune femme à son égard, formait une combinaison enivrante. S'il n'y prêtait pas attention, il allait se perdre dans ce royaume interdit avec elle. Et il ne pouvait pas. Pas même pour un baiser.

Croyait-il vraiment qu'ils arriveraient au bout de cette journée sans s'embrasser ?

En règle générale, Rafe tâchait d'être d'une honnêteté sans faille avec lui-même. Peut-être qu'avec elle, il se laissait aller à se faire un peu d'illusions. C'était plus que dangereux.

Elle s'adossa au siège.

— Parle-moi de la journée des magazines.

— Les gens se déplacent en masse pour acheter des magazines à prix réduit, car c'est la fin du mois, et que les nouveaux périodiques seront disponibles dès demain.

— Je compte sur toi pour m'orienter vers les meilleurs.

— Vas-tu en acheter ? s'enquit-il. Je croyais que tu voulais simplement observer les gens.

— Je n'ai pas encore décidé. C'est amusant que tu penses que je voulais venir pour regarder les gens alors qu'en réalité, si je voulais faire cela, c'était pour passer du temps avec toi.

Du coin de l'œil, Rafe vit qu'Anne le regardait.

— Je crois n'avoir jamais rencontré de femme aussi directe que toi.

— Je vais prendre cela comme un compliment.

— C'en était un.

Il ne put s'empêcher de sourire en parcourant le Haymarket en direction de Charing Cross.

— Quel mets ou quelle boisson vas-tu m'imposer aujourd'hui ? demanda-t-elle.

— T'imposer ? Je ne t'ai pas *obligée* à goûter aux huîtres, au caviar ou au café !

— Non, c'est vrai. J'adore le fait que tu m'aies fait découvrir ces choses. Nous trouverons peut-être une charrette à huîtres.

— Pas dans Paternoster Row, mais j'en connais une où nous pourrons aller plus tard, répondit-il, lui adressant un regard méfiant. Tu aimes vraiment les huîtres ?

Anne acquiesça.

— Mais pas le caviar. Désolée.

Rafe ricana.

— Nous verrons ce que nous pouvons goûter d'autre aujourd'hui. Vous êtes une personne *très* curieuse, madame Éblouissante, et nous devrions nourrir cette curiosité.

Comme il l'avait déjà fait, Rafe gara le cabriolet près de Paternoster Row et le confia à son tigre, un garçon de douze ans qu'il avait sauvé de Petticoat Lane plusieurs années auparavant. Anne resta assise un instant dans le véhicule avant de sauter à terre.

Elle laissa échapper un rire penaud.

— J'ai oublié que j'étais censée être un homme.

— Moi aussi. J'ai failli t'offrir mon bras, admit Rafe, qui était déçu qu'ils n'aient aucune raison de se toucher. Veille à rester près de moi. Il va y avoir du monde.

Elle hocha la tête, et ils se dirigèrent vers Paternoster Row.

— Juste ciel ! C'est vraiment bondé ! s'exclama-t-elle, parcourant du regard la foule et les véhicules qui encombraient la rue.

Ils se déplaçaient bien plus lentement que lors de leur dernière visite, s'arrêtant pour feuilleter des magazines et se frayant un chemin dans la foule. Alors qu'ils arrivaient devant la boutique d'un libraire, un enfant sortit en courant de l'établissement, suivi par le commerçant qui cria :

— Arrête ! Voleur !

Rafe bougea sans réfléchir, se glissant entre les gens et interceptant l'enfant avant qu'il puisse s'enfuir à travers la foule dense. Il l'attrapa par le manteau. Son chapeau tomba, et des mèches sombres retombèrent sur ses épaules. Le voleur tenta de se dégager du manteau pour s'échapper, mais Rafe connaissait bien cette astuce. Passant un bras autour de l'enfant, Rafe le souleva… ou la souleva? Puis il se dirigea vers la librairie.

Bon sang, Anne! Rafe regarda par-dessus les têtes de ceux qui l'entouraient, et la repéra aussitôt. Elle s'était rapprochée de lui, mais ne l'avait pas encore rejoint. Elle écarquilla les yeux en voyant qu'il portait l'enfant.

Rafe inclina la tête vers la librairie et Anne acquiesça. *Zut!* Il n'avait vraiment pas envie qu'elle soit témoin de cela, mais il ne pouvait pas la laisser seule dehors, même si elle était déguisée en homme.

— Posez-moi! s'exclama l'enfant, définitivement une fille.

Elle donna un coup de pied dans les jambes de Rafe et le frappa dans le dos.

— Ne t'enfuis pas. Et ne me vole pas, lui ordonna-t-il en la déposant par terre, mais sans la relâcher. D'accord?

Elle n'était pas aussi jeune qu'il l'avait cru, simplement petite. Elle devait avoir quinze ans, peut-être. Elle lui lança un regard noir, ses yeux sombres crachaient du feu, et elle laissa tomber le livre qu'elle tenait.

— Je n'en voulais pas vraiment de toute façon.

— Si, tu le voulais, et je vais te laisser le prendre. Mais seulement quand tu m'auras dit pourquoi tu le veux, et ce que tu as l'intention d'en faire.

Le feu dans les yeux de la fille s'éteignit, et ses lèvres s'entrouvrirent. Elle les referma et tourna la tête vers le libraire. John, un homme grand et mince d'une cinquantaine d'années au visage austère, se tenait en retrait derrière Rafe, sur sa gauche. En dépit de son apparence intimidante, il était l'une des personnes les plus gentilles qu'il connaissait.

La fille se tourna vers Rafe.

— J'aime lire.

— Bien. N'arrête pas. Où vis-tu?

Elle releva le menton et lui adressa un regard noir. C'était la seule réponse qu'il obtiendrait d'elle, et il en comprenait la raison. Si quelqu'un savait où elle vivait, il pourrait l'attaquer. C'était pour cette raison qu'elle s'habillait de sorte à ressembler à un garçon. C'était ainsi que Selina aurait été contrainte de vivre si Rafe ne l'avait pas envoyée à l'école.

— As-tu un travail ? l'interrogea ce dernier.

Elle hésita, mais secoua la tête. Rafe comprenait également ce que cela signifiait : elle volait pour survivre.

— Mais le livre était pour toi, tu ne voulais pas le revendre pour récupérer l'argent ?

Elle hocha la tête, puis elle adressa un regard à Anne, qui était entrée dans la boutique et se tenait à quelques pas, bloquant la porte.

Rafe lâcha la voleuse.

— Tu vas venir ici tous les matins, sauf le dimanche, et tu balaieras la boutique. Tu accompliras également toutes les tâches que M. Entwhistle te confiera.

Il se tourna vers John, qui ne manifesta pas la moindre surprise. Rafe fixa alors l'enfant d'un regard impatient.

— D'accord ?

— Quel est le problème avec votre œil ? s'enquit-elle, observant la tache orange.

— C'est ainsi que je trouve des enfants comme toi. Tu dois cesser de voler. Tu vas te faire prendre.

La fille détourna le regard et pinça les lèvres. Elle savait qu'il avait raison. Il sentait la peur sous sa bravade. Rafe savait comment la conquérir complètement.

— Si tu as besoin d'une chambre, tu peux en avoir une à l'étage.

John vivait au-dessus de la boutique, mais à l'étage supérieur se trouvaient quelques chambres où d'autres jeunes gens, des garçons pour la plupart, avaient séjourné pendant un certain temps. Rafe les avait tous aidés à trouver un emploi.

Il ramassa le livre qu'elle avait pris. Il s'agissait d'un recueil d'histoires de la mythologie grecque.

— Tu aimes l'histoire et la culture grecques ?

Elle haussa les épaules.

— Après l'avoir lu, tu diras à M. Entwhistle ce que tu en penses, lui dit-il en lui tendant le livre. Sommes-nous d'accord ?

— Vous allez simplement me donner le livre ? demanda-t-elle d'un air dubitatif.

— Je pense que tu reviendras, au moins pour le travail, sinon pour la chambre. J'espère que tu accepteras les deux.

Elle serra le livre contre sa poitrine et le dévisagea un moment avant de se tourner, manquant de se cogner à Anne.

— Vous êtes une femme.

Le regard d'Anne croisa brièvement celui de Rafe, avant qu'elle sourie à la fille.

— Oui. Comment t'appelles-tu ? Il me semble que ton futur employeur devrait connaître ton nom.

— Je n'ai pas encore décidé si j'acceptais cet emploi.

— Oh ! Tu devrais ! Je ne peux que recommander cet homme, déclara Anne en jetant à Rafe un regard qui lui coupa le souffle. Tu ne le regretteras pas, je te le promets. Au fait, je m'appelle Anne.

— Et moi, Maud, répondit-elle timidement.

Rafe ne pouvait pas voir son visage, mais il entendit son ton, et il repéra la légère courbure de ses épaules.

— Êtes-vous sa femme ? demanda la gamine.

Rafe croisa le regard d'Anne, mais il détourna rapidement les yeux avant qu'elle ne réponde.

— Euh, non. Je ne suis qu'une amie.

— D'accord, j'accepte ce travail. Reviendrez-vous ici pour me voir ? demanda Maud.

— Absolument. Je t'apporterai quelque chose de joyeux pour ta chambre à l'étage. Si cela ne te dérange pas.

Maud secoua la tête.

— Pas du tout.

— La question est donc réglée, dit Anne à Maud, scrutant le livre que l'enfant tenait dans ses bras. Je lirai également ce livre pour que nous puissions en discuter. Cela te plairait-il ?

— Bien sûr ! Merci, lui dit-elle, puis elle tourna la tête pour regarder Rafe. Merci à vous aussi.

— À demain matin, lui dit John avec un signe de la main. Sauf si tu reviens plus tard aujourd'hui. Ta chambre sera prête.

Maud hocha la tête avant de quitter la boutique bien plus calmement que la première fois. Anne s'approcha de Rafe ; son regard s'adoucit et ses lèvres se courbèrent en un charmant sourire.

— Tu es bien plus qu'un garde du corps. Tu es un *héros*, en dépit de ce que tu penses. Possèdes-tu cette boutique ?

— Oui. Tu as été merveilleuse avec elle.

— Elle a autant besoin de gentillesse que n'importe qui d'autre. Je ne faisais que suivre ton exemple, répondit Anne, regardant John derrière lui. Est-il toujours ainsi ?

Rafe se tourna pour les voir tous les deux. John adressa un petit sourire à la jeune femme.

— Oui.

— C'est merveilleux ! murmura-t-elle. J'aurais dû deviner que tu possédais une boutique ici, vu l'amour que tu portes à cette rue. Et aux livres. Depuis combien de temps es-tu propriétaire du magasin ?

Une fois encore, ils s'aventuraient trop près de sujets qu'il ne voulait pas aborder. Sauf qu'en réalité, il en avait presque envie.

— Plusieurs années.

— En général, les comtes ne possèdent pas de boutiques, remarqua-t-elle avant de plaquer une main sur sa bouche. Désolée ! Je ne voulais pas en parler !

Rafe coula un regard vers John, dont les sourcils se plissèrent, signe de confusion. Il devrait tout expliquer au commerçant. Il y avait *tant* de gens à qui il devait expliquer cela !

Se retournant vers Anne, Rafe fit un geste en direction de la porte.

— Et si nous allions au café de l'autre côté de la rue ?

— D'accord, mais, d'abord, il me faut un exemplaire de ce livre, affirma-t-elle en se dirigeant vers John. Pourriez-vous m'indiquer où je peux le trouver ?

John se déplaça vers un présentoir où se trouvait une pile de livres et en prit un.

— C'est presque notre dernier exemplaire. Il a été très populaire.

— Maud a donc fait un bon choix, constata Anne qui prit le livre, puis fouilla dans sa poche, sans doute pour trouver l'argent nécessaire à l'achat.

— Considère-le comme un cadeau.

Rafe ignora les sourcils levés du commerçant.

— Merci.

Elle ne se détourna pas de John. Au lieu de cela, elle lui posa une question.

— Vous connaissez M. Bowles depuis un certain temps ?

La confusion qu'il avait manifestée lorsqu'elle avait parlé de comte apparut sur ses traits. John toussa.

— Oui, M. Bowles.

Rafe pinça les lèvres.

— Venez, madame É, dit-il en lui saisissant doucement le coude.

Anne fit un signe de la main à John et lui dit au revoir avant qu'ils ne quittent le magasin.

— Je n'aurais pas dû t'appeler M. Bowles ? Tu as trop d'identités.

Un rire resta coincé dans la gorge de Rafe, qui le dissimula en toussant.

— Oui.

— J'espère que tu me parleras de toutes un jour.

Elle lui offrit un sourire chaleureux tandis qu'il la guidait avec précaution à travers la rue, entre les véhicules qui se déplaçaient à faible allure.

Rafe ne ferait jamais ça : il ne les lui révélerait pas toutes. Il voulait retrouver la légèreté qui régnait entre eux avant que Maud n'essaie de voler dans sa boutique.

— Lord Garde-du-corps pourrait-il être le seul qui compte ? Du moins, en ce qui te concerne ?

Elle leva les yeux vers lui tandis qu'ils approchaient de la porte du café.

— Il en sera toujours ainsi.

Un tremblement le parcourut, et il s'en voulut de lui avoir dit de s'habiller comme un homme. Il ne pouvait pas la toucher comme il le souhaitait, pas même pour l'aider à entrer dans la boutique.

Le *Chapter Coffee House* était plus bondé que lors de leur dernière visite. Néanmoins, Rafe parvint à leur obtenir une table à l'arrière.

— Du thé ? demanda-t-il.

Anne prit l'une des deux chaises autour de la petite table ronde.

— Un café, s'il te plaît.

Elle lui lança un regard serein et croisa les mains sur ses genoux. Il se pencha et chuchota :

— Tu es assise comme une lady. Pose une main sur ton genou et écarte un peu les jambes.

Elle rougit légèrement, mais fit ce qu'il suggérait.

— Et arrête de rougir.

L'envie de poser ses lèvres sur le bord extérieur de son oreille ou de faire glisser sa langue jusqu'à son lobe était presque irrésistible. Il s'empressa de se rendre au comptoir et de commander leurs cafés.

Il se rendit compte un peu tard qu'il aurait dû lui demander pourquoi elle commandait du café alors qu'elle n'aimait manifestement pas ça. Il avait été trop distrait.

Se secouant, il ramena leurs tasses à la table et les posa. Il s'assit, remarquant que son teint était redevenu normal, et qu'elle faisait de son mieux pour ne pas être assise comme une dame. En fait, ses jambes étaient plutôt écartées, et cela le distrayait encore.

— Pourquoi bois-tu du café ? l'interrogea-t-il, l'air mécontent à cause de son désir effréné.

Bon sang ! Était-ce cela ? *Oui.* Anne le chamboulait pratiquement depuis le moment de leur rencontre.

— Tu n'aimes pas ça.

— Vraiment ? répondit-elle en haussant un sourcil, lui adressant un sourire grivois.

Elle prit la tasse, en but une longue gorgée, puis soupira de contentement en la reposant.

— J'ai passé les trois derniers mois à apprendre à aimer cela. Maintenant, j'ai peur de ne pas pouvoir passer la matinée sans ma tasse de café.

Il la fixa du regard. Elle avait appris à l'aimer ?

— Pourquoi ferais-tu une chose pareille ?

— Parce que cela me faisait penser à toi, expliqua-t-elle, avant de boire une nouvelle gorgée. Mais ne me demande pas d'aimer le caviar, car je ne pense pas pouvoir y arriver.

La gaieté que Rafe voyait dans les yeux d'Anne était enivrante. Cela lui rappelait une époque où les choses ne lui pesaient pas autant. Avant qu'il n'ait trop abaissé ses défenses. C'était un équilibre délicat que de ressentir juste ce qu'il fallait : suffisamment pour être ravi, mais pas trop pour ne pas devenir obsédé. Il craignait d'être déjà au bord du gouffre. Ou peut-être même au-delà.

— Je ne te demanderais pas une telle chose. Mais le café est une délicieuse surprise.

Anne baissa les yeux sur sa tasse et passa le bout de son doigt sur le bord. Elle portait des gants, mais ils étaient trop grands pour ses mains, de sorte qu'il ne pouvait pas voir sa féminité. Mais il voyait dans ses traits. Le large éventail de ses cils et la courbe pulpeuse de ses lèvres trahissaient qu'elle était une femme. Ce n'était pas comme s'il avait besoin de voir tout cela, car il était bien trop conscient de qui elle était et de l'effet qu'elle avait sur lui.

— Je sais que tu ne veux pas parler de ton passé, dit-elle tranquillement. En tout cas, pas aujourd'hui. Mais vas-tu me dire comment tu en es venu à aider des enfants comme Maud ?

Elle lui adressa un regard hésitant, et il ne put nier la curiosité sincère qui se lisait dans ses yeux.

Il choisit ses mots avec énormément de soin. Pour une raison qu'il ignorait, il voulait partager des choses avec elle. Peut-être était-ce dû à sa façon de le voir, sans faire de suppositions, mais en essayant vraiment de le connaître. Comme si quelqu'un pouvait y parvenir.

— Selina et moi n'avions pas grand-chose pendant notre enfance, dit-il lentement. J'ai travaillé très dur pour arriver là où je suis.

— Comment ?

C'était la partie qu'il ne voulait pas révéler, même s'il se sentait bien avec elle, et qu'il pensait pouvoir lui faire confiance. *Vraiment ?* Il avait du mal à faire confiance, presque autant que sa sœur.

— J'ai eu la chance d'hériter de cette librairie et d'une petite somme d'argent, que j'ai investie avec soin. Mais jamais je n'oublierai à quel point c'était difficile quand j'étais jeune.

— Après avoir été enlevé dans ta propre maison, affirma-t-elle.

Elle tendit la main par-dessus la table pour le toucher, mais s'empressa de la retirer.

— Je suppose que je ne peux pas te toucher, vu mon allure.

Il s'était raidi à la mention de son enlèvement.

— Non.

— Je trouve que c'est vraiment adorable de ta part d'aider les enfants comme Maud.

— Vas-tu vraiment lui rendre visite ? s'enquit-il, puis il but une gorgée de son café.

— J'en ai envie. Cela ne te dérange pas ?

— Pas du tout.

— Peut-être pourras-tu m'emmener, suggéra-t-elle avec un sourire séducteur.

Rafe secoua la tête.

— Si tu essaies de m'inciter à poursuivre nos relations…

Anne se pencha en avant, les yeux brillants.

— Est-ce que ça marche ?

— Oui.

Le mot avait glissé d'entre ses lèvres avant qu'il puisse l'arrêter. Lui aussi se pencha légèrement en avant.

— J'ai une chambre à l'étage, annonça-t-elle, légèrement essoufflée.

— Comment diable...

Il ne put même pas terminer sa pensée, encore moins sa question.

— Elle est à mon nom, M. Éblouissant.

Rafe étouffa un rire bref.

— Tu n'as pas vraiment utilisé ce nom !

Elle haussa une épaule.

— Si. Et maintenant, je vais monter dans cette chambre.

Si tu souhaites m'y retrouver, elle est au premier étage, à l'arrière, face à Paul's Alley.

— Tes aptitudes sont terrifiantes.

— Vraiment ? fit-elle, haussant un sourcil blond en se levant. Ou bien sont-elles excitantes ?

Elle agita les sourcils avant de se diriger vers le couloir du fond, où se trouvaient les escaliers.

Comment diable avait-elle fait cela ? Comment savait-elle où aller ? Était-elle venue la veille pour prendre les dispositions nécessaires ? Elle était si excitante qu'il en était terrifié.

Et il ne savait pas du tout ce qu'il allait faire à son sujet.

CHAPITRE 8

*L*e temps qu'Anne atteigne la chambre à l'étage, elle tremblait. Après avoir fermé la porte, elle se dirigea vers le centre de la petite pièce et prit une grande inspiration.

Viendrait-il ?

En toute honnêteté, elle n'en avait aucune idée. Elle lui accorderait un quart d'heure pour se décider avant d'admettre sa défaite et de redescendre.

En attendant, elle parcourut du regard la chambre qu'elle avait visitée la veille. Les fleurs qu'elle avait apportées étaient toujours sur la table devant la fenêtre, tout comme la bouteille de madère et les deux verres. Il y avait deux chaises autour de la table, et une petite méridienne était placée près de l'étroite cheminée. Le plus grand meuble était le lit. Elle avait demandé une chambre avec un lit large et confortable. Et elle s'était assurée que le linge soit propre et de bonne qualité. Heureusement, c'était le cas.

Anne retira son chapeau et ses gants, puis les posa sur le chevet à côté du lit. Devait-elle retirer ses bottes ? Et s'il ne venait pas ? Peut-être devrait-elle attendre.

Elle consulta la montre qu'elle avait glissée dans la poche de sa veste ce matin-là. À peine cinq minutes.

Se réjouissant d'avoir au moins cessé de trembler, elle s'approcha de la fenêtre et tendit le cou pour essayer de voir la ruelle menant à Paternoster Row. Elle distinguait à peine le trottoir et la rue. La foule n'avait pas diminué.

Elle adorait ça. Il y avait ici une énergie et une effervescence qui n'existaient pas à Mayfair. Elle se demanda si Rafe avait grandi dans les environs, et elle espérait qu'il lui raconterait, un jour.

Il possédait une librairie ! Et il aidait les enfants dans le besoin. Qu'ignorait-elle encore sur lui ? Elle détestait le fait qu'il semble y avoir tant de choses, mais c'était normal. Il avait vécu bien plus qu'elle, et cela aurait été vrai même s'il n'avait pas eu dix ans de plus. L'expérience de Rafe était bien différente de la sienne, plus large, et, d'après ce qu'elle avait appris aujourd'hui, plus dure.

C'était aussi une partie des ténèbres qui l'habitaient, tout comme sa femme. Une douleur se répandit dans la poitrine d'Anne quand elle imagina combien il avait dû souffrir quand il l'avait perdue. Il avait dit l'avoir beaucoup aimée. Peut-être l'aimait-il encore. Et pourquoi en serait-il autrement ? Elle n'était plus là, mais, visiblement, il ne l'avait pas oubliée.

Anne se pencha pour sentir les roses sur la table. Un coup frappé à la porte la fit sursauter, et elle plongea le nez dans les pétales.

— Juste ciel ! souffla-t-elle, posant une main sur le dossier d'une des chaises pour se redresser.

Il était là. Elle traversa la pièce d'un pas vif et s'arrêta juste avant d'ouvrir la porte.

— Rafe ?

Et si ce n'était pas lui ?

— Ouvre la porte, Anne.

Elle s'exécuta, et il entra. Elle referma la porte derrière lui.

— Tu ne l'avais même pas fermée à clé ! s'exclama-t-il, l'air contrarié. Y a-t-il un verrou ?

— Oui, répondit-elle en le fermant, puis elle lui fit face. C'est mieux ?

— Tu n'aurais pas dû rester ici sans que la porte soit verrouillée.

— Tu es…

Non, il n'était pas en colère. Il était perplexe, comme l'autre jour quand elle lui avait rendu visite.

Il est ici.

Elle réprima le sourire qui menaçait d'étirer ses lèvres. Ce n'était pas la victoire, pas encore. Mais c'était un début.

— J'aurais dû fermer la porte à clé. Je crains d'être un peu… excitée.

Il retira son chapeau et se passa une main sur le front. Marmonnant quelque chose, il s'approcha de la table et regarda les roses.

— C'est une très mauvaise idée.

— J'aime les roses, protesta-t-elle, même si elle était consciente que ce n'était pas de cela qu'il parlait. Je les ai apportées hier pour que la chambre sente bon.

— Tu les as apportées…, répéta-t-il, posant son chapeau sur la table avant de se tourner face à elle. Tu as bien planifié tout cela.

Elle hocha la tête, et il se dirigea vers elle, lentement, comme un animal à l'affût.

— C'est donc une tentative de séduction ? demanda-t-il d'une voix douce.

Un frisson parcourut l'échine d'Anne.

— Je l'espérais, mais je crains de ne pas être très versée en la matière.

— Tu n'es pas *très* versée. Tu l'es donc un peu ? s'enquit-il, s'arrêtant juste devant elle. Anne, es-tu vierge ?

Sa bouche s'assécha, et elle ne réussit pas à parler. Alors, elle acquiesça.

— Et tu le resteras.

La déception l'envahit.

— Alors, pourquoi es-tu monté ?

— Parce que tu ne m'as pas laissé le choix. Devais-je rester en bas en espérant que tu finirais par redescendre ? Et si quelque chose t'arrivait pendant que tu étais là-haut ? lui demanda-t-il, ses yeux brillant dangereusement tandis qu'ils se rapprochaient jusqu'à ce qu'ils se touchent presque. Pensais-tu vraiment que j'allais venir ici et te trousser ?

— J'espérais…

— Oui, je le sais. Mais espérer et savoir ne sont pas la même chose. Je t'ai dit à plusieurs reprises que je ne suis pas quelqu'un que tu devrais désirer. Je ne suis pas un gentleman.

— Tu es un comte, en l'occurrence.

— Je n'ai pas été élevé comme tel, et plus tôt tu en prendras conscience et accepteras que je ne serai *jamais* l'homme que tu veux, mieux ce sera.

Elle se hissa sur la pointe des pieds et posa les mains sur ses épaules.

— Mais tu *es* l'homme que je veux. Tout de suite. Pourquoi devrions-nous penser à autre chose qu'à cet après-midi ? Nous avons décidé de le passer ensemble, pour compenser celui que nous avions perdu.

Rafe haussa les sourcils.

— Tu pensais que nous allions faire l'amour cet après-midi ?

— Non, et je n'étais pas sûre que nous le ferions aujourd'hui. Comme je te l'ai dit, j'espérais, répondit-elle avec un soupir. Vas-tu au moins m'embrasser une nouvelle fois avant que nous partions ?

Rafe la fixa du regard, puis ses yeux se posèrent sur le lit. Lorsqu'il se tourna à nouveau vers elle, la tache orange de son œil droit semblait plus vive que jamais.

— Pourquoi me veux-tu ?

— Parce que tu es gentil, attentionné, fringant, généreux, et que tu ne ressembles à personne d'autre. Tu me traites comme une femme ordinaire, pas comme quelqu'un qui répondrait à tes besoins ou tes projets, ou une récompense à troquer ou à gagner, énuméra Anne avant de secouer la tête. Non, pas une femme ordinaire... mais quelqu'un qui est spécial à tes yeux. Quelqu'un que tu apprécies, et dont tu aimes la compagnie. Ai-je tort ?

Il laissa échapper un juron.

— Non.

Il abaissa la tête et conquit sa bouche, ses lèvres se fondant de manière possessive sur les siennes. Il entoura la jeune femme de ses bras, l'attirant contre lui. Le sentiment exaltant de son baiser et de son corps pressé contre le sien la transperça de part en part, accélérant son pouls et réchauffant son sang.

Elle agrippa sa nuque, et ses doigts s'enfoncèrent dans les épais cheveux de Rafe. Sa langue pénétra dans sa bouche et elle l'accueillit ; son corps réclamait cela et plus encore.

Les mains de Rafe glissèrent jusqu'à son postérieur et il la souleva, une main se déplaçant jusqu'à sa cuisse droite pour enrouler sa jambe autour de sa taille. Anne fit de même avec son autre jambe et il se déplaça en la portant... vers le lit, si elle se souvenait bien de la disposition de la chambre.

Qu'était-il en train de faire ? Il disait qu'il ne la désirait pas. Non, il n'avait pas dit *cela*.

Il la déposa sur le lit, mais ne s'éloigna pas. Son bassin était toujours plaqué contre celui de la jeune femme. Elle sentait la protubérance de son sexe contre le sien. Rompant le baiser, il releva la tête pour faire tomber la veste d'Anne de ses épaules et la placer au bout du lit.

— Je ne peux rien te donner au-delà d'aujourd'hui, et tu ne me le demanderas pas, affirma-t-il en retirant sa propre veste qu'il posa à la tête du lit. Compris ?

Elle acquiesça, l'esprit et le corps en proie à l'incrédulité et au désir.

Il retira les boutons du gilet de la jeune femme, ouvrit le vêtement, puis lui retira sa cravate avant de la jeter de côté. Glissant sa main à l'intérieur de sa chemise, il parcourut lentement sa clavicule du bout des doigts. Ce geste ouvrit plus largement le vêtement sur le devant. Le V était assez profond, à tel point qu'elle l'avait épinglé sur sa poitrine. Elle passa la main entre eux et, détachant l'épingle du tissu, parvint à la piquer dans la veste qui se trouvait à sa droite.

Il fit descendre sa main, écartant davantage la batiste de sa chemise, ouvrant le V.

— Tu as bandé tes seins ? lui demanda-t-il, posant doucement les doigts sur le tissu dont elle s'était servie pour aplatir sa poitrine.

— Tu m'as dit qu'ils pourraient poser problème.

Un sourire rapide apparut sur la bouche de Rafe, si vite qu'elle aurait pu croire qu'elle l'avait imaginé. Mais son corps réagit, son ventre se liquéfia et son sexe se mit à palpiter. Il baissa la tête, mais n'embrassa pas la bouche d'Anne. Au lieu de cela, ses lèvres se déplacèrent le long de sa mâchoire tandis qu'il repoussait son gilet et tirait sa chemise de son pantalon.

Il déposa des baisers sur sa gorge, ses lèvres et sa langue provoquant un ravage délicieux qui lui coupa le souffle. Mais c'était la pression constante qu'il exerçait entre ses jambes qui la faisait haleter de désir. Un besoin désespéré enfla en elle. Il y avait quelque chose juste hors de sa portée, qu'elle désirait plus que tout.

Puis il disparut… enfin, il ne disparut pas, mais il ne l'embrassait plus. Il fit passer la chemise de la jeune femme par-dessus sa tête. Anne sentit une bouffée d'air frais, mais elle s'en moquait. Elle avait très chaud, et elle se réchauffait de plus en plus chaque seconde qui passait.

— Comment est-ce que cela s'enlève ?

Il posa la question d'une voix basse et rauque tandis que ses mains effleuraient le tissu qui écrasait ses seins.

Elle avait glissé le nœud sous le bas du tissu, et elle tirait dessus à présent.

— Regarde.

Elle défit le nœud, et le bandage se desserra. Aussi vite que ses doigts tremblants le lui permettaient, elle déroula le tissu de son buste.

Rafe eut le souffle coupé quand le bandage tomba de la main d'Anne, l'exposant totalement à ses yeux. Pendant un long moment, il resta silencieux et immobile. Elle se demanda s'il allait battre en retraite maintenant, mais il entoura son visage de ses mains et l'embrassa, dévorant sa bouche dans une domination totale et délicieuse. Il fit glisser sa main le long de sa gorge jusqu'à sa poitrine, ses doigts effleurant la courbe de son sein. Il s'en saisit, et la gorge d'Anne laissa échapper un faible gémissement. Lorsqu'il referma les doigts sur son mamelon, il déclencha une pulsation dans le sexe de la jeune femme. Elle se poussa contre lui, en quête de cette merveilleuse friction, et il fit de même en réponse. Elle cria dans sa bouche : elle en voulait toujours plus.

Rafe repoussa Anne sur le lit, créant une distance entre eux. Elle gémit, car elle ne le sentait plus, dur et diabolique, entre ses jambes. La distraction vint sous la forme de ses lèvres qui quittèrent sa bouche, passèrent au creux de sa gorge, puis au sommet de son sein, alors qu'il la tenait fermement dans ses bras.

Elle enfonça ses doigts dans ses cheveux et s'agrippa à son épaule, comme un point d'ancrage face aux sensations qui menaçaient de l'emporter. Il l'embrassa doucement, lèvres et langue engendrant une vague de plaisir aveuglant, jusqu'à ce qu'il s'accroche à son mamelon et que l'obscurité s'installe complètement. Anne s'agrippa fermement à la tête de Rafe, le tenant contre elle, vaguement consciente qu'il était également en train de manipuler les boutons de son pantalon.

Un instant plus tard, alors que sa bouche se posait sur son autre sein, il glissa la main contre le sexe de la jeune femme. Il appuya les doigts au sommet, et tout le corps d'Anne tressaillit. Elle se cambra sur le lit, soulevant les hanches.

Soudain, Rafe posa les lèvres contre son oreille tandis que ses doigts taquinaient sa chair.

— Sais-tu ce qui va se passer ? murmura-t-il.

— Pas tout à fait, répondit-elle, et sa voix semblait complètement détachée d'elle-même.

Elle ne la reconnaissait pas, pas plus que la dévergondée qu'elle était devenue, ses hanches s'agitant avec frénésie, ses mains s'agrippant à lui, son corps frémissant de désir.

— Quand je te touche ici, quand je touche ton clitoris, c'est bon, n'est-ce pas ? s'enquit-il.

Devant son hochement de tête, il poursuivit. Sa voix était sombre et séduisante tandis qu'il faisait glisser son doigt sur elle avec des mouvements habiles et de plus en plus rapides.

— Bien. Je vais mettre mon doigt en toi. Ce n'est pas mon vit, mais c'est le mieux que je puisse faire pour toi. Et je te promets, ce sera suffisant, lui assura-t-il en léchant son oreille. Je vais te trousser avec, et tu vas jouir. Tu vas te laisser aller et ne rien faire d'autre que ressentir. Tu comprends ?

Elle gémit à nouveau en réponse ; ses paroles poussaient son désir à son paroxysme. Elle avait le sentiment qu'elle pourrait faire ce qu'il disait, jouir, à l'instant même.

Lentement il fit glisser son doigt dans son fourreau intime.

— Détends-toi, ma douce, murmura-t-il contre elle avant de mordiller le lobe de son oreille.

Anne inspira brusquement et s'agrippa au cou de Rafe avant de s'intimer de faire ce qu'il lui demandait. Expirant, elle tenta de se relâcher, mais il y avait tant d'énergie en elle, tant de *désir…*

Il retira son doigt, puis taquina à nouveau son clitoris. L'excitation de la jeune femme enfla ; son corps tout entier tremblait de désir. Il s'accrocha brièvement à son cou, le suçant avant de descendre et de faire de même au sommet de son sein, mais plus longuement. La sensation était brute, mais merveilleuse, et elle se cambra à nouveau, cherchant à en obtenir davantage.

Il le lui offrit, entamant un mouvement de va-et-vient avec son doigt. La bouche de Rafe descendit encore plus bas jusqu'à ce qu'il s'empare de son mamelon, le suçant, le léchant et se servant de ses dents pour tirer doucement sur la chair.

Elle écarta les jambes, ou essaya de le faire, mais cela fit remonter son pantalon. Il marmonna quelque chose, puis abandonna le sein de la jeune femme. Il lui enleva rapidement ses bottes, puis tira son pantalon de ses jambes.

Puis il se tut et le silence s'installa dans l'air.

Anne ouvrit les yeux et le vit fixer son sexe, les lèvres entrouvertes, la main contre ses replis intimes.

— Qu'est-ce qui ne va pas ? lui demanda-t-elle, la voix rauque.

— Il n'y a aucun problème. Et peut-être que c'est…

Il serra la mâchoire. Le regard de Rafe se posa sur le sien et elle faillit sursauter devant l'intensité de ses yeux.

— Je ne veux pas t'effrayer.

— Tu ne pourrais jamais faire une telle chose.

Oh ! Comme elle le voulait. Comme elle *l'aimait.*

— Ne dis pas ça.

Elle devait tendre l'oreille pour l'entendre. Se redressant sur son coude, elle tendit la main vers lui. Il pressa sa main contre elle, taquinant sa chair une fois de plus.

— Il est temps pour vous de jouir pour moi, madame Éblouissante, lui intima-t-il en posant une main sur sa nuque, l'embrassant pendant que son doigt, non, *ses* doigts, s'enfonçaient en elle. Laisse-toi aller. Ne réfléchis pas. Contente-toi de ressentir.

Son pouce caressait son clitoris avec des gestes rapides qui forçaient son corps à bouger. Elle répondit à ses mouvements tandis qu'il enfonçait ses doigts dans ses cheveux, tirant sa tête vers l'arrière. Il embrassa sa mâchoire, sa gorge, le côté de son cou, sa main se déplaçant sur et dans son sexe avec une précision impitoyable jusqu'à ce qu'elle ressente ce qu'il lui avait dit.

Des sensations l'envahirent tandis qu'elle fonçait à toute allure vers quelque chose. Le corps d'Anne se tendit quand le plaisir jaillit au creux de son ventre.

— Oui, gronda Rafe contre sa bouche. *Maintenant !*

L'extase la submergea. Elle s'accrocha à lui pour ne pas basculer dans une obscurité implacable. Il la guida à travers cette merveilleuse dévastation, ralentissant ses mouvements.

Elle s'effondra sur le lit, et sa poitrine se souleva pendant qu'elle luttait pour reprendre son souffle. Au bout de quelques instants, elle se rendit compte qu'il était en train de remonter son pantalon sur elle. Ouvrant les yeux, elle souleva la tête pour le regarder. De profil, il avait les traits tirés et la mâchoire tendue.

— Qu'est-ce qui ne va pas ? s'enquit-elle, s'asseyant pour lui prendre la main.

— Je te l'ai dit, il n'y a aucun problème.

— Tu as l'air troublé.

Rafe lâcha le pantalon d'Anne et tourna son visage vers elle.

— Contrairement à toi, je n'ai pas trouvé ma libération, et je ne la trouverai pas, expliqua-t-il, plissant légèrement les yeux. N'essaie même pas de m'en convaincre. Tu en as déjà assez fait.

— *J'en* ai assez fait ?

Elle récupéra le tissu dont elle s'était servie pour se bander la poitrine et commença à l'enrouler autour de son torse malgré une envie presque irrésistible de s'enfouir sous les couvertures et d'exiger qu'il la rejoigne.

— Je n'aurais pas dû te laisser me convaincre, affirma-t-il en allant chercher ses bottes qu'il remit à ses pieds.

— Je n'ai aucun regret, lui dit Anne d'une voix douce. Et j'éprouve toute la gratitude du monde.

Elle noua le bandage, mais pas aussi fermement qu'auparavant. Ses seins la picotaient encore après les caresses de Rafe. Son corps tout entier vibrait. Elle ne voulait pas que cela s'arrête.

Il lui tendit la chemise d'homme, et elle posa la main sur celle du jeune homme.

— Faut-il vraiment que ce soit seulement aujourd'hui ?

— Oui.

— Pourquoi ?

Il lâcha la chemise, retira sa main de sous celle d'Anne, et s'éloigna du lit.

— Je t'ai dit pourquoi.

Son épouse.

Anne enfila la chemise et récupéra l'épingle pour maintenir le V fermé sur ses seins. Après avoir rentré l'ourlet dans sa ceinture, elle mit le gilet.

— Je ne te demande pas de m'aimer, dit-elle d'une voix tranquille. Je ne demande qu'à poursuivre ce que nous partageons. Tu aimes être avec moi, n'est-ce pas ?

Il se tenait près de la table, dos à elle.

— Oui.

Mais il ne voulait pas qu'il en soit ainsi. Il se sentait coupable à cause de l'amour qu'il avait éprouvé pour sa femme.

— Je ne te demande pas non plus de cesser de l'aimer. Jamais je ne ferais une telle chose. Pas plus que je ne souhaite prendre sa place.

— Tu ne pourrais jamais faire une telle chose.

Il répéta les mots qu'elle lui avait dits plus tôt, mais ils revêtaient une tout autre signification ; ils fermaient une porte plutôt que d'en ouvrir une.

Une fois qu'elle eut boutonné son gilet, Anne se glissa hors du lit et prit la cravate. Un petit miroir était accroché près de la porte. Elle s'en approcha et noua le tissu autour de son cou. Le nœud était bien plus simple que celui qu'elle avait fait plus tôt, et franchement affreux, mais c'était le mieux qu'elle pouvait faire pour le moment.

Ses cheveux étaient un véritable désastre. Dans les meilleurs jours, ses boucles n'en faisaient qu'à leur tête, mais aujourd'hui, vu comment elle s'était agitée sur le lit, on aurait dit qu'un oiseau avait tiré sur toutes les mèches pour tenter d'y faire son nid.

— On pourrait se servir de mes cheveux comme d'un nid, marmonna-t-elle.

— Qu'as-tu dit ?

Elle se détourna du miroir et vit qu'il la regardait à présent.

— Je faisais une remarque sur l'état de mes cheveux. Heureusement que j'essaie simplement de les cacher sous un chapeau.

Retournant au lit, elle récupéra les épingles qui s'étaient détachées et entreprit de les fixer à nouveau sur sa tête, dans le style le plus sévère qui soit.

Rafe s'approcha du lit et prit sa veste qu'il enfila avec aisance. Dommage… elle aimait le voir en manches de chemise. Son gilet rouge foncé s'était étiré sur ses omoplates, accentuant la musculature en dessous. Elle voulait les voir nues. Elle voulait le voir tout entier de cette façon.

Après avoir enfoncé la dernière épingle dans ses cheveux, elle lui prit la main et la porta à sa poitrine. Elle regarda Rafe dans les yeux.

— N'y a-t-il aucune partie de toi que tu puisses partager avec moi ?

Ses narines se dilatèrent.

— J'ai partagé tout ce que je pouvais.

— Je ne suis pas sûre de te croire. Je prendrais n'importe quelle partie de toi. Je t'ai…

Il posa une main contre sa bouche.

— Ne fais pas ça. S'il te plaît.

Il y avait une odeur sur ses doigts. Elle hocha la tête, et il retira sa main.

— Est-ce… mon odeur ?

Les yeux de Rafe s'assombrirent, la tache orange devenant incandescente.

— Je brûlais d'envie de mettre ma bouche sur toi, et j'ai failli perdre cette bataille. S'il doit y avoir une prochaine fois, c'est ce que je ferai, affirma-t-il, puis il se pencha en avant pour murmurer. Ensuite, je t'embrasserai et tu te goûteras.

Une vague de chaleur envahit Anne et s'installa dans son sexe, ravivant son désir.

— Ce n'est pas juste de me taquiner comme ça.

— Bon sang, Anne ! s'exclama-t-il, se passant une main dans les cheveux avant de se tourner, se retrouvant à nouveau de profil. Comment diable suis-je censé me tenir à l'écart de toi quand tu es à ce point tentante ?

Un sentiment de joie s'épanouit dans la poitrine de la jeune femme.

— Je préférerais que tu n'en fasses rien, répliqua-t-elle en se plaçant devant lui. Je ne veux personne d'autre. Je peux être très patiente. J'ai déjà essayé d'aller de l'avant, de faire ce que je devais plutôt que ce que je voulais. Je ne recommencerai pas cette fois.

Rafe lui toucha la joue, et ses lèvres esquissèrent un sourire triste.

— Tu mérites bien mieux que moi. Je n'ai rien à t'offrir, rien que tu désires vraiment. J'essaie de me comporter comme le gentleman que tu penses que je suis.

— J'ai donc raison sur ce point au moins. Peut-être aurai-je raison sur d'autres points, affirma-t-elle avec un clin d'œil, puis elle alla récupérer son chapeau. Je suppose que nous devrions rentrer à Mayfair.

Il ne servait à rien de dissimuler la déception qu'elle éprouvait.

Il la dévisagea avant d'aller prendre son propre chapeau. Il le mit, puis il secoua la tête.

— Que vais-je faire de toi ?

— Tout ce que tu veux. Il te suffit de préciser le jour et l'endroit, et je serai là. Et dans l'intervalle, j'attendrai.

Elle quitta la chambre, sachant qu'il la suivait de près, et elle espéra que ce n'était pas la dernière fois qu'ils se retrouvaient seuls tous les deux. Si c'était le cas, au moins, elle garderait un souvenir qui la ferait sourire.

Mais cela ne suffisait pas. Elle allait se battre pour lui. Non pas parce qu'elle le désirait plus qu'elle n'avait jamais voulu quoi que ce soit, mais parce qu'elle croyait fermement qu'il la voulait aussi.

Il fallait simplement qu'il s'en rende compte par lui-même.

CHAPITRE 9

L e lendemain matin, Rafe monta dans sa calèche et prit la direction de Cavendish Square pour récupérer sa sœur. Ils se rendaient à Redhill, à l'*Aigle d'or*, pour rendre visite à la jeune sœur de leur nourrice, Pauline Blaylock.

Il était parcouru d'une énergie nerveuse, mais il n'était pas tout à fait certain que c'était dû au fait qu'il espérait retrouver leur nourrice. Il ne cessait de penser à Anne et à l'après-midi de la veille.

Leur retour à Mayfair avait été tendu, du moins pour lui. C'était en partie dû à son désir inassouvi, mais le reste, et peut-être la plus grande partie, était imputable à ce qu'elle lui avait dit clairement.

Et à ce qu'elle avait essayé de lui avouer, mais qu'il l'avait empêchée de dire. Il ne pouvait même pas s'autoriser à terminer sa phrase dans sa tête. Eliza l'avait aimé… et voilà où cela l'avait menée.

À la place, il songea à l'honnêteté d'Anne, à son désir éhonté, au fait qu'elle ne s'excusait pas d'être précisément qui elle était et de poursuivre ce qu'elle voulait. Il avait été comme ça, autrefois. Enfant, il avait eu assez d'ambition pour tous les jeunes voleurs qu'il avait dirigés. Il pensait qu'en travaillant dur et en cherchant à monter en grade et en responsabilité, il trouverait le pouvoir et le respect.

Des années plus tard, il avait découvert ce qui comptait vraiment et ce qu'il essayait tant bien que mal d'éviter de ressentir à nouveau : l'amour.

Au final, son ambition et sa recherche du bonheur avaient complètement détruit non seulement son amour, mais aussi sa vie. Il ne pourrait jamais revenir à ce qu'il était avant, plein d'espoir et… vulnérable. Anne ne pouvait pas le comprendre. Et il ne lui demanderait pas non plus de le faire.

Lorsqu'il l'avait déposée à la ruelle Grosvenor, elle lui avait rappelé qu'elle ferait preuve de patience. Elle était sérieuse, mais joyeuse, animée d'un optimisme débordant qu'il n'était pas sûr d'avoir jamais connu. Comment l'aurait-il pu, au vu de la façon dont il avait été élevé ?

La calèche s'arrêta devant la maison de Selina, et le valet de pied se précipita à la porte pour prévenir son majordome de leur arrivée. Quelques instants plus tard, Selina s'avança vers le véhicule et le valet de pied lui tint la portière tandis que Rafe lui tendait la main pour l'aider à monter.

— Merci, dit-elle en prenant le siège orienté vers l'avant, qu'il avait laissé libre pour elle. Je suis contente que le temps soit sec aujourd'hui.

Redhill était à quatre heures de route. Le voyage pourrait être plus rapide s'ils y allaient à cheval. Mais ni l'un ni l'autre ne savait monter. Cependant, Selina apprenait avec l'aide de son mari. Comme Rafe, il était le fils d'un comte, mais, contrairement à Rafe, il savait parfaitement monter à cheval.

Quand il se laissait aller à penser à toutes les choses qu'il avait perdues, en particulier à celles qu'il aurait voulu faire avec son père, il était presque submergé de rage et de tristesse. C'était une raison supplémentaire pour maintenir

Anne à l'écart. Personne ne méritait d'être avec un homme aussi dévoré par les ténèbres qu'il l'était. Et Anne les avait vues, ce qui signifiait que ce n'était pas seulement la façon dont lui se voyait.

— Tu as l'air pensif, remarqua Selina, le regardant de sous l'élégant chapeau qu'elle portait.

Rafe ignora son commentaire.

— Tu as l'air d'une véritable lady. Tu as aussi l'air heureuse.

— Je le suis. Tu as l'air pensif, répéta-t-elle. Mais j'ai l'impression que tu ne vas pas en discuter avec moi.

Non, il n'en avait pas l'intention.

— Je suis sans doute simplement nerveux à l'idée de cette journée. J'espère que Mme Gill pourra nous diriger vers sa sœur.

— As-tu réfléchi à ce que tu lui dirais ? s'enquit Selina d'une voix douce, avec un petit sourire. Nous n'allons pas seulement lui demander ce qui s'est passé, mais aussi lui parler des conséquences de ses actes sur nous, sur nos vies.

Rafe entendait sa colère, il la sentait dans sa poitrine.

— Oui, j'y ai réfléchi, mais je pense surtout à ce que je dirais à Edgar. Je suis *foutrement* furieux de ne pas pouvoir le faire !

— Durant tout ce temps, il nous a répété qu'il nous avait sauvés, et que nous devions lui en être reconnaissants, poursuivit Selina, la mâchoire serrée, regardant par la vitre. Il s'est servi de nous.

Elle se tourna pour regarder son frère à travers l'espace restreint. Ses yeux bleus étaient limpides, à l'exception d'une minuscule lueur de douleur.

— Crois-tu qu'elle savait ce qu'il avait l'intention de faire ?

— Avec un peu de chance, nous le découvrirons. Bientôt.

— Je l'espère. Si cela ne nous mène pas à elle…,

commença-t-elle avant de soupirer et de poser brièvement une main sur sa joue. Nous devrons trouver un moyen de lâcher prise. Ce n'est pas comme si nous pouvions changer le passé. Et maintenant, nous avons un avenir.

Selina secoua la tête avant de poursuivre.

— Jamais je n'aurais pu imaginer ce que j'ai trouvé, et maintenant, apprendre que tu es un comte... Un jour, je suppose que cela n'aura plus l'air d'être un rêve.

— J'attends toujours que cela se produise, alors dis-moi quand cela t'arrivera.

Sa sœur éclata de rire.

— C'est très étrange, n'est-ce pas ? Là où nous nous trouvons.

— Certainement pas plus étrange que les endroits où nous avons été, répondit-il, s'adossant à la banquette. Sur ces bonnes paroles, nous avons un long trajet devant nous. Amuse-moi avec tes exploits en tant que Madame Sybila, la diseuse de bonne aventure.

Il haussa un sourcil en regardant sa sœur.

— Tu as choisi un nom plutôt évident, n'est-ce pas ?

Sybila signifiait prophétesse ou voyante. Elle haussa les épaules en souriant.

— C'était également assez proche de Selina pour que je réponde rapidement si je l'entendais.

Prenant une profonde inspiration, elle se lança dans le récit de la genèse de Madame Sybila, conséquence de la rencontre de Beatrix et d'elle-même avec une diseuse de bonne aventure au début de leurs voyages. Le trajet jusqu'à Redhill fut rapide et agréable, même si Rafe éprouvait une certaine amertume en pensant aux années qu'ils avaient perdues.

Au moins, ils s'étaient retrouvés. Ils avaient perdu leurs parents pour toujours.

Redhill était un arrêt de diligence sur la route de Brighton, et il y avait donc plusieurs auberges dans la ville. L'*Aigle d'or* était de taille moyenne avec une cour d'écurie animée.

Selina et Rafe confièrent le carrosse aux mains expertes du cocher et du palefrenier et entrèrent dans l'auberge. Construite au cours des cinquante dernières années, l'établissement était plus récent que certains des autres bâtiments qu'ils avaient dépassés et il était en bon état. La salle commune était propre et gaie, avec une rangée de fenêtres le long de la façade qui laissait entrer beaucoup de lumière.

Une servante pleine d'entrain les accueillit avec un large sourire, ses boucles sombres dépassant de sous son bonnet.

— Vous arrêtez-vous seulement un moment, ou bien avez-vous besoin d'une chambre ?

— Ce n'est qu'un arrêt, répondit Rafe. Nous cherchons Mme Gill. Pourriez-vous lui faire savoir que lady Selina Sheffield et lord Stone sont ici pour la voir ?

Selina et lui avaient discuté de la manière de se présenter et avaient finalement décidé d'utiliser leurs titres réels en espérant que cela la persuaderait de faire preuve d'une totale honnêteté.

La surprise fit briller les yeux bleus de la domestique.

— Tout de suite, my lord. My lady.

Elle leur fit une révérence avant de disparaître par une porte au fond de la salle commune.

— Cela semble si étrange, remarqua Selina.

C'était aussi étrange que de posséder soudainement plusieurs maisons à travers l'Angleterre et d'être responsable de la subsistance de toutes les personnes qui y travaillaient. La veille, Rafe avait passé quelques heures à interroger Thomas, lord Rockbourne, son prétendu beau-frère. En tant que vicomte, il était en mesure de partager beaucoup de choses avec Rafe au sujet de ses propriétés, de son armée d'employés et de son rôle à la Chambre des lords. Il y avait beaucoup à apprendre, et Rafe prenait son nouveau rôle très au sérieux.

Selina parcourut la salle du regard.

— Je suis nerveuse.

— Moi aussi.

Une femme apparut dans l'embrasure de la porte où la servante avait disparu. Ses cheveux noirs étaient presque entièrement recouverts d'un bonnet, et ses traits étaient tirés de manière oppressée, comme si elle aussi était nerveuse.

— Lord Stone ? demanda-t-elle timidement, son regard se portant sur Selina. Lady Selina ?

— Oui, répondit cette dernière. Êtes-vous Mme Gill ?

La femme, qui devait avoir peut-être dix ans de plus que Rafe, acquiesça.

— Comment puis-je vous aider ?

Elle joignit les mains devant sa taille étroite.

— Je vais en venir directement à la raison de notre visite, déclara Rafe. Nous recherchons votre sœur, Pauline Blaylock. Sauriez-vous où nous pouvons la trouver ?

— Il est impératif que nous lui parlions, ajouta Selina.

La chair autour de la bouche de Mme Gill se tendit et pâlit.

— Elle est ici. Cependant, elle est très malade. En fait, nous ne nous attendons pas à ce qu'elle survive beaucoup plus longtemps.

Rafe et Selina échangèrent un regard paniqué. S'ils avaient retardé leur voyage, ne serait-ce que d'un seul jour… Heureusement, ils ne l'avaient pas fait.

— Pourrions-nous lui parler ? Comme l'a dit ma sœur, c'est incroyablement important, lui demanda Rafe.

Mme Gill pencha la tête sur le côté.

— Elle a travaillé pour le comte de Stone, mais il ne peut pas s'agir de vous. C'était il y a des années. J'étais une enfant quand elle est partie pour prendre cet emploi.

— Elle était notre nourrice, dit Selina, montrant son impatience. Pourrions-nous la voir ?

Elle reprit son souffle avec un sourire. Peut-être se rendait-elle compte qu'elle avait l'air anxieuse.

— Elle avait l'habitude de chanter pour moi. Je n'ai pas beaucoup de souvenirs de mon enfance, mais je me rappelle cela.

— Elle avait une voix angélique, dit Mme Gill avec un sourire nostalgique qui s'estompa rapidement. Cela fait un certain temps qu'elle ne peut plus chanter. Venez, je vais vous conduire à sa chambre.

La femme les conduisit vers la porte d'où elle était venue. Selina la suivit, talonnée par Rafe, dont le corps vibrait d'impatience. Ils avancèrent dans un couloir étroit, jusqu'à une chambre située au bout. Mme Gill ouvrit la porte et les invita à entrer. Une silhouette formait une petite bosse sous les draps. L'odeur de la maladie imprégnait l'espace.

— Polly, dit Mme Gill d'une voix douce en s'approchant du lit. Tu as deux invités. Je pense qu'ils pourraient te faire sourire. Laisse-moi t'aider à t'asseoir.

Elle remonta les oreillers contre la tête de lit et hissa la silhouette plus haut dans le lit.

Désormais visible, Pauline Blaylock paraissait beaucoup plus que son âge, et elle ne devait même pas avoir cinquante ans. Ses cheveux gris étaient ramenés en arrière de son visage, mais des mèches collaient à ses joues creuses. Ses yeux sombres semblaient comme délavés, comme si elle avait contemplé le soleil pendant trop longtemps. Elle donnait l'impression d'être une femme dont le temps était compté, presque grise tant elle était pâle, et au corps flétri. Si Rafe l'avait croisée, il ne l'aurait pas reconnue.

— Qui sont-ils ? demanda Pauline à sa sœur, l'air confus.

— Voici lord Stone et lady Selina Sheffield. Ils ont dit que tu avais été leur nourrice.

Rafe se raidit, et Selina lui serra brièvement les doigts.

Les yeux de Pauline s'écarquillèrent, et elle émit un son terrible, qui tenait à la fois du sanglot et du cri.

— Cela ne peut pas être vous !

Ravalant une réplique cruelle, Rafe se rapprocha du lit. Mme Gill fit un pas de côté.

— Si, c'est bien nous, affirma-t-il, puis il se pencha pour qu'elle puisse voir son œil. Vous me reconnaissez, n'est-ce pas ?

— Lord Sandon, souffla-t-elle, avant que son regard ne se détourne de lui et se fixe sur Selina. Ma précieuse petite fille.

— Elle n'est pas et n'a jamais été *votre* fille, dit Rafe froidement.

Il n'éprouvait aucune compassion pour cette femme sur son lit de mort. Elle leur avait volé leur vie. Pauline se tourna à nouveau vers Rafe, et son corps sembla se flétrir sous le regard de ce dernier.

— Non. Je suis heureux de vous voir tous les deux en si bonne forme. Vous êtes lord Stone maintenant ?

La servante entra dans la chambre et les interrompit. Mme Gill s'excusa et referma la porte derrière elle.

Selina s'approcha du lit.

— Oui, il est lord Stone. Je suis lady Selina Sheffield. Mon mari est le fils du comte d'Aylesbury.

— Comme il se doit, dit Pauline doucement, les larmes aux yeux. Comme il se doit. Je suis heureuse d'être en vie pour le voir. Pour vous voir tous les deux en bonne santé.

Rafe s'irrita de sa joie apparente.

— Nous n'avons appris que récemment qui nous sommes vraiment. Nous avons passé notre vie à nous interroger sur nos origines, tout en luttant pour notre survie. Nous avons beaucoup de questions, et vous nous devez d'y répondre du mieux que vous pouvez.

Les lèvres sèches de Pauline s'entrouvrirent. Elle les

humecta en regardant Selina, espérant peut-être qu'elle serait moins exigeante que Rafe.

— Pourquoi nous avoir enlevés à Stonehaven ? s'enquit la jeune femme. Nous sommes au courant pour l'incendie et nous savons que nous étions présumés morts.

Le teint de la femme passa du gris au blanc.

— Je ne vous ai pas enlevés. Pas vraiment. C'est une histoire terrible, affreuse, murmura-t-elle avec une grimace.

Selina prit la main de Rafe et la serra.

— Dites-nous. Et n'omettez rien. Il semblerait que vous ne soyez plus de ce monde pour longtemps et nous voulons connaître la vérité. Nous ne pouvons pas demander à Edgar, notre « oncle », ni à nos parents.

— Edgar était-il votre frère ? s'enquit Rafe, impatient d'entendre l'histoire.

— Oh ! Oui. C'était le plus âgé d'entre nous. Il était valet de pied à Stonehaven. Il y a été envoyé après avoir commencé à travailler à Ivy Grove. C'est ainsi que j'ai été embauchée pour être votre nourrice, raconta-t-elle avant de se mettre à tousser, et une larme roula sur son visage. De l'eau, s'il vous plaît ?

Elle inclina la tête vers un pichet et un verre posés sur une table au bout du lit. Selina alla lui verser de l'eau. Elle aida ensuite la frêle femme à boire une petite gorgée.

— Merci, dit Pauline, haletante. Êtes-vous certains de vouloir entendre cela ? Peut-être vaut-il mieux laisser le passé de côté, d'autant plus que vous semblez tous deux être retombés sur vos pieds.

— Vous n'avez aucune idée de ce que nous avons enduré ! s'emporta Selina.

Elle serra le verre dans sa main, et Rafe se demanda si elle n'allait pas le jeter à la tête de la femme.

— Vous nous avez enlevés à notre maison. J'étais à peine plus qu'un bébé. Votre frère nous a forcés à voler, à mentir et à escroquer les gens. Le mien a dû économiser chaque penny que nous gagnions pour m'envoyer à l'école avant que je ne sois violée et contrainte de me prostituer !

Pauline se recroquevilla dans les coussins, et ses yeux écarquillés se remplirent à nouveau de larmes.

— Je ne savais pas. Au moins, vous êtes allée à l'école.

— Où l'on m'a ridiculisée parce que j'étais inférieure à mes camarades, et quand j'ai quitté l'école pour trouver un emploi *respectable*, j'ai quand même été violée !

Cette révélation ébranla Rafe. Il posa la main dans le bas du dos de sa sœur, autant pour la soutenir que pour se stabiliser.

— Et depuis ce moment-là, j'ai dû me débrouiller pour nous nourrir, ma sœur et moi, ajouta Selina.

— Vous n'aviez pas de sœur, dit Pauline, confuse, en essuyant une larme sur sa joue.

Selina jura et s'en alla poser le verre sur la table avec un claquement. Lorsqu'elle revint, elle se tint près de son frère, qui l'entoura tendrement de son bras.

— Ne vous préoccupez pas de notre sœur. Aujourd'hui, c'est à vous de nous faire des révélations, pas à nous. Pourquoi nous avoir enlevés de Stonehaven pour nous confier à Edgar ?

— Vous n'allez pas aimer cela, remarqua Pauline en reniflant. Votre oncle détestait votre père. Il voulait tout ce que votre père possédait, alors il a pris ce qu'il pouvait. Il a payé Edgar pour mettre le feu, et nous devions nous assurer que vous, dit-elle avec un regard appuyé vers Rafe, et votre père mourriez.

Une rage aveuglante s'empara de Rafe. Il serra Selina plus fort qu'il ne l'aurait dû, alors que le monde autour de lui virait au rouge.

— Il n'est pas mort, cependant, dit Selina d'une voix qui paraissait très lointaine. Mais notre père, lui, est décédé.

— On lui avait administré du laudanum pour qu'il ne puisse pas s'échapper. Votre mère a refusé de le quitter. Sa femme de chambre m'a demandé de vous emmener à l'abri. Mais je devais m'assurer que vous étiez pris au piège, raconta-t-elle, son regard passant de Rafe à Selina. Je ne pouvais pas le faire. Je ne pouvais pas vous laisser dans l'incendie. Alors je me suis enfuie avec vous.

— Vous avez laissé mourir nos parents ? demanda la voix de Selina, plus proche à présent, mais si ténue.

La question transperça le cœur de Rafe. Cette femme et son frère leur avaient tout pris.

— Vous avez fait cela pour de l'argent ? l'interrogea-t-il alors que sa vision s'éclaircissait et qu'une douleur sourde commençait à se faire sentir à l'arrière de son crâne.

— Plus d'argent que je n'aurais jamais pu en gagner au cours de ma vie de nourrice.

Rafe afficha un rictus.

— Pourtant, vous êtes en train de mourir dans l'arrière-salle de l'auberge du mari de votre sœur.

Elle tourna son regard vers le mur.

— J'ai fait beaucoup de mauvais choix.

— Qu'avez-vous fait après vous être enfuie ? lui demanda Selina.

— J'avais peur de votre oncle, je craignais qu'il me rattrape. Edgar voulait vous emmener, alors je l'ai laissé faire. Je savais qu'il allait à Londres. J'y suis allée aussi, mais je n'y suis pas restée longtemps. J'ai perdu tout mon argent et je suis venue ici, où je me suis mariée.

Selina faillit grogner de frustration.

— Votre vie semble plutôt normale.

Rafe répéta dans sa tête tout ce que Pauline avait dit. À présent, il le résumait à haute voix.

— Je veux être sûr de bien comprendre : mon oncle,

Ludlow Mallory, s'est arrangé pour nous assassiner, mon père et moi. Vous en êtes certaine ?

Pauline le regarda droit dans les yeux.

— Oui. Il a demandé à Edgar de mettre le feu, et il s'est ensuite entretenu directement avec mon frère et moi pour discuter des détails. Il s'est rendu à Stonehaven environ une semaine avant l'incendie pour prendre les dernières dispositions.

— Et à aucun moment, vous n'avez envisagé d'alerter notre père ou les autorités ? Vous n'aviez aucune hésitation quant au fait de tuer un homme et son fils de cinq ans ? s'exclama Selina, dont la voix était rendue rauque par la colère et le désespoir.

— Vous avez raison, acquiesça Pauline, fermant brièvement les yeux avant d'enfoncer sa tête dans l'oreiller. Mais j'étais jeune et stupide.

— Cupide, ajouta Selina d'un ton acerbe, croisant les bras.

— Heureusement pour vous, il est encore temps de faire quelque chose de bien, intervint Rafe.

— De quoi parlez-vous ?

Les paupières de Pauline s'abaissèrent avant qu'elle lève les yeux vers eux.

— Vous allez fournir un témoignage à un greffier, pour le cas où vous ne vivriez pas assez longtemps pour témoigner au procès.

Elle secoua la tête si fort qu'elle se remit à tousser. Rafe jeta un coup d'œil à Selina, mais elle fixait toujours la femme dans le lit d'un air mauvais. Il alla chercher le verre d'eau et attendit que la toux de la femme s'apaise avant de l'aider à boire quelques gorgées.

— Je ne peux pas faire ça, croassa Pauline.

Selina décroisa brusquement les bras, donnant un coup de coude à Rafe en passant.

— Pourquoi pas ? Vous ne craignez sûrement pas pour votre vie ! Elle touche à sa fin.

— Non, mais je ne causerai pas d'ennuis à ma sœur et à son mari. Ils ont toujours été bons envers moi, et Dieu sait que je ne le mérite pas. Mais *ils* ne méritent pas d'être associés à quelqu'un comme moi et à ce que j'ai fait.

Rafe serra les poings alors que la fureur contractait chacun de ses muscles.

— Vous allez donc laisser un meurtrier impuni ! Vous avez participé à la mort de nos parents, ainsi que des domestiques qui ont également péri dans cet incendie. Et vous avez fait en sorte que ma sœur et moi soyons changés à tout jamais !

Abîmés.

— Vous êtes un monstre, murmura Selina.

Pauline eut le culot de relever le menton et de les fixer d'un regard lucide.

— J'aurais pu vous mentir, mais je vous ai dit la vérité. Je m'en irai dans ma tombe avec une conscience plus claire au moins. Vous pouvez soit contempler le passé, soit vous tourner vers l'avenir. Il a l'air plutôt merveilleux, n'est-ce pas ?

Rafe ricana.

— Ce sont précisément les foutues absurdités que votre frère disait alors qu'il se servait de nous pour en tirer profit, avant de nous vendre à un criminel, s'exclama Rafe avant de tourner la tête vers Selina. Nous aurions dû emmener ton mari.

— Oui. D'ailleurs, je vais voir s'il peut venir demain. Je suis convaincue qu'il aura des raisons suffisantes de l'arrêter.

— Quoi ?

Pauline se remit à tousser, plus violemment que jamais. Son visage devint rouge.

— Mon mari est un coureur de Bow Street, annonça

Selina avec une satisfaction évidente. Vous nous avez avoué votre crime. À moins que vous ne souhaitiez changer d'avis et vous entretenir avec un greffier qui recueillera votre témoignage ?

— De l'eau, s'il vous plaît, râla Pauline, puis, comme ni Rafe ni Selina ne bougeaient, elle hocha vigoureusement la tête. Je parlerai au greffier.

Selina alla remplir le verre et le rapporta à la femme, puis elle aida l'invalide à boire. Pauline continua de tousser, et sa sœur revint.

— Oh, Polly ! Tu t'es épuisée, remarqua-t-elle avant de se tourner vers Rafe et Selina. Je pense que vous devriez la laisser se reposer maintenant. Il est l'heure qu'elle prenne ses médicaments.

Rafe fixa Pauline d'un regard noir.

— Le greffier sera là demain. Ne mourez pas avant.

Mme Gill haleta et porta la main à sa poitrine en écarquillant les yeux.

— Quelle chose horrible à dire !

— Votre sœur a fait bien pire, répliqua Selina d'un ton cassant.

Elle hésita avant de regarder à nouveau Pauline. La colère sembla la quitter, ses épaules s'affaissèrent, et ses traits devinrent tristes.

— Vous aviez l'habitude de me chanter *Lavender Blue*. Tout ce dont je me souviens, c'est du collier en corail de ma mère et de cette chanson.

Sa voix était douce et hantée. Et elle brisa ce qui restait du cœur de Rafe. Des larmes remplirent à nouveau les yeux de Pauline.

— Je vous aimais. Je croyais que vous et votre mère vous en sortiriez. Votre oncle me l'avait promis. Je suis sincèrement désolée d'avoir joué un rôle dans ce qui s'est passé.

Mme Gill fronça les sourcils en regardant sa sœur.

— Polly, de quoi parles-tu ?

Pauline leva doucement la main en un faible signe.

— Plus tard. J'ai besoin de dormir.

Elle sembla s'enfoncer plus profondément dans les draps. Ses yeux se fermèrent. Rafe serra les dents et posa doucement la main dans le dos de sa sœur pour la guider vers la porte. Cependant, Selina ne bougea pas.

— Ce collier a-t-il brûlé dans l'incendie ? demanda-t-elle.

Pauline mit un moment à répondre, et elle n'ouvrit pas les yeux.

— Non. Vous l'aviez. Elle est venue dans la chambre d'enfant pour s'assurer que vous sortiriez de la maison. Vous vouliez qu'elle reste, mais elle devait aller trouver votre père. Vous avez tendu la main vers elle et vous avez agrippé le collier. Il s'est détaché, et vous l'avez gardé pendant que nous quittions la maison.

Le cœur de Rafe se brisa à nouveau en voyant le désespoir creuser de profonds sillons sur le visage de sa sœur, dont le dos se courba sous le poids de son chagrin.

— J'ai veillé à ce que vous l'ayez avec vous quand Edgar vous a emmenés.

Était-il possible alors que le collier que Beatrix avait offert à Selina ait appartenu à leur mère ?

— Lorsque le greffier viendra demain pour recueillir votre témoignage, il apportera un collier. Vous lui direz si c'est le même. Je ne suis pas certaine que ce soit le cas, mais vous, vous saurez.

Pauline ne répondit pas.

— Je suis désolée, mais vous devez partir, plaida Mme Gill.

— Vous me tiendrez au courant de son état, dit Rafe. Envoyez-moi un message à Upper Brook Street à Londres. Demain, un greffier viendra recueillir son témoignage sur le sujet dont nous avons discuté aujourd'hui. Vous devez le laisser entrer, vous comprenez ?

Mme Gill acquiesça.

Rafe inclina la tête, puis conduisit Selina hors de la pièce. Ils quittèrent l'auberge en silence, et attendirent pour parler d'être assis dans la diligence qui les ramenait à Londres.

Selina regarda par la fenêtre tandis qu'ils traversaient Redhill en direction du nord.

— Il se pourrait qu'elle meure avant l'arrivée du greffier.

— Elle le fera sans doute, juste pour nous contrarier.

— Notre oncle est un meurtrier, dit-elle d'une voix calme, le regard rivé à l'extérieur de la calèche.

— Oui. J'ai envie de le tuer, Lina.

Elle tourna alors la tête vers lui, et ses yeux bleus étaient sombres et perçants dans leur intensité.

— Non. Tu n'es *pas* un meurtrier.

— Tu sais que ce n'est pas vrai, affirma-t-il.

Il lui avait raconté ce qu'il avait fait à l'homme qui avait assassiné sa femme enceinte. À l'homme qui avait brutalement arraché la meilleure partie de Rafe.

— Quand il est question de ceux que j'aime, je suis prêt à tout, déclara-t-il, la gorge brûlante, qui menaçait de se bloquer sous le coup de l'émotion. J'ai travaillé si dur pour te protéger, pour que tu sois en sécurité. Rien de tout cela n'avait d'importance. J'ai échoué. Ce que tu as dit là-dedans…

Elle leva la main.

— J'étais bouleversée. À part Beatrix, la seule personne qui sait ce qui m'est arrivé lorsque j'étais gouvernante est Harry. Et ne me demande pas qui était mon employeur, car cela n'a pas d'importance. C'était il y a douze ans. Je suis partie, et je n'ai jamais regardé en arrière.

Rafe comprenait le besoin de vouloir enterrer les horreurs du passé.

— Je suis tellement désolé ! Je n'aurais jamais dû te laisser dans cette école.

— Tu as fait de ton mieux. Indépendamment de ce qui

m'est arrivé, c'était sans doute mieux que si j'étais resté à Londres. Tu sais que c'est vrai.

Il le savait, mais apprendre ce qui s'était passé après son départ de l'école, alors qu'elle était censée se lancer dans un avenir radieux qu'il avait rendu possible, l'anéantissait. Il fit de son mieux pour le lui cacher.

— Revenons à Mallory, dit Selina qui secoua la tête et respira profondément. Tu ne peux pas le tuer. Je préférerais de loin que ses crimes soient rendus publics et qu'il soit pendu. Harry nous aidera. C'est le meilleur.

Si Rafe comprenait son besoin de voir leur oncle rendre compte publiquement de ses crimes, il ne le partageait pas. Tout ce qui l'intéressait, c'était que cet homme les paie de sa vie. Il serait assez aisé pour Rafe de demander à quelqu'un de son passé de se charger de la tâche. L'imposteur qui jouait le rôle du comte de Stone pourrait mourir sous les coups d'un bandit de grand chemin.

Mais Rafe savait pertinemment que la mort de l'homme n'atténuerait en rien la douleur. Il avait éliminé Samuel Partridge, mais cela n'avait pas ramené Eliza et n'avait pas non plus apaisé le déchirement de l'avoir perdue. Seul le temps rendait cette perte moins difficile à supporter.

Rafe assisterait donc volontiers à la déchéance et à la honte publique de son oncle lorsque ses crimes seraient révélés au grand jour. Ensuite, il regarderait le corps de cet homme ignoble se balancer au bout d'une corde.

— Nous avons besoin de davantage de preuves, dit Rafe, catégorique. Même si Pauline survit assez longtemps pour raconter son histoire au greffier, ce sera son témoignage, celui d'une morte, contre celui de notre oncle, qui a été toute sa vie un membre respecté de la société.

Rafe avait envie de frapper quelque chose.

Son regard s'assombrit.

— Alors nous obtiendrons plus de preuves. Peut-être que

le greffier envoyé par Harry à Stonehaven apprendra quelque chose.

— Le mieux serait de pouvoir lui envoyer un message avant qu'il ne retourne à Londres, pour l'avertir de ce que nous avons appris. Toutefois, ce sera difficile, compte tenu de la distance avec Stonehaven.

Le trajet durait trois jours en calèche, lorsque le temps était très favorable.

Selina se remit à regarder par la vitre alors qu'ils quittaient Redhill. Rafe se concentra pour transformer sa rage brûlante en une froide détermination à se venger.

Au bout d'un moment, Selina lui demanda :

— Et si nous pouvions le faire avouer ?

Rafe n'était pas certain que ce soit possible.

— Je ne le connais pas assez bien pour savoir si ce serait envisageable. Je suppose que nous pourrions essayer.

Bon sang ! Comment ? Si seulement ils le connaissaient mieux, ou qu'ils connaissaient quelqu'un de proche de lui, qui pourrait le provoquer…

Anne.

Elle l'avait connu toute sa vie. Il la considérait comme son autre fille, et, en fait, il tenait peut-être même plus à elle qu'à sa propre fille. Peut-être était-ce là l'unique qualité qu'il possédait.

Non, Rafe ne lui accorderait même pas cela. En fait, lorsqu'il pensait au fait que Mallory éprouvait de l'affection pour Anne, la fureur de Rafe redoublait.

— Tu penses à quelque chose, remarqua Selena.

— Oui, mais ne me demande pas quoi. Je ne sais pas si ça va marcher, répondit-il, car il ne pouvait pas révéler la vérité à Anne et risquer qu'elle le répète à son parrain. Nous devons garder ce que nous avons appris aujourd'hui pour nous et pour Harry.

— Et Beatrix. Je n'ai pas de secrets pour elle.

Rafe expira.

— Très bien. Mais Rockbourne et elle devront jurer le secret.

Selina hocha la tête.

— Ils le feront. Tu seras bientôt comte. Les choses seront encore plus faciles à ce moment-là.

Peut-être. Rafe ne faisait pas confiance à ce genre de choses. Il n'avait confiance qu'en sa sœur et en lui-même.

Et il ferait tout ce qui était nécessaire pour que leur oncle paie pour ses crimes. Quitte à devoir se servir d'Anne pour y parvenir.

CHAPITRE 10

*D*eux jours ressemblaient à une éternité, d'autant plus qu'Anne ignorait combien de jours s'écouleraient encore avant qu'elle ne revoie Rafe. Elle descendit à la bibliothèque et croisa Jane, qui se renfrogna rapidement.

— Pourquoi me regardes-tu ainsi ? s'enquit Anne.

Jane plissa les yeux.

— Pourquoi fais-tu cette tête ?

— Quelle tête ?

Anne essaya de paraître détendue et haussa même l'épaule dans l'espoir de traduire une certaine insouciance. Elle était presque certaine d'avoir échoué de manière spectaculaire, au vu de l'inquiétude grandissante qui se lisait sur le front de sa sœur.

— Comme si tu venais de recevoir la plus décevante des nouvelles. Ce n'est pas le cas, si ?

Qu'est-ce qui pourrait être le plus décevant ? Anne essaya de trouver quelque chose. *Ne plus jamais revoir Rafe.* Et comme elle n'avait pas l'intention de laisser une telle chose arriver, c'était sans doute l'équivalent. Elle n'était qu'un pitoyable désastre d'amour non partagé.

— Non, répondit Anne, qui se demandait si elle devait confier à Jane ce qui s'était passé entre Rafe et elle l'autre jour.

Le majordome entra dans la bibliothèque, empêchant la jeune femme de dire quoi que ce soit.

— Lady Colton, M. Mallory est ici pour voir Mlle Pemberton.

— Faites-le entrer, s'il vous plaît, dit Jane.

Après le départ du majordome, Jane regarda Anne, les sourcils froncés.

— Il te rend visite ?

Le cœur d'Anne se mit à battre la chamade, et son ventre se noua.

— Je ne m'attendais pas à ce qu'il le fasse.

— Voilà qui explique ton attitude, remarqua Jane avec un petit sourire. Je vous laisserai seuls, mais avec la porte ouverte, et je resterai assise juste à l'extérieur. Pas pour écouter aux portes, mais pour donner l'illusion d'un semblant de bienséance.

Elle adressa un clin d'œil à Anne juste avant que Rafe entre dans la pièce.

Tout s'effaça autour de lui. Il avait une allure spectaculaire, ses cheveux dorés étaient parfaitement coiffés en un style décontracté ; son costume gris foncé et son gilet bordeaux épousaient impeccablement sa silhouette. La gorge d'Anne s'assécha alors qu'elle se rappelait leur dernière rencontre, lorsqu'elle s'était retrouvée pratiquement nue dans ses bras. Son pouls s'accéléra, et une chaleur exaltante l'envahit.

Il inclina la tête.

— Lady Colton. Mademoiselle Pemberton.

— Lord…, commença Anne avant de s'interrompre. Monsieur Mallory.

Il n'était pas encore lord Stone. Pourtant, le jour même de

leur rencontre, elle s'était demandé s'il était comte. Peut-être avait-il quelque chose d'intrinsèquement noble.

Le majordome s'en alla et Jane se dirigea vers la porte.

— Bonjour, monsieur Mallory. Je suppose que vous aimeriez parler à ma sœur. Je serai juste à l'extérieur.

Elle lança un regard à Anne avant de quitter la bibliothèque.

Rafe se rapprocha d'elle.

— Ta sœur est très accommodante. Que sait-elle ?

— Elle est au courant de notre… amitié, de ce que je ressens pour toi, lui répondit-elle, levant les yeux vers lui alors que son corps oscillait, avide de son contact. Je ne lui ai rien raconté de précis à propos de l'autre jour.

La chaleur qui monta aux joues d'Anne correspondait à celle qui enflait au creux de son ventre.

— Je suis venu te demander une faveur, si tu me le permets.

Il se montrait très réservé. Était-ce parce que la porte était ouverte ? Ou parce qu'il ne voulait réellement pas poursuivre leur… quoi que ce soit ?

— Veux-tu que nous nous asseyions ? lui proposa-t-elle avec un geste vers le canapé à sa gauche.

Il hocha la tête, et elle s'assit sur le bord, se tournant vers lui. Il fit de même et se plaça face à elle. Leurs genoux se touchaient presque. Ils étaient tout proches, mais le moindre centimètre entre eux ressemblait à un véritable canyon.

Anne ne voyait pas quelle faveur elle pourrait lui accorder. En tout cas, rien qui corresponde à son comportement actuel.

— Je suppose qu'il ne s'agit pas d'une faveur de nature… personnelle ?

Le regard de Rafe devint brûlant.

— Non, répondit-il, et une partie de l'impatience d'Anne s'évanouit. J'aimerais apprendre à connaître mon oncle.

Elle en fut surprise, mais elle s'en réjouissait.

— Je pense que c'est merveilleux.

— Il me semble que je dois le faire. Je n'ai jamais eu d'autre famille que ma sœur, et nous avons été séparés pendant un certain temps, expliqua-t-il, détournant le regard. Jamais je ne retrouverai mon père, mais son frère est ce qui se rapproche le plus de lui.

Il prononça ces derniers mots lentement, comme s'il les choisissait avec soin.

Anne sourit, heureuse qu'il ait pris cette décision et qu'il la sollicite pour l'aider.

— C'est fantastique. Tu aimerais que je t'aide ?

Rafe acquiesça.

— Je ne sais pas dans quelle mesure, mais il est comme un deuxième père pour toi, n'est-ce pas ?

— Je suppose que oui. D'une certaine manière, je l'apprécie plus que mon propre père, surtout après avoir appris comment mon père traitait Jane, répondit-elle, secouant la tête, car elle ne souhaitait pas revenir sur ce sujet maintenant. Maintenant que mon père n'est plus là, du moins, pour le moment, mon parrain a pris sur lui de jouer un rôle parental.

Elle éclata de rire.

— Que je le veuille ou non.

— Et as-tu envie qu'il le fasse ?

Même si Anne n'avait aucune envie de réintégrer la société dans le but de trouver un mari, et c'était clairement ce que son parrain attendait d'elle, elle ne pouvait nier qu'il était agréable de l'avoir à ses côtés. Elle avait toujours eu des parents, et maintenant qu'ils n'étaient plus là, c'était étrange. Peut-être se sentait-elle un peu… seule.

— Sans doute que oui. J'apprécie le fait qu'il se soucie de mon bien-être et de mon bonheur. Surtout après ce qui s'est passé avec Gilbert. Sauf qu'il pense que je devrais me marier immédiatement, ajouta-t-elle en haussant les épaules. Pourquoi tant de gens pensent-ils que le mariage est la réponse à tout ?

— Je n'en sais absolument rien, répondit Rafe d'un ton pince-sans-rire. Jamais je ne suggérerais une telle chose.

Elle imaginait bien que non, surtout au vu de son expérience personnelle. Elle réfléchit à la manière de réunir les deux hommes. C'était une situation difficile et délicate. Tout d'abord, elle devait jauger les sentiments actuels de son oncle. Il s'était montré très perturbé après le dîner de lundi.

— Vous devriez passer du temps ensemble, suggéra-t-elle. Peut-être en groupe au début, mais ensuite, juste vous deux.

Elle s'interrompit alors qu'une idée lui venait à l'esprit.

— Sandon… Je veux dire, Lorcan est adorable. Si tu le veux bien, je peux aussi lui parler. Je crois qu'il éprouve un certain soulagement face à ton retour. Il est bien plus passionné par cette propriété irlandaise que par les tâches à accomplir ici, qui lui incomberaient après la mort de son père, dit-elle, puis elle frémit. Je déteste penser à de telles choses !

— La mort nous guette tous, Anne, répondit Rafe d'une voix tranquille.

Une fois de plus, elle éprouva un sentiment de tristesse. Et du regret pour avoir fait ce commentaire tout en sachant que la mort avait été un élément central de sa vie.

Au bout d'un moment, Rafe dit :

— Lorcan semble… agréable. Le plus agréable des trois, en tout cas. S'il te plaît, quoi que tu organises, laisse Deborah en dehors, si tu le peux.

Il lui adressa un regard suppliant qui la fit sourire.

— Je ferai de mon mieux. Elle peut se montrer franchement désagréable.

Anne fronça les sourcils. C'était plus que cela.

— Entendre qu'elle s'est montrée cruelle envers Beatrix et

Selina m'a poussée à remettre en question ma relation avec
elle.

— Bien.

Cette brève réponse incita Anne à croiser le regard de
Rafe. Elle entrevit à nouveau cette noirceur en lui, et un léger
frisson lui parcourut les épaules.

— J'essaierai d'organiser quelque chose bientôt… un
dîner ici, si Jane et Anthony sont d'accord, suggéra-t-elle.
Après cela, tu pourrais peut-être aller faire du cheval avec
Lorcan et mon parrain.

Sa réponse fut nette et aussi définitive que celle qu'il lui
avait donnée un instant plus tôt.

— Non. Je ne monte pas à cheval.

Elle savait qu'il n'aimait pas monter à cheval, mais elle
n'avait pas compris qu'il voulait en réalité dire qu'il ne
montait *pas.*

— Du tout ?

— Je n'ai jamais appris. Je n'ai pas été élevé pour être un
comte, Anne.

Elle le savait, bien sûr. Mais elle se rendait compte qu'il y
avait encore beaucoup, beaucoup de choses qu'elle ignorait à
son propos. Et elle se demanda si elle les apprendrait un jour.

— Ils pourraient t'apprendre.

Un rire brusque lui échappa, et Rafe secoua la tête.

— Certainement pas.

— Pourquoi pas ? Tu as dit toi-même que ton père ne
reviendrait jamais, alors pourquoi ne pas te tourner vers ton
oncle pour qu'il t'apprenne ?

Ces ténèbres se dégageaient à nouveau de lui, et ses yeux
se plissèrent dangereusement.

— Mon père m'a offert un poney et il a commencé à
m'apprendre. Je ne crois pas que je pourrai laisser mon oncle
continuer cet apprentissage. C'est trop… proche.

Il détourna à nouveau le regard, les traits tendus, le

corps raide. Anne posa la main sur sa jambe et se rapprocha légèrement de lui, de sorte que leurs genoux se touchaient.

— Je suis désolée. J'aurais dû m'en rendre compte. Je suppose que, puisque je considère ton oncle comme un membre de ma famille, je veux que tu le voies de la même manière. D'autant plus qu'il est *vraiment* de ta famille.

Rafe posa la main sur celle d'Anne.

— C'est bon. Ce n'est pas facile. Voilà pourquoi je suis venu te demander de l'aide. Je ne sais pas par où commencer.

Elle hocha la tête une fois.

— Nous commencerons par un dîner… sans Deborah. Je vais parler à Lorcan et lui expliquer que mon but est de vous réunir avec ton oncle. C'est pour le bien de tous. Lorcan, tout comme mon parrain, finira par le comprendre. Une fois qu'il se sera habitué à ce que les choses changent.

— Combien de temps cela prendra-t-il, je me le demande ?

Son ton sardonique poussa Anne à prendre la main de Rafe entre les siennes.

— Aie la foi, lui dit-elle. Tu as une famille, et si celles-ci peuvent se révéler incroyablement décevantes, elles peuvent aussi être adorables. Je vais espérer que tel sera le cas pour toi.

— Contrairement à la tienne. À l'exception de ta sœur, ajouta-t-il. Tu n'as aucun contact avec tes parents ?

Une vague d'inconfort parcourut Anne.

— Pas pour l'instant. Je n'arrive pas encore à leur pardonner pour Jane. Je le ferai en temps voulu. Pour l'instant, c'est bon de prendre de la distance.

Ils restèrent assis un moment en silence, la main gantée de Rafe entre celles, nues, d'Anne. Distraitement, elle se demanda s'il verrait un inconvénient à ce qu'elle se débarrasse de cet accessoire gênant.

— Cela te dérangerait-il si j'assistais au dîner que je vais organiser pour mon parrain et toi ? s'enquit-elle.

— Je compte sur ta présence. S'il te plaît.

C'était ce qu'elle avait pensé, mais elle voulait en être sûre.

— Et… est-ce que ce sera la seule fois où je te verrai ?

Rafe riva son regard sur celui d'Anne.

— Ce devrait l'être.

Entre ses mots, elle perçut l'infime possibilité de quelque chose de plus. Et elle avait bien l'intention de saisir toutes les opportunités. Il y avait un courant sous-jacent entre eux maintenant. Alors qu'ils avaient toujours légèrement fleureté, là, il y avait plus. Il y avait une profondeur, un *besoin* dans leur lien.

— J'aimerais rendre visite à Maud bientôt, affirma-t-elle.

Rafe haussa un sourcil.

— Tu as bien arrangé les choses, n'est-ce pas ? Une raison pour nous d'être ensemble.

Elle se hérissa à ses mots.

— Je n'ai rien arrangé, répondit-elle d'un ton acerbe. J'ai dit à Maud que je lui rendrais visite, que je lui apporterais quelque chose pour sa chambre, et je suis une femme de parole.

— Bien sûr que tu l'es, répondit-il d'un ton plus doux. Mes excuses. C'était une plaisanterie, mais je l'ai mal exprimée.

Il souffla et serra l'une des mains d'Anne.

— Je suis si souvent déconcerté avec toi.

Il pencha la tête sur le côté et la regarda avec une curiosité séductrice. Son ventre frémit et elle se sentit prise d'un vertige.

— Comme je le suis avec toi.

— Vraiment ? Tu sembles confiante et assurée, comme si tu savais exactement ce que tu voulais.

— C'est le cas. Je te veux. Je n'en ai jamais fait secret. Que tu viennes ou non avec moi, je verrai Maud.

Le doigt de Rafe caressait l'intérieur du poignet d'Anne. En était-il conscient ?

— Quand ?

Un désir impérieux émanait de l'endroit où il touchait son poignet.

— Lundi, je pense.

— Tu ne peux pas y aller seule. Je t'emmènerai.

— Je ne m'y rendrais pas seule. J'irais sans doute avec Jane.

Mais je préférerais y aller avec toi.

— Serait-ce mieux ? s'enquit-il. Peut-être n'approuve-t-elle pas que tu sortes avec moi une deuxième fois. J'ai remarqué qu'elle avait laissé la porte ouverte aujourd'hui, alors qu'elle t'avait permis d'être seule avec moi, dans ma maison, la porte fermée.

— Elle me laissera y aller, parce qu'elle sait que j'irai de toute façon. Dois-je m'habiller en homme ou en femme ?

Il y eut un léger sifflement quand il inspira, son regard se déplaçant sur elle et provoquant une réaction tout aussi puissante que s'il la touchait. Anne ressentait des picotements partout, en particulier à l'endroit où il taquinait son poignet. Et son doigt n'était même pas dénudé.

— En femme, s'il te plaît, demanda-t-il d'une voix basse et grave. Porte ton voile. Je reviendrai te chercher dans la ruelle.

Elle hocha la tête, car elle ne semblait plus capable de parler. Il lui souleva le bras et appuya ses lèvres à l'endroit de son poignet rendu brûlant par ses caresses. Il croisa son regard.

— Irrésistible.

— Le suis-je ? souffla-t-elle.

— Nous verrons, répondit-il, reposant sa main sur ses

genoux avant de se lever. Je viendrai te chercher à une heure lundi.

Anne se leva, les jambes flageolantes.

— Je parlerai à mon parrain, et je te tiendrai au courant de ce qu'il dira.

— Merci.

Il s'inclina devant elle et partit.

Tremblante, elle se laissa retomber sur le canapé. Elle fut vaguement consciente d'entendre des voix à l'extérieur de la bibliothèque avant que Jane entre. Anne se ressaisit, s'assit plus droite et replaça son habituelle mèche de cheveux derrière son oreille.

— Que voulait-il ? s'enquit aussitôt sa sœur en s'asseyant à côté d'elle sur le canapé.

— Tu n'as pas entendu ?

Jane leva les yeux au ciel en souriant.

— Je t'ai dit que je n'écouterais pas aux portes, et je le pensais.

— Il m'a demandé de l'aider à apprendre à connaître son oncle.

— Oh ! s'exclama Jane, qui semblait déçue. C'est tout ?

— Oui et non. Je lui ai demandé si nous pouvions retourner à Paternoster Row pour que je puisse rendre visite à une fille que j'ai rencontrée lors de notre dernière promenade. Elle travaille dans une librairie et j'ai promis que nous discuterions du livre qu'elle lisait. C'est une orpheline.

Anne voulait lui raconter comment Rafe l'avait aidée, mais elle avait l'impression qu'il gardait cette partie de lui-même privée. Elle devait d'abord le lui demander.

— C'est adorable de ta part. Va-t-il t'emmener ?

Anne perçut une légère hésitation dans sa question et dans son expression.

— Oui, lundi. Je sais qu'il n'est pas sage de ma part de

sortir à nouveau avec lui, d'autant plus que je ne porterai pas de déguisement. Cependant, j'aurai un voile.

— Anne, ta réputation a failli ne pas survivre à la débâcle du mariage, remarqua-t-elle en grimaçant. Tu sais que je déteste dire ça.

— Je le sais. Mais c'était *vraiment* une débâcle.

Anne avait découvert la vérité au sujet de son fiancé maître chanteur. Jane avait appris que leurs parents avaient cru aux rumeurs obscènes à son sujet cinq ans auparavant. Anthony avait révélé ses méfaits au monde entier afin que Gilbert soit poursuivi en justice. Le terme de « débâcle » était peut-être un euphémisme.

Jane lui adressa un sourire triste.

— Tu ne peux pas continuer à le voir. J'espère que tu… que tu ne prends pas de risques inutiles.

Anne était à peu près certaine de savoir ce qu'elle voulait dire.

— Nous ne couchons pas ensemble, si c'est à cela que tu fais allusion, répondit-elle, prenant une profonde inspiration. Je t'en prie, ne me demande pas de ne pas y aller. J'ai fait une promesse à Maud, et je ne peux pas résister à l'envie de passer un après-midi de plus avec lui.

— Si seulement tu ne l'aimais pas, remarqua Jane, la voix douce et pleine de compréhension.

— Si seulement, répéta Anne, frottant son pouce sur son poignet à l'endroit où il l'avait touchée puis embrassée.

— Que vas-tu faire pour l'aider avec Stone ? s'enquit Jane avant de secouer la tête. Mallory. Oh, et puis zut ! Quand leurs noms seront-ils définitifs ?

— Je ne sais pas ce qu'il en est du comté.

Anne avait été bien trop distraite pour demander comment se passaient les choses de ce côté-là. Le comte actuel lui poserait certainement la question quand elle lui parlerait, et elle n'aurait rien à dire. Ce qui lui convenait parfaitement.

— Je vais essayer de solliciter l'aide de Lorcan. Cette transition est très difficile pour son père. J'espère que Rafe et lui parviendront à un accord. Ils sont de la même famille, après tout.

— Tu sais que cela ne veut pas forcément dire quoi que ce soit. Les membres d'une famille peuvent se montrer horribles les uns envers les autres.

L'amertume de Jane envers leurs parents, en particulier leur père, s'était atténuée au cours des dernières semaines, mais il restait une blessure dont Anne n'était pas sûre qu'elle disparaîtrait un jour.

— Dans le cas présent, ni mon parrain ni Rafe n'ont fait quoi que ce soit pour nuire à l'autre, alors j'espère qu'ils pourront aller de l'avant. Cela t'ennuierait-il d'organiser un dîner pour eux trois ? Et nous, bien sûr. Je me disais qu'il serait préférable pour eux de se retrouver en terrain neutre.

— C'est une excellente idée, la complimenta Jane. Rien qu'eux deux et Sandon… pardon, Lorcan ? Pas Deborah ?

— Non, Rafe m'a demandé si nous pouvions l'exclure, et je ne peux pas vraiment lui en vouloir.

— Moi non plus, acquiesça Jane en plissant le nez. Je ne l'ai jamais aimée. Désolée.

— Tu n'as pas besoin de t'excuser. Je suis bien consciente qu'elle exaspère la plupart des gens. Et elle semble aimer ça.

En fait, Anne s'étonnait qu'elle n'ait pas encore causé d'ennuis à Beatrix ou Selina en évoquant leur rencontre à l'internat.

— Je suis sûre que cela ne posera aucun problème d'organiser un dîner. Je parlerai à Anthony. Je suppose que tu souhaiterais l'organiser le plus tôt possible ?

— Oui, s'il te plaît.

Jane hocha la tête.

— Je ne dirai rien à Anthony de ton excursion de lundi, tout comme je ne lui ai pas parlé de la première fois.

— Je ne te demande pas de lui mentir, insista Anne.

Jamais elle ne voudrait s'interposer entre sa sœur et son mari.

— Je sais. Mais il s'agit de tes affaires privées, et il le comprendrait, affirma Jane en prenant la main de sa sœur pour la serrer. Promets-moi d'être prudente. Ne laisse pas Stone, Mallory, ou quel que soit le nom que tu lui donnes, prendre quoi que ce soit que tu ne serais pas prête à lui donner.

Anne lui donnerait n'importe quoi. Il possédait déjà son cœur.

$\sim$

*J*ane en discuta immédiatement avec Anthony, qui accepta volontiers d'organiser un dîner pour Rafe et sa famille retrouvée. Peu après, Jane et Anne arrivèrent chez le parrain de cette dernière, dans Bruton Street, juste à côté de Berkeley Square.

Son majordome les fit monter au salon, et le futur ancien comte les y rejoignit au bout de quelques minutes. Malheureusement, Lorcan n'était pas à la maison. Anne avait espéré qu'il serait présent pour cette conversation.

Son parrain leur sourit en entrant dans la pièce, mais son éclat habituel n'était pas au rendez-vous. Des rides profondes marquaient son front et le pourtour de sa bouche, comme s'il avait passé la semaine précédente à froncer les sourcils en apprenant que son temps en tant que comte allait bientôt s'achever.

— Je vais vous laisser discuter en privé, suggéra Jane.

Surpris, le comte haussa les sourcils brièvement.

— Merci. Vous pouvez attendre dans la pièce juste à côté, lui proposa-t-il, montrant une porte du doigt.

Jane inclina la tête et adressa un regard encourageant à Anne avant de sortir. Anne s'assit dans un fauteuil noir avec des accoudoirs en bois poli. Son parrain prit place dans le fauteuil jumeau, situé à proximité.

— Est-ce que vous allez bien ? l'interrogea Anne, inquiète. J'ai beaucoup pensé à vous.

— Merci, ma chère, lui répondit-il avec une grimace. La semaine a été éprouvante.

— Je n'en doute pas. J'espérais que Lorcan serait là aussi.

— Lorcan ? demanda-t-il en reniflant. Il est toujours Sandon pour le moment. Tu ne me considères plus comme le comte ?

— Tu as toujours été, et tu continueras à être mon parrain.

Anne commençait à craindre que ce ne soit plus difficile que prévu.

— Mmmh. Le considéreras-tu comme le comte ? Mon neveu ?

— Quand le titre lui reviendra, oui.

Il ricana et détourna le regard un instant. Lorsqu'il le reporta sur Anne, il était empreint d'une froideur qui la fit tressaillir.

— Devrait-il lui revenir ? Je me suis demandé si je devais contester sa requête.

Anne le dévisagea. Elle ne s'était pas attendue à cela.

— Mais c'est son droit de naissance.

— Il n'a pas été élevé pour devenir comte. Nous ne savons pratiquement rien de sa personnalité. Peut-être n'est-il pas adapté à ce rang.

— C'est son droit de naissance, affirma-t-elle.

Elle avait conscience d'être en train de se répéter, mais c'était apparemment nécessaire.

— Vous ne pouvez pas décider s'il doit être le comte ou non.

— C'est le rôle du comité spécial des privilèges, déclara-t-il en retirant une peluche de son genou. Ils décideront s'il en est digne.

Anne dut serrer les dents pour s'empêcher de rester bouche bée devant son parrain. Il ne pouvait pas vraiment espérer conserver le titre de Rafe ? Sa personnalité était merveilleuse, meilleure que celle de la plupart des hommes qu'elle avait rencontrés. Combien d'entre eux aidaient des orphelins qui finiraient sûrement à la rue sans lui ?

— La personnalité de M. Mallory me semble tout à fait admirable, affirma-t-elle avec un calme qu'elle ne ressentait pas vraiment. Je ne peux imaginer qu'il n'apporterait pas honneur et intégrité à ce titre.

Le parrain d'Anne plissa les yeux.

— Tu parles comme si tu le connaissais, mais tu ne l'as rencontré qu'à deux reprises, n'est-ce pas ?

Comme elle n'avait pas l'intention de mentir, elle ignora sa question.

— Il a perdu ses parents à un jeune âge, et il a été dépouillé de son identité. Je ne peux imaginer que tu envisagerais de lui refuser son droit de naissance maintenant.

— Ce n'est pas cela, ma chère, répondit son parrain, les traits détendus en un mélange de compassion et de tristesse. Je ne veux que ce qu'il y a de mieux pour le comté. De très nombreuses personnes dépendent de moi pour leur subsistance ? J'ai des responsabilités à la Chambre des lords. Je ne ferais pas mon devoir si je n'interrogeais pas cet homme venu de nulle part.

— Il ne vient pas de *nulle part*.

Son parrain se raidit.

— Ah non ? Il est apparu dans la bonne société cette année, et il a acquis une maison très chère à Mayfair. D'où vient-il pour posséder autant d'argent, et pourquoi personne ne l'a-t-il rencontré jusqu'à présent ? C'est très particulier.

Ce n'était pas particulier. Il avait simplement vécu dans un autre quartier de Londres. N'était-ce pas ce que Rafe lui avait dit ? Elle se rendit compte que ce dernier ne lui avait pas révélé grand-chose, en dehors de ce qu'il lui avait raconté au sujet de sa femme. Et il n'avait rien dit à son sujet non plus.

— Je sais à quel point c'est difficile pour toi, mais il est le comte légitime. S'il n'avait pas été enlevé, il serait le comte aujourd'hui. Tu as profité de sa perte. Ce n'est pas sa faute, et il ne devrait pas continuer à en souffrir.

— Tu sembles plutôt sur la défensive à son égard.

— Je le serais pour n'importe qui dans sa situation. Essaie d'imaginer que l'on te vole et que l'on cache ta véritable identité, suggéra-t-elle en secouant la tête, et son cœur se brisa à nouveau pour Rafe. Cela me rend incroyablement triste.

— Tu as un bon cœur, Anne, murmura-t-il. Je n'ai pas encore décidé ce que je vais faire.

— Me diras-tu si tu as l'intention de contester sa requête ?

— Je le ferai.

Comment pourrait-elle l'inviter à dîner maintenant ? Devait-elle le raconter à Rafe ? Elle ne voudrait pas qu'il soit choqué si sa demande était contestée. Mais si son parrain décidait de ne pas le faire, elle perturberait Rafe pour rien et risquerait de compromettre définitivement la relation entre les deux hommes.

Mais n'était-ce pas déjà ce que faisait son parrain ? Comment pourrait-il être un oncle aimant pour Rafe s'il ne lui faisait pas confiance ?

Il y a beaucoup de choses que tu ignores sur lui.

La voix au fond de son esprit ressemblait à une mouche énervante qui bourdonnait autour de sa tête. Elle avait envie de la chasser, mais elle était tenace et elle n'était pas dénuée de fondement.

— Je te prie de m'excuser, ma chère, dit son parrain avec un petit sourire. Tu es venue ici pour me rendre service, ainsi qu'à Sandon. Que puis-je faire pour toi.

Anne se demanda si elle devait poursuivre avec l'objectif de sa visite. Peut-être qu'essayer de créer un pont entre lui et son neveu l'aiderait à accepter l'inévitable : Rafe allait devenir le comte.

Elle annonça d'un ton joyeux :

— En fait, je suis venue vous proposer mon aide. Je pense que vous et votre neveu devriez apprendre à vous connaître. Vous pourrez ainsi lui poser toutes les questions que vous souhaitez et déterminer par vous-même qu'il sera un excellent comte. Jane et Anthony ont accepté d'organiser un dîner. J'ai pensé que…, commença-t-elle, puis elle se rattrapa avant de l'appeler à nouveau Lorcan. Je me suis dit que Sandon pourrait se joindre à nous.

— Et Deborah ?

— Euh… J'espérais que, pour cette première fois, il n'y aurait que vous trois.

Son parrain hocha la tête.

— Tu as un bon instinct.

Il la surprit en lui adressant un clin d'œil.

Anne se détendit légèrement. Elle essaya de voir la situation du point de vue de son parrain. Il avait hérité du comté alors qu'il ne s'y attendait pas, et il avait effectué un travail remarquable. Pour autant qu'elle le sache, ses domaines étaient prospères et il était un membre respecté des Lords. Il était logique qu'il veuille s'assurer que tout serait entre de bonnes mains.

— Venez dîner, et passez du temps avec M. Mallory, lui

dit-elle. Vous pourrez lui apprendre à devenir le comte qu'il doit être. Il n'a pas de père, et vous êtes ce qui s'en rapproche le plus.

— Comme je l'ai dit, tu as un grand cœur, et ton discours est incroyablement émouvant. Dommage que tu ne puisses pas devenir membre du Parlement.

Son ton était empreint d'une condescendance à laquelle Anne s'était habituée au sein de la société, mais qui l'agaçait toujours.

Elle lui adressa un sourire doux.

— Peut-être cela changera-t-il un jour, affirma-t-elle en se levant. Je vous informerai de la date du dîner. Et vous me ferez savoir si vous décidez de contester sa requête ?

Son parrain se leva.

— Je le ferai.

— J'espère sincèrement que ce ne sera pas le cas. Je crois que vous le regretterez.

Il haussa une épaule.

— Je n'ai pas encore pris de décision, mais je dois faire ce que je pense être le mieux. C'est mon devoir.

Anne s'efforça de ne pas se renfrogner. Elle lui dit au revoir, puis alla chercher Jane. Une fois qu'elles furent installées dans la calèche, Anne lui raconta leur rencontre.

Jane resta silencieuse, les yeux écarquillés, tandis que sa sœur répétait les propos de son parrain.

— Contester la requête serait un véritable gâchis. Je n'arrive pas à croire qu'il l'envisage. Ce n'est pas comme si l'identité de son neveu était sujette à question. Il *est* l'enfant de l'ancien comte.

Anne acquiesça.

— Exactement. Je ne l'ai pas convaincu de ne pas le faire, mais j'espère que j'en ai dit assez pour le faire réfléchir. Peut-être Lorcan pourrait-il m'aider à le persuader.

— Lorcan pourrait aussi le soutenir, suggéra Jane. Lui aussi risque de perdre le titre.

Anne agita la main.

— Il s'en moque tant qu'il conserve Kilmaar.

Il vint à l'esprit d'Anne que si Rafe ne se mariait pas et n'avait pas d'enfants, et il semblait ne pas en vouloir, Lorcan hériterait quand même.

Jane hésita avant de lui demander :

— Vas-tu le dire à Rafe ?

Cette question pesait lourdement sur l'esprit d'Anne.

— Mon parrain m'a dit qu'il m'informerait s'il prévoyait de contester la requête de Rafe. Dans ce cas, je le préviendrai. Je ne veux pas compromettre les chances d'une relation entre eux.

Jane fit un bruit de gorge.

— N'est-ce pas déjà ce que fait le comte ?

Anne acquiesça.

— J'ai pensé la même chose. Mais je comprends la situation difficile dans laquelle ils se trouvent tous les deux, et la douleur qu'ils éprouvent. Ils ont été ou seront blessés. Corriger le tort fait à Rafe fera souffrir mon parrain.

— Tu es bien gentille de penser à eux deux. Je ne suis pas certaine que je pourrais faire la même chose s'il s'agissait d'Anthony.

En vérité, Anne éprouvait plus de solidarité à l'égard de Rafe, et elle serait outrée si son parrain contestait sa prétention. En même temps, elle entendait Rafe dire qu'il ne la méritait pas, qu'il n'était pas l'homme qu'elle croyait. Que cachait-il ? Et cela l'empêcherait-il, d'une manière ou d'une autre, de se montrer à la hauteur de ses devoirs de comte ?

Elle voulait des réponses. Et elle ne voulait pas parler de ses craintes à Jane. Pas plus qu'elle ne voulait admettre que les inquiétudes de son parrain étaient peut-être justifiées et certainement déstabilisantes.

Parce qu'elle pensait connaître Rafe. Elle l'*appréciait.* Elle adorait sa compagnie.

Elle *l'aimait.*

Mais était-ce vraiment possible si une grande partie de sa vie lui était inconnue ? Était-elle idiote ?

Elle espérait que non.

CHAPITRE 11

*R*amener Anne à Paternoster Row ce jour-là était une très mauvaise idée.

Rafe le comprit dès qu'il l'aperçut dans la ruelle Grosvenor, le visage recouvert d'un voile et le corps drapé dans une superbe tenue de marche garnie de boutons et de passepoils dorés, avec un long spencer bleu foncé qui recouvrait en grande partie la jupe ivoire qui se trouvait en dessous. Après avoir arrêté le cabriolet et l'avoir aidée à monter à bord, il s'installa à côté d'elle et sentit son parfum intense de fleurs et d'épices.

Une *très* mauvaise idée.

Néanmoins, il sortit de la ruelle et se dirigea vers l'est. Pendant tout ce temps, il s'efforça de ne pas songer à sa proximité ou à ce qui s'était passé la dernière fois qu'ils avaient fait ce trajet ensemble.

— Qu'y a-t-il dans le paquet ? l'interrogea-t-il en faisant un signe de tête vers l'objet qu'elle portait.

— C'est un oreiller pour la chambre de Maud. Je lui ai promis quelque chose. J'ai brodé quelques livres sur les bords.

Rafe était extrêmement touché par sa prévenance.

— Tu es l'une des personnes les plus gentilles que j'aie jamais rencontrées.

En fait, il n'avait rencontré qu'une seule autre femme qui s'en rapprochait, en dehors de sa sœur.

— Merci.

Leurs regards se croisèrent et se fixèrent, et il eut l'impression que le courant qu'il ressentait tourbillonnait également entre eux, signe qu'elle le percevait elle aussi.

— Je me demandais si tu pouvais me raconter comment tu as hérité de la librairie, finit-elle par lui demander.

Il savait que plus il passerait de temps avec elle, plus elle voudrait en savoir sur lui. Il éprouvait la même chose envers elle, sauf qu'elle était plutôt ouverte sur elle-même, sur son passé, sur ses sentiments. Alors qu'il restait volontairement mystérieux. Pour la protéger.

Ou bien est-ce pour te protéger ?

Rafe repoussa cette pensée.

— Quand j'étais jeune, j'aimais y passer du temps. M. Fletcher en était le propriétaire et il me permettait de lire comme s'il tenait une bibliothèque, raconta-t-il, et un sourire lui vint involontairement. C'était un homme bien.

— Où habitais-tu ?

— À Cheapside.

Il remua, mal à l'aise, car ce n'était pas vrai. Du moins, pas à l'époque.

— Je te montrerai où plus tard, si nous avons le temps.

Elle se tourna vers lui et, même s'il ne voyait pas clairement son visage à travers le voile, il sentit son enthousiasme.

— Vraiment ? Ce serait merveilleux. J'aimerais beaucoup.

Il revint à la question qu'elle avait posée au départ.

— M. Fletcher m'a légué son magasin à sa mort, ainsi qu'un fonds.

— Et c'est ainsi que tu as commencé à accumuler ta

fortune ? l'interrogea-t-elle, lui touchant brièvement la cuisse. Je m'excuse de ma curiosité. Savoir que tu n'avais rien et que tu t'es hissé là où tu es aujourd'hui est tout simplement stupéfiant.

Il entendit la fierté dans la voix d'Anne et ne put s'empêcher de ressentir un peu de cette émotion, lui aussi. Mais cette sensation s'évapora rapidement, car la vérité était bien plus sinistre qu'elle ne le pensait. Il avait déjà accumulé une partie de sa fortune, le début, en tout cas, avant la mort de Fletcher. En fait, ce dernier lui avait laissé le magasin et une modeste somme d'argent dans l'espoir que Rafe tournerait complètement le dos à ses entreprises criminelles.

Il en avait eu envie aussi. Mais désirer quelque chose et avoir les moyens, à la fois extérieurs et intérieurs, de le faire étaient des choses complètement différentes. Ce n'était que lorsqu'il avait rencontré Eliza qu'il avait laissé enfin sa vie criminelle derrière lui.

— Ta curiosité est compréhensible, dit-il d'un ton égal. La générosité de M. Fletcher a été déterminante pour ma réussite. J'ai eu de la chance.

— Tu le méritais, à tout le moins, affirma-t-elle d'une voix douce où perçait une pointe d'acier. J'ai parlé à Anthony et à mon parrain. Quand voudrais-tu que ce dîner ait lieu ?

— Bientôt, je pense.

— Jeudi ? proposa-t-elle.

— Ce serait parfait, merci. J'apprécie ton aide.

Il était curieux de savoir comment s'était déroulée sa rencontre avec son oncle. Avait-il trahi quoi que ce soit de ce qu'il avait fait près de trente ans auparavant ?

Rafe s'était remémoré les conversations qu'ils avaient eues, essayant de relever tout ce que son oncle avait dit qui pourrait l'incriminer. Il n'y avait rien, bien sûr. À l'exception de sa colère et sa déception, qui avaient été claires. Mais cette réaction ne prouvait rien. Il était logique qu'un homme qui avait été comte pendant vingt-sept ans et qui allait perdre son titre et tout ce qui l'accompagnait soit bouleversé.

Anne s'adossa à nouveau au siège et, ce faisant, se rapprocha de Rafe. Il sentit sa chaleur se presser contre sa cuisse et son bras. Il aurait dû s'écarter, mais il n'en fit rien.

— Essaierais-tu de te rendre irrésistible ? lui demanda-t-il, se maudissant aussitôt intérieurement de fleureter avec elle. Peu importe. Que ce soit ton objectif ou non, c'est indépendant de ta volonté.

Du moins, en ce qui le concernait. Depuis Eliza, il n'avait pas désiré une femme comme il la désirait. Et si cela ne l'effrayait pas, rien ne le pourrait.

— Serais-tu en train de dire que je n'ai même pas besoin d'essayer ? lui demanda-t-elle avec coquetterie.

Il ne put s'empêcher de rire. Puis il orienta leur conversation sur leur visite à Maud et demanda à Anne si elle avait déjà terminé le livre sur la mythologie grecque.

— Bien sûr. Je ne voulais pas décevoir Maud.

Il ne voyait pas comment elle pourrait un jour décevoir quelqu'un.

Lorsqu'ils arrivèrent à la librairie, Rafe confia le cabriolet au tigre, qui alla se garer dans Warwick Lane. Il conduisit Anne dans la boutique, où elle retira le voile de son visage, le retournant sur sa coiffe.

— Oh ! J'enlève cette chose ! marmonna-t-elle en retirant son chapeau.

John les accueillit chaleureusement.

Anne regarda autour d'elle.

— Où est Maud ?

— Elle sera bientôt là, dit John.

Celle-ci arriva en trombe de l'arrière de la boutique, l'air bien plus soignée que lors de leur première rencontre. Elle jeta un regard prudent à Rafe avant de reporter son attention sur Anne avec un sourire.

— Bonjour.

Anne lui adressa un grand sourire.

— Bonjour, Maud. Je suis ravie de te revoir. Comment s'est passée ton installation ?

— Très bien, merci.

— Merveilleux, lui dit Anne en lui tendant l'oreiller emballé. Je t'ai apporté ceci pour ta chambre.

Les yeux de Maud s'illuminèrent et sa bouche forma un petit O quand elle accepta le paquet.

— Merci.

— Allez, ouvre-le, l'encouragea Anne en souriant.

Maud déchira soigneusement le papier et découvrit le petit oreiller ivoire. Des livres brodés et colorés de tailles diverses ornaient les bords.

— C'est tellement beau ! s'exclama-t-elle, croisant le regard d'Anne. Je n'ai jamais rien possédé d'aussi beau.

— Eh bien, maintenant, c'est le cas, répondit la jeune femme. As-tu lu le livre, pour que nous puissions en discuter ?

Maud cligna des yeux comme si elle passait un moment difficile, et Rafe savait que c'était le cas. Être la destinataire de tant de gentillesse et de générosité après ce à quoi elle avait été habituée était presque incroyable.

— Oui. Je me suis dit que nous pourrions aller à l'arrière de la boutique.

Anne lança un regard à Rafe.

— M. Mallory doit-il se joindre à nous ?

Les traits de Maud exprimaient un certain désarroi.

— C'est votre nom ?

Rafe expira. L'enfant devait le connaître sous le nom de M. Bowles, mais il était probable qu'elle le connaisse aussi sous le nom de M. Blackwell, si quelqu'un lui avait dit qui il était avant. Plusieurs personnes de Paternoster Row l'avaient rencontré sous le nom de Rafe Blackwell. Et, en réalité, John avait parfois du mal à le considérer comme Bowles.

C'était l'inconvénient de changer de nom et de ne pas rompre les liens avec tous ceux qui vous connaissaient sous l'ancien. Cette librairie était la seule constante depuis l'époque où il avait été Blackwell, puis Bowles. Au cours des dernières années, il s'était défait de tout ce qui concernait Blackwell et l'avait remplacé par les intérêts de M. Bowles. À présent, il était sur le point de changer à nouveau d'identité, mais il n'avait pas besoin de cacher qu'il avait été M. Bowles. De toute façon, ce serait chose impossible, puisque c'était ainsi qu'il avait été présenté à la bonne société.

— En fait, je suis lord Stone, annonça Rafe. Ou je devrais l'être, peut-être d'ici la fin de la semaine.

Il avait expliqué cette révélation à John lorsqu'il était passé au magasin samedi après-midi.

Les yeux de Maud s'arrondirent.

— Un lord ? répéta-t-elle, se tournant vers Anne. Euh, je ne sais pas comment faire une révérence.

— Je peux t'apprendre, si tu le souhaites, répondit la jeune femme. Viens, emmène-moi à l'arrière, et je te donnerai une leçon.

Hochant timidement la tête, Maud serra l'oreiller contre sa poitrine et l'entraîna vers l'arrière de la boutique. Anne jeta un regard à Rafe par-dessus son épaule, lui demandant silencieusement s'il venait.

— J'arrive tout de suite, dit-il avant de se tourner vers John. Je vois qu'elle porte les vêtements que j'ai apportés samedi.

— En effet. Elle était vraiment ravie. S'il vous plaît, remerciez votre sœur.

Selina avait rassemblé les vêtements pour lui et elle avait été heureuse de le faire. Rafe fit un pas vers l'arrière de la boutique pour rejoindre les dames.

— Euh, je dois vous avertir qu'il y a quelque chose qui… se trame là-bas, dit John en haussant les sourcils.

— De quoi parlez-vous ?

L'autre homme se fendit d'un sourire.

— Je ne dévoilerai pas les détails. Disons simplement que toute l'aide que vous avez apportée vous est à présent rendue.

Juste ciel ! Que cela signifiait-il ? Et pourquoi John était-il manifestement amusé par cette situation ?

— Je vois.

Sauf qu'en réalité, il ne voyait pas. Mais il en avait l'intention.

Rafe prit la direction de l'arrière du magasin. Il y avait une réserve, un bureau et un coin salon près de l'escalier qui menait aux appartements de l'étage. C'est là qu'il retrouva Anne, ainsi que trois garçons, dont deux vivaient encore à l'étage et un qui avait déménagé près d'un an plus tôt. Il avait pris un logement à Cheapside, où il était devenu l'apprenti d'un tailleur. Le garçon était plutôt habile avec une aiguille. Rafe avait gardé le contact avec lui et il avait même confié à sa boutique la confection de certains de ses vêtements pour la saison.

— Daniel, dit Rafe, tendant la main au garçon de seize ans aux cheveux roux et épais, le jaugeant du regard. Tu as l'air plus grand. Qu'est-ce qui t'amène ici aujourd'hui ?

— Je, euh… j'avais mon après-midi de libre, monsieur. Charlie et Bart m'ont invité à passer.

Rafe balaya la pièce du regard et remarqua qu'une table et deux chaises avaient été installées au centre. La table était ornée d'une nappe simple, mais jolie, et d'une vaisselle dépareillée.

Il regarda Anne, assise sur l'une des chaises.

— Où est Maud ?

— Elle est allée chercher du thé, répondit Anne.

Le plus jeune des garçons, Charlie, se précipita dans les escaliers pendant que Bart tirait la seconde chaise.

— Voulez-vous vous asseoir, monsieur ? Nous avons du thé et des gâteaux pour vous et Mme Éblouissante.

— Mme Éblouissante, répéta Rafe qui se tourna vers Anne, et celle-ci haussa une épaule. M. Entwhistle vous a donné son nom ?

Rafe s'adressait à Bart, un garçon de treize ans aux cheveux blond foncé et dont un œil ne suivait pas normalement, toujours en retard par rapport à l'autre lorsque son regard se fixait sur un sujet.

— Oui, monsieur. Voulez-vous vous asseoir ? répéta Bart.

Rafe alla s'asseoir.

— Merci, dit-il, puis il se pencha vers Anne. Je croyais que tu devais discuter du livre avec Maud.

Anne haussa une épaule, l'air aussi déconcertée que lui.

— Je le croyais aussi. Je lui ai montré comment faire une révérence, mais ensuite elle a insisté pour que je m'asseye.

Les paroles de John lui revinrent en mémoire : les enfants essayaient de l'aider ? Mais comment ?

Maud descendit les escaliers avec une théière enveloppée dans un linge. Elle la posa sur la table, suivie de Charlie qui portait une assiette de biscuits.

— Merci, dit Anne. C'est vraiment charmant. Vous n'allez pas vous joindre à nous ? demanda-t-elle aux enfants.

Tous secouèrent la tête, et Daniel répondit :

— Non. C'est pour vous. D'ailleurs, nous allons vous laisser tranquilles maintenant.

Il adressa un regard aux autres, et ils commencèrent à gravir les escaliers, à commencer par Charlie.

Anne se tourna sur sa chaise pour regarder Maud.

— Je pensais que nous allions discuter du livre.

— Je, euh… je ne l'ai pas fini.

— Tu m'as dit que c'était le cas, protesta Anne avec un léger froncement de sourcils confus.

Maud la fixa du regard, gênée.

— J'ai oublié.

Elle partit en courant dans les escaliers, interdisant toute autre discussion. Daniel fut le dernier à s'en aller, mais avant qu'il disparaisse de leur vue, Rafe l'appela.

— Que fais-tu vraiment ici ? Si tu voulais me voir, ce n'est pas en montant à l'étage que tu y parviendras.

Les joues de Daniel prirent une teinte rosée.

— J'ai oublié quelque chose. Je redescends bientôt.

Il fila à l'étage, laissant Rafe et Anne seuls.

— As-tu une idée de ce qui se passe ? lui demanda-t-elle.

— Non.

Il repensa à ce que John avait dit. Rafe observa la table joliment dressée, les biscuits, le thé. Ces enfants tentaient-ils de jouer les entremetteurs ?

— Veux-tu du thé ? s'enquit Anne en soulevant la théière.

— Oui, s'il te plaît.

Elle leur versa du thé, puis ajouta du sucre au sien.

— Sucre ?

Sur son hochement de tête, elle en mit dans la tasse de Rafe. Il la souleva et prit une gorgée pour en mesurer la chaleur. Il était bien chaud, mais c'était sans doute le thé le plus léger qu'il ait jamais bu.

Anne goûta le sien, et, à en juger par le mouvement de ses sourcils, elle en était venue à la même conclusion concernant la force du breuvage.

— Eh bien ! En tout cas, c'est moins pire que du café !

Rafe éclata de rire.

— Oui, c'est vrai.

Il but une autre gorgée avant de poser sa tasse. Prenant un biscuit dans l'assiette, Anne en grignota un coin. À

nouveau, elle réagit. Cette fois ses yeux s'écarquillèrent légèrement et ses lèvres se froncèrent.

— Oh là là ! murmura-t-il en prenant un biscuit pour le
goûter.

Il en croqua un petit morceau et fit la grimace devant la
quantité de sel.

— Ils ne sont pas aussi sucrés que l'on aurait pu s'y
attendre.

Anne posa son biscuit sur sa soucoupe et se tamponna la
bouche avec une serviette.

— C'est tellement gentil à eux d'avoir essayé !

— Maintenant je sais que je ne dois recommander aucun
d'entre eux pour un apprentissage en pâtisserie.

Riant doucement, Anne posa sa serviette sur la table.

— Ils ont déployé beaucoup d'efforts. Je me demande
pourquoi.

Rafe avait des soupçons, mais il ne voulait pas les partager. Il n'avait pas besoin d'aide pour essayer de le mettre en
couple avec Anne. Il devait faire appel à tout son contrôle
pour ne *pas* se mettre en couple avec elle, que ce soit physiquement ou d'une autre manière.

Anne l'étudia, et un sourire se dessina sur ses lèvres.

— Ils tiennent beaucoup à toi.

— Comment le sais-tu ?

Elle n'était restée seule avec eux que quelques minutes.

— Ils ont fait preuve d'une gentillesse exceptionnelle à
mon arrivée, me disant que tes amis étaient les leurs et qu'ils
étaient ravis de me rencontrer, raconta Anne, dont le front se
plissa. Maintenant que j'y pense, il me semble qu'ils ont mis
l'accent sur le mot « ami ».

— Mmmh, fut tout ce que Rafe trouva à dire.

— C'est ainsi que je me suis présentée à Maud la semaine
dernière. Mais, de toute évidence, ce thé pour nous deux

seulement est une initiative qu'ils ont préparée ensemble. Tu ne sais pas du tout pourquoi ?

Rafe aperçut un éclair de cheveux blond brillant, appartenant à Charlie, qui dépassait du mur de l'escalier.

— Charlie ? As-tu besoin de quelque chose ?

Il n'obtint pas de réponse, mais il n'entendit pas non plus le bruit caractéristique de pieds remontant les marches. Rafe essaya à nouveau.

— Charlie ? Sors, s'il te plaît.

Un instant plus tard, Charlie descendit les escaliers et se dirigea vers la table, un air coupable sur les traits.

— Oui, monsieur ?

— Pourquoi nous espionnes-tu ?

Le garçon avait dix ans, et il était d'une nature douce. Rafe l'avait amené à John, à l'automne précédent, après la mort de la mère de Charlie.

— Ils m'ont envoyé pour voir ce qui se passait. Pour savoir si vous vous embrassiez ou non, expliqua Charlie avec une grimace. Je ne voulais pas venir, mais ils ont dit que j'étais le plus petit, et donc que c'était à moi de le faire.

Anne haussa les sourcils et lança un regard à Rafe. Il aurait ri s'il n'avait pas éprouvé une telle envie de l'embrasser.

— Est-ce le but de tout cela ? s'enquit Rafe auprès du garçon. Que nous nous embrassions ?

— Maud a dit que vous vous marieriez si vous vous embrassiez.

Bon sang ! Et s'ils avaient déjà fait plus que cela ? Anne posa les mains sur ses genoux, et s'adressa à l'enfant.

— Et vous pensez tous que nous devrions nous marier ?

Charlie hocha vigoureusement la tête.

— M. Bowles a besoin de quelqu'un qui s'occupe de lui comme il s'occupe de nous tous.

Rafe se leva.

— Très bien, Charlie. Dis à tes amis que c'était très gentil, mais que... Mme Éblouissante et moi n'allons pas nous marier. Pas plus que nous n'allons nous embrasser.

Soufflant bruyamment, Charlie commença à se tourner vers les escaliers.

— Ils ne vont pas aimer quand je vais leur dire.

Rafe s'approcha du garçon et lui toucha l'épaule.

— J'apprécie beaucoup vos efforts. Remercie-les pour moi, tu veux bien ?

— Je le ferai. Maud sera quand même déçue.

Alors que le garçon remontait les marches, la gorge de Rafe se serra.

— C'est très gentil, dit Anne d'une voix douce, juste à sa gauche.

Il n'avait pas remarqué qu'elle s'était levée de table.

— Oui.

— Tu as une famille très étendue.

Rafe cligna des yeux, surpris. Il n'avait jamais pensé à eux de cette façon. Il aidait les enfants quand il le pouvait. Certains s'en allaient pour trouver leur voie, et quelques-uns, comme Daniel, restaient même en contact. D'autres acceptaient son aide pendant un temps, puis disparaissaient. Heureusement, ces derniers étaient les moins nombreux.

— Selina et moi étions seuls. L'homme qui s'occupait de nous, qui prétendait être notre oncle, n'était pas particulièrement gentil.

Rafe aurait donné n'importe quoi pour qu'un adulte s'intéresse vraiment à lui, au-delà de ce qu'il pouvait lui apporter. Il y avait eu une femme, la mère d'un ami, mais elle avait des difficultés à l'époque, elle buvait trop de gin, et elle avait trop d'enfants à elle. Pourtant, elle avait veillé sur lui et Selina autant qu'elle le pouvait. Il avait gardé le contact avec elle, même après qu'elle avait arrêté de boire et s'était mariée, et

Selina avait renoué leur relation lorsqu'elle était retournée à Londres quelques mois plus tôt.

Anne posa la main sur la manche de Rafe, et ses doigts s'enroulèrent autour de son bras, juste sous son coude.

— Tu ne parles pas beaucoup de ton enfance. Je sais que ta sœur est allée à l'école. Et toi ?

— Non. J'ai suivi des cours particuliers.

Le mensonge lui tomba de la langue, mais, dans une certaine mesure, c'était perversement vrai. Simplement, il n'avait pas bénéficié des mêmes enseignements que ceux qu'il aurait reçus en tant que fils d'un comte.

— Comment cet homme en est-il venu à s'occuper de vous ? Que lui est-il arrivé ?

Rafe se passa une main dans les cheveux, délogeant ainsi la main d'Anne.

— Je n'aime pas en parler. Je n'aime pas les questions.

— Je sais. Mais, apparemment, je ne peux pas m'empêcher de les poser.

Rafe retourna à sa chaise, lui tournant le dos.

— Il est responsable de notre enlèvement. Il nous a emmenés à Londres depuis Stonehaven. Il est mort il y a longtemps.

— Pourquoi vous aurait-il enlevés ?

À l'angoisse de la question d'Anne répondait la colère qui habitait Rafe.

— Je ne peux pas lui poser la question, n'est-ce pas ?

Il n'en avait d'ailleurs pas besoin. Edgar avait pris deux enfants dont il pouvait se servir pour s'enrichir par l'escro-querie et le vol.

Il expira et but une gorgée de son thé léger et tiède, non pas parce qu'il en avait envie, mais parce que cela lui donnait quelque chose à faire.

— C'était très gentil, murmura-t-il en regardant la table,

ému par la prévenance des enfants. Nous devrions au moins finir une tasse de thé et nos biscuits.

— Oui, nous devrions, acquiesça Anne qui le rejoignit à table, et ils s'assirent tous les deux.

Il croqua un grand morceau du biscuit, qu'il fit descendre avec une gorgée de thé. Anne fit quelque chose de similaire, mais elle avait pris un plus petit morceau. Elle grimaça légèrement en avalant.

— Quel est ton type de biscuit préféré ? s'enquit-il.

— Je ne crois pas en avoir un, répondit-elle, inclinant la tête sur le côté. J'aime les amandes.

— Je les aime aussi. Je crains d'être un véritable glouton de massepain.

Une lueur d'amusement brilla dans les yeux d'Anne.

— Oh, oui ! Je peux en manger un plateau entier à Noël.

— Je pense que j'aime davantage les gâteaux que les biscuits, déclara-t-il avant de mettre le reste de son biscuit dans sa bouche, puis de l'avaler avec la fin de son thé. Surtout après aujourd'hui.

Rafe éclata de rire, et Anne se joignit à lui.

Il lui tendit la main.

— Donne-moi ton biscuit. Je vais le finir.

Elle hésita, mais seulement un instant, avant de déposer le biscuit à moitié mangé dans sa paume.

— Tu es un gentleman, quoi que tu en dises.

Peut-être l'était-il. Au moins avec elle. Elle semblait faire ressortir le meilleur en lui. Il n'avait jamais vécu un tel moment, une telle situation ordinaire. Et n'était-ce pas ce qu'il voulait ? Bon sang ! Il était devenu excessivement sentimental depuis qu'il avait appris qui il était vraiment.

Il mangea le reste du biscuit d'Anne en deux bouchées, puis il se leva et lui tendit la main.

— Viens, je veux t'emmener quelque part.

La jeune femme plaça sa main dans celle de Rafe et se leva.

— Ne devrions-nous pas remercier les enfants ?

— Ils sont probablement en train d'écouter, affirma-t-il, puis il tourna la tête vers les escaliers. Merci, Daniel, Bart, Charlie et Maud !

Anne rit, les yeux brillants. Il prit sa coiffe et ses gants sur une petite table contre le mur, puis la conduisit jusqu'à la porte arrière et dehors, dans une ruelle étroite qui courait entre les bâtiments.

Serrant fermement sa main, il la guida jusqu'à l'endroit où la ruelle rejoignait Warwick Lane. Il repéra le cabriolet et l'aida à monter à l'intérieur, tandis que le tigre tenait le cheval. Anne posa sa coiffe sur sa tête et baissa son voile tandis que Rafe s'installait à côté d'elle.

Il les conduisit jusqu'à Paternoster Row, mais au lieu de tourner vers l'ouest, il prit à l'est en direction de Cheapside.

— Tu ne m'emmènes pas acheter du caviar, n'est-ce pas ?

Rafe éclata de rire.

— Non. Nous ne nous arrêterons même pas à Cheapside.

— C'est dommage. J'ai beaucoup apprécié notre après-midi là-bas.

La tête de la jeune femme bougeait d'un côté à l'autre quand ils s'engagèrent dans la rue principale, et, bien qu'il ne puisse pas voir son visage, il savait qu'elle était ravie.

— C'est peut-être la partie de Londres que je préfère.

Il ne le lui avait pas dit quand ils étaient venus auparavant. Il était toujours resté sur ses gardes, mais soudain, peut-être à cause de ce que les enfants avaient tenté de faire, il n'avait tout simplement plus envie de faire cet effort.

— Encore plus que Paternoster Row ?

Il ricana.

— Pas loin. Cheapside l'emporte de peu, uniquement parce que c'est plus grand. J'imagine à quoi devait ressembler

ce quartier il y a des centaines d'années, quand les rues méritaient le nom qu'elles portaient : Ironmonger Lane,
Bread Street, Milk Street*. Je me demande ce que diraient les
gens qui ont vécu ici s'ils voyaient le quartier aujourd'hui.

— Ils seraient émerveillés. De voir ce qu'est devenue
Londres dans son ensemble.

Juste avant qu'ils n'atteignent Poultry Street, il les dirigea
vers la droite, sur Bucklersbury Lane. À mi-chemin de la rue,
il rangea le cabriolet sur le côté et s'arrêta.

— On voit très bien Mansion House d'ici, dit-elle en
montrant d'un geste le bout de la rue devant eux.

— Oui.

C'était parce qu'il voyait cette grande maison qu'il avait
choisi de s'installer à Bucklersbury Lane. Il regarda à gauche
la maison devant laquelle ils s'étaient arrêtés.

— C'est ma maison.

Elle souleva son voile et observa l'étroite façade de
briques.

— C'est ici que tu as vécu enfant ?

Rafe secoua la tête.

— C'est ici que j'ai vécu ces quatre dernières années.
Voudrais-tu entrer ?

— Beaucoup.

Il l'aida à descendre du véhicule et remit le cabriolet à la
garde de son tigre. Lui offrant son bras, il la conduisit en
haut des marches. Il inséra une clé dans la serrure et, lorsqu'ils pénétrèrent dans le hall d'entrée, Mme Watts se hâta de
venir les accueillir.

Petite femme trapue, l'intendante faisait aussi office de
cuisinière. Ses biscuits n'étaient jamais trop salés, et elle était
la raison pour laquelle il adorait les gâteaux.

— Monsieur Bowles, le salua-t-elle avec un sourire, et son

---

* NdT : Allée de la Ferronnerie, rue au Pain, rue au Lait.

regard se porta sur Anne. Je ne m'attendais pas à vous voir aujourd'hui.

Il était passé le samedi après sa visite à la librairie.

— Cette visite n'était pas prévue. Permettez-moi de vous présenter mon amie, Mlle Anne Pemberton.

Il était conscient qu'il n'aurait pas dû utiliser son véritable nom, mais comme il l'avait appris en venant ici, il semblait qu'il ne tenait pas particulièrement à cacher quoi que ce soit pour le moment.

Mme Watts dodelina de la tête, son bonnet blanc épinglé fermement à ses boucles grises, si bien qu'il ne bougeait pas, même légèrement. Alors que quand Anne hocha la tête, après avoir retiré sa coiffe, une fine boucle blonde tomba contre sa tempe.

— Bienvenue, dit Mme Watts. Puis-je vous offrir quelque chose ?

— Je vais faire faire une petite visite à Mlle Pemberton, annonça-t-il en prenant le chapeau et les gants d'Anne qu'il plaça sur une table étroite, sous un miroir, avec les siens. Je vous ferai savoir si nous avons besoin de quelque chose.

— Très bien, répondit Mme Watts en se tournant vers l'arrière de la maison. J'ai des gâteaux aux épices tout chauds, si cela vous intéresse.

— Voilà qui est très tentant, dit Anne. Bien plus tentant que des biscuits salés.

Elle scruta le petit hall d'entrée, avec ses carreaux de marbre et son unique tableau.

— Tu vas trouver que cette maison laisse à désirer après ma résidence d'Upper Brook Street.

Anne croisa le regard de Rafe.

— Je ne crois pas que je puisse trouver que quoi que ce soit laisse à désirer à propos de toi.

Ses paroles le réchauffèrent, et il les laissa faire, savourant le lien qui les unissait au lieu d'y résister. Il lui montra la salle à manger et la bibliothèque, qui semblait plutôt triste depuis que la majeure partie de ses livres avaient été déplacés à Mayfair.

— Tu as grandi plus vite que ta bibliothèque, remarqua Anne. Est-ce pour cette raison que tu as déménagé ?

— J'ai déménagé parce que je voulais vivre dans le meilleur des endroits.

Elle leva les yeux vers lui.

— Et Mayfair est cet endroit ? Je dirais que le meilleur endroit, c'est celui où l'on est le plus heureux.

Alors, c'était cette petite maison dans laquelle il avait vécu avec Eliza près de Blackfriars. Le premier endroit où il s'était senti à sa place.

— Où as-tu été le plus heureuse ? lui demanda-t-il.

— À cet instant. Ici, avec toi, affirma-t-elle en lui serrant le bras. Je te poserais bien la même question, mais je doute que tu me répondes. Cela dit, peut-être que je me trompe. Tu m'as déjà révélé davantage de toi aujourd'hui que depuis que je te connais.

Elle marqua une pause avant d'ajouter d'une voix douce.

— Merci.

— Je vais te montrer le salon à l'étage.

Il la conduisit hors de la bibliothèque jusqu'à l'escalier qui s'enroulait sur lui-même. Décorée dans des tons jaunes et dorés, la pièce était chaleureuse et accueillante, du moins selon les dires de Mme Watts.

— Ce salon est magnifique, le complimenta Anne, retirant sa main de son bras et faisant le tour de la pièce. Mais on dirait que tu l'as meublé hier. Tout semble si nouveau et si intact !

Elle s'arrêta devant la cheminée de marbre aux décorations dorées.

— Je suis rarement venu ici. Le jaune était la couleur préférée d'Eliza.

Anne se tourna vers lui, les épaules tendues.

— Eliza était ta femme.

— Oui, confirma-t-il en s'avançant vers elle. Mais elle n'a jamais vécu ici. J'ai acheté cette maison après sa mort.

Ils avaient rêvé de vivre dans un tel endroit. Et ils avaient été si près d'y parvenir ! Il avait commencé à chercher des propriétés à Cheapside juste avant qu'elle ne meure.

— Pourtant, tu as décoré une pièce pour elle, remarqua Anne, basculant légèrement la tête en arrière quand il s'arrêta juste devant elle. Tu l'aimais énormément.

Il inspira.

— Plus que la vie. Elle allait avoir notre enfant.

C'était sa faute s'ils étaient morts, victimes des choix qu'*il* avait faits. Il se mordit l'intérieur de la lèvre, essayant de provoquer une douleur physique pour noyer la douleur émotionnelle.

Anne lui prit la main et le guida hors du salon jusqu'à l'escalier.

— Qu'y a-t-il d'autre au premier étage ? s'enquit-elle, car elle avait reconnu son angoisse et cherchait à l'apaiser.

— Mes appartements privés. Dois-je te les montrer ?

— *Oui.*

Elle leva vers lui un regard plein d'attente, avec peut-être un peu d'exaspération idiote qui le fit rire. Souriant malgré la mélancolie qui l'avait étreint quelques minutes plus tôt, il l'emmena dans son salon.

— Et ça, c'est *ta* pièce, dit-elle en lui lâchant la main et en tournant en rond pour faire le tour de l'espace.

— Pourquoi dis-tu cela ?

— Des couleurs sombres et sourdes avec des touches de lumière, répondit-elle, puis elle prit le coussin orange vif posé sur la méridienne bleu foncé. Comme ça. Il me fait penser à ton œil.

Un rire échappa à Rafe.

— Il se peut que cela ait été fait exprès. Une amie me l'a donné.

Une amante qui était venue ici à l'occasion, mais qu'il n'avait pas vue depuis des mois. Anne agita les sourcils.

— Je ne suis donc pas la première amie que tu amènes dans tes appartements privés.

Il s'avança vers elle, la coinçant de telle sorte que l'arrière de ses jambes touche la méridienne.

— Tu es la meilleure que j'aie amenée ici.

Une lueur de plaisir illumina les yeux d'Anne.

— C'est très aimable de ta part, lui dit-elle, puis elle jeta un coup d'œil à la porte fermée, qui menait à sa chambre à coucher. Je devine ce qui se trouve de ce côté. Vas-tu me la montrer aussi ?

— Je sais que tu veux la voir.

— J'aimerais faire plus que la *voir*.

Il passa le bout de ses doigts le long de sa joue et de sa mâchoire jusqu'à son menton.

— Qu'avais-tu en tête ?

— Je pense que j'aimerais y passer un peu de temps. Si tu y es disposé.

La raideur de son sexe et le désir qui palpitait en lui indiquaient qu'il était plus que disposé à le faire. Même si son cerveau l'incitait à la prudence.

— Nous ne devrions pas.

— Nous n'aurions pas dû aller à Paternoster Row aujourd'hui non plus. Je crois avoir appris à vous connaître assez bien, lord Garde-du-corps, et vous ne respectez pas toujours les règles, affirma-t-elle en posant les mains sur le torse de Rafe, les paumes à plat, avant de les faire glisser jusqu'à ses clavicules. Et tu sais que moi non plus. La clé, c'est de ne pas se faire prendre en train de les briser.

— Tu es une sirène.

— Et je vais aller jeter un œil à ta chambre à coucher.

Elle se glissa entre lui et la méridienne, puis alla ouvrir la porte. Avec un regard par-dessus son épaule, elle lui sourit, puis entra.

Il n'avait d'autre choix que de la suivre dans la folie.

Elle se tenait près du grand lit, et lui faisait signe avec le doigt. Impuissant à résister, il s'approcha d'elle.

Quelques mèches de cheveux effleuraient la nuque d'Anne, le tentant. Elle lui toucha la joue.

— Je sais que tu ne veux pas que je le dise, mais je t'aime. Et je veux que tu fasses ce que tu m'as dit l'autre fois. Avec ta bouche. Ensuite, je veux te toucher. S'il te plaît.

Seigneur ! Elle allait le briser complètement. Sauf qu'il était déjà brisé.

— Si je fais cela, il n'y aura pas de retour en arrière possible, gronda-t-il. Comprends-tu ?

Sur le signe de tête de la jeune femme, il commença à déboutonner le devant de sa robe, un long vêtement qui couvrait le haut de son corps et laissait apparaître le bleu et l'ivoire de sa jupe.

— Tu vas m'épouser, Anne.

Ses yeux s'arrondirent, et sa main descendit sur l'épaule de Rafe, qu'elle serra fort.

— Quoi ?

— Si je mets ma bouche sur toi, et que, par chance, tu fais de même avec moi, nous nous marierons. Si tu l'acceptes, nous pouvons continuer.

Anne posa les mains sur celles de Rafe, arrêtant ses gestes.

— Cela ne semble pas être une raison pour se marier.

— C'est plus que ce que tu as connu avec ton ancien fiancé, n'est-ce pas ?

— Oui.

Il ne fit pas un geste en dépit de son corps qui le réclamait.

— J'attends ta décision.

— Oui, je t'épouserai.

CHAPITRE 12

*R*afe l'embrassa avec une chaleur torride tandis que ses doigts continuaient à déboutonner son spencer. Il s'activait avec une précision prodigieuse, la débarrassant du vêtement avec aisance. Sa langue se heurta à celle de la jeune femme, la submergeant d'un torrent de sensations. C'était comme si quelque chose s'était libéré en lui, comme s'il s'était libéré de ce qui l'entravait.

Cette fois, elle ne serait pas la seule à se déshabiller. Tirant sur sa cravate, elle détacha la soie et l'arracha du cou de Rafe. Il recula légèrement, sans tout à fait rompre le baiser, tout en retirant sa veste. Les lèvres de Rafe jouèrent avec les siennes et il mordit sa chair avant de baisser les yeux sur les lacets qui se croisaient sur sa poitrine.

— Ce n'est pas un vêtement ordinaire.

Sa sous-robe avait été conçue comme une sorte de jupon complet et ne devait pas être portée sans le spencer par-dessus. Les lacets du corsage maintenaient le vêtement bien en place et lui permettaient de l'enfiler sans aide.

— Il se desserre assez facilement.

Elle détacha le devant qui s'ouvrit, révélant son corset.

Rafe repoussa les bretelles du vêtement sur ses épaules et le long de ses bras. Elle glissa hors de sa robe et la lui donna.

Il la prit avec soin, tout comme le spencer qu'il avait posé sur le lit, et les drapa sur un canapé. S'asseyant au bord, il retira ses bottes et les mit de côté.

— Viens ici, lui dit-il, les yeux brillants de promesses.

Anne s'approcha du canapé et se plaça entre les jambes écartées de Rafe.

— Ton pied, s'il te plaît.

Il tendit la main, et elle posa son pied dans sa paume. Se reculant sur le siège, il le souleva et le plaça entre ses jambes sur le coussin. Ses orteils l'effleurèrent quand il lui retira sa demi-botte. Une fois qu'il eut terminé, il fit de même avec son autre pied.

Mais quand il eut fini avec celui-ci, il ne la laissa pas partir. Au lieu de cela, il enroula sa main autour de sa cheville et tira son pied le long de sa cuisse pour le poser sur le coussin derrière lui. Elle portait toujours son corset, son jupon et ses bas, mais elle se sentait incroyablement exposée dans cette position, et c'était exaltant.

Rafe remonta la main le long de la jambe d'Anne, s'arrêtant derrière son genou plié. Des frissons d'impatience parcouraient la chair de la jeune femme, et le désir monta au creux de son ventre. De son autre main, il remonta son jupon, dévoilant la jambe appuyée sur la chaise.

— Approche-toi, lui murmura-t-il, enroulant sa paume autour de la cuisse d'Anne avant de la remonter jusqu'à son postérieur.

Il agrippa le pan de son vêtement qui retombait sur sa jambe debout.

— Retiens ce côté au niveau de ta taille.

Incapable de respirer profondément, elle fit ce qu'il lui demandait, serrant le tissu à sa taille. Son sexe était totalement exposé aux yeux de Rafe.

Il descendit sa main le long de son postérieur, le bout de ses doigts glissant le long du pli entre ses fesses. Elle inspira brusquement avant qu'il remonte le long de sa cuisse et ramène sa main vers l'avant.

— Magnifique.

Il caressa le bord de ses replis intimes, et posa son pouce sur son clitoris. Son autre main agrippa sa hanche, la rapprochant de lui jusqu'à ce qu'elle sente son souffle sur elle.

Elle gémit doucement tandis qu'il massait doucement sa chair. Il fit glisser son doigt en elle.

— Tu es tellement mouillée et prête. Je pourrais te prendre tout de suite. Mais je te veux encore plus mouillée, affirma-t-il en entamant un mouvement de va-et-vient, trouvant un point qui lui fit voir une lueur blanche derrière ses paupières closes. Accroche-toi à moi, Anne. Mais ne lâche pas ta jupe.

Elle passa le vêtement dans son autre main et se servit de la droite pour s'appuyer sur son épaule. La main gauche de Rafe remonta de sa cuisse à son postérieur tandis qu'il se penchait en avant pour lécher son sexe. Elle n'était pas préparée aux sensations qui l'envahirent ni au frémissement soudain de ses jambes. Elle comprenait maintenant pourquoi il lui avait dit de s'accrocher à lui.

Sa joue effleura la cuisse d'Anne alors qu'il embrassait et suçait sa chair. L'intimité de cette position, le fait qu'elle soit très exposée, la choquait. Mais elle ne battit pas en retraite. Au contraire, elle enfonça les doigts dans les épaules de Rafe et se cambra contre lui. Peut-être savait-il ce qu'elle voulait. Bien sûr qu'il le savait. Il enfonça sa langue en elle et elle cria.

Il remonta sa main vers l'arrière de sa cuisse, tenant fermement sa jambe surélevée, tandis que sa bouche se déplaçait sur elle, léchant et taquinant sa chair. Ramenant son autre main sur sa hanche, il glissa un doigt en elle tout en suçant son clitoris. L'extase l'envahit et elle sentit la montée d'un orgasme qui approchait à toute allure.

Avant qu'il ne survienne, il adoucit ses caresses, se retirant juste assez pour que le plaisir reste présent, mais sans la submerger. Elle brûlait que la marée l'emporte, et elle gémit.

Il écarta son sexe, la tenant ouverte pour sa langue pendant qu'il entamait un mouvement de va-et-vient. Les muscles d'Anne se contractèrent et elle bafouilla de façon incohérente, suppliant qu'on la libère.

Pourtant, il ne la laissa pas jouir. Il se releva brusquement, la prit dans ses bras et l'emmena vers le lit. Il la déposa sur la couverture avec une rudesse qui correspondait au tumulte qui faisait rage en elle.

Relevant ses jupes, Rafe écarta les jambes d'Anne et s'enfouit entre elles. Il agrippa les cuisses de la jeune femme pour les poser sur ses épaules alors que sa bouche entreprenait de ravager son sexe. Le plaisir monta jusqu'à ce qu'elle se retrouve au bord du gouffre. Il caressa son clitoris et elle bascula dans un doux et sombre oubli.

Elle se cramponna à sa tête, tirant sur ses cheveux alors qu'elle repartait de plus belle, plus haut qu'avant, des spasmes secouant son corps. Elle n'eut pas le temps de retomber sur terre avant qu'il la quitte.

Ouvrant les yeux, elle vit Rafe déboutonner son gilet. Elle se redressa, impatiente de le voir. Mais quand elle tendit la main vers lui, il entoura la nuque d'Anne de sa main et attira sa bouche contre la sienne.

— Je t'ai dit ce que je ferais.

Il l'embrassa, et, comme il l'avait dit, elle se goûta.

Il avait eu raison. Il n'y avait pas de retour en arrière après cela. Elle ne voulait pas que quiconque la voie, la sente ou la goûte comme il l'avait fait. Et elle ne voulait pas que quelqu'un fasse la même chose pour lui.

Elle défit les deux derniers boutons du gilet de Rafe et

ouvrit son vêtement. Il éloigna sa bouche de celle d'Anne pour s'en débarrasser. Elle s'agrippa à sa chemise, la tira hors de sa ceinture, et plissa les yeux vers lui.

— Tu es à moi.

Son sourcil gauche s'arqua, et son expression était si belle, si séduisante, qu'elle faillit à nouveau gémir de désir.

— À moi, répéta-t-elle, repoussant la chemise de Rafe.

Il tira le vêtement par-dessus sa tête et le laissa tomber sur le sol.

Anne scruta l'étendue de muscles de sa poitrine et de son abdomen. Des contours de ses épaules aux disques doux de ses mamelons et plus bas aux crêtes de ses côtes et aux muscles qui ondulaient jusqu'à sa ceinture. Il avait des cicatrices, comme celle qu'il avait sur le visage, de petites traces roses de la vie qu'il avait menée auparavant. Elle avait envie de lui poser des questions à ce sujet, et elle le ferait, mais pas maintenant. Maintenant, elle voulait le voir tout entier.

Elle lança un regard vers son pantalon.

— Vas-tu le retirer, ou dois-je le faire ?

— Que préfères-tu ?

En guise de réponse, elle le déboutonna. Elle procéda avec des gestes lents, espérant le taquiner comme il l'avait fait pour elle. Non, pour cela, elle devait l'affecter physiquement. Elle se rapprocha de lui et embrassa le creux de sa gorge. Une vibration commença sous sa bouche et émana de lui sous la forme d'un doux gémissement. Encouragée, elle lécha sa peau jusqu'à son mamelon, où elle se servit de ses lèvres et de sa langue comme il l'avait fait avec elle.

Rafe inspira brusquement, puis il glissa la main dans les cheveux d'Anne. Surprise qu'ils soient restés attachés si longtemps, elle les sentit se relâcher, et ils cascadèrent autour de ses épaules.

Elle déposa des baisers sur le torse de Rafe, jusqu'à l'endroit où son pantalon était ouvert. Glissant la main dans le vêtement, elle trouva son membre dur, s'émerveillant de la douceur de sa chair. Elle essaya de faire descendre le tissu sur ses hanches. Heureusement, il l'aida, libérant complètement son vit.

— Je peux aussi mettre ma bouche sur toi ? lui demanda-t-elle, se rappelant ce qu'il avait dit, et plus qu'excitée par cette perspective.

— Si tu le veux, répondit-il d'une voix un peu plus aiguë que d'habitude. Tiens.

Rafe enroula sa main autour de celle d'Anne et lui montra comment le caresser de la base à la pointe et vice-versa. La troisième fois, elle pointa le doigt et en caressa le sac mou qui se trouvait en dessous.

— Tu peux les caresser, lui expliqua-t-il, et on aurait dit qu'il serrait les dents.

Elle ne leva pas les yeux pour vérifier si c'était vrai, car elle était bien trop absorbée par sa tâche. À chaque passage, il semblait bondir contre elle. Une goutte de moiteur s'accumula à l'extrémité. Apparemment, ils pouvaient tous les deux être mouillés… elle savait qu'il le serait plus tard, lorsqu'il libérerait sa semence.

— Tu peux aussi aller plus vite, murmura-t-il d'une voix grave et rauque. Si tu le souhaites. Mais cela m'amènera au bord de l'extase.

— Vraiment ?

Elle fit glisser sa main autour de plus en plus vite, puis posa son autre main sur ses testicules. Baissant la tête, elle souffla contre son extrémité.

— Et ma bouche devrait faire la même chose ?

— Oui, répondit-il en lui appuyant doucement sur la tête, la poussant en avant.

Elle le lécha, en glissant lentement et langoureusement autour de la tête et sur le dessous, le long d'une veine épaisse.

Enroulant la main autour de la base de son sexe, elle remonta sa bouche et le suça avec sa langue.

Il jura violemment, et sa main tira doucement sur les cheveux d'Anne.

— Va doucement. S'il te plaît. Je ne durerai pas si tu ne le fais pas.

Jusqu'à présent, il l'avait plutôt bien guidée, alors elle fit ce qu'il lui demandait et avala sa longueur avec un lent glissement avant de reculer une fois de plus. Elle cessa de compter le nombre de fois où elle recommença, savourant son goût salé sur sa langue.

— Anne, je peux jouir dans ta bouche ou je peux te trousser. Que préfères-tu ? Et décide rapidement.

Elle le relâcha et leva les yeux vers les contours tendus de son visage.

— Ne puis-je pas avoir les deux ?

— Pas aujourd'hui.

— Que préfères-tu ? lui demanda-t-elle, continuant à le caresser avec sa main.

Sans mot dire, il se dépouilla du reste de ses vêtements, puis il fit de même pour elle, manquant de déchirer son jupon en l'arrachant à son corps. Elle l'aida avec sa chemise et elle l'avait à peine jetée qu'il la souleva et la fit tourner sur le lit.

S'agenouillant sur le matelas, il se déplaça entre ses jambes, son regard balayant son corps. Les paupières de Rafe tombèrent, sa tête s'abaissa et il s'empara de sa bouche. Elle se cambra sur le lit, avide de ses caresses. Il prit son sein et joua avec son mamelon, pinçant et tirant tandis que leurs baisers, brûlants et humides, se faisaient de plus en plus courts et désespérés.

Haletants, ils s'explorèrent mutuellement, leurs mains se déplaçant impatiemment sur la chair échauffée. Rafe descendit le long de son flanc du bout des doigts et s'agrippa à sa hanche. Anne étala ses paumes sur son dos, puis les descendit jusqu'à la courbe de son postérieur. Quand il glissa la main entre ses cuisses, elle retint son souffle. Son sexe, déjà sensible, brûlait de désir pour lui.

Il remua les hanches et son sexe se colla sur elle, niché contre son intimité. Rafe caressa son clitoris, attisant son désir, avant de se guider en elle.

— Respire, Anne. Je vais aller très lentement.

Il le fit. Encore plus lentement que ce qu'elle avait fait avec sa bouche. Elle voulait qu'il soit entièrement en elle, mais alors que sa chair intime s'étirait pour l'accueillir, elle se rendit compte que c'était mieux ainsi.

Cela ne faisait pas mal, mais elle était un peu sensible. Ce qui était normal. Elle n'avait jamais fait cela auparavant.

— Je suis tellement heureuse que ce soit toi, dit-elle d'une voix douce, posant la main sur sa nuque.

Il la regarda dans les yeux.

— Merci. Pour ce cadeau… pour toi.

Il se glissa complètement en elle, du moins, elle le crut, car elle se sentait incroyablement comblée. Repoussant ses cheveux de son visage, Rafe passa son pouce sur le front d'Anne. C'était un geste très doux et attentionné, et, une fois de plus, elle se rendit compte de la profonde intimité qui existait entre eux, du fait qu'elle le connaissait et le ressentait comme elle ne l'avait jamais fait auparavant avec quiconque.

— Est-ce que tu vas bien ? lui demanda-t-il.

— Oui. Est-ce que c'est… tout ?

Il rit et l'embrassa rapidement.

— Non. Ce n'est que le début. Enroule tes jambes autour de moi.

Elle lui obéit, enroulant ses cuisses autour de celles de Rafe.

— Plus haut, lui intima-t-il. Autour de ma taille.

Oh ! C'était mieux. Elle avait cru être déjà comblée, mais il sembla s'enfoncer encore plus profondément.

— Oh, mon Dieu ! souffla-t-elle.

— Non, pas Dieu ! *Lord Garde-du-corps*, dit-il avec un sourire, juste avant de commencer à bouger.

Il se retira et s'enfonça à nouveau en elle, toujours avec une incroyable lenteur. Elle sentit son corps frémir, elle perçut la puissance qu'il tenait d'une main de fer. Même si elle n'en avait jamais fait l'expérience, elle savait que s'il bougeait plus vite, ils arriveraient tous les deux là où ils voulaient, au bord de l'extase, comme il l'avait dit plus tôt en la mettant en garde contre la tentation d'aller *trop* vite.

Anne glissa la main dans le dos de Rafe, puis elle posa la paume sur son postérieur.

— Vas-tu accélérer ?

— Sirène, souffla-t-il.

Il alla plus vite, mais seulement de manière progressive.

— Nous le faisons à ma manière. La prochaine fois, tu pourras prendre le contrôle.

La prochaine fois. Et il y aurait une prochaine fois, parce qu'ils allaient se marier.

Des vagues de plaisir et de joie l'envahirent en même temps. Elle ferma les yeux et s'abandonna, se laissant guider par le corps de Rafe. Il allait de plus en plus vite, et la pression montait en elle. Jusqu'à ce qu'elle plonge tout à coup dans l'extase. Son sexe se contracta et Anne se cramponna à Rafe avec ses jambes et ses mains pour ne pas se perdre complètement.

Elle commençait tout juste à remonter à la surface lorsqu'il cria et s'enfonça en elle. Il embrassa son cou et sa gorge, tandis qu'elle rejetait la tête en arrière et le serrait contre elle. Il donna encore quelques coups de reins, le corps frémissant. Anne repoussa les cheveux qui lui barraient le front pour pouvoir embrasser sa tempe.

Lorsque son corps s'immobilisa, il retomba sur le côté, la ramenant contre son torse, l'entraînant avec lui. Elle lui caressa le bras, écoutant sa respiration s'apaiser. Il se retira d'elle et roula sur le dos, la tenant contre lui.

— C'était très beau, lui dit-elle, souriant en posant la main sur son torse. La prochaine fois, je pourrai prendre le contrôle ? Je n'arrive pas à imaginer comment cela peut se faire avec toi… qui fais ce que tu fais.

— Eh bien, tu pourras me dire exactement ce que tu veux, et quoi faire. Tu n'as jamais eu de problème avec cela auparavant.

Anne rit et elle sentit la poitrine de Rafe gronder doucement sous sa main.

— Mais je pense que tu pourrais être dessus, en train de me chevaucher.

Se redressant sur un coude, elle baissa les yeux sur lui.

— Comme un cheval ?

— En quelque sorte. Je ne peux pas te l'assurer, vu que je ne monte pas.

Elle tâcha de s'imaginer à califourchon sur lui, son membre en elle. Ses jambes s'enrouleraient autour de ses hanches.

— Pourrais-tu donner des coups de reins dans cette position ?

— Oui, mais je pourrais essayer de ne pas le faire, si tu préfères.

Elle l'imagina en train de bouger sous elle, et elle décida qu'elle en avait très envie.

— Je suppose que je ne peux pas l'affirmer avec certitude pour l'instant, mais l'idée de te voir sous moi en train de faire ce que tu viens de faire… J'ai hâte, honnêtement.

Rafe posa les mains sur son visage et l'attira vers lui pour un long et lent baiser.

— Tu es une femme stupéfiante, Anne.

— Quand aura lieu le mariage ? Je suppose que tu devras écrire à mon père, dit-elle avec une grimace.

— Tu es majeure.

Certes, mais c'était la bonne chose à faire.

— Oui. Nous n'avons pas besoin de sa permission. Cependant, nous devrons faire lire les bans, répondit-elle, calculant dans sa tête. Nous pouvons nous marier n'importe quand après le vingt-cinq.

Elle s'interrompit, puis se renfrogna.

— C'est si loin !

— Ce n'est pas comme si tu n'allais pas me revoir d'ici là.

— Mais, comme ça ?

— Nous nous sommes montrés… innovants à plusieurs occasions.

Anne rit à nouveau, envahie par une joie qu'elle n'aurait jamais imaginée.

— Si tu deviens bientôt comte, tu pourrais obtenir un permis spécial et nous pourrions nous marier immédiatement. C'est ce qu'a fait Anthony lorsqu'il a épousé Jane. Ils ne se sont même pas mariés à l'église.

Rafe enroula une mèche de cheveux d'Anne autour de ses doigts.

— Est-ce ce que tu aimerais ?

— J'aimerai tout ce qui me permettra d'être avec toi. Et un permis spécial signifie que nous n'aurions pas besoin d'être séparés du tout.

— Alors je vais obtenir un permis spécial dès que possible.

Mais, et si son parrain contestait la requête de Rafe ? Un sentiment de malaise s'installa en elle. Anne frémit.

— As-tu froid ? lui demanda-t-il, la serrant plus fort contre lui.

— Oui. Je devrais m'habiller. Et me nettoyer.

— Tu as sans doute raison. Tu dois rentrer chez toi. Nous sommes partis trop longtemps.

Elle aurait dû lui dire que son parrain nourrissait des doutes à son sujet. Sauf qu'elle avait beaucoup appris sur lui ce jour-là, elle avait vu la bonté et la générosité qui l'habitaient. Elle convaincrait son parrain que Rafe n'apporterait que bonheur et intégrité au comté.

Il l'embrassa sur le front avant de s'asseoir et de basculer ses jambes par-dessus le côté du lit. Anne lui toucha le dos.

— Tu seras un merveilleux comte.

Il la regarda par-dessus son épaule.

— Tu es partiale.

— Parce que je te connais, et que j'ai raison.

Ses lèvres s'entrouvrirent comme s'il voulait répondre, mais il ne le fit pas. Tournant la tête, il quitta le lit et se dirigea vers une commode.

Un instant plus tard, il revint avec un linge qu'il lui donna avant de rassembler leurs vêtements.

Oui, elle le connaissait, l'homme qui possédait une librairie et une maison à Cheapside. L'homme qui avait adoré son épouse, et l'avait perdue, ainsi que son enfant à naître. Son cœur se serrait et brûlait pour cet homme.

Malgré cela, elle ne pouvait se défaire du sentiment persistant qu'il y avait davantage en lui qu'il ne le laissait paraître. La partie de lui qui ne pouvait pas aimer Anne, ou qu'il ne voulait pas laisser l'aimer. *Pas encore.*

Elle repoussa son appréhension. Elle aurait le temps de découvrir tous ses secrets.

Toute une vie.

*S*ur le chemin du retour vers Mayfair, Rafe se demanda s'il n'avait pas commis une erreur. Pas à propos du sexe ou même du fait de l'épouser, mais à propos de ses motivations.

Ou plutôt, d'une de ses motivations.

En l'épousant, il aurait accès à son parrain et, espérait-il, à des éléments prouvant qu'il avait tué son frère et comploté le meurtre de Rafe. Il ne lui suffirait pas de récupérer son titre volé, Rafe avait besoin de voir son oncle meurtrier pendu pour ses crimes.

Il jeta un coup d'œil à Anne alors qu'il entrait dans la ruelle Grosvenor. Son visage était dissimulé par le voile, mais il n'avait pas besoin de voir ses traits pour ressentir l'attirance viscérale qui n'avait fait que s'intensifier depuis qu'il l'avait emmenée dans son lit.

À tout le moins, il devrait lui parler de son parrain, et il le ferait. Bientôt. Il ne regrettait pas de lui avoir demandé de l'épouser. Son problème avec Mallory n'était pas la principale raison de l'avoir fait, mais cela n'avait pas d'importance. C'était fait. Ils allaient se marier, et Rafe veillerait à ce que son parrain soit puni comme il se devait.

Il arrêta le cabriolet et en sortit pour l'aider à descendre du véhicule. Il lui serra la main, puis baissa la tête à côté de la sienne.

— Ne viens pas à mon entretien avec Colton. Je sais que tu es tentée de le faire.

Il allait faire le tour vers la Grosvenor Street en véhicule. Il s'arrêterait devant la maison de son beau-frère et il demanderait à le voir pour lui parler du mariage.

Elle soupira.

— Tu me connais trop bien. Même si cela me fait mal, je m'abstiendrai de vous interrompre. Je t'enverrai un mot pour le dîner avec mon parrain dès que j'aurai confirmé la date de jeudi soir.

Rafe se redressa.

— Je te promets de ne pas te faire attendre longtemps avant de te rendre visite. Nous pourrions peut-être nous promener dans le parc demain ?

— Ce serait fantastique. D'ici là, chaque instant me semblera une éternité.

Rafe rit avant d'embrasser la main d'Anne.

— Lis des poèmes romantiques.

Elle tira sur son col jusqu'à ce qu'il baisse à nouveau la tête.

— Je vais t'imaginer sous moi ce soir. Ce sera bien plus émoustillant.

— Sirène, siffla-t-il, brûlant de l'embrasser.

Bientôt, il le pourrait.

Il relâcha sa main et remonta dans le cabriolet, d'où il la regarda disparaître dans l'une des écuries. Expirant, il s'ajusta sur son siège pour soulager la tension de son pantalon sur son érection.

— Sirène, répéta-t-il en quittant la ruelle, puis il s'engagea dans Grosvenor Street.

Devant la maison de Colton, il arrêta le véhicule et le confia au tigre.

— Merci, Tim. Je ne serai pas long.

Le majordome le fit entrer dans le vestibule et ne le fit attendre qu'un instant avant de le conduire au bureau de Colton. Le vicomte s'avançait vers le centre de la pièce à l'arrivée de Rafe.

— Merci, Purcell, dit Colton, son regard passant au-delà de son visiteur.

Rafe entendit la porte se refermer derrière lui.

— Vous voudrez sans doute un verre de cognac.

Colton ricana.

— Voilà une sacrée manière de me saluer. Je n'en bois plus que rarement, et jamais à cette heure de la journée, répondit-il avant de froncer les sourcils. Pourquoi aurais-je besoin d'un verre ?

— Asseyons-nous.

Rafe prit le fauteuil qu'il avait occupé lors de sa dernière visite tandis que Colton s'installait dans le sien, l'air impatient. Ou peut-être était-il tout simplement inquiet.

— Vous ressemblez étrangement au Vicaire, dit lentement Colton.

Bon sang !

— Qu'est-ce que cela veut dire ?

Colton haussa les épaules.

— Je ne saurais le dire exactement, simplement un pressentiment. Quelle vilenie mijotez-vous ?

— Je ne suis pas un méchant.

Il avait laissé son chapeau et ses gants dans l'entrée. Il passa la main sur son menton, le bout de ses doigts glissant sur le rebord lisse de sa cicatrice. Distraitement, il se demanda ce qu'Anne avait pensé des cicatrices de coups de couteau sur son torse. Elle avait dû les remarquer. Elle lui avait porté une attention absolue et intense.

— Bowles ? Ou plutôt, Mallory ? Ou devrais-je simplement vous appeler Stone ? énuméra Colton en secouant la tête. Vous avez plus de noms que la Bible.

— Peut-être devriez-vous m'appeler Rafe.

Il était conscient que ce n'était pas ainsi que se faisaient les choses dans la noblesse. Des hommes comme Colton l'appelleraient Stone.

— Parce que nous allons devenir beaux-frères. Je suis venu vous dire qu'Anne et moi allons nous marier.

Colton se leva d'un bond, son visage prit une teinte rouge marbrée.

— Il en est hors de question ! Sortez !

— S'il vous plaît, asseyez-vous, dit Rafe calmement. Je sais ce que vous devez penser…

— Ne prétendez *pas* me connaître ou connaître mes pensées. Comment diable pourriez-vous la connaître assez bien pour l'épouser ? C'est scandaleux ! s'exclama-t-il.

Il se dirigea à grands pas vers le buffet, où il regarda le cognac avant de revenir vers Rafe.

— Vous aviez raison à propos de ce foutu verre !

— Pourtant, vous ne vous en êtes pas versé.

— Non, et je ne le ferai pas. Je me suis noyé dans toutes les bouteilles que j'ai pu trouver après l'assassinat de mes parents. Ce qui était *votre* faute, affirma-t-il, puis il leva la main avant que Rafe puisse répliquer. Indirectement, mais si vous n'aviez pas envoyé votre homme pour m'intimider afin que je rembourse votre prêt, ils seraient toujours là.

— Vous savez bien que je regrette profondément ce qui est arrivé à vos parents, dit-il.

À présent que Rafe savait qu'il avait perdu ses propres parents à cause des agissements diaboliques d'un autre, il se sentait encore plus mal.

— Vous avez raison, murmura-t-il. C'était ma faute. Vous avez toutes les raisons de me mépriser. Je le ferais aussi à votre place.

Colton le regardait fixement. Il agrippa le dossier de son fauteuil, la mâchoire et la gorge crispés.

— J'ignore ce que vous tramez, mais je ne vous laisserai pas approcher Anne. Elle a déjà été suffisamment blessée par cette fripouille de Chamberlain. Bon sang ! Vous avez aussi à voir avec cela !

— Non, absolument pas ! J'ignorais totalement que Chamberlain lui faisait la cour. Je ne l'aurais jamais permis.

— Vous ne l'auriez pas permis ? Pour qui vous prenez-vous ? demanda-t-il, écarquillant les yeux. Depuis combien de temps connaissez-vous la sœur de Jane ?

— Quelques mois, répond-il d'une voix tendue. Nous nous sommes rencontrés par hasard, et j'ai cru que cela s'arrêtait là. Puis je l'ai rencontrée à nouveau ici.

— Ici ? Chez moi ?

Colton souleva le dossier du fauteuil et le fit claquer au sol.

— Je l'aurais rencontrée de toute façon. Son parrain est mon oncle.

— Si vous le savez, c'est grâce *à moi* ! s'exclama Colton qui se rassit, puis il posa son coude sur son genou, et laissa tomber son front dans sa main. Si je n'avais pas joué, je ne vous aurais jamais demandé d'argent. Mes parents ne seraient pas morts. Ma belle-sœur ne voudrait pas épouser un criminel.

Il s'interrompit, puis releva la tête pour regarder Rafe à travers ses doigts.

— Elle veut vous épouser ?

— Oui, répondit Rafe avant de tousser. Et je me permets de souligner qu'elle ne serait peut-être même pas votre belle-sœur si je n'avais pas été là.

Colton écarta sa main de sa tête et se redressa.

— *Oh, bordel de merde !* Peu importe comment nous sommes arrivés ici, la seule chose qui compte, c'est que vous partiez. Vous ne pouvez pas l'épouser. Vous devez comprendre cela, n'est-ce pas ? Pensez à qui vous êtes.

— Qui *j'étais*, répliqua Rafe qui se raidit, puis usa de sa voix de Vicaire la plus glaciale. Je suis le comte de Stone.

— Vous ne l'êtes pas encore. Je ne serais pas surpris que vous ayez fomenté cette situation d'une manière ou d'une autre, peut-être en prenant l'identité d'un garçon mort.

Dans un sursaut de fureur, Rafe bondit de son fauteuil, et colla Colton au sien. Il enroula sa main autour du cou du vicomte.

— Ne dites jamais une chose pareille. *Je* suis ce garçon.

Comme vous, je devrais être mort, et mes parents sont morts, assa…

Rafe le relâcha et se détourna, marchant à grands pas vers la périphérie de la pièce. Il lutta pour reprendre son souffle et apaiser son cœur qui s'emballait. Sa vision se troubla, et il serra les poings.

— Alliez-vous dire qu'ils ont été assassinés ? demanda Anthony doucement.

Rafe n'avait pas l'intention de révéler quoi que ce soit, pas à cet homme qui le méprisait tant. Et peut-être à juste titre.

— Peu importe. Ils sont morts depuis longtemps, affirma-t-il, puis il se retourna lentement, les épaules agitées et les mains fléchies. Je vais épouser Anne et je ne lui ferai pas de mal. Il n'y a personne à qui je tiens plus au monde, à l'exception de ma sœur. J'espère que vous comprenez cela aussi.

Comme lui, Colton avait une sœur plus jeune.

— Je comprends. Sarah a épousé un goujat comme vous. Enfin, pas comme *vous*, mais un goujat tout de même.

— Je croyais qu'elle avait épousé votre meilleur ami.

Colton agita la main.

— Attendez que votre sœur veuille épouser votre meilleur ami. Mais cela n'arrivera jamais puisque votre sœur est déjà mariée, remarqua-t-il, avant de souffler. Anne sait-elle qui vous étiez ?

Pour Colton, Rafe avait été le Vicaire, un homme qui prêtait de l'argent à un taux plus élevé que la loi le permettait. Il ignorait tout de la vie de Rafe avant qu'il ne se réinvente en prêteur à Blackfriars.

— Non.

Rafe n'avait jamais eu l'intention de le lui dire non plus, mais c'était avant d'être fiancé. *Bon sang ! Quel casse-tête !*

Colton se leva et posa sur Rafe un regard dur.

— Vous devez le faire. Vous avez travaillé en étroite collaboration avec Chamberlain, et même si je sais que vous n'avez pas participé à ses extorsions, vous vous êtes servi de lui pour trouver de nouveaux emprunteurs, des hommes de son entourage auxquels vous n'auriez pas eu accès.

Rafe se passa une main sur le visage et ravala un gémissement de frustration. Il n'avait pas pensé à Chamberlain avant de faire sa demande. En réalité, il n'avait pas pensé à grand-chose. Il savait juste qu'elle l'aimait, qu'elle le voulait, et qu'il la voulait aussi. Elle était aussi potentiellement la clé qui lui permettrait d'obtenir ce dont il avait besoin pour faire tomber son oncle.

Un sacré casse-tête, effectivement.

— Je lui dirai, affirma Rafe en croisant le regard de Colton. Vous ne direz pas un mot.

— Faites-le rapidement, et dites-moi quand ce sera fait. Je lui parlerai avant la lecture des derniers bans. Je ne la laisserai pas arriver encore une fois au jour de son mariage pour se rendre compte que l'homme qu'elle compte épouser n'est pas celui qu'elle croyait.

Dit ainsi, Rafe ne valait pas mieux que Chamberlain. En fait, il était pire. Pour autant qu'il le sache, Chamberlain ne s'était pas servi d'elle pour obtenir quelque chose comme ce que Rafe prévoyait de faire.

Non, il ne l'utilisait *pas*. Il tenait à elle. Que leurs fiançailles lui profitent dans sa quête n'était qu'un avantage supplémentaire.

— Je la protégerai, dit Colton avec fermeté. La famille est de la plus haute importance pour moi, et elle est ma famille. Et en l'absence de son père, je prends l'entière responsabilité de veiller à son bien-être.

— Vous êtes un bon beau-frère, dit Rafe d'une voix tranquille.

Il expira et leva les yeux vers le plafond.

— Je suis devenu le Vicaire pour m'améliorer. J'ai cessé de pratiquer ce taux d'intérêt plus élevé quelques mois après le remboursement de votre dette. Et j'ai arrêté d'intimider les personnes qui ne respectaient pas les délais de paiement, confia-t-il, puis il regarda Colton, submergé par un profond regret. Je suis tellement désolé pour vos parents…

Le vicomte mit un long moment avant de répondre, et, lorsqu'il le fit, sa voix était basse et rauque.

— Merci. J'espère que vous l'aimez. Cela peut vous sauver, vous savez. Moi, ça m'a sauvé. Sans Jane, j'ignore ce qui me serait arrivé.

Mais Rafe n'aimait pas Anne. Il ne le ferait pas.

— Avec elle, vous pourrez trouver la force de regarder vers l'avant plutôt que de contempler le passé, poursuivit Colton. J'imagine que cela doit être dur pour vous en ce moment, après ce que vous avez appris.

Il déglutit, essayant d'empêcher sa gorge de se contracter.

— Oui. On m'a volé toute ma vie. Je vous en prie, ne vous interposez pas entre Anne et moi.

À cet instant, il comprit pourquoi il l'avait demandée en mariage. Elle avait été la seule attache à laquelle il voulait se raccrocher depuis Eliza et, avant elle, Selina. Les gens comme elle ne se présentaient pas souvent, et, quand ils le faisaient, il fallait les serrer fort et ne plus jamais les lâcher.

Colton acquiesça solennellement.

— Je vous laisse le temps.

— Je vais écrire à son père, annonça Rafe. Non pas pour obtenir sa permission, mais parce que c'est la chose à faire. Je devrais le faire, n'est-ce pas ?

— Oui, répondit Colton avant de sourire. C'est un imbécile. J'espère qu'il ne reviendra pas à Londres pour le mariage. Je préférerais ne pas le voir après ce qu'il a fait subir à Jane.

— Peut-être lui dirai-je que le mariage aura lieu en août. Lady Colton et vous serez partis d'ici là, n'est-ce pas ?

Colton sourit.

— Oui. Peut-être ne serez-vous pas le pire beau-frère du monde après tout.

— J'essaierai de ne pas l'être.

Rafe était sincère. Il n'avait jamais fait partie d'une famille, et, à présent, il avait la grande famille au sens large du mari de Selina, la prétendue sœur de cette dernière, Beatrix, avec son nouveau mari et leur fille, et bientôt il aurait Anne et sa sœur ainsi que l'homme qui se tenait devant lui. Il devait sans doute également inclure sa famille de sang. Non. Jamais il ne considérerait que son oncle était de sa « famille ». *Jamais.*

— Merci de ne pas me dénoncer, dit Rafe d'un ton ironique. C'est ce que vous les lords faites, n'est-ce pas ?

— *Nous*, les lords, et oui, parfois, répondit Colton, qui plissa les yeux. Et ne me provoquez pas. Je ne suis toujours pas favorable à ceci. Si Anne me montre le moindre signe qu'elle n'est pas heureuse, je mettrai un terme à tout cela.

— Compris. Mais vous n'aurez pas à le faire. Si Anne est malheureuse, je la laisserai partir.

D'une manière ou d'une autre, en l'espace d'un après-midi, cette pensée était devenue presque insupportable.

Quelques minutes plus tard, Rafe s'en alla, et lorsqu'il arriva à Grosvenor Square peu après, il était plus que prêt à boire un verre de cognac. Il entra dans la maison à grands pas, tandis que Tim ramenait le cabriolet aux écuries.

Glover l'intercepta alors qu'il traversait le hall d'entrée.

— My lord, lady Selina et M. Sheffield sont ici pour vous voir. Ils sont dans la bibliothèque.

Le majordome avait pris l'habitude de s'adresser à Rafe en l'appelant « my lord » et à Selina en l'appelant « lady » depuis qu'il avait appris son titre. Glover se fichait qu'il ne soit pas encore officiellement le comte, et son maître appréciait ce petit geste de solidarité.

— Merci.

Rafe se dirigea vers la bibliothèque, bien décidé à boire un cognac.

Lorsqu'il entra, Harry se leva du canapé où il était assis avec Selina. Tous deux avaient l'air… anxieux.

— Ce doit être important, puisque vous m'attendez ici, remarqua Rafe, qui se rendit compte qu'il n'y avait pas d'alcool dans la bibliothèque, et il regretta amèrement cet oubli. Dois-je aller chercher du cognac dans mon bureau ? Du gin ?

— Le greffier est revenu de Stonehaven, déclara Harry d'un ton qui semblait sinistre.

L'intérêt et l'attention de Rafe étaient complètement éveillés. Il marcha vers un fauteuil situé près du canapé et s'y assit, impatient d'entendre le rapport.

— Et ?

— Il a parlé à tout le monde. Il y a peut-être une demi-douzaine de domestiques qui étaient présents au moment de l'incendie, la majeure partie d'entre eux étant des palefreniers ou des jardiniers. Un membre de la maisonnée, l'intendante, est toujours en poste. Au moment de l'incendie, elle avait onze ans. Son père était l'intendant. Il est mort en essayant de sauver vos parents.

Rafe s'agrippa aux bras du fauteuil, le cœur serré.

— Rafe, dit Selina d'une voix douce et apaisante.

Il regarda sa sœur et vit sa propre angoisse se refléter dans son regard. Hochant légèrement la tête, il expira et relâcha sa prise sur la chaise.

— Elle s'est souvenue de l'incendie ?

— Oui, répond Harry. Très distinctement, car cela a été un événement traumatisant pour elle. Elle a dit que les corps des enfants, Selina et toi, n'ont pas été retrouvés. Cela renforcera considérablement ta requête.

Rafe se fichait éperdument de cette requête. Du moins, par rapport à ce qui comptait vraiment : punir son oncle.

— Le greffier a-t-il pu recueillir des preuves contre notre oncle ?

Harry grimaça.

— Pas spécifiquement. Cependant, l'un des palefreniers s'est rappelé qu'un valet de pied avait disparu peu après l'incendie. Il se souvenait de lui parce qu'ils avaient été amis.

— En quoi est-ce une preuve ? l'interrogea Rafe. Il ne semble pas inhabituel que quelqu'un parte à la suite d'un tel événement, d'autant plus que son travail n'était vraisemblablement plus nécessaire. Un valet de pied a besoin d'une maison pour travailler.

— C'est vrai, mais le palefrenier a indiqué que c'était particulier parce que la sœur du valet de pied était votre nourrice et qu'elle n'a pas disparu. Elle a déclaré que les enfants étaient morts, et qu'elle n'avait pas pu les sauver. Et que si elle était encore en vie, c'était parce que son frère l'avait secourue.

— *Bon sang !*

Rafe se leva de son fauteuil et se dirigea vers l'autre côté de la pièce, ses pensées se confondant entre colère et frustration. Il prit vaguement conscience qu'il n'avait pas autant juré en une seule journée depuis qu'il avait déménagé à Mayfair. Mais cette journée méritait tous les jurons qu'il avait proférés.

— Edgar nous a emmenés, et Pauline est restée pour couvrir leur crime, cracha Selina.

Rafe se retourna en entendant le vitriol dans la voix de sa sœur, qui reflétait ce qu'il ressentait.

— C'est une bonne chose qu'Edgar soit mort et que Pauline le soit bientôt.

Selina pinça les lèvres.

— Elle l'est déjà. Le greffier qu'Harry a envoyé pour recueillir son témoignage est revenu il y a peu.

Harry fronça les sourcils, une amère déception brillant dans son regard.

— Je regrette profondément de ne pas avoir pu trouver quelqu'un pour y aller avant aujourd'hui. J'aurais dû m'y rendre moi-même vendredi.

— Ne dis pas ça, le réprimanda Selina. Tu étais préoccupé par d'autres sujets.

Rafe contempla une rangée de livres sur l'une des étagères devant lui. S'il ne les avait pas autant aimés, il les aurait tous jetés par terre. Il se passa une main sur le front et ébouriffa ses cheveux en signe de frustration.

— Et maintenant ? s'enquit-il, revenant vers eux pour se rasseoir. Comment faire en sorte que Mallory soit poursuivi ? Il a tué nos parents, bon sang !

Harry lui adressa un regard plein d'une sombre détermination.

— J'y travaille encore. Je ne te mentirai pas : à cet instant, cela n'a pas l'air d'être chose facile. Mais cela ne m'a jamais arrêté.

— Harry trouvera les preuves dont nous avons besoin, dit Selina avec bien plus de conviction que n'en ressentait Rafe.

— Bien, sois optimiste pour nous deux.

Il avait le sentiment que l'emprise ténue qu'il exerçait sur cette nouvelle vie, celle pour laquelle il avait travaillé si dur, s'effritait rapidement. S'était-il vraiment fiancé ce jour-là ?

— Je devrais vous annoncer que je vais épouser Anne Pemberton.

Selina se redressa et le regarda en clignant des yeux.

— Vraiment ?

— Je l'ai demandée en mariage aujourd'hui, et elle a accepté. Les bans seront lus dimanche. Nous nous marierons la dernière semaine de juillet.

— Félicitations, dit Harry avec une certaine prudence. Es-tu heureux ?

Rafe le fixa sans le voir pendant un moment.

— Quoi ? Oui. Bien sûr.

— C'est très soudain, n'est-ce pas ? s'enquit Selina.

— Je la connais depuis des mois, alors non. C'est loin d'être aussi *soudain* que lorsque Harry et toi vous êtes mariés seulement quelques semaines après avoir fait connaissance, remarqua-t-il avant de regarder Harry. J'aimerais être comte avant notre mariage. Est-ce possible ?

— Totalement. J'ai commencé à rédiger la revendication la semaine dernière, et maintenant que j'ai les informations venant de Stonehaven, je vais la terminer dans les plus brefs délais.

— Parfait, répondit Rafe, s'affaissant dans son fauteuil.

Glover entra dans la bibliothèque.

— My lord, lord et lady Rockbourne sont ici.

Rafe lui fit un signe de la main.

— Faites-les entrer, s'il vous plaît.

Le majordome s'en alla, et, un moment plus tard, Beatrix et son mari entrèrent. Ils arboraient les mêmes expressions d'appréhension.

— Qu'est-ce qui ne va pas ? leur demanda Selina, qui commença à se lever.

Beatrix, qui semblait vraiment avoir un lien de parenté avec Selina et Rafe, en dépit de sa petite taille, lui fit signe de se rasseoir.

— Tiens.

Elle tendit un journal à Selina et s'assit à côté d'elle sur le canapé.

Thomas, le mari de Beatrix, resta debout à proximité.

— Rafe, dit-il avec un signe de tête, avant de se contenter du même geste pour Harry.

— Rafe, ceci dit que tu es le comte de Stone ressuscité, annonça Selina en levant les yeux, lui tendant le journal. Près du haut de la page.

Il le lui prit et parcourut l'article sous les mots LE COMTE DE STONE DISPARU EST VIVANT ? Il expliquait que Selina et lui étaient les enfants présumés morts de l'ancien comte.

— Comment cela a-t-il pu se retrouver dans un journal ? s'exclama Rafe.

Harry se leva.

— Je vais leur poser directement la question.

Selina lui prit brièvement la main.

— Merci, lui dit-elle, puis elle tourna la tête vers Beatrix. Les gens vont commencer à se demander qui tu es… Je suis sincèrement désolée.

Beatrix haussa les épaules ; elle ne semblait pas perturbée.

— Je suis prête à affronter l'assaut des jugements et leur consternation lorsque nous les informerons que je suis une enfant illégitime et que je n'ai prétendu être ta sœur que pour éviter d'être ostracisée. Je suis également prête à affronter la confusion et la détresse lorsque certains d'entre eux se demanderont comment me traiter puisque je suis vicomtesse.

La jeune femme leur sourit, et Rafe ne put s'empêcher d'éprouver autant de respect que d'admiration pour son attitude insouciante.

Selina se détendit légèrement.

— La Beatrix que j'ai connue à l'école il y a plus de quinze ans n'aurait pas été aussi sûre d'elle, lui assura-t-elle en souriant. Je suis tellement fière de toi !

— Merci. C'est de toi que je tire tout mon courage, ma chère sœur. Personne ne pourra m'empêcher de penser à toi de cette manière.

— Ni moi, répondit Selina d'un ton féroce.

— Je me demande ce que mon père dira, remarqua Beatrix, se tournant vers Thomas. Je suppose que je devrais le prévenir.

Thomas fronça les sourcils.

— Il ne le mérite pas.

— Sans doute pas, répondit gaiement sa femme. Et toi, Selina ? Es-tu prête à accepter que les gens te traitent différemment à partir de maintenant ? lui demanda-t-elle avant de se tourner vers Rafe. Et toi ?

Selina échangea un regard avec Rafe, qui haussa les épaules.

— Je suppose, souffla-t-il. Je savais que cela arriverait. J'aurais juste voulu avoir un jour ou deux de plus.

Harry fit face à son beau-frère.

— Je vais soumettre ta requête au prince régent et au procureur général demain matin. Cependant, avant de la terminer, je vais me rendre au journal pour savoir comment ils ont eu vent de cette information, affirma-t-il, puis il se pencha pour embrasser le front de Selina. Je te verrai à la maison plus tard.

— Nous la déposerons à Cavendish Square, proposa Beatrix.

Harry les remercia et s'en alla.

Rafe se leva à son tour.

— Si vous voulez bien m'excuser, cette journée a été très mouvementée.

Selina suivit son exemple, tout comme Beatrix.

— Rafe s'est fiancé aujourd'hui. *Bonté divine !* Ce sera bientôt dans le journal aussi, remarqua-t-elle, puis elle leva les yeux vers lui. Quand comptes-tu l'annoncer ?

— Comment pourrais-je le savoir ? s'exclama-t-il, se passant une main dans les cheveux. Suis-je censé faire une annonce, ou bien Anne s'en chargera-t-elle ?

— Anne Pemberton ? l'interrogea Beatrix, surprise.

Selina lui répondit par l'affirmative, et la jeune femme ajouta :

— Excellent choix. Je l'aime beaucoup. Toutefois, je suis

surprise qu'elle ait accepté d'épouser quelqu'un si peu de temps après son autre mariage, fit-elle, arborant une grimace de dégoût avant d'afficher un sourire chaleureux adressé à Rafe. Tu dois l'avoir complètement conquise. Félicitations, Rafe. J'espère que vous serez très heureux.

Thomas s'éclaircit la gorge.

— Je dirais que la famille de Mlle Pemberton devrait faire l'annonce. Tu voudras peut-être discuter des détails avec lady Colton.

Rafe ne voulait plus discuter de rien ce jour-là. Il tira doucement sur sa cravate, mais sans défaire le nœud.

— Maintenant, si vous voulez bien m'excuser, j'ai besoin d'un cognac. Ensuite, j'ai apparemment des fiançailles à annoncer.

Selina s'approcha de lui et lui toucha le bras.

— Je suis tellement heureuse pour toi ! s'exclama-t-elle, fouillant son regard comme pour essayer de voir s'il était vraiment heureux. Fais-moi savoir si je peux t'aider.

— Je suis sûr que tu pourras.

Il l'embrassa sur la joue et quitta la bibliothèque.

Si tout se passait comme prévu, il serait un comte et un mari avant la fin du mois. Et, avec un peu de chance, son oncle serait en chemin vers la potence.

CHAPITRE 13

*A*nne étouffa un bâillement tandis que la calèche traversait Berkley Square.

— Tu es fatiguée, aujourd'hui, constata Jane à côté d'elle.

— J'ai eu un sommeil plutôt agité.

— À cause des fiançailles ?

Jane avait été ravie pour Anne, mais surprise que Rafe l'ait demandée en mariage, puisqu'il n'y avait pas eu de cour officielle. Elle avait noté que les gens trouveraient cela intéressant. Anne avait affirmé qu'elle avait l'intention de dire aux gens qu'ils s'étaient rencontrés à Ivy Grove et que leur cour avait été rapide.

— Et de l'histoire dans le journal.

Anne avait eu envie de voir Rafe après avoir lu l'article qui l'identifiait comme l'héritier présumé mort du comte de Stone. Mais elle s'était contentée de lui envoyer un mot pour lui dire qu'elle pensait à lui. Elle n'avait pas encore reçu de réponse, ce qui avait sans doute contribué à son insomnie.

— Je suis curieuse de connaître la réaction de ton parrain à cet article de journal, dit Jane, alors que le carrosse tournait dans Bruton Street et s'arrêtait devant la résidence de l'actuel comte de Stone.

Anne imaginait sans mal qu'il n'était pas content. Cependant, il n'avait pas moyen d'éviter l'inévitable. Rafe *voudrait* être déclaré comte.

— Nous le découvrirons bientôt, dit-elle à sa sœur lorsque le cocher ouvrit la portière.

Quelques minutes plus tard, elles étaient assises dans le salon et attendaient l'arrivée du parrain d'Anne. Cette fois, Jane resterait avec elle pendant toute la durée de la visite.

Son parrain se précipita dans la pièce, les traits tendus par le désarroi.

— Ah, Anne ! Et lady Colton, les salua-t-il, un faible sourire sur les lèvres. Je crains que vous ne soyez arrivées alors que je partais.

— Je vois, répondit Anne d'un ton plaisant, craignant qu'il ne soit, en fait, très contrarié par l'article de journal. Je suis venue partager quelques nouvelles.

— Ah ?

Il resta encore un moment debout avant de s'asseoir, même si, de toute évidence, il était prêt à s'en aller dès qu'Anne aurait dit ce qu'elle était venue lui annoncer.

Elle hésita, car elle aurait d'abord voulu l'interroger au sujet de son agitation, mais elle finit par lui annoncer la nouvelle.

— Hier, je me suis fiancée à votre neveu.

Anne n'aurait pas cru possible que le comte puisse s'asseoir plus près du bord du fauteuil, mais il le fit. Ses yeux s'arrondirent, et il resta bouche bée.

— Quoi ? Comment ? bafouilla-t-il.

— Après notre rencontre à Ivy Grove, nous avons découvert que nous avions beaucoup de choses en commun. Il m'a rendu plusieurs fois visite, mentit-elle, et nous avons décidé que nous étions faits l'un pour l'autre. Je m'attendais à ce que vous vous en réjouissiez, puisque vous étiez si déterminé à me réintroduire sur le marché du mariage. De plus, je me marie au sein de votre famille. N'est-ce pas merveilleux ?

Il cligna plusieurs fois des yeux.

— Oui, bien sûr. Je suis simplement surpris. Tu ne m'as pas dit qu'il te faisait la cour lors de ta visite l'autre jour.

Le scepticisme de son ton était légèrement agaçant.

— Les choses se sont passées assez rapidement. Je n'arrive pas vraiment à savoir si vous êtes heureux ou non. Est-ce parce que vous avez l'intention de contester le titre de Rafe ?

— Je n'ai pas encore pris de décision. Mais je devrai le faire très rapidement, car sa requête a été présentée aujourd'hui. Je suppose que tu le sais déjà.

Ce n'était pas le cas, et cela la décevait.

— Je veux que vous sachiez quelle bonne personne est Rafe. Il y a beaucoup de choses que vous ne savez pas à son sujet.

— Dans ce cas, je t'en prie, informe-moi, répliqua-t-il, s'adossant à son siège en essayant de paraître serein malgré le tic de sa mâchoire.

Hésitante, Anne jeta un regard à sa sœur. Devait-elle révéler ce qu'elle savait de Rafe ? Ces choses qu'il avait gardées pour lui et qu'il ne lui avait révélées que très récemment ?

— Il l'est, tout simplement.

— À moins que tu ne puisses prouver ce que tu avances, je crains de devoir réserver mon jugement.

Frustrée par le comportement de son parrain et poussée par le besoin de défendre l'homme qu'elle aimait, Anne oublia toute prudence, espérant que Rafe la comprendrait.

— Il est propriétaire d'une librairie à Paternoster Row depuis un certain temps. Il a fait des investissements judicieux et s'est constitué une fortune considérable. Il aide les orphelins à trouver un emploi et leur fournit un logement s'ils en ont besoin. Il est apprécié et respecté à Cheapside.

Elle se remémora tous ces gens qui le connaissaient depuis qu'ils avaient visité Paternoster Row et Cheapside au cours de leurs après-midi volés. Chacun d'entre eux, et ils étaient nombreux, l'avaient salué avec chaleur.

— C'est donc là qu'il vivait avant ? l'interrogea son parrain. À Cheapside ?

— Oui.

Elle songea à sa maison et au fait que sa femme n'y avait jamais vécu. Cela l'ennuyait de ne pas savoir où il avait habité avant, mais elle continuait à apprendre tout ce qu'il y avait à savoir sur lui, comme lui apprenait à la connaître.

Son parrain pencha la tête sur le côté.

— Je me demande s'il va continuer à faire du commerce.

— Cela a-t-il de l'importance ? l'interrogea Jane, traduisant la pensée d'Anne.

— Je suppose que non, répliqua-t-il, les lèvres pincées, avant de contempler sa filleule un moment. Je tiens beaucoup à toi, ma chérie. Es-tu certaine de vouloir te marier avec cet inconnu ? Certains ne l'accepteront jamais, même s'il est déclaré comte.

— Alors ces gens-là en sortiront perdants, dit-elle froidement, irritée que cet homme qui avait été un second père pour elle ne la soutienne pas davantage.

— Je vous demande pardon, my lord, les interrompit le majordome depuis l'embrasure de la porte. Lady Burnhope est ici.

Deborah entra dans le salon, l'ourlet de sa robe frôlant les jambes du majordome lorsqu'elle passa à côté de lui. Elle cligna des yeux, surprise, en direction d'Anne et de Jane.

— Vous êtes les invitées de papa ?

— Oui, ma chère, répondit le comte. Mais je m'en vais. Je dois me rendre à Westminster, dit-il, et il se leva.

Deborah fit claquer sa langue.

— À cause de cette affaire avec Bowles.

— Il s'appelle Mallory, et tu le sais, répliqua Anne, échangeant un regard avec Jane. Nous savons que tu es à l'origine de l'article de journal sur l'identité de Rafe.

Les yeux ronds, Deborah haussa une épaule.

— Je ne vois pas comment tu peux prétendre une telle chose. Je n'ai absolument pas informé le journal.

— Pas directement, précisa Anne, lui lançant un regard noir.

Harry avait appris que quelqu'un de la maison de Deborah avait lancé la rumeur.

— Ne peux-tu pas simplement t'occuper de tes affaires ?

Deborah cligna des yeux, offensée.

— Ce *sont* mes affaires. En tout cas, ce sont celles de mon père, et donc les miennes. Juste ciel ! Nous ne savons absolument rien de Bowles. Devrait-il même être le comte ?

Anne commençait à comprendre comment son parrain avait pu être encouragé dans ses doutes sur Rafe. Deborah l'avait-elle incité à contester la demande ?

— Je viens d'apprendre qu'il est de Cheapside, intervint le comte.

Deborah haussa les sourcils en regardant son père.

— Comme c'est ordinaire.

Anne se leva, la colère faisant trembler ses jambes, et Jane se plaça à côté d'elle.

— Tu devrais savoir que je me suis fiancée à lui hier.

— Vraiment ? répondit Deborah en reniflant. Eh bien ! Il est incroyablement séduisant, alors je te félicite pour ça.

Elle se tourna ensuite vers son père.

— Tu as une réunion avec les Lords ?

— Ton cousin a soumis sa prétention au titre au prince régent.

Deborah fronça les sourcils.

— Quand le comité se réunira-t-il pour prendre une décision ?

— Pas avant que le procureur général n'ait renvoyé l'affaire. Cela pourrait se produire rapidement. Ou pas. Cela dépend du prince, dit-il en lissant le devant de sa veste. Si vous voulez bien m'excuser, je dois me mettre en route.

Il s'approcha d'Anne et lui prit la main, lui adressant un petit sourire.

— Je veux juste que tu sois heureuse et en sécurité, ma chérie. J'estime qu'il est de mon devoir, surtout en l'absence de ton père, de veiller à ton bien-être. Pardonne-moi si je suis trop autoritaire ou soupçonneux. Tu m'es très chère, et, bien que ton fiancé soit de mon sang, j'ai le sentiment que mon engagement envers toi est prioritaire, compte tenu de notre passé commun.

Il lui serra la main avant de saluer Jane d'un hochement de tête et de s'en aller.

Anne ne doutait pas de sa sincérité ni du fait qu'il soit inquiet pour elle. Pourtant, elle aurait souhaité qu'il puisse dépasser ses propres sentiments de perte et de déception à l'égard du comté. Ou, du moins, qu'il *essaie* de comprendre le point de vue de Rafe.

— C'est très dur pour lui, affirma Deborah à voix basse, surprenant Anne par son ton bienveillant.

Jane arrondit brièvement les yeux en regardant Anne, tandis que Deborah suivait son père du regard.

— J'imagine bien, répondit Jane avec un peu d'amertume. Anne espérait simplement qu'il ferait montre d'un peu plus d'enthousiasme à l'annonce de cette heureuse nouvelle.

Deborah se tourna à nouveau vers elles.

— Vous vous attendiez vraiment à cela ? Mon cousin est sorti de nulle part, et il a complètement bouleversé la vie de mon père. Il perdra tout : son nom, son rang, ses biens... *tout*.

— Il ne te perdra pas, remarqua Anne. Ni moi. Ni Lorcan.

Deborah pinça les lèvres.

— Ce n'est pas la même chose, et si tu n'es pas capable de le voir, tu es incroyablement naïve.

Jane se dressa pour défendre Anne.

— Non, ce n'est pas le cas. Anne essaie de se concentrer sur ce qui est vraiment important : les gens, et la famille.

— Je suppose que c'est important pour vous deux, vu que vos parents vous ont pratiquement tourné le dos.

Anne laissa échapper un soupir exaspéré.

— Bon sang ! Deborah, tu es parfois si indélicate !

Elle afficha un sourire bienveillant et ne sembla pas troublée par les propos d'Anne.

— Je préfère penser que je suis réaliste. Je te demande simplement de penser à mon père. Fais ce que tu as à faire. Épouse mon cousin ou ne l'épouse pas. Seulement, ne t'étonne pas si mon père ne s'en réjouit pas.

Jane posa une main sur le bras d'Anne.

— Nous devrions y aller. Nous avons des dispositions à prendre.

— Quand aura lieu le mariage ? s'enquit Deborah avant qu'elles ne quittent le salon.

— Le vingt-six.

Anne lança la date uniquement parce qu'elle était postérieure au vingt-cinq. Elle espérait que ce jour conviendrait à Rafe. Dans le cas contraire, ils pourraient la déplacer, mais elle préférait éviter maintenant qu'elle l'avait donnée à Deborah.

— Charmant. J'ai hâte d'y être.

Anne et Jane s'en allèrent, restant silencieuses jusqu'à ce qu'elles soient assises dans la calèche.

— Je suppose que tu es obligée de l'inviter, dit Jane, serrant les dents. Mais j'aimerais tellement que ce ne soit pas le cas ! Je ne l'ai jamais aimée, et j'avoue n'avoir jamais compris comment tu pouvais l'apprécier.

— Elle ne m'a pas toujours montré son côté moins agréable. Je crois qu'elle savait à quel point son père tenait à moi et qu'elle s'efforçait de faire en sorte que nous soyons proches, expliqua Anne. Au moins, c'était un bon chaperon.

— Absolument *pas*! s'exclama Jane en riant. Je suppose que cela dépend de la définition que tu donnes au mot « bon ». Elle t'a été utile, mais elle a complètement échoué dans sa tâche.

— Oui. Mais si cela n'avait pas été le cas, je n'aurais pas rencontré Rafe, et je dois lui en être reconnaissante.

— En parlant de Rafe…, poursuivit Jane. Ce que tu as dit à son sujet est vrai?

— Oui.

— Sa sœur et lui soutiennent tous les deux des orphelins, ce qui paraît logique compte tenu de leur propre histoire.

Mais c'était plus que cela. Il aidait en particulier les enfants qui n'avaient personne et qui se retrouvaient à la merci de leur environnement.

— Il a construit tout ce qu'il a grâce à la gentillesse d'un homme, le propriétaire de la librairie que Rafe possède aujourd'hui. C'est vraiment stupéfiant.

— Mmmh, oui, répondit Jane.

Anne se demanda si Rafe viendrait vraiment se promener dans le parc ce jour-là. Comme il ne le lui avait pas confirmé, elle ignorait si elle devait l'attendre ou non. Il se pouvait qu'il soit occupé. Son parrain s'étant précipité à Westminster, les choses évoluaient peut-être rapidement en ce qui concernait le comté.

— Ai-je été trop prompte à juger mon parrain? réfléchit Anne à haute voix. Deborah, en dépit de tous ses défauts, a fait une remarque valable sur ce qu'il doit ressentir.

Jane lui tapota brièvement la main.

— Tu es trop gentille. Mais, oui, j'ai pensé la même chose. Ne trouves-tu pas effrayant le nombre de fois où nous pensons la même chose, d'ailleurs ? remarqua-t-elle avec un sourire. Il est sans doute dans la tourmente et voilà que l'une des personnes les plus proches de lui, toi, s'allie à l'homme qu'il perçoit comme l'architecte de sa destruction.

— Ce n'est pas du tout exagéré, dit Anne d'un ton sec.

— Pas du tout ! répliqua Jane avec un sourire. Je pense vraiment que c'est ce qu'il doit ressentir. Comme l'a dit Deborah, de son point de vue, il est en train de tout perdre.

— J'essaie de voir les choses comme lui, vraiment. Je suppose qu'une partie de moi s'accroche à lui en tant que mon parrain depuis que nos parents…

Elle n'arrivait pas à trouver les mots pour décrire ce qu'étaient leurs parents.

— Je comprends. Je ferais probablement la même chose. En fait, je m'y accrocherais sans doute encore plus, car je pense que tu as au moins une chance de te réconcilier avec nos parents.

Anne secoua la tête.

— Il n'y a aucune chance pour moi. À moins qu'ils ne s'excusent auprès de toi.

— Tu es la personne la plus gentille et loyale que je connaisse. J'espère que ton fiancé est conscient de la chance qu'il a.

L'était-il ? En tout cas, Anne avait l'impression d'avoir de la chance. Elle espérait simplement pouvoir garder son parrain et son mari. Mais elle choisirait Rafe s'il le fallait.

— J'espère que mon parrain pourra accepter que Rafe soit le comte. Je détesterais qu'ils soient éternellement en conflit.

— Je pense que cela prendra du temps, répondit Jane. La question est de savoir combien.

— Quel que soit le temps que cela prendra, le comté reviendra à Rafe. J'en suis certaine.

*R*afe marcha depuis sa maison d'Upper Brook Street jusqu'à la maison de Colton sur Grosvenor Street, près de Bond Street, en passant par Grosvenor Square, et arriva à quatre heures et demie. Depuis que sa requête avait été soumise ce matin-là, il avait reçu une multitude d'invitations pour les derniers événements de la saison.

N'était-ce pas ce qu'il avait voulu lorsqu'il s'était installé à Mayfair ?

Le majordome l'introduisit dans le vestibule.

— Je vais informer lord Colton de votre présence.

— Et Mlle Pemberton, si vous le voulez bien. Merci.

Le majordome passa devant Anne, qui arrivait dans le hall d'entrée, le pas léger et le visage fendu d'un large sourire.

— Enfin !

Il ne put s'empêcher de sourire devant la réaction de la jeune femme à son arrivée. Il ne s'était pas rendu compte à quel point il était impatient de la voir jusqu'à ce moment-là.

Elle continua de s'approcher de lui jusqu'à ce qu'elle soit assez près pour toucher son torse.

— Es-tu venu pour te promener dans le parc ?

— Entre autres choses. Pourrions-nous parler quelques minutes ? En privé ?

— Oui.

Elle le conduisit dans la bibliothèque et ferma la porte derrière eux.

— Serons-nous dérangés ? demanda-t-il depuis le centre de la pièce, où il se tourna pour lui faire face.

— J'espère que non, puisque j'ai fermé la porte.

— Eh bien, je serai bref.

Ce qui était dommage, car maintenant qu'il était seul avec elle, il n'avait qu'une envie : la prendre dans ses bras et l'embrasser. Peut-être l'allonger sur le canapé et soulever ses jupes…

Il fouilla dans sa veste et en sortit la petite boîte qu'il avait apportée pour elle. Elle s'arrêta devant lui, son regard se posant sur l'objet qu'il tenait dans la main.

— C'est pour toi, dit-il.

Elle inspira brusquement avant qu'un sourire ne vienne taquiner ses lèvres.

— Une bague de fiançailles ?

— Non. Je suis désolé de te décevoir. Je n'ai pas eu le temps d'en acheter une. De plus, j'aimerais savoir ce que tu veux.

— Tout ce que tu choisiras, répondit-elle, levant les yeux vers lui. Et tu ne pourrais jamais me décevoir.

Sauf qu'il le ferait. Dès qu'il lui aurait révélé la vérité sur son passé, sur ce qu'il avait été, et sur ce qu'il avait fait. Mais, peut-être comprendrait-elle ?

Il détestait l'idée de lui dire, et ce n'était pas à cause de ses sentiments. Elle ne méritait pas cette inévitable déception.

Pourtant, il devait le lui dire, faute de quoi Colton le ferait. Rafe devait le faire avant dimanche, date à laquelle leurs fiançailles seraient rendues publiques par la lecture des bans. Ainsi, elle pourrait décider de ne pas l'épouser si tel était son souhait. Son ventre se noua à l'idée de la perdre. Rafe était conscient que, sans Colton, il ne lui dirait probablement rien du tout.

Ou, du moins, il retarderait le moment de le lui dire. Ces premiers jours de joie de vivre depuis la mort d'Eliza étaient trop grisants pour qu'il les gâche. Il le ferait vendredi. Ou samedi.

Anne lui prit la boîte et ouvrit le couvercle. Le camée qu'il avait acheté à Burlington Arcade était niché sur un lit de velours ivoire. Elle leva les yeux vers lui.

— C'est magnifique. Mais, si tu n'as pas eu le temps

d'acheter une bague de fiançailles, comment as-tu trouvé celui de te procurer ceci ?

— Je l'ai acheté le jour où tu ne m'as pas rejoint chez Hatchard. Comme tu n'es pas venue, je me suis rendu à Burlington Arcade, de l'autre côté de la rue… Cela venait juste d'ouvrir. J'ai vu ce bijou et il m'a fait penser à toi, à la fois le profil et le fait qu'il s'agisse de coquille d'huître. C'est Aphrodite.

— Comme la folie, murmura-t-elle en suivant du bout du doigt la tête de la déesse, les lèvres entrouvertes.

Lorsque leurs regards se croisèrent à nouveau, elle essuya une larme.

— Merci. Je suis sincèrement désolée de t'avoir déçu ce jour-là, dit-elle en reniflant. C'est le plus beau cadeau que j'aie jamais reçu. Je n'arrive pas à croire que tu l'aies acheté alors que je t'avais laissé attendre. Je suis tellement désolée ! J'aurais aimé que nous nous soyons révélé nos noms. Je t'aurais envoyé un message. Jamais je ne t'aurais laissé partir.

Elle se rapprocha de lui.

Rafe posa les mains sur son visage et abaissa la tête. Elle répondit à son baiser avec un abandon si doux et si sauvage qu'il émit un gémissement suave, au plus profond de sa gorge. Il serra le bas de son dos et fit glisser sa langue le long de la sienne. Anne posa une main sur sa nuque, glissa les doigts entre son col et sa peau.

Craignant de ne pouvoir s'arrêter de l'embrasser, de la toucher, il releva la tête.

— Je suis heureux que tu l'aimes.

— Je ne l'aime pas. Je l'adore. Tiens, lui dit-elle en lui tendant la boîte tandis qu'elle épinglait la broche sur le corsage de sa robe bleu pâle. À quoi cela ressemble-t-il ?

— C'est parfait. Comme toi.

Il n'avait jamais vu quelqu'un de plus magnifique.

Jamais ?

Il ressentit un pincement au cœur en pensant à Eliza. Il détestait l'idée qu'il était en train de la remplacer. Non. Anne n'était pas une remplaçante. Elle ne pourrait pas l'être, même s'il avait développé de l'affection pour elle.

Un coup frappé à la porte incita Anne à tourner la tête. Lorsqu'elle se retourna vers Rafe, elle fronça légèrement les sourcils, puis elle soupira.

— Je suppose que notre moment en privé est terminé.

— J'en ai l'impression. Une dernière chose. Selina nous a invités, ainsi que Beatrix et son mari, ta sœur et Colton, à dîner à Cavendish Square demain soir.

— Merveilleux ! Je me demandais si j'allais réussir à te voir demain.

Avec un sourire ravi, elle lui prit la boîte et alla ouvrir la porte.

Sa sœur et Colton se tenaient à l'extérieur, ce dernier fixant Rafe comme s'il voulait le transpercer d'un coup d'épée. Rafe décida de regarder plutôt lady Colton. Elle avait les yeux rivés sur la robe d'Anne.

— Est-ce que tu viens de l'avoir ?

Anne toucha le camée.

— Oui. C'est un cadeau de fiançailles. N'est-il pas magnifique ?

— Tout à fait, confirma Jane avec un sourire. Il te ressemble un peu.

— C'est ce que Rafe a pensé, dit-elle en coulant un regard vers lui, arborant un sourire éclatant. Tout le monde est prêt pour la promenade dans le parc.

— Oui. J'ai apporté ton chapeau et tes gants, lui dit lady Colton.

Dix minutes plus tard, ils se dirigeaient vers le parc. Rafe et Anne ouvraient la marche, suivis de Colton et de sa femme.

— J'espère que cela ne vous dérange pas, mais Phoebe et Ripley vont nous rejoindre, annonça lady Colton.

Anne la regarda par-dessus son épaule.

— Cela ne me dérange pas du tout, répondit-elle, puis elle se tourna vers Rafe alors qu'ils pénétraient dans Grosvenor Square. Connais-tu Ripley ?

— Oui, nous nous sommes rencontrés. J'ai hâte d'être à son bal samedi. Cela fait longtemps que je veux voir Brixton Park, et le labyrinthe en particulier, expliqua-t-il avec un regard vers Anne, remarquant son sourire malicieux à cette mention. Seras-tu là ?

Elle lui décocha un regard plein de promesses alléchantes qui lui fit regretter de ne pas être samedi soir.

— J'y serai, maintenant. J'ai évité les événements de la société jusqu'à présent, mais puisque nous sommes fiancés, je n'aurai pas à craindre d'être importunée par des gentlemen en quête d'une épouse, lui dit-elle en lui serrant doucement le bras. Et tu n'auras plus à t'inquiéter que quelqu'un cherche à te piéger pour t'obliger à te marier, maintenant que tout le monde saura que tu es sur le point de devenir un comte.

Il trouvait à la fois fascinant et exaspérant que, sans son titre, il soit en quelque sorte moins attirant, notamment parce qu'il était commerçant, ce qu'il n'avait pas essayé de cacher. Les gens savaient déjà qu'il possédait un jardin d'agrément à Clerkenwell : il avait rencontré la belle-sœur de Selina là-bas avant qu'elle et Harry se marient. Mais voulait-il qu'ils sachent qu'il était également propriétaire d'une librairie et, depuis peu, d'une maison d'édition ? Il possédait de nombreux investissements, mais il était probable que ce soit aussi le cas d'autres pairs.

— Je crois que je dois aller à l'école des comtes, murmura-t-il.

— De quoi parles-tu ? demanda Anne en se rapprochant. Tu as parlé de l'école des comtes ?

— Oui.

Elle rit doucement.

— Avec un peu de chance, mon parrain se chargera de ça. Tu pourrais commencer jeudi soir.

La bonne humeur de Rafe faiblit. Il ne suivrait pas plus les conseils ou les directives de son oncle que ceux du seigneur des enfers.

Quelques minutes plus tard, ils pénétrèrent dans le parc par Grosvenor Gate. L'après-midi était radieux et chaud, et le parc grouillait littéralement de la fine fleur de la société. Rafe commençait à douter de la sagesse de sa venue ici ce jour-là en particulier. Le jour où il avait déposé sa requête pour le comté de Stone.

À l'intérieur, ils retrouvèrent le marquis et la marquise de Ripley. L'homme était brun, facile à vivre, et doté d'une réputation de séducteur. Jusqu'à ce qu'il tombe totalement et sans retenue amoureux de sa femme, l'une des fondatrices de la Société des femmes de tête. Comme Anne, Phoebe avait failli se marier. Mais, dans son cas, elle avait abandonné son fiancé devant l'autel. Anne lui avait dit que c'était parce qu'elle ne pouvait pas se résoudre à l'épouser.

— Bonjour, Mallory. Ou devrais-je dire Stone ? le salua Ripley avec bonne humeur. Je suis sûr que vous avez une sacrée histoire à raconter. Aujourd'hui, les Lords étaient en pleine effervescence avec cette nouvelle, et à cause des spéculations.

— Il n'y a pas grand-chose à dire, dit Rafe d'un ton aimable. Ma sœur et moi avons été enlevés, et nous n'avons appris que récemment notre véritable identité.

Ripley se fendit d'un petit sourire.

— Je n'y crois pas du tout, mais je ne vous demanderai pas de détails. Sachez que je serai heureux de les entendre si vous souhaitez les partager, mais ce n'est pas important. Êtes-vous prêt à assumer les fonctions de comte ?

— Ripley siège au comité spécial des privilèges, expliqua Colton.

Bon sang ! Rafe l'ignorait. Il aurait dû demander une liste à Harry pour être informé. Non pas qu'il se souciait de faire bonne impression. Il détestait être pris au dépourvu.

— Oui, répondit Rafe au marquis. Je suis impatient de récupérer mes droits de naissance.

Comme si cela pouvait effacer les vingt-sept années précédentes. Rien ne le pourrait jamais.

Ripley l'étudia d'un regard compatissant.

— Je ne peux qu'imaginer ce que vous ressentez. Je suis heureux que vous ayez découvert qui vous êtes, qui vous êtes censé être.

Rafe sentit la sincérité dans les paroles de l'autre homme.

— Merci.

— Et si nous marchions ? proposa lady Ripley en souriant.

— Oui, répond Anne, serrant plus fort le bras de Rafe alors qu'ils se dirigeaient vers Cumberland Gate.

Ils passèrent à l'arrière du groupe tandis que Ripley et sa femme discutaient avec la sœur d'Anne et Colton. Des personnes qui se tenaient à l'écart du sentier les observaient à la dérobée. Certains d'entre eux chuchotaient.

— Tout le monde nous regarde, murmura Anne.

— Je m'y attendais.

— Et ils ne savent même pas que nous sommes fiancés… ce qui aurait suffi. Cela t'ennuie-t-il ?

— Pas particulièrement.

Il était capable de les ignorer. En tant que lieutenant de Samuel Partridge dans l'*East End* de Londres, Rafe avait été comme un membre de la famille royale de ce quartier. Les gens l'avaient regardé passer, ou l'avaient traité avec déférence. Les femmes essayaient d'attirer son attention, tandis que les hommes s'efforçaient de gagner son respect et ses faveurs.

— Bonjour ! les salua lady Satterfield depuis le bord du chemin. Mademoiselle Pemberton, quel plaisir de vous voir dehors !

— Permettez-moi de vous présenter M. Mallory, dit Anne. Rafe, voici lady Satterfield. Elle est membre de la Société des femmes de tête.

Rafe inclina la tête. Selina lui avait parlé de la comtesse, lui indiquant que c'était une personne aimable et généreuse. Elle était également très respectée dans la société, et son beau-fils était le très vénéré duc de Kendal. Rafe se demanda si lui aussi faisait partie du comité spécial des privilèges. D'après ce qu'il avait compris, le duc était un personnage puissant au sein des Lords.

La comtesse, qui devait être âgée d'une cinquantaine d'années, lui sourit chaleureusement.

— Vous serez bientôt proclamé comte de Stone, à ce qu'il paraît. Je suis très heureuse de faire votre connaissance. Je connaissais vos parents. C'étaient des gens absolument merveilleux.

Elle se tenait avec deux autres femmes, qui le regardaient avec un intérêt enthousiaste. Lady Satterfield les présenta comme lady Exeby et Mme Childers.

Rafe les ignora pour en entendre davantage au sujet de ses parents.

— C'est toujours un plaisir de rencontrer quelqu'un qui les a connus. Je me souviens à peine d'eux.

Les yeux de lady Satterfield se plissèrent en signe de compassion.

— J'ai rencontré votre sœur à plusieurs reprises. Votre mère serait très fière de son engagement dans des œuvres caritatives.

— De quelle sœur s'agit-il ? s'enquit Mme Childers.

— Lady Selina Sheffield, répondit lady Satterfield.

— Lady Rockbourne n'est pas vraiment sa sœur, marmonna lady Exeby, tout en essayant de sourire.

— Oui, Rafe va bientôt devenir le comte de Stone, et je serai sa comtesse, annonça Anne en parlant plus fort que nécessaire.

Si fort que les gens à proximité tournèrent la tête.

Rafe la fixa du regard, le cœur battant à tout rompre. Leurs fiançailles étaient désormais publiques. Elle ne pouvait pas se désister sans provoquer un scandale. Un sentiment de soulagement l'envahit en même temps qu'un élan de lucidité. Désormais, elle était privée du choix qu'elle aurait mérité en apprenant la vérité à son sujet. Et, *maudit soit-il*, il avait le sentiment que, inconsciemment, c'était ce qu'il avait voulu. Il n'était qu'une fripouille égoïste au cœur froid, et il avait peur de la perdre.

La joie illumina les yeux de lady Satterfield.

— Vous êtes fiancés ?

Anne lui serra à nouveau le bras.

— Oui.

— Comme c'est merveilleux ! Je suis tellement heureuse pour vous !

Les yeux de lady Exeby et de Mme Childers s'arrondirent brièvement.

— Quelle heureuse nouvelle ! dit l'une d'elles.

Rafe ne se souvenait plus de qui était qui.

— Il est bien dommage que vous n'ayez pas accordé sa chance à une autre sur le marché du mariage, ajouta l'autre en riant.

— Je n'en avais pas besoin. Mlle Pemberton est tout ce que je pourrais attendre d'une comtesse. Si vous voulez bien nous excuser, nous allons poursuivre notre promenade.

Il inclina la tête avant d'escorter Anne plus loin, le pouls irrégulier.

— Je suis désolée, murmura-t-elle. J'ai improvisé après

que lady Exeby a parlé de Beatrix. Et je l'ai annoncé à mon parrain tout à l'heure.

Rafe se tendit encore plus qu'il ne l'était déjà ; son cou et ses omoplates se contractèrent.

— Qu'a-t-il dit ?

— Il n'était pas content, mais il était plus obsédé par ta requête. Il se rendait à Westminster.

— Pour quoi faire ?

Rafe se demanda si son oncle n'était pas en train d'inciter les membres du comité à rejeter sa demande.

— Il ne l'a pas précisé.

Il remarqua qu'Anne gardait le regard fixé vers l'avant, et que son corps s'était raidi lorsqu'ils avaient évoqué son parrain. S'était-il passé quelque chose ?

— Tu n'as pas à me cacher quoi que ce soit, dit-il d'une voix douce. J'imagine que mon oncle est en colère et qu'il souhaiterait peut-être même que je n'aie jamais été retrouvé.

Elle tourna brusquement la tête, le regard brûlant.

— Ne dis pas ça ! Certes, il est bouleversé, mais il essaie d'accepter ce changement choquant dans sa vie. Comme tu le fais.

La voir le défendre agaçait Rafe, mais à quoi s'attendait-il ? Cet homme faisait partie de la vie d'Anne, il était aussi proche que sa famille.

Ils cheminèrent en silence un moment avant qu'elle demande :

— Où irons-nous après le mariage ? Ou bien préfères-tu rester à Londres ?

Il eut envie de lui demander pourquoi elle avait changé de sujet, mais il décida que le parc n'était pas l'endroit idéal pour avoir une conversation au sujet de son meurtrier d'oncle.

— Honnêtement, je n'ai pas réfléchi jusque-là.

Les regards semblaient redoubler d'intensité lorsqu'ils atteignirent l'intersection avec un autre chemin. Les Ripley et les Colton tournèrent à gauche, mais Rafe était très tenté de continuer jusqu'à Cumberland Gate et de quitter le parc.

— Tu as ralenti, observa Anne. Veux-tu que nous nous arrêtions ?

— Ne devons-nous pas suivre tes chaperons ?

— Probablement, mais le parc est très fréquenté. Ce n'est pas comme si tu pouvais me compromettre ici, dit-elle, baissant la voix. Comme si tu ne l'avais pas déjà fait.

Son ton sensuel déclencha en lui un désir ardent. Il s'efforça de penser à autre chose qu'à la prendre dans ses bras.

— Je crois que j'aimerais me rendre à Stonehaven après notre mariage.

Le visage d'Anne s'adoucit.

— Oui, bien sûr. J'imagine que tu as envie de voir la demeure ancestrale de ta famille.

Soudain, il prit conscience que ses parents y étaient enterrés : le greffier envoyé par Harry l'avait découvert. S'il voulait voir leurs tombes, il était inquiet. Serait-ce trop douloureux de voir la maison ? Pourrait-il même y passer du temps ?

— Je voudrais que Selina vienne aussi, murmura-t-il, l'esprit plongé dans le passé.

Il ne savait pas vraiment ce qui était le plus troublant pour lui à ce moment-là : la douleur de cette perte ou la douleur de potentiellement perdre Anne.

— Bien sûr ! Rattrapons Jane et les autres, et disons-leur que nous voulons rentrer à la maison.

Il cligna des yeux pour dissiper le brouillard dans son esprit.

— Nous n'y sommes pas obligés.

Elle lui adressa un sourire encourageant et accéléra le pas vers sa sœur, l'entraînant avec elle. Le groupe discutait avec un autre couple sur le côté du chemin.

— Les voici, dit Jane en souriant. Arabella, tu connais ma

sœur, Anne. Voici son fiancé, M. Raphael Mallory, qui sera bientôt le comte de Stone. Puis-je vous présenter le duc et la duchesse de Halstead ?

Anne leva les yeux vers Rafe.

— Arabella est l'une des fondatrices de la Société des femmes de tête, et une amie très chère de Jane et Phoebe. Son mari et elle étaient à la campagne ces dernières semaines ; le duc a hérité de son titre de façon inattendue. Peut-être pourrait-il te donner des conseils sur la façon de devenir soudainement un pair.

Halstead, aux cheveux et aux yeux noirs, au sourire facile, inclina la tête vers Rafe.

— Je serais heureux de partager un cognac, ou dix, et vous raconter tout cela. J'ai cru comprendre que vous alliez devenir comte, lui dit-il avec un regard compatissant, avant de poursuivre d'une voix douce. La situation est cependant tout à fait différente. Mes condoléances.

Apparemment, il avait entendu toute l'histoire. Rafe apprécia sa sollicitude.

— Merci.

Jane se rapprocha d'Anne et de Rafe tandis qu'Anthony commençait à parler avec les autres.

— Il semblerait que tout le parc parle de la revendication de Rafe. Voulez-vous continuer ou préférez-vous rentrer à la maison ?

— À la maison, répondit aussitôt Anne.

Hochant la tête, Jane proposa qu'ils retournent tous à Grosvenor Street pour prendre un rafraîchissement, s'ils le souhaitaient.

Alors qu'ils quittaient le parc par la porte la plus proche, Rafe se sentit soulagé. Non pas qu'il ne veuille pas affronter les commérages, car il s'en moquait éperdument. Mais il allait forcément rencontrer d'autres personnes qui avaient connu ses parents, et, après avoir songé à leurs tombes, il ne se sentait pas prêt pour cela. Pas ce jour-là. Pas alors qu'il devait réfléchir à ce qu'il allait dire à Anne. Et quand il devrait le faire.

— Cela te dérange-t-il si je ne reste pas ? demanda-t-il à la jeune femme.

— Bien sûr que non. Tu me manqueras, mais je comprends. Vraiment, le rassura-t-elle en caressant son avant-bras avec sa main libre.

— Cela me donne plus de temps pour attendre demain avec impatience. Et tous les jours suivants.

Il se languissait de l'embrasser, de la remercier pour son soutien et son amour indéfectibles. Des choses qu'il ne méritait pas.

CHAPITRE 14

*J*ane était déjà dans le salon quand Anne y entra le jeudi soir. Anthony n'était pas encore rentré de Westminster. Rafe, ainsi que son parrain et Lorcan devaient arriver bientôt. Elle était nerveuse à l'idée qu'ils soient tous réunis, mais elle espérait que Mallory et son fiancé s'entendaient bien grâce à la présence de Lorcan. Elle avait essayé de discuter avec ce dernier pour savoir si son père avait l'intention de contester la requête de Rafe, mais en vain.

— Ta bague est si belle ! s'exclama Jane, prenant la main gauche d'Anne et la levant pour que le diamant et les émeraudes étincellent sous la lumière du lustre.

Rafe lui avait offert la bague de fiançailles la veille chez sa sœur. Ils avaient passé une merveilleuse soirée, chaleureuse et pleine de rires. En famille. Malgré cela, elle avait senti quelque chose d'anormal chez Rafe, comme si les ténèbres qu'elle percevait parfois en lui avaient été plus présentes. Malheureusement, elle n'avait pas eu l'occasion de lui en parler. Ils n'étaient restés seuls que quelques minutes au début de la soirée, lorsqu'il lui avait donné la bague, avant que ses sœurs fassent irruption pour les féliciter.

Anthony entra dans la pièce, se dirigea aussitôt vers Jane et déposa un baiser sur sa joue. Il semblait un peu inquiet.

— Je m'excuse d'être arrivé presque en retard.

Jane prit le visage de son mari entre ses mains.

— Tout va bien ?

— Tout dépend de ce que tu veux dire par là, sans doute. Tout va bien pour moi. Et pour toi, probablement. Pour le fiancé d'Anne… ?

Il lança un regard compatissant à cette dernière.

L'angoisse monta dans la poitrine d'Anne.

— Que s'est-il passé ?

— On s'attend à ce que le procureur général transmette demain la demande de Mallory au comité spécial des privilèges.

— C'est ce qui est censé se passer, remarqua Anne, se demandant pourquoi Anthony pensait que c'était mauvais pour Rafe.

Malheureusement, Purcell entra à ce moment-là et annonça l'arrivée du parrain d'Anne et de son fils.

— Bonsoir, ma chérie, dit Mallory avec un sourire en s'approchant d'elle.

Lui prenant la main, il posa le regard sur sa bague.

— Eh bien ! Elle est… énorme !

— Elle est magnifique, dit Lorcan avec un sourire. Félicitations, Anne.

— Merci.

Avant que la jeune femme puisse se faire une idée de l'humeur de son parrain, Purcell annonça l'arrivée de Rafe.

Anne posa les yeux sur ce dernier, et elle se sentit instantanément plus calme. Ses traits lui étaient maintenant si familiers. Elle les aimait tant.

Ses yeux se plissèrent aux coins quand il la regarda, mais

il ne souriait pas tout à fait. Après avoir salué Anthony, il se plaça à côté d'Anne.

— Bonsoir, mon oncle, dit-il d'un ton égal avant de se tourner vers Lorcan. Sandon.

— Je ne m'appellerai plus ainsi très longtemps. Appelle-moi Lorcan, s'il te plaît. Et, comme nous sommes cousins, autant nous tutoyer.

— Et tu dois m'appeler Rafe, quel que soit mon titre. Tu l'as dit, nous sommes cousins, après tout, répondit-il, lui tendant la main.

Lorcan la lui serra.

— Oui, nous sommes une famille.

Anne observa l'expression de son parrain et espéra que ce n'était pas le signe annonciateur d'un autre dîner avorté, comme le précédent. Elle lui offrit un sourire radieux, puis passa son bras dans celui de Rafe.

— Je suis ravie de vous avoir tous ici pour un dîner de famille, car c'est bien de cela qu'il s'agit. Quoi qu'il arrive, j'espère que ce sera le premier d'une longue série de moments que nous partagerons ensemble.

Elle sentit Rafe se raidir quand elle dit « quoi qu'il arrive ». Peut-être aurait-elle dû le formuler différemment. Bien sûr qu'il serait le comte. Elle se rendit compte qu'elle essayait d'atténuer la douleur de son parrain, ce qui n'était pas vraiment son rôle. C'était un adulte, et il devait simplement accepter que son neveu soit en vie, en bonne santé, et qu'il soit légitimement le comte de Stone.

Purcell les informa que le dîner était prêt. Ils descendirent à la salle à manger derrière Anthony et Jane.

Anne s'accrocha fermement au bras de Rafe.

— Tout va bien ? murmura-t-elle.

— Jusqu'à présent, répond-il calmement.

— Cela se passera bien. Très bien, même. Tu verras.

Elle espérait vraiment avoir raison.

Ils prirent place à la table de la salle du petit déjeuner, puisqu'ils étaient peu nombreux, avec Anthony et Jane aux deux extrémités, Anne et Rafe d'un côté, et son parrain et Lorcan de l'autre.

Anne échangea un regard plein de détermination et d'espoir avec Lorcan, qui se trouvait juste en face d'elle. Si elle n'avait pas pu lui parler en personne, elle lui avait néanmoins envoyé une note lui demandant de l'aider à faciliter la relation naissante entre son père et Rafe.

Alors que le premier plat était servi, Anne fit une nouvelle prière silencieuse pour que ce dîner se passe mieux que le précédent.

Son parrain but une gorgée de vin et reposa son verre avant de s'adresser à la table entière, mais son regard était posé sur Rafe, assis en face de lui.

— Il est inutile d'éluder la question qui occupe probablement les pensées de chacun. Il semble que le procureur général transmettra demain votre requête au comité spécial des privilèges. La décision pourrait bien être prise au début de la semaine prochaine.

— C'est ce que j'ai compris, oui, dit Rafe, le ton aussi mesuré que dans le salon.

Cependant, quelque chose couvait sous son apparence calme. Anne le ressentait davantage ici qu'à l'étage. Son espoir de passer une soirée agréable commençait à s'estomper.

Son regard oscilla entre les deux hommes, et elle remarqua la froideur dans leurs regards. Quelque chose clochait. Pourquoi Rafe demanderait-il à mieux connaître son oncle, à nouer une relation, et le regarderait-il ensuite de cette manière ?

Quant à son parrain... Avait-il décidé de contester la requête de Rafe ? Le ventre de la jeune femme se noua. Elle aurait dû en parler à son fiancé ; à présent, elle regrettait de ne pas l'avoir fait. Reposant sa cuillère sur la table, car elle avait perdu toute envie de manger, elle joignit ses mains sur ses genoux.

L'actuel comte, Ludlow, scrutait Rafe avec une arrogance palpable.

— Je suppose que vous pensez que cette affaire sera réglée rapidement, et en votre faveur. À votre place, je n'en serais pas si sûr. Le prince régent et le procureur général sont à présent saisis de ma contestation de votre requête.

Rafe posa sa cuillère et appuya à peine ses paumes, à plat, sur la table, à l'extérieur de ses couverts. Anne voyait la tension dans ses doigts et les tendons de ses poignets.

— Pourquoi contestez-vous ma requête ? Vous ne contestez pas que je sois effectivement votre neveu et, à ce titre, l'héritier légitime.

— C'est vrai, mais en l'occurrence, il s'agit de déterminer qui est le mieux placé pour détenir le titre. Je *conteste* que ce soit vous, affirma-t-il en prenant son vin, et l'air de la pièce parut soudain aussi épais que du beurre froid. Vous semblez surpris, ce qui me surprend à mon tour. J'aurais pensé que ma filleule vous aurait informé que j'envisageais cette action.

La tête de Rafe se tourna lentement vers elle. Ses traits étaient impassibles, mais dans ses yeux brillait une infime lueur de douleur. Anne tendit la main vers lui, ses doigts effleurant sa cuisse sous la table. La jambe de Rafe tressaillit, et elle retira sa main. Il était en colère contre elle. Déçu.

Et c'était normal.

Sottement, elle avait espéré que son parrain finirait par accepter Rafe et le fait qu'il deviendrait le comte. Apparemment, il n'était pas l'homme qu'elle croyait.

Lorcan fronça les sourcils en regardant son père.

— Pourquoi contester la requête de Rafe ? Tu ignores totalement quel genre de comte il sera. De plus, ton opinion n'a aucune importance, car le titre lui *appartient*.

— Comme je l'ai dit à de multiples reprises à de nombreuses personnes, dont Anne et toi, c'est à moi de veiller au bien-être de tous les gens qui vivent sur mes domaines. Ils dépendent du comte, de *moi*, pour leur subsistance. J'ai également des responsabilités envers notre gouvernement, envers le peuple de notre royaume. Ce que j'ai appris sur mon neveu m'a amené à penser qu'il ne peut pas s'acquitter de ces tâches. Pas plus qu'il ne le devrait.

De quoi parlait-il ? Qu'avait-il appris ?

— Je vous ai dit quel homme bon il était ! s'exclama Anne en jetant un regard noir à son parrain. Comment il aide les gens !

Ludlow la dévisagea avec un mélange de condescendance et de compassion.

— C'est ce que tu as dit, oui. Mais ce n'est pas qui il est vraiment. Savais-tu que ton fiancé avait porté plusieurs noms ?

Elle savait qu'il avait été Blackwell, puis Bowles. Relevant le menton, elle fixa son parrain d'un regard froid.

— Oui.

— Savais-tu qu'il était un homme appelé le Vicaire ?

Anthony se leva brusquement ;

— Assez ! Stone, je crois que vous devriez partir.

Jane se leva également, les yeux ronds.

— *Il est le Vicaire ?*

Elle se tourna vers Rafe, incrédule, puis fronça les sourcils en direction de son mari. Anne balaya la tablée d'un regard confus, avant de le poser sur Rafe à côté d'elle.

— Qui est le Vicaire ?

— C'est moi, répondit Rafe calmement, les yeux rivés sur son oncle de l'autre côté de la table. Je vois que vous avez fait des recherches.

— Oui, et ma réponse à votre requête détaille tout cela : que vous êtes un usurier criminel connu sous le nom du

Vicaire, que vous avez mené des bandes de voleurs et possédé de nombreux magasins de recel, qui vous ont permis de revendre les objets que les enfants qui travaillaient pour vous volaient…

— *Arrêtez*, l'interrompit Rafe, d'un ton aussi glacial que tranchant.

Anne essayait d'assimiler ce que son parrain avait dit. Rafe était un criminel ? Jane s'éloigna de sa chaise et regarda fixement son mari.

— Je n'arrive pas à croire que tu as laissé ma sœur se fiancer avec lui !

— Il a affirmé qu'il lui dirait tout, et j'ai été assez stupide pour le croire, se justifia Anthony, lançant un regard noir à Rafe.

Ce dernier se tourna sur sa chaise vers Anne, le visage toujours dépourvu de presque toute émotion, à l'exception d'une rage bouillonnante.

— J'aurais dû te dire tout cela, et je prévoyais de le faire. C'est juste que…

Il fusilla son oncle du regard, la lèvre retroussée et les poings serrés. À cet instant, il apparaissait comme un criminel, comme un homme capable de blesser quelqu'un sans grand effort ni inquiétude.

Les yeux de Ludlow étincelaient de l'autre côté de la table.

— N'oubliez pas de lui expliquer que vous avez travaillé en étroite collaboration avec son ancien fiancé, que Chamberlain déposait devant la porte du Vicaire des gentlemen qui avaient besoin d'un prêt et que vous avez profité de leur désespoir.

Anne se leva à cet instant, incapable de rester immobile un instant de plus. Mais ses jambes tremblaient, et elle dut s'agripper au dossier de la chaise pour se soutenir.

— Tu connaissais Gilbert ?

— Oui.

— Savais-tu que j'allais l'épouser ? lui demanda-t-elle avant de plaquer une main sur sa bouche tandis que la bile lui montait à la gorge. M'aurais-tu laissée faire ?

Rafe se leva d'un bond de sa chaise et fit un pas vers elle.

— Jamais ! J'ai pensé à le tuer pour t'avoir couverte de honte, affirma-t-il, la mâchoire crispée.

— Tu le tuerais…

Elle secoua la tête alors que sa vision se brouillait. Baissant la main, elle s'efforça de reprendre son souffle.

— Tu ne nies rien de tout cela.

Il secoua la tête et une lueur de tristesse, voire de regret, apparut dans ses yeux.

— Non. J'étais un voleur. J'ai travaillé pour l'un des chefs criminels les plus puissants de l'Est de Londres. Sous le nom du Vicaire, j'ai prêté de l'argent à des taux illégalement élevés, y compris à ton beau-frère, à qui Chamberlain m'a présenté.

Anne n'arrivait pas à croire qu'elle avait pu se tromper à ce point sur cet homme.

— Tu m'as dit que tu me décevrais, que je ne savais pas vraiment qui tu étais, dit-elle, enroulant ses bras autour de son ventre comme pour arrêter la douleur qui la transperçait. Mais je ne t'ai pas écouté.

Elle avait été tellement idiote !

— Je suis heureux que tu ne l'aies pas fait.

Elle ouvrit la bouche, mais il n'en sortit qu'un sanglot. Elle brûlait d'envie de le gifler, de le blesser physiquement comme il le faisait avec elle.

— Tu n'es qu'une fripouille, souffla-t-elle avant de quitter la salle à manger en courant.

Elle ne s'arrêta pas avant d'avoir atteint son salon à l'étage.

Quelques instants plus tard, Jane entra, les traits tirés.

— Anne ? Oh, Anne !

Elle se précipita et entoura sa sœur de ses bras, lui caressant le dos.

Anne resta raide et insensible, enfermant au plus profond d'elle-même les émotions qu'elle avait refoulées en s'enfuyant de la pièce.

— Deux fiançailles rompues. Est-ce un record ?

Jane la relâcha.

— Je n'en sais rien. Est-ce ce que tu veux ?

— Comment pourrais-je l'épouser ? Ne sera-t-il pas arrêté pour ses crimes ?

Son angoisse menaçait de la submerger. Elle porta la main à sa bouche et mordit ses jointures. S'écartant de Jane, elle s'efforça d'apaiser l'hystérie qui bouillonnait en elle.

— Deux fiançailles rompues avec deux criminels. Une chose est sûre, je crois avoir prouvé que j'étais une plus grande ratée que toi. Parce qu'en fait, tu n'es absolument pas une ratée, mais la victime de la malveillance de quelqu'un d'autre. Moi, en revanche, j'ai attiré les pires gentlemen, et, non seulement je les ai encouragés, mais je les ai *choisis*.

Anne laissa échapper un rire sans joie.

Jane voulut s'approcher, mais sa sœur secoua la tête pour l'arrêter.

— Que puis-je faire ?

— Rien ! Si nos parents veulent bien de moi, et j'en doute, j'irai chez eux. Dans le cas contraire, peut-être pourrai-je trouver un emploi dans une école, ou comme dame de compagnie.

— Anne. Tu n'es pas obligée de t'en aller. Tu peux rester ici pour toujours. Viens à Oaklands avec nous. Toi et moi pouvons partir tout de suite, si tu le souhaites.

Anne ignorait ce qu'elle voulait. Du moins, pour le moment. Enfin, ce n'était pas tout à fait vrai. Elle savait une chose.

— Voudrais-tu bien me laisser seule ?

Jane hésita, mais elle finit par acquiescer.

— Je viendrai te voir plus tard.

Anne ne répondit pas, et ne bougea pas non plus jusqu'à ce que Jane quitte la pièce, fermant la porte derrière elle. C'est alors qu'elle fit un geste, pour essuyer la larme qui roulait sur sa joue.

⁓

*L*e besoin de suivre Anne hors de la salle à manger faillit submerger Rafe. Mais il ne bougea pas. Au lieu de cela, il pivota et fixa sa rage sur la raison de toute cette situation : son oncle.

Mallory se leva de table, prenant le temps de finir son verre de vin.

— Je suppose que je devrais m'en aller, dit-il à Colton.

Celui-ci serra les dents.

— Ce serait mieux.

Se tournant vers son fils, Mallory posa son verre.

— Je t'attendrai dans la calèche, si tu as besoin d'une minute.

Il contourna Lorcan et quitta la salle à manger. Rafe n'allait pas le laisser partir si facilement. Le poursuivant, il le rattrapa dans le hall d'entrée.

— Vous ne gagnerez pas, lança-t-il dans le dos de l'homme.

Mallory se retourna lentement.

— Ce n'est pas un jeu, mon garçon. C'est la vie. Malheureusement, on vous a donné une mauvaise main, ce qui est vraiment dommage. Mais je ne peux pas, en toute conscience, vous laisser prendre ce titre. Ce ne serait ni bien ni prudent.

Rafe jeta un regard noir au valet de pied, qui sortit du hall, avant de s'avancer vers son oncle.

— Vous osez me parler de vertu, de prudence ou de conscience ? Vous avez tué mes parents ! s'exclama-t-il et sa voix faillit se briser.

Ses mains le démangeaient de l'envie de s'enrouler autour du cou de cet homme.

— Vous avez essayé de me tuer, moi aussi, et vous l'auriez fait sans la *conscience* de ma nourrice.

Mallory le fixa impatiemment, haussant un sourcil avec arrogance.

— Pouvez-vous prouver quoi que ce soit ?

Rafe se contenait à peine.

— Je le ferai.

— Je ne crois pas, répliqua Mallory, faisant claquer sa langue avec dédain. Parce que je n'ai rien fait de tout cela.

L'arrogance de son regard disait tout le contraire à Rafe. Il lui indiquait aussi que son oncle *voulait* qu'il le sache, qu'il s'en délectait. C'était *réellement* un jeu pour lui.

— C'était votre frère, murmura Rafe. Votre sang. Tout comme moi, tout comme Selina. Elle ne méritait pas la vie qu'elle a été contrainte de mener.

— Je suis plutôt fier de ce qu'est devenue ma nièce. Son mari est le fils d'un comte, lança Mallory, dont le regard péremptoire se posa sur Rafe. Vous vous êtes incroyablement bien débrouillé, vous aussi. Cela devrait suffire. Faites en sorte que cela suffise.

— Papa, laisse-le ! lança Lorcan en arrivant par-derrière, portant son chapeau, ses gants et ceux de Mallory, et il s'arrêta près de Rafe. Je suis désolé. Je ne savais pas qu'il allait contester.

Anne l'avait su. Et elle ne lui avait rien dit.

Lorcan et son père s'en allèrent. Rafe fixa la porte fermée, le corps vibrant d'une rage à peine contenue. Le bruit d'une autre personne entrant dans le hall lui fit tourner la tête. Colton se tenait à quelques pas, les mains sur les hanches.

— Vous devriez y aller aussi.

Il avait l'air aussi abattu que Rafe. Non, pas abattu. Rafe se défendrait contre son oncle avec tout ce qu'il avait. Il voulait se battre *pour* Anne de la même façon.

Était-elle mieux sans lui ? Sans doute. Ne le lui avait-il pas dit pratiquement depuis le moment de leur rencontre ?

Colton expira et laissa retomber ses mains sur les côtés.

— Je vous avais dit de lui dire la vérité. À présent, elle va connaître l'humiliation d'une nouvelle rupture de fiançailles.

Rafe déglutit tandis que Colton se déplaçait vers la porte donnant sur la cage d'escalier.

— Vous présumez qu'elle va y mettre fin.

— Quel choix lui avez-vous donné ? La révélation de votre passé va transformer ce dont tout le monde a déjà parlé, à savoir votre résurrection et vos fiançailles avec Anne, en un véritable spectacle. Après tout ce qu'Anne a vécu, vous ne pouvez pas vous attendre à ce qu'elle endure cela une nouvelle fois.

C'était un coup vicieux dans le ventre, et Rafe faillit se plier en deux de douleur. Il *aurait dû* lui dire. Mieux encore, il n'aurait jamais dû s'impliquer avec elle.

— Je veux toujours l'épouser, dit-il doucement, l'âme en peine.

Elle ne voudrait sans doute plus de lui, et il devait l'accepter. Contrairement à son oncle, il le ferait.

Colton pinça les lèvres.

— Cela dépendra d'elle.

— Lui direz-vous que je suis désolé ? Et que, si elle veut bien m'écouter, je lui dirai absolument tout ce qu'elle veut savoir ?

— Je vais essayer, mais je risque d'être persona non grata ce soir avec Anne et mon épouse, répondit Colton en grimaçant. Anne ne voudra peut-être plus vous revoir. La personne que vous étiez est plutôt accablante.

Il s'interrompit, puis se passa une main sur le front.

— Cependant, je sais ce qu'est la rédemption, et je sais aussi ce que c'est que de trouver quelqu'un capable non seulement de vous pardonner vos péchés, mais aussi de vous aider à vous pardonner à vous-même, affirma-t-il, croisant les yeux de Rafe. Je ferai ce que je pourrai, mais attendez-vous au pire.

— C'est ce que je fais toujours.

Le valet de pied revint pour donner à Rafe son chapeau et ses gants. Prenant ses accessoires, il quitta la maison et se dirigea vers Upper Brook Street de la même façon qu'il était arrivé : à pied.

La soirée était chaude, parfaite pour les ennuis. Dans sa jeunesse, il aurait passé une nuit comme celle-ci à voler et à se battre. Il aurait ainsi gagné l'une de ses innombrables entailles du couteau de son adversaire, pendant qu'ils se battaient torse nu, sous les acclamations de leurs camarades, au clair de lune et dans l'odeur d'un gin bon marché.

Il enfonça son chapeau sur sa tête et fourra ses gants dans sa poche. Peut-être devrait-il rechercher ce genre de problèmes ce soir-là. Il lui serait aisé de retourner dans l'un des quartiers où il avait été un véritable prince, où les hommes et les femmes affluaient à ses côtés, soucieux d'être approuvés et dirigés par lui. Il aurait pu obtenir de n'importe lequel d'entre eux qu'il mette fin à l'existence de son oncle. Rafe n'aurait même pas à le faire lui-même.

Tuer était un crime qu'il avait évité à tout prix. Sauf à cette occasion particulière, où il n'avait pas eu d'autre choix. Quand la vengeance s'était révélée plus que nécessaire. Aujourd'hui encore, quatre ans plus tard, il n'éprouvait aucun regret.

Pourtant, il ne recommencerait pas. À moins qu'il n'y soit poussé par la violence de quelqu'un d'autre. Pas envers lui, mais envers ceux qu'il aimait. Selina. Anne.

Mais cette violence ne s'était-elle pas déjà produite ? Mallory avait assassiné ses parents. Il méritait de connaître le même sort que l'homme qui avait tué Eliza.

Une juste colère s'empara de lui. Il tourna brusquement les talons et repartit d'où il était venu, passant devant la maison de Colton et ignorant ce qui l'attirait vers Anne. Il continua jusqu'à ce qu'il arrive à Bond Street.

Peut-être n'était-il pas vraiment destiné à être le comte. Peut-être n'en était-il pas digne.

Il héla un fiacre, puis donna au cocher l'adresse du seul endroit où il avait jamais eu sa place. Dans les bas-fonds de l'Est londonien, personne ne le trouvait défaillant.

Là-bas, il pouvait être tout ce qu'il voulait. Simplement, il le ferait seul.

CHAPITRE 15

— Vous montez comme si vous étiez né sur un cheval, déclara le vicomte Northwood, le frère jumeau de Harry, plus âgé que lui de cinq minutes, alors qu'ils éloignaient leurs montures de Green Park. Et ce n'est que notre deuxième leçon. C'est écœurant, si vous voulez savoir.

— Merci ? répondit Rafe, qui s'accorda le droit de sourire de cette pointe d'humour.

Lorsque Harry avait suggéré à son frère de lui apprendre à monter à cheval, Rafe s'était d'abord hérissé. Mais ensuite, il s'était rendu à la raison. Il *devait* être capable de monter un maudit cheval. Non seulement parce qu'il allait devenir comte, mais aussi parce que son père l'avait voulu. Ce dernier avait aimé les chevaux et il avait eu l'intention d'en faire l'élevage à Stonehaven. Rafe en était peut-être encore loin, mais lorsqu'il se laissait aller à regarder vers l'avenir, un jour prochain avec un peu de chance, il voulait réaliser les projets de son père.

— Êtes-vous prêt à me raconter ce qui s'est passé lors du dîner d'hier soir ?

North, comme presque tout le monde l'appelait, le regarda d'un air méfiant alors qu'ils traversaient Berkeley Square.

Rafe espérait avoir l'air suffisamment à l'aise sur le cheval pour ne pas se faire remarquer. Du moins, pas plus qu'il ne le faisait déjà en étant actuellement l'homme le plus célèbre de Londres. Il abaissa son chapeau sur son front.

Rafe avait parlé à North du dîner, le mercredi avant leur première leçon. Lorsqu'ils étaient sortis plus tôt, ce dernier avait posé des questions à ce sujet, mais Rafe les avait évitées.

— Pas particulièrement, mais vous l'apprendrez bien assez tôt. Mon oncle conteste ma requête. Il se sert de mon passé d'orphelin à East London qui a dû voler pour survivre comme preuve que je ne suis pas à la hauteur de la tâche.

— Cet infect fumier ! s'exclama North en secouant la tête. Je suis navré de l'entendre. Je suis sûr que vous l'emporterez. Personne ne remet en cause votre identité. Le titre est à vous.

— Il le sera.

Peu de temps après, ils entrèrent dans la ruelle de Mount Street. North gardait son cheval dans l'écurie de son père, et Rafe empruntait celui du comte jusqu'à ce qu'il se rende chez Tattersall pour en acquérir un.

Descendant de sa monture, il grimaça à cause d'une douleur aiguë sur le côté droit de sa poitrine. Il avait trouvé le combat au couteau qu'il cherchait la veille au soir.

Alors qu'ils confiaient leurs chevaux à deux palefreniers, le père de North, le comte d'Aylesbury, arriva dans sa calèche. Quand il sortit du véhicule, il cilla en voyant Rafe, surpris.

— Bonjour, Mallory. Je pensais justement à vous.

Ses sourcils étaient profondément froncés. Quelles qu'aient été ses pensées, elles n'avaient pas été bonnes.

— Tu reviens de Westminster ? s'enquit North.

Aylesbury acquiesça, regardant Rafe avec méfiance.

— Je sais que vous siégez au comité spécial des privilèges, dit Rafe. Ne vous inquiétez pas, je n'ai pas l'intention de vous interroger au sujet de ma requête ou de la contestation de mon oncle. L'avez-vous reçue aujourd'hui ?

— Il y a peu de temps. Le procureur général l'a transmise assez rapidement puisque nous étions déjà en train de discuter de votre revendication.

Aylesbury était plus grand que la moyenne, avec une apparence quelque peu juvénile malgré le fait qu'il approchait de la soixantaine. Ses cheveux bruns étaient en partie gris, ce qui les faisait paraître clairs, tandis que ses yeux étaient d'un brun café foncé. Il fit un pas de côté, afin que les palefreniers puissent se charger du véhicule et des chevaux, et invita d'un geste North et Rafe à l'accompagner.

— Je ne pense pas commettre d'impair en vous disant que certains sont alarmés par les révélations contenues dans la contestation de votre oncle. Ils ont l'intention de vous demander de répondre à des questions devant le comité, annonça-t-il en grimaçant. Y a-t-il quelque chose de vrai ?

— Je ne l'ai pas lue, je ne peux donc rien affirmer avec certitude. Je crois qu'il m'accuse d'avoir été un criminel ?

— Oui. Un voleur, un receleur et un usurier.

Rafe garda la tête haute et la colonne vertébrale raide.

— Tout cela est vrai.

— Bon sang ! s'exclama le comte, détournant le regard sur le côté.

Lorsqu'il reporta son attention sur Rafe, ses yeux s'étaient assombris.

— Alors il se pourrait que votre oncle conserve son titre.

L'injustice de cette situation, compte tenu de ce que Mallory avait déjà commis sans être inquiété, poussa Rafe à serrer les poings.

— Il a assassiné mes parents. Cet incendie était de son fait. Il voulait le comté, et il était prêt à tuer mon père, ainsi que moi, pour y parvenir. Ma nourrice a décidé qu'elle ne pouvait pas me laisser périr, alors son frère et elle nous ont enlevés, ma sœur et moi.

À cet instant, les yeux du comte et de North s'écarquillèrent.

— Harry est-il au courant de ceci ? s'enquit North.

— Oui. Il enquête sur ces crimes. Malheureusement, nous n'avons pas pu trouver de preuve de l'implication de mon oncle.

Une chaleur horrible et irritante envahit le dos de Rafe et s'installa dans sa nuque, le faisant transpirer.

Aylesbury l'étudia attentivement.

— Comment savez-vous qu'il est responsable ? Ne croyez pas que je doute de vous. Si Harry vous apporte son aide, je pense que vous avez raison.

— Selina et moi avons récemment parlé à notre nourrice. Elle était très malade, et elle est décédée depuis ; elle n'est donc pas en mesure de témoigner.

North posa ses mains sur ses hanches, plissant ses yeux fauves en signe de frustration.

— Voilà qui est sacrément malencontreux !

— Elle a notamment évoqué le projet de mon oncle de nous faire mourir, mon père et moi, dans l'incendie, afin qu'il puisse hériter du comté. Il ne voulait pas que ma mère ou Selina meurent, apparemment.

Lorsqu'il pensait à sa mère, qui avait essayé de sauver son père et qui en était morte, il avait envie de se déchaîner sur tous ceux qui pouvaient soutenir la position de Mallory.

Aylesbury regarda au-delà de Rafe et laissa échapper un son grave.

— Cela... a du sens, déclara-t-il en regardant Rafe, puis il hésita.

La peau de Rafe se mit à le picoter ; il avait un pressentiment.

— Quoi ?

— J'ai très bien connu votre père. Je l'aimais énormément. Quand je pense que mon fils a épousé sa fille, je suis un peu bouleversé, expliqua-t-il, puis il s'éclaircit la gorge et fronça les sourcils. La rumeur a couru que votre oncle était lui aussi tombé amoureux de votre mère lors de sa première saison. Mais elle a choisi votre père.

La chaleur dans le cou et la colonne vertébrale de Rafe s'intensifia. Il se rappelait ce que leur infirmière avait dit de leur oncle, qu'il avait voulu tout ce que son frère avait. Sa femme en faisait-elle partie ?

Rafe avait du mal à respirer. Il essayait de lutter contre les pensées qui assaillaient son esprit.

— Vous dites que mon oncle était jaloux. Que prévoyait-il de faire ? N'était-il pas marié à ma tante à la mort de mes parents ?

— Si, elle n'est tombée malade qu'il y a une dizaine d'années environ.

— Bon sang ! Avait-il l'intention de la tuer aussi pour avoir ma mère ? s'exclama Rafe, pris de nausée.

— Je doute qu'il l'avoue, même si c'était vrai, remarqua Aylesbury avec dégoût. Nous devrions informer le comité de toutes ces informations.

North croisa les bras.

— Sans preuve ?

— Je pense que nous devons le faire. Je n'ai aucun doute sur la véracité de tout cela. Pourquoi Mallory mentirait-il ? demanda le comte, se tournant vers Rafe. Vous ne feriez pas une telle chose, n'est-ce pas ?

— J'ai librement admis mon passé criminel. Cela devrait répondre à votre question.

Aylesbury expira.

— C'est en effet le cas.

— Pouvons-nous supposer que vous aviez une raison

d'adopter un tel comportement ? s'enquit North. Vous avez été enlevés, n'est-ce pas ?

— Oui. Le frère de notre nourrice était valet de pied à Stonehaven. Mon oncle l'a engagé pour allumer l'incendie. La nourrice devait sauver Selina, mais me laisser mourir. Elle nous a enlevés tous les deux, et nous a confiés à son frère. Elle avait peur, parce qu'elle n'avait pas suivi les instructions de mon oncle. Son frère nous a emmenés à Londres, où il s'est servi de nous pour voler et escroquer les gens. Au bout de quelques années, il nous a vendus à un homme qui dirigeait plusieurs bandes de malfaiteurs.

Les deux hommes le dévisagèrent, avec des expressions d'abord choquées, puis compatissantes.

— Je ne suis pas fier de mon passé, mais je suis fier d'y avoir survécu, affirma Rafe. J'ai fait ce que j'avais à faire avec les moyens dont je disposais.

Aylesbury contracta la mâchoire.

— Harry trouvera la preuve dont vous avez besoin.

— Il commence à manquer de temps, remarqua North, ce qui lui valut un regard furieux de la part de son père.

— Eh bien ! vous avez mon vote, assura Aylesbury avec une tape sur le bras de Rafe. Vous faites partie de la famille, et nous ne vous tournerons pas le dos.

— Merci.

Rafe ne voyait pas quoi dire d'autre. L'approbation de cet homme le rendait incroyablement humble. Elle lui permettait d'espérer qu'il y avait peut-être une petite chance qu'Anne lui pardonne.

Alors qu'il marchait en direction d'Upper Brook Street, ses pensées se tournèrent entièrement vers elle. Il avait à peine dormi la nuit précédente, se demandant si elle avait pu trouver le repos.

Lui accorderait-elle une chance de s'excuser ? De s'expliquer ?

Il ne savait pas combien de temps il serait capable d'attendre pour le savoir. Il lui semblait que, plus le temps passait, moins il avait de chances de la reconquérir.

Sois patient.

Il avait envie de hurler que non, qu'il en avait assez d'être patient. S'il attendait qu'Harry trouve des preuves des crimes de Mallory, justice ne serait peut-être jamais rendue. Et s'il attendait qu'Anne le convoque, il risquait de la perdre à jamais.

Rafe ne laisserait aucune de ces choses se produire.

~

*L*e clair de lune pénétrait par l'ouverture des rideaux de la chambre d'Anne. Allongée sur le côté, elle s'obligea à fermer les yeux et à essayer de dormir. Cependant, la raison pour laquelle elle s'attendait à ce que cette fois-ci soit différente de ses autres tentatives au cours des deux dernières heures était un mystère.

Parce que tu es une maudite optimiste.

Et parce qu'elle ne pouvait s'empêcher de penser à Rafe. À l'amour qu'elle lui portait. Au fait qu'il lui manquait cruellement. À la douleur qu'elle éprouvait.

Elle n'avait pas pensé à grand-chose d'autre de la journée, préférant rester dans sa chambre et son salon pour ruminer toute seule. Jane était venue la voir plusieurs fois, mais Anne n'avait pas eu envie de parler.

Enfin, elle *avait envie* de parler, mais pas à sa sœur. Anne voulait dire *beaucoup* de choses... à Rafe. Elle avait répété la conversation plusieurs fois dans sa tête.

Arrête. Dors.

Elle ferma les paupières plus fort, espérant que son corps allait se détendre. Cela n'aurait pas dû être difficile. Elle était épuisée.

Faisant le vide dans son esprit, elle se concentra sur le poids de ses membres, la douceur du lit, le parfum de lavande de son oreiller. Oui, c'était mieux. Elle était si fatiguée…

La pression soudaine d'une main sur sa bouche et le poids d'un grand corps chaud contre son dos la plongèrent dans une panique totale. Elle essaya de respirer, mais n'y parvint pas. La terreur se répandit dans ses veines alors qu'elle ouvrait les yeux.

— Chut. C'est moi.

La voix de Rafe était tendre et grave contre son oreille, envoyant un frisson de désir le long de sa colonne vertébrale. Sa peur se dissipa et fut aussitôt remplacée par une émotion tout aussi forte : le désir.

— Vas-tu te taire ou dois-je attacher quelque chose autour de ta bouche pour que tu m'écoutes ? Hoche la tête si tu acceptes de te taire.

Elle acquiesça et il l'aida à se mettre sur le dos. Tout en gardant sa main contre la bouche d'Anne, il passa sa jambe par-dessus elle et se mit à califourchon sur ses cuisses. Elle se mordit l'intérieur de la lèvre pour ne pas gémir. Elle était une véritable dévergondée. Il lui avait menti, et, malgré cela, elle le désirait plus que jamais.

Il glissa la main dans le cou de la jeune femme, puis garda sa paume appuyée sur la base de sa gorge. Il ne portait pas de gants, si bien que sa chair était nue contre celle de la jeune femme, au-dessus du bord de sa chemise de nuit.

Anne aspira de l'air, sa poitrine bougeant rapidement à mesure que ses poumons se remplissaient et se vidaient. Elle leva les yeux vers lui, les écarquillant pour pouvoir admirer son visage couvert d'ombre et seulement partiellement éclairé par la lumière de la lune.

— Je suis désolé, murmura-t-il alors que sa main descendait entre ses seins, sur son cœur.

Son petit doigt s'étira sur son sein droit. Son mamelon la picotait, avide de son contact.

— Comment t'es-tu introduit dans ma chambre ?

Il lui décocha un sourire de travers qui aurait pu la faire soupirer. Mais c'était avant. Elle avait beau être excitée, elle avait beau avoir envie de lui physiquement, elle n'en était pas moins en colère.

— Je suis un voleur, tu te souviens ? Je suis assez doué pour me faufiler dans des endroits où je ne devrais pas être, même si je ne l'ai pas fait depuis un certain temps.

— Oui, *je* me souviens. Cependant, il semblerait que tu aies oublié de me le dire.

Elle gardait les mains le long de son corps, mais elle envisageait de le repousser. Sauf qu'elle doutait d'en être capable.

— As-tu l'intention de rester assis sur moi toute la nuit ?

— Non. Juste le temps que je t'explique.

— Je suis toujours en colère contre toi.

— Je le vois. Tu as tous les droits de l'être, affirma-t-il en éloignant sa main.

La jeune femme se souleva légèrement du lit pour la suivre, tandis qu'un froid décevant l'envahissait.

— Je suis tellement désolé, Anne.

— Je veux être en colère.

— Veux-tu me tancer ? Je te demanderai simplement de ne pas réveiller la maisonnée. Sauf si tu veux de la compagnie. Je préférerais subir ton écartèlement verbal en privé. À moins que tu n'aies envie d'avoir un public ?

— Non, dit-elle, et elle n'avait pas non plus envie de le fustiger. Maudit sois-tu ! s'exclama-t-elle en poussant sur son torse.

Il lui saisit les poignets et lui coinça les bras de chaque côté de la tête.

— Oui. Je suis maudit, et je l'ai été.

C'était vrai. Plus que quiconque n'aurait jamais dû avoir à endurer. Serrant les dents, Anne lui lança un regard noir.

— Je t'aime toujours.

Rafe en eut le souffle coupé, et ses dents brillèrent soudain dans le clair de lune.

— Bien. Parce que je t'aime aussi.

Anne haleta juste avant qu'il abaisse la tête et l'embrasse. Ses lèvres dirigèrent celles de la jeune femme alors qu'il la clouait au lit. La tenant fermement, il dévora sa bouche, chaque coup de langue et chaque frôlement de dents allumant un nouveau feu de désir en elle. Elle se cambra, elle en voulait plus, et elle laissa échapper un gémissement.

Arrachant sa bouche à celle d'Anne, Rafe embrassa sa mâchoire et son cou, y déposant des baisers brûlants et frénétiques qui ravageaient sa chair.

— Bon sang ! Je te veux dans tous les sens du terme, gronda-t-il.

Il maintint ses poignets tandis que sa bouche descendait, se dirigeant vers son mamelon qu'il lécha et suça à travers la fine batiste de sa chemise de nuit.

Anne gémit en se soulevant du matelas, se collant à lui.

— *S'il te plaît.*

Il grogna contre elle et lui lâcha les mains. Saisissant son sein, il tira sur le haut de sa chemise, faisant une petite déchirure dans le tissu juste avant de se coller à elle.

Elle bascula la tête en arrière, ferma les yeux et s'abandonna à la sensation folle de ses lèvres et de sa langue. Il lui pinça l'autre mamelon, encore et encore, arrachant à la jeune femme des gémissements de plus en plus forts.

Sa main effleura son ventre, et il remonta sa chemise de nuit. Lorsqu'il la glissa entre ses jambes et trouva son sexe, elle ouvrit les yeux et le poussa.

— Non !

Il s'arrêta brusquement, levant la tête.

— Non ?

— Tu as dit que je pourrais être au-dessus cette fois.

Les épaules de Rafe s'affaissèrent doucement sous l'effet du soulagement.

— Oui.

— Tu portes tous tes vêtements.

— Oui, dit-il encore, roulant sur le dos. Dans un souci de rapidité, il te suffit de déboutonner mon pantalon et de sortir mon vit. C'est la seule partie de moi qui compte vraiment à cet instant.

Anne s'assit et entreprit de lui retirer ses bottes, les laissant tomber l'une après l'autre sur le sol.

— J'aime beaucoup de parties de toi. Toutes, en fait. Ma seule doléance est que je n'ai pas passé assez de temps à les explorer, le taquina-t-elle avant de lui retirer ses chaussettes.

— Je te supplierais de ne pas prendre ce temps maintenant. Je suis… vraiment désespéré.

Il parlait d'une voix grave et sombre, et peut-être même au bord de la rupture. Elle se mit à cheval sur ses genoux et le toucha à travers son pantalon.

— Vraiment ? Oh, oui ! Je vois que tu l'es.

Elle ouvrit un bouton tout en continuant à caresser son érection à travers ses vêtements. Rafe inspira brusquement, empoignant les draps à ses côtés.

— *Anne.* Je t'en prie.

Elle ouvrit un autre bouton, frottant sa main le long de son sexe.

— Je crois que cela me plaît. Pas toi ?

— Non. Oui, balbutia-t-il, rejetant la tête en arrière. *Oui.*

Elle défit rapidement les boutons restants de ce côté du rabat de son pantalon, et elle y glissa la main.

— Pas de sous-vêtements ?

— Je n'en porte pas toujours, répondit-il, la voix tendue, comme s'il subissait une véritable torture.

Glissant sa main le long de l'arête chaude de son sexe, elle déplaça son autre main plus bas, enserrant ses bourses à travers ses vêtements.

— Est-ce douloureux, Rafe ?

— De la meilleure façon qui soit. Plus vite. *Je t'en prie.*

— Tu as dit que je pouvais prendre le contrôle cette fois-ci. Alors, je crois que j'irai aussi vite que je le souhaite. Je pense que tu mérites un peu de tourment, pas toi ?

— Oui.

Rafe posa les mains sur les cuisses d'Anne, ses doigts s'enfonçant dans sa chair. Il ouvrit les yeux et trouva les siens dans la quasi-obscurité.

— Fais à ta guise. Je suis à toi.

Anne déboutonna l'autre côté et ouvrit le rabat de son pantalon, l'exposant ainsi. Il était si dur, si chaud… Un vague de chaleur palpita dans le sexe de la jeune femme. Soudain, elle eut l'impression de subir la même torture que lui.

— Dis-moi quoi faire, murmura-t-elle.

— Retire ta chemise de nuit. Maintenant.

Réticente à le relâcher, elle ôta rapidement son vêtement et le saisit à nouveau, déplaçant sa main le long de son érection. Elle se rendit compte qu'il ne portait pas de veste. Rien qu'un gilet. Et une cravate qui devait l'agacer. Sans ralentir ses caresses, elle leva la main pour en défaire le nœud.

Il lui serra les cuisses.

— Chevauche mes hanches.

Anne remonta sur les jambes de Rafe et haleta quand son sexe couvrit son vit. Il souleva les hanches, et elle roula les siennes en rythme avec lui.

Il passa la main entre eux et la posa sur celle de la jeune femme.

— Soulève-toi, juste un peu.

Suivant son ordre, elle se souleva légèrement, et il se positionna juste devant son intimité.

— Glisse vers le bas et prends-moi, gronda-t-il.

Elle s'abaissa lentement et il la combla de sa chair, tandis qu'elle le relâchait. Il fit de même lorsqu'elle descendit complètement sur lui.

C'était différent de la première fois. Anne sentait Rafe d'une manière complètement nouvelle, plus profonde. Des sensations l'assaillirent, l'incitant à remuer les hanches.

Il les agrippa avec force.

— *Oui.* Comme ça. Chevauche-moi.

Chevaucher. Elle étala les paumes sur la poitrine de Rafe et ajusta sa position jusqu'à trouver l'angle parfait. Gémissant, elle commença à bouger, trouvant peu à peu un rythme qui lui permettait de caresser le plus merveilleux des endroits en elle. Et si elle se penchait un peu plus, il se frottait contre son clitoris et…

Anne cria alors que le plaisir commençait à monter en elle. Rafe porta une main sur son sein, tirant et taquinant son mamelon. Les sensations qu'il déclencha étaient irrésistibles. Elle se mit à trembler, son corps la poussant à aller plus vite, à le prendre plus profondément.

Il l'attira vers lui et suça son sein, sa main s'emmêlant dans les pointes de ses cheveux, effleurant son bras. Retombant sur le lit, il gémit.

— Oui, Anne. Chevauche-moi. Plus fort. Plus vite.

Ses muscles intimes commencèrent à se contracter alors que sa jouissance flottait juste hors de portée. Rafe glissa la main entre eux et caressa son clitoris. Ce fut tout ce dont elle avait besoin pour trouver ce ravissement insaisissable.

Elle cria tandis que son corps se désagrégeait. Il agrippa les hanches d'Anne et la pénétra implacablement. Elle était pratiquement inconsciente, son corps n'étant plus qu'un écrin frémissant pour sa libération.

Il commença à crier, mais étouffa aussitôt sa voix en couvrant sa bouche avec son bras. Anne se laissa tomber en avant, ses membres alanguis. Il la serra contre son torse et lui saisit la nuque, ses doigts se faufilant dans ses cheveux. Il l'embrassa, la revendiquant à nouveau, comme si elle pouvait avoir le moindre doute sur le fait qu'il la possédait, corps et âme.

Le baiser de Rafe se fit plus tendre, son pouce suivant le contour de l'oreille d'Anne tandis qu'il murmurait son nom encore et encore dans sa bouche. Elle soupira contre lui et roula sur le lit.

— Tu portes encore trop de vêtements.

Se soulevant sur un coude, elle entreprit de déboutonner le gilet de Rafe. Sa poitrine bougeait un peu plus vite que d'habitude tandis que sa respiration s'apaisait. Elle ouvrit le gilet et passa la main sous le vêtement, contre sa chemise.

Elle sentit quelque chose d'humide.

Examinant cette moiteur, elle se redressa brusquement, haletante.

— Qu'est-ce que… ? Est-ce du sang ?

Il ouvrit paresseusement les yeux et cligna des paupières, soulevant légèrement la tête de l'oreiller.

— Ça ? Oh, oui ! répondit-il, les lèvres étirées en un sourire satisfait alors que ses paupières se fermaient à nouveau. La nuit dernière, j'ai été poignardé.

CHAPITRE 16

*A*nne bondit hors du lit et alluma la bougie sur la table d'appoint. La tenant au-dessus de lui, elle regarda la tache rouge foncé qui s'étendait lentement.

— Pourquoi diable as-tu été *poignardé* ?

— Combat au couteau. Tu aurais dû voir mon adversaire. Il s'en est beaucoup moins bien sorti.

Exhalant, Anne posa la bougie et alla chercher le pichet d'eau, la bassine et un linge. Elle versa l'eau dans la cuvette et mouilla le linge.

— Tu vas saigner partout sur mon lit !

Il rouvrit les yeux, enfin, et se redressa.

— Zut ! Tu as raison. Ce n'est pas si grave, affirma-t-il, puis il baissa les yeux et grimaça. Ce n'est vraiment pas grave, je te le promets.

— Retire ton gilet et donne-moi ta chemise.

Elle tendit la main pendant qu'il se dépouillait de ses vêtements. Le gilet tomba sur le sol, et il plaça sa chemise entre ses mains.

— Elle est sans doute fichue, constata la jeune femme.

— Je pourrais en détruire un millier si cela signifiait que je pouvais avoir ce soir. *Avec toi.*

Une vague de chaleur envahit Anne alors que Rafe se rapprochait du bord du lit. Elle pressa avec douceur le tissu humide sur la coupure, tamponnant le sang. Elle tourna le linge pour trouver une zone propre, puis elle appuya à nouveau sur la plaie, arrachant un léger halètement aux lèvres de Rafe.

— As-tu besoin de points de suture ?

— Non.

— Comment le sais-tu ?

— C'est *toi* qui m'as posé la question. Pourquoi pensais-tu que je le saurais ?

Elle observa les nombreuses cicatrices qui marquaient sa poitrine, ses épaules et ses bras, avant de s'arrêter sur celle qui traversait son menton et sa lèvre inférieure.

— Ce n'était pas ton premier combat au couteau.

— Non.

— Pourquoi ?

Elle appliqua le linge contre sa blessure et, de l'autre main, passa son pouce sur une cicatrice de son épaule gauche, puis sur une autre à l'avant de son bras. Celle-ci était longue, elle devait mesurer environ quinze centimètres.

— Quand j'étais jeune, c'était ainsi que nous gagnions le respect et que nous exercions notre domination. Prouver sa force était essentiel à la survie. Pas seulement pour moi, mais pour Selina. Avant que je l'envoie à l'école.

— *Tu* l'y as envoyée.

Rafe acquiesça.

— Elle aurait été violée et forcée de se prostituer si je ne l'avais pas fait.

Anne déglutit. Elle ne pouvait imaginer une telle vie.

— Quel âge avais-tu ?

— Quatorze ans ? Elle en avait onze. À ce moment-là,

j'avais économisé suffisamment pour payer son école et j'ai continué à gravir les échelons. Je dirigeais l'une des boutiques de recel de Partridge.

— Qu'est-ce que c'est ?

— Un endroit où nous revendions les biens volés. Les membres des bandes volaient les objets, et je les revendais. J'en ai dirigé plusieurs à partir de l'âge de seize ans. Partridge me faisait confiance. Il m'aimait bien.

— Qui est Partridge ?

Les traits de Rafe se durcirent.

— *Était.* C'est l'homme qui nous a achetés, Selina et moi, à notre « oncle », l'homme qui nous a enlevés à Stonehaven. Il était valet de pied et sa sœur était notre nourrice.

Anne lutta contre le flot d'émotions qui montait en elle. Soulevant le linge, elle étudia l'entaille. D'une largeur d'environ cinq centimètres, avec des bords nets, les dégâts ne semblaient pas très importants, d'autant plus que l'hémorragie s'était arrêtée.

— Tu as besoin d'un bandage.

Elle commença à se tourner, mais il lui saisit le haut du bras. Ses yeux étaient sombres et intenses, la tache orange brûlait de promesses.

— Ça ira. Pour l'instant, affirma-t-il, prenant le linge des doigts de la jeune femme.

Il se déplaça vers le centre du lit avant d'ajuster les oreillers et de s'adosser à la tête de lit.

— Assieds-toi avec moi.

Anne monta sur le lit et s'assit à côté de lui. Elle posa la tête sur son épaule.

— Tu es la plus ravissante des infirmières, la complimenta-t-il, l'entourant de son bras avant de poser le linge sur sa blessure.

— Pourquoi t'es-tu battu au couteau hier soir ?

Rafe expira, caressant le bras d'Anne du bout de ses doigts.

— Après le dîner, je me suis retrouvé à me rendre dans le seul endroit que je connaisse vraiment, le seul endroit où je suis à ma place. Du moins, c'était le cas avant.

Elle pencha la tête pour voir son visage.

— Les hommes s'y battent avec des couteaux, comme les enfants ?

— Principalement pour de l'argent, mais aussi pour les autres raisons que j'ai mentionnées tout à l'heure. Je croyais que je me sentirais… pas mieux, mais davantage moi-même.

— Et cela a-t-il fonctionné ?

Il secoua la tête.

Elle suivit du doigt la cicatrice sur son menton, en commençant par la base pour remonter lentement jusqu'à la lèvre.

— Et celle-ci, c'est à la suite d'une bagarre ?

— Une particulièrement féroce. J'avais dix-sept ans. L'autre garçon voulait me tuer.

Anne se tendit, abaissant la main sur le torse de Rafe.

— L'as-tu…

— Non, mais Partridge l'a fait faire. Il ne voulait pas que quiconque remette à nouveau mon autorité en question. C'est la dernière fois que je me suis battu, jusqu'à hier soir.

— Je suis stupéfaite que tu sois parvenu à survivre à ton enfance, lui dit Anne, la gorge serrée. Non seulement cela, mais regarde ce que tu as construit, ce que tu es devenu ! Et je ne parle pas du fait que tu sois un comte. Même si tu ne devais pas être anobli, tu as accompli tant de choses ! Tu sembles destiné à un grand avenir.

— Je n'en ai jamais eu l'impression. Chaque jour était un combat.

— Même les jours avec ton épouse ? demanda-t-elle d'une voix douce.

Le sentant se raidir en réaction, elle s'empressa d'ajouter :

— Je suis désolée. Je n'aurais pas dû te parler d'elle.

Il retira le linge de son torse et le jeta sur le côté du lit.

— Je suis heureux que tu l'aies fait. Je ne te cacherai rien. Plus maintenant, affirma-t-il en se tournant vers Anne, qui leva la tête de son épaule. Ce que je voulais plus que tout, c'était une famille. J'ai perdu mes parents, ma sœur me manquait. Quand j'ai atteint l'âge de vingt ans, j'étais assez intelligent pour me rendre compte que Partridge et les autres hommes qu'il employait n'étaient *pas* une famille. Pourtant, je n'avais jamais été autant en sécurité, et, à cette époque, Selina était perdue pour moi. Elle avait quitté l'internat pour prendre un emploi de gouvernante.

Rafe ferma brièvement les yeux, mais pas avant qu'elle n'ait aperçu l'éclat de douleur au fond d'eux. Ne voulant pas l'interrompre, elle attendit qu'il poursuive. Pendant ce temps, elle parcourut du bout des doigts sa poitrine musclée.

— À vingt-cinq ans, je suis tombé amoureux d'Eliza. C'était la fille d'un cordonnier. Elle était brune, si pleine de vie et de rires… elle était tout ce dont je rêvais. Son père ne m'appréciait pas, mais elle pensait qu'il finirait par changer d'avis. Je voulais gagner son approbation, et pas seulement pour elle, mais pour moi aussi. Je rêvais d'une famille comme la sienne, de ce sentiment d'appartenance qui m'avait échappé tout au long de ma vie.

Les paroles de Rafe s'enroulèrent autour du cœur d'Anne, faisant croître son amour pour lui. L'émotion lui enserra la gorge, et elle posa la main contre lui. Peut-être la chaleur de sa chair réchaufferait-elle le froid qui régnait en elle.

— Je voulais quitter Partridge. C'est alors que je me suis réinventé en Vicaire, un prêteur à Blackfriars.

À l'évocation de ce nom, un tremblement la parcourut. Elle voulait lui demander comment il avait fait la connaissance de Gilbert, mais, une fois encore, elle ne voulait pas l'interrompre.

— Partridge n'a pas aimé que je parte, raconta Rafe, la mâchoire crispée. J'étais son meilleur officier, tu vois. Il m'a posé un ultimatum : reprendre le travail sous ses ordres, ou bien il ruinerait ma vie. Je croyais qu'il parlait de mes nouvelles entreprises. En plus des prêts d'argent, je possédais aussi mes propres boutiques de recel, ainsi que la librairie de Paternoster Row. Et je faisais d'autres investissements, je regardais vers l'avenir, parce qu'à ce moment-là, j'avais une femme, et bientôt un enfant.

La voix de Rafe se brisa.

Anne posa une main sur son cou, caressant le dessous de sa mâchoire avec son pouce.

— Je suis sincèrement désolée.

Elle croyait qu'il allait lui dire qu'Eliza était morte en couches. Il prit une grande inspiration et la regarda droit dans les yeux.

— C'est là que je risque de te perdre... et je ne t'en voudrai pas. Toutes les fois où je t'ai dit que je n'étais pas digne de toi, ou que tu ne pourrais jamais tout savoir sur moi, c'est à cela que je faisais référence. Ce n'est pas simplement parce que j'ai été marié, ou que ma femme est morte. Ni même parce que Partridge les a tués, elle et notre enfant à naître.

Le corps de Rafe devint complètement rigide. Anne retint son souffle, impatiente qu'il continue et pourtant terrifiée par ce qu'il pourrait dire ensuite.

— C'est parce que je l'ai tué pour me venger. Je me suis introduit dans l'une de ses maisons de passe, et je lui ai tranché la gorge, comme il l'avait fait à Eliza.

Anne plaqua une main sur sa bouche pour ne pas laisser échapper le sanglot qui montait dans sa poitrine. Après tout ce qu'il avait enduré, perdre la famille qu'il était en train de construire était inimaginable. Il n'y avait rien d'étonnant à ce qu'il se soit tenu à l'écart, qu'il ait essayé de la tenir à distance.

Lorsqu'elle se sentit capable de parler, elle baissa la main.

— Tu ne m'as pas perdue. Et tu ne me perdras jamais. Je t'aimerai toujours.

— Vraiment ? s'enquit-il, posant une main sur le côté du cou d'Anne. Je ne peux imaginer que tu m'aimes alors que je ne peux pas m'aimer moi-même. Quand j'ai perdu Eliza, je me suis perdu. Je ne croyais pas pouvoir être trouvé.

— Moi, je t'ai trouvé. Et je ne te laisserai pas partir.

Il fit glisser son pouce le long de la mâchoire de la jeune femme.

— Parfois, la profondeur de mes sentiments m'effraie, dit-il doucement. Voilà pourquoi j'ai essayé si fort de m'éloigner de toi, en dépit de l'attirance puissante que j'ai ressentie à ton égard dès notre rencontre. Perdre Eliza, découvrir comment j'ai perdu mes parents… Si je te perdais…

Anne secoua farouchement la tête, grisée par l'aveu de ce qu'il éprouvait pour elle depuis le début.

— Tu ne me perdras pas.

Il sourit, mais il y avait dans ses yeux une tristesse qui lui comprimait le cœur.

— J'aurai toujours peur de perdre ceux que j'aime. Parce que cela ne cesse de m'arriver.

— Tu n'as pas perdu Selina.

— Non, mais j'ai failli le faire. Nous avons été séparés pendant près de vingt ans, et c'était ma faute.

Anne posa les mains sur les joues de Rafe, le tenant tendrement.

— Rien de tout cela n'est ta faute. Comment peux-tu penser une telle chose ?

— C'est incroyable ce que l'on peut se convaincre de croire.

— Alors, crois ceci : je t'aime, et tu es coincé avec moi, affirma-t-elle, éloignant sa main gauche du visage de Rafe. J'ai la bague de fiançailles pour le prouver.

— J'étais persuadé que tu voudrais annuler nos fiançailles.

Le bord de sa bouche se souleva en un sourire ironique.

— J'étais en colère. Mais je ne voulais vraiment pas subir une deuxième rupture de fiançailles parce que mon fiancé avait été arrêté, expliqua-t-elle, puis elle inspira, et son sourire s'estompa. Tu ne vas pas être arrêté, n'est-ce pas ?

— Je ne crois pas. Du moins, pas d'après Harry.

— Il le saurait si c'était le cas.

Anne lui caressa la mâchoire et les clavicules ;

Rafe posa une main sur sa cuisse, et la chaleur de sa paume réchauffa la peau de la jeune femme.

— Tu as le droit d'être en colère, en particulier à propos de Chamberlain. C'est un gredin. J'ai dû me retenir de le faire rouer de coups à Newgate.

— Tu pourrais faire une telle chose ?

— Je connais beaucoup de gens, répondit-il d'un ton sinistre.

— Comment as-tu rencontré Gilbert ?

— Il est venu dans un cercle de jeux que je possédais près de Covent Garden.

Anne le regarda, bouche bée.

— Tu possédais aussi un cercle de jeux ?

— Deux. Je les ai vendus l'année dernière.

Ses doigts effleurèrent la hanche d'Anne.

— Y a-t-il quelque chose que tu n'as pas fait ?

Il esquissa un sourire de travers.

— Je n'ai pas été comte.

— Pas encore, dit-elle avec détermination. Il te faut un bandage. Ainsi qu'un peu de repos.

— Serais-tu en train de m'inviter à rester ?

Elle se glissa hors du lit et prit sa robe de chambre, qui se trouvait sur le banc au pied.

— Pendant un moment.

— Je partirai avant qu'il fasse jour.

Après avoir fermé le vêtement, elle se mit en quête de quelque chose à utiliser comme bandage, et finit par trouver un vieux jupon dans le tiroir du bas d'une commode. Elle déchira une bande de tissu au niveau de l'ourlet, espérant qu'il s'étirerait autour de sa poitrine. Pour être sûre, elle en arracha une deuxième longueur.

Lorsqu'elle revint vers le lit, il était sous les couvertures, qu'il avait remontées jusqu'au milieu de son ventre. La moitié de ses muscles durs était visible, et elle se lécha les lèvres. Il était tellement beau !

— Vas-tu me regarder ou me mettre le pansement ?

Expirant, elle entreprit d'attacher les bandes de tissu ensemble, puis de les enrouler autour de sa poitrine, en prenant soin de couvrir sa blessure. Elle noua les extrémités sur son sternum et examina son travail.

— Cela devrait aller, à condition que tu ne fasses pas trop d'efforts.

— C'est dommage.

— Quel genre d'épouse serais-je si je ne veillais pas à ton bien-être ?

Elle retira sa robe de chambre et la reposa sur le banc avant de se glisser entre les draps.

Avant qu'elle arrive près de lui, il se tourna, et l'attira contre sa poitrine.

— Nous allons essayer de dormir, alors.

Il embrassa sa tempe, sa joue, le point sous son oreille, et son souffle chaud chatouilla sa chair.

Anne soupira, se laissant aller contre lui, se délectant de la chaleur de son étreinte. C'était tout ce qu'elle avait toujours voulu. Non, c'était plus que cela.

C'était le paradis.

~

*L*e son doux et régulier de la respiration d'Anne, et la texture soyeuse de ses membres entremêlés aux siens auraient dû suffire à Rafe pour sombrer dans un sommeil profond et réparateur. Mais il n'était que trop conscient de la sensation de bien-être que lui procurait sa présence entre ses bras et de la fugacité de tels instants.

Il ferma les yeux et enfouit son visage dans la douceur parfumée de ses cheveux. Caressant sa nuque avec son nez, il posa doucement une main sur son sein.

— Tu ne donnes pas l'impression d'essayer de dormir, murmura-t-elle.

— Je me mets simplement à l'aise.

Elle remua son postérieur contre son érection.

— C'est vraiment ce que tu fais ?

Rafe rit contre son cou et embrassa son épaule.

— Je n'y peux rien si tu es irrésistible.

— Je ne contribuerai pas à te faire saigner à nouveau.

Il fit glisser ses lèvres sur sa chair en taquinant légèrement son mamelon.

— Tu n'y es pas obligée. En fait, tu n'as vraiment pas besoin de bouger du tout.

Elle se cambra légèrement lorsqu'il pinça sa chair entre ses doigts.

— Mmmh. Je ne sais pas si je pourrai m'en empêcher.

— En fait, tu vas devoir bouger un peu ta jambe.

À contrecœur, il libéra son sein et fit glisser sa paume le long de son abdomen avant de la ramener sur sa hanche.

— Comme ça, expliqua-t-il, saisissant sa cuisse pour plier sa jambe au niveau du genou. C'est mieux.

Du bout des doigts, il parcourut l'arrière de sa cuisse et

remonta le long de la courbe de son postérieur. Plongeant son index entre ses jambes, il descendit la main jusqu'à trouver le fourreau humide d'Anne.

Les muscles d'Anne se tendirent et elle inspira brusquement lorsqu'il la pénétra. Elle releva davantage la jambe, lui offrant ainsi un meilleur accès à son sexe.

— Encore mieux, murmura-t-il, embrassant son épaule avec ses lèvres et sa langue avant de mordiller sa chair.

Rafe caressa son clitoris avec des mouvements circulaires et fermes. Les hanches d'Anne bougèrent, avides de son contact, et elle gémit doucement.

— Je t'en prie, *Rafe.*

Il plongea deux doigts en elle et fit plusieurs va-et-vient.

— Prends-moi en toi, murmura-t-il contre son oreille, bougeant plus vite.

— Je te veux…, haleta-t-elle. Je te veux tout entier. Je t'en prie.

Il lui pinça le lobe de l'oreille avec ses dents tout en empoignant son vit pour se guider vers son sexe.

— Si tu insistes. Cambre un peu le dos, mon amour.

Elle lui obéit et il s'enfonça en elle, où sa chaleur humide l'accueillit. Il ferma les yeux et déplaça sa main vers sa cuisse, la retenant tandis qu'il se balançait en un lent mouvement de va-et-vient en elle.

Les muscles du dos de la jeune femme se contractèrent contre le torse de Rafe, tout comme ceux de sa jambe. Il sentait qu'Anne se rapprochait de l'orgasme, et il commença à accélérer le mouvement.

Il ramena sa main sur son sein et la pénétra profondément, lui arrachant un gémissement grave et rauque. Elle bascula la tête en arrière, dévoilant son cou, et il s'accrocha à sa chair douce tout en caressant et en tirant sur son sein. Ses hanches tressaillirent et son sexe se contracta autour de lui.

— Jouis pour moi, Anne.

Il tira sur son mamelon et la pénétra à un rythme soutenu, sa propre extase se rapprochant à mesure que le plaisir l'envahissait.

Anne cria, tournant la tête dans son oreiller pour étouffer le son tandis que ses muscles intimes étreignaient le sexe de Rafe. Il serra les dents pour ne pas crier à son tour alors qu'il se répandait en elle.

Quelques minutes plus tard, alors qu'il s'était retiré de son corps, elle se retourna et se blottit contre son flanc alors qu'il était allongé sur le dos, sa respiration revenant à la normale.

— Ce n'était pas très reposant, remarqua Anne.

— C'était le mieux que je pouvais faire. J'ai hâte de te montrer tous les efforts que je peux déployer au lit.

Anne posa une main sur la joue de Rafe et rapprocha sa tête de la sienne pour pouvoir l'embrasser.

— J'attends aussi cela avec impatience, parmi beaucoup d'autres choses.

— Je n'arrive toujours pas à croire que tu veuilles m'épouser après tout ce que tu as appris.

Il la regarda droit dans les yeux, comme si, en la fixant suffisamment longtemps, il pouvait s'apercevoir qu'elle avait changé d'avis.

— Tu es un homme bien. Tu as été la victime de circonstances tragiques.

Il leva les yeux vers le plafond alors qu'une colère familière couvait en lui.

— Je n'aime pas être une victime. J'ai travaillé dur pour prendre les choses en main et les contrôler. Je déteste me sentir impuissant.

— C'est notre cas à tous, affirma-t-elle en embrassant l'épaule de Rafe, posant la main sur sa poitrine. Je détestais avoir l'impression d'être obligée d'épouser Gilbert. C'était toi que je voulais. Et je ne savais même pas qui tu étais. Plus que tout, j'ai regretté ce pacte d'anonymat que nous avions conclu.

Il entendit l'aigreur dans sa voix et la serra plus fort dans ses bras.

— Moi aussi. Je regrette beaucoup de choses. Mon association avec ton ancien fiancé figure en tête de liste. Le fait de ne pas t'avoir parlé de lui est juste après.

— Je ne suis pas exempte de tout reproche. J'aurais dû te dire que mon parrain envisageait de contester ta requête. Je vous aime tous les deux, et je souhaitais de tout cœur que vous puissiez nouer une relation. Il a été un second père pour moi toute ma vie. J'espérais qu'il en serait de même pour toi, surtout après nos fiançailles.

Rafe se crispa à la mention de son oncle.

— L'aimes-tu encore ?

— Je ne sais pas, affirma Anne, une main posée sur le torse de Rafe. Je ne lui fais pas confiance. Pas plus que je ne l'apprécie.

En dépit de tout ce qui s'était passé entre eux, des secrets révélés, des torts avoués, Rafe hésitait à lui confier ce qu'il savait devoir lui dire.

— J'ai hésité à partager quelque chose avec toi. Quelque chose qui changera à jamais tes sentiments pour lui.

Anne se redressa sur un coude et baissa les yeux sur lui. Le rideau blond de ses cheveux retombait sur l'épaule et le bras de Rafe, et les mèches soyeuses chatouillaient sa peau.

— Voilà qui n'a pas l'air bon du tout.

— Ça ne l'est pas. C'est peut-être la pire chose que tu puisses imaginer.

Il essaya de prendre une profonde inspiration, mais ses poumons ne coopéraient pas vraiment. À la place, ses côtes frémirent et ses veines s'emplirent de glace.

— Selina et moi avons rendu visite à notre nourrice il y a une semaine. Elle était malade, sur son lit de mort, en vérité, mais elle nous a confirmé qu'elle et son frère, le valet de pied qui travaillait à Stonehaven, étaient responsables de l'incendie et s'étaient assurés que mon père meure. Cependant, ils étaient aussi censés veiller à ce que je périsse également.

Anne se figea au-dessus de lui, les yeux rivés sur les siens, les lèvres entrouvertes, mais aucun souffle ne s'échappait de sa bouche.

Rafe poursuivit :

— La nourrice ne pouvait pas se résoudre à tuer un enfant, alors elle nous a enlevés, ma sœur et moi, et elle nous a confiés à son frère. Il nous a emmenés à Londres.

— Qu'est-ce que mon parrain a à voir là-dedans ?

Sa question n'était qu'un murmure, une peur obscure qu'elle ne voulait ni exprimer ni affronter, et il ne pouvait pas le lui reprocher.

Il posa une main sur sa joue, et repoussa ses cheveux derrière son oreille.

— Il les a payés pour déclencher l'incendie et faire en sorte que mon père et moi y trouvions la mort. Il voulait que ma mère vive, mais elle a refusé de partir sans sauver mon père. Il est possible que Mallory l'ait voulue pour lui. Il l'aimait, lui aussi, mais c'est mon père qu'elle a choisi.

Anne respirait, mais superficiellement. En dehors de cela, elle ne bougeait toujours pas.

— Anne ? Je sais que c'est bien trop dur à supporter…

— C'est *insensé* !

Elle retomba sur le lit, tremblante.

Ne le croyait-elle pas ? Rafe se prépara, car il n'avait pas d'autre preuve que la parole de la nourrice aujourd'hui décédée. Il se souleva sur sa main pour voir son visage.

— Cependant, c'est vrai, dit-il calmement.

Des larmes silencieuses s'échappaient des coins de ses yeux et coulaient dans ses cheveux. Elle ouvrit la bouche, mais ne parla pas, se contentant de secouer doucement la tête.

— Je suis sincèrement désolé, Anne, lui murmura-t-il ; il avait envie d'essuyer ses larmes, mais il n'était toujours pas sûr de ce qu'elle pensait. Devrais-je m'en aller ?

Elle planta son regard dans celui de Rafe.

— Non ! Pourquoi me demandes-tu une telle chose ? Et ne t'excuse pas auprès de moi. Rien de tout cela n'est ta faute, et je continuerai à le répéter jusqu'à ce que nous soyons vieux et grisonnants. Mais ce n'était pas non plus un coup du sort. Mon Dieu ! C'est ton oncle qui a fait ça ?

Sa voix avait faibli à mesure qu'elle parlait, jusqu'à ce que le dernier mot ne soit plus qu'un souffle.

— Il l'a fait, et, le pire, c'est que je n'ai aucune preuve.

Elle s'assit, et il fit de même.

— Et qu'en est-il de votre nourrice.

Il grimaça alors que sa frustration était à son comble.

— Elle est morte.

— Et son frère est également mort ? l'interrogea-t-elle ;

Le voyant hocher la tête, Anne plissa les yeux, et Rafe lut la détermination dans ses traits.

— Il doit y avoir quelque chose.

— Harry cherche. Il a envoyé quelqu'un à Stonehaven qui a interrogé toutes les personnes qui travaillaient sur le domaine au moment de l'incendie. Ils ont raconté des détails corroborant l'histoire de la nourrice : ils n'ont retrouvé ni mon corps ni celui de Selina, et la nourrice et son frère, un valet de pied, ont disparu après l'incendie.

— Eh bien ! C'est quelque chose.

Il s'affaissa contre la tête de lit.

— Ce n'est pas suffisant. Pas alors que Mallory a présenté une contestation détaillant mes crimes et le fait que je ne sois pas digne de détenir le titre. Ce n'est pas comme s'il mentait à ce sujet.

— Peut-être pas, mais *c'est* un menteur. Et je vais le prouver. Il me fait confiance. Je le ferai avouer.

Rafe se redressa et lui serra les épaules.

— Il en est hors de question ! C'est un homme dangereux. S'il ne commet pas personnellement des meurtres, il n'hésite pas à engager des gens pour les commettre.

— Il ne va pas m'assassiner, protesta-t-elle avec une certitude qu'il ne posséderait jamais. Mais peut-être qu'il t'assassinerait, toi. Il en avait déjà l'intention quand tu avais quoi, cinq ans ? Mon Dieu !

La voix d'Anne se brisa, et ses yeux s'emplirent à nouveau de larmes.

Rafe l'entoura de ses bras et l'attira contre lui.

— Chut. C'était il y a une éternité. Je suis là. Je suis vivant.

Elle lui rendit son étreinte féroce, le serrant si fort qu'il avait du mal à respirer… et il s'en moquait éperdument.

— Et j'ai besoin que ça reste ainsi, affirma-t-elle, repoussant ses boucles sauvages derrière ses oreilles. Il nous faut un plan. Demain aura lieu le bal à Brixton Park. Je peux m'arranger pour y aller avec mon parrain, et…

Rafe lui prit les mains.

— Il en est hors de question ! dit-il encore. Si tu essaies de le faire avouer, tu as besoin de témoins. Dans tous les cas, tu ne seras pas seule avec lui. *Jamais.* Tu comprends ?

— Je comprends. Mais tu ne peux pas être là, du moins, pas avec moi. Je dois le convaincre que je mets fin à nos fiançailles et que je te déteste à présent, qu'il avait raison, déclara-t-elle, puis elle grimaça. Je vais devoir lutter de toutes mes forces pour ne pas vomir en disant cela.

— Je t'en prie, Anne, tu n'as pas besoin de faire ça. Je refuse de te mettre en danger.

— Nous planifierons tout à la perfection, l'interrompit-elle, détournant le regard, l'esprit en ébullition. Nous aurons besoin de Harry et d'Anthony, peut-être aussi de Rockbourne.

— Tu as déjà trouvé un stratagème.

Les lèvres d'Anne s'ourlèrent en un sourire.

— Peut-être. Ou du moins, j'en ai le début.

Rafe enfonça les doigts dans les boucles d'Anne et l'attira vers lui pour lui offrir un long baiser torride.

— Jamais je n'aurais imaginé pouvoir à nouveau aimer quelqu'un. Je n'en ai jamais eu envie.

Le sourire qu'elle lui décocha en guise de réponse était lumineux et merveilleux, et il combla les plus sombres fissures du cœur de Rafe.

— Je suis heureuse que tu aies baissé ta garde et décidé de me laisser entrer.

— Promets-moi simplement de ne pas me quitter.

Il ne pouvait pas supporter de perdre quelqu'un d'autre.

— Je te le promets.

Elle l'embrassa à nouveau, et ce fut comme s'il se tenait au soleil, les yeux fermés, tandis qu'une délicieuse chaleur baignait son âme.

Il aimait son optimisme, sa détermination, sa férocité absolue quand il était question de protéger et prendre soin de ceux qu'elle aimait. Si quelque chose arrivait à Anne à cause de ce stratagème, Ludlow Mallory n'aurait aucun endroit où se cacher pour se mettre à l'abri.

CHAPITRE 17

ette nuit d'été était chaude et parfaite. La lune s'était levée et les étoiles devenaient de plus en plus brillantes dans un ciel presque noir. Le parfum des roses, du chèvrefeuille et de l'herbe fraîchement coupée embaumait l'air. Les bruits du bal portaient sur une brise légère : des rires, des conversations et la musique émanant de la salle de bal, même si la majeure partie des invités se trouvait à l'extérieur, soit dans le célèbre labyrinthe de Brixton Park, soit dans les environs. L'endroit ressemblait à un jardin d'agrément comme Vauxhall, et non à une propriété privée accueillant peut-être le dernier grand bal de la saison.

En dépit de tout cela, Anne se tenait près du labyrinthe avec Jane et Anthony et n'éprouvait rien de l'excitation étourdissante qu'une telle soirée aurait dû susciter. Au lieu de cela, elle était pleine d'appréhension alors qu'elle passait en revue leur plan dans son esprit pour la centième fois et priait pour que rien ne se passe mal.

Si les choses tournaient au vinaigre, ce ne serait certainement pas à cause d'un manque de préparation. Ou parce qu'ils n'avaient pas assez d'aide. En plus d'Anne et de Rafe, leur famille au sens large faisait également partie du stratagème : Jane et Anthony, Selina et Harry, Beatrix et Thomas. Et même le frère de Harry, North.

— L'as-tu déjà vu ? l'interrogea Jane en scrutant la foule.

Elles étaient arrivées depuis près d'une heure et avaient passé leur temps à discuter avec leurs hôtes, le marquis et la marquise de Ripley, ainsi qu'avec plusieurs autres amis.

— Rafe ou mon parrain ?

Anne n'avait vu ni l'un ni l'autre, en dépit du fait qu'elle les cherchait désespérément. Ludlow, parce que, pour mettre le plan à exécution, il fallait le trouver et l'attirer à l'intérieur. Et Rafe parce que… eh bien ! parce qu'elle voulait le voir.

Non, elle en avait besoin. Le voir lui donnerait tout le courage qu'il lui fallait. Elle n'avait pas peur, non. Elle était en colère. Et prête à faire en sorte que son parrain paie pour ses crimes.

— Mallory, répondit Jane.

— Non, je ne l'ai pas vu.

Elle avait pensé que Rafe serait facile à repérer, étant donné qu'il dominait la plupart des gens. Un grand homme blond, situé à quelques mètres de là, attira son attention. Anne fit un pas en avant.

— Est-ce Rafe ?

Jane lui serra le bras.

— Tu n'es pas censée lui parler. En fait, si tu te retrouves à proximité de lui, tu devras le snober. Tu as un rôle à jouer pour ton parrain.

— Je sais.

Et pour cette raison, elle ne devait pas croiser le chemin de Rafe, car elle n'avait vraiment pas envie de le snober, même si ce n'était qu'un simulacre.

Anthony se pencha vers elles.

— Voilà Mallory.

Plus personne dans leur cercle restreint ne l'appelait

Stone ou le comte. Il était Ludlow ou Mallory ou, peut-être le plus souvent, *ce gredin.*

Un élan d'impatience, et pas d'un bon genre, envahit Anne. Elle redressa les épaules et espéra qu'il ne verrait pas la fureur qui se cachait sous ses mensonges.

Jane serra rapidement la main d'Anne avant de se rapprocher d'Anthony. Ludlow sourit en s'approchant.

— Bonsoir, ma chère Anne. Jane. Colton.

Il inclina la tête vers Anthony, qui le salua d'un « Stone ». Anne était inquiète, car il avait l'air agacé et elle espérait que cela ne piquerait pas la curiosité de son parrain. Elle se précipita pour le distraire.

— Parrain ! Je suis si heureuse de vous voir !

— En vérité, je suis surpris de te voir. Tu as évité la société après l'arrestation de Chamberlain, et je craignais que tu ne te caches à nouveau, compte tenu de ce qui est ressorti au sujet de ton plus récent fiancé.

Il lui adressa un regard triste qui ne fit qu'exacerber la rancœur qu'elle éprouvait envers lui. Fléchissant les mains, elle s'obligea à sourire.

— J'ai décidé de ne pas laisser votre neveu avoir le dessus sur moi. Je suis mieux sans lui, et je veux que tout le monde le sache.

— Bravo ! pavoisa Ludlow, rayonnant de fierté.

Anthony posa les yeux sur Ludlow, puis sur Anne.

— Voudriez-vous bien nous excuser ? Jane et moi souhaiterions aller parler au duc et à la duchesse de Halstead.

— Bien sûr, répondit Anne, impatiente de les voir partir.

Car alors, elle pourrait faire entrer son parrain dans la maison, où elle lui ferait avouer ses crimes pendant que Harry et son frère North écouteraient. Elle lança un regard vers la maison, où les deux frères se tenaient dans l'ombre, les guettant, Ludlow et elle.

— Avez-vous vu la salle de bal ? demanda Anne à son parrain.

Il y avait une salle à proximité avec des rafraîchissements et des coins salon séparés pour se réunir et s'asseoir. À côté se trouvait une salle plus petite où elle pourrait s'isoler avec son parrain, tout en laissant la porte entrouverte pour que Harry et North écoutent la conversation. Le constable entrerait alors et arrêterait Ludlow pour le meurtre des parents de Rafe.

— Pas encore.

Elle lui sourit avec enthousiasme.

— Pourriez-vous m'escorter ? J'adorerais la voir.

Avant qu'il puisse répondre, Deborah les rejoignit à grands pas, ou plutôt en vacillant.

— Bonsoir papa, Anne.

Elle fronça les sourcils en prenant la main d'Anne. La tenant entre ses paumes et la serrant, Deborah regarda attentivement les yeux d'Anne.

— Papa m'a parlé de mon cousin, cette canaille. C'est une bonne chose que tu l'aies découvert maintenant. Avant le mariage. Peux-tu imaginer si un deuxième de tes fiancés était arrêté le jour de ton mariage ?

— Deborah ! murmura Ludlow avec insistance. Baisse la voix ! Tu n'aides pas cette chère Anne.

Elle hoqueta, porta la main à sa bouche, et relâcha Anne.

— Non, sans doute que non. Mes excuses, Anne.

Elle plissa ensuite les yeux, regardant quelque chose au loin. À l'évidence, elle avait déjà beaucoup bu.

— Regardez-les se promener comme si elles devaient être acceptées dans la société. Dégoûtant.

— Qui ? s'enquit Ludlow, se tournant pour suivre le regard de Deborah.

— Ces impostrices... ma cousine, *Selina*, répondit-elle, prononçant le nom comme si c'était une vulgarité. Et sa fausse sœur, la bâtarde. Je dois sans doute supporter la présence de Selina puisqu'elle a réussi à faire un bon mariage, mais Beatrix n'est qu'une bâtarde qu'il faut bannir.

Anne fut momentanément sidérée par le vitriol exprimé par Deborah, mais elle parvint à parler en serrant les dents.

— Sauf qu'elle a aussi fait un bon mariage.

— Bah ! Elle a profité de Rockbourne. Il était en deuil. C'est une menteuse et une arnaqueuse. Et une bâtarde.

Sa voix s'élevait à mesure qu'elle parlait, et les têtes autour d'eux se tournaient dans leur direction. C'était trop espérer que personne n'ait entendu ce qu'elle avait dit.

— Deborah ! répéta le parrain d'Anne, fronçant violemment les sourcils.

— Excusez-moi, je n'ai pu faire autrement que vous entendre, lady Burnhope, intervint le duc de Ramsgate qui les rejoignit.

De taille moyenne, avec une bedaine imposante, le duc était veuf, et également le voisin de Beatrix. Était-il venu prendre sa défense ?

— Je n'essayais pas d'être discrète, répliqua Deborah en reniflant. Tout le monde doit savoir qu'il y a une arnaqueuse parmi nous.

— Je crains de ne pouvoir vous permettre de calomnier lady Rockbourne, répondit le duc, qui se tourna vers Beatrix, qui se tenait auprès de son mari et de Selina. Beatrix, veux-tu venir ici, s'il te plaît ?

Après avoir échangé un regard avec son mari et Selina, la jeune femme s'approcha d'eux. Thomas et Selina la suivirent. Bien que petite de taille, Beatrix affichait une confiance en soi enviable.

— Bonsoir ! les salua-t-elle joyeusement à son arrivée.

Elle adressa un sourire aimable à Ramsgate, tout comme à Anne et à Ludlow. Cependant, lorsque son attention se porta sur Deborah, son sourire s'estompa et ses yeux bleus devinrent glacials. Ramsgate montra Beatrix d'un geste et parla haut et fort, le regard braqué sur Deborah.

— Permettez-moi de vous présenter ma fille, *lady Rockbourne.*

Les yeux bleus de Deborah s'écarquillèrent, et sa mâchoire se décrocha. Elle bafouilla, mais ne dit rien.

— Ne t'avais-je pas dit que mon père était un duc ? intervint Beatrix à voix basse, de sorte que seuls les membres de leur petit cercle, dont Thomas et Selina, puissent l'entendre.

Ludlow expira bruyamment et prit sa fille par le bras.

— Excusez-nous, dit-il, lançant un regard d'excuse à Anne, avant de conduire sa fille vers la maison.

Bon sang ! Les épaules d'Anne s'affaissèrent alors qu'elle les regardait s'éloigner. Elle était censée être à la place de Deborah !

— C'est typique de Deborah de tout gâcher, remarqua Beatrix.

Selina acquiesça dans un murmure avant d'afficher un grand sourire.

— Mais c'était merveilleux ! s'exclama-t-elle avant de se tourner vers Ramsgate. J'ignore ce qui vous a provoqué, mais merci.

— Oui, merci, ajouta Beatrix, les yeux rivés sur son père. Je ne sais pas quoi dire.

Le duc lui répondit d'une voix bourrue.

— Tu n'as pas besoin de dire quoi que ce soit. J'aurais dû te reconnaître il y a bien longtemps, au moins quand tu as fait ton entrée dans la société cette saison. Cependant, tu n'as pas eu besoin de mon aide pour faire un bon mariage, la complimenta-t-il en adressant un signe de tête à Thomas, qui inclina la sienne en retour. Je vous remercie. Je suis heureux d'être à nouveau en bons termes avec mon voisin. Peut-être aimeriez-vous venir dîner la semaine prochaine ?

— Ce serait un plaisir, en fait, répondit Thomas. Et je

pense que le demi-frère de Beatrix aimerait probablement se joindre à nous.

— Merveilleux ! intervint Beatrix, qui semblait si heureuse qu'Anne en oublia presque sa propre consternation.

Secouant la tête, Anne était sur le point de s'excuser pour pouvoir suivre Ludlow et Deborah, mais elle ne pouvait pas vraiment le faire seule. Enfin, elle *pouvait*, mais elle ne devrait pas. *Zut !* C'était tellement agaçant d'être célibataire !

— Selina, voudrais-tu bien m'accompagner à l'intérieur, dans la salle de repos ? s'enquit Anne.

— Avec plaisir, répondit Selina, qui serra la main de Beatrix et lui décocha un grand sourire avant de rejoindre Anne et de se diriger vers la maison. Deborah ne ménage pas ses efforts pour se montrer exécrable, mais nous allons trouver un moyen de tourner la situation à notre avantage.

Anne espérait qu'elle avait raison.

— Dépêchons-nous.

Elles accélérèrent le pas et, à l'approche de la maison, Anne croisa le regard de Harry qui lui répondit par un hochement de tête.

Quand elles atteignirent la porte, Selina s'arrêta.

— Je te laisse ici. Bonne chance.

— Merci.

Anne pénétra dans le salon, une grande pièce avec plusieurs espaces de repos distincts. Dans un coin éloigné de la pièce, l'un d'eux était occupé : Deborah était étendue sur une méridienne.

Les yeux fermés, la main posée sur le front comme si elle s'était évanouie, elle était pâle. Anne n'éprouvait aucune compassion pour elle.

La poussant sans ménagement, elle se baissa.

— Deborah.

— Quoi ? fit l'autre femme, dont les yeux s'ouvrirent à peine. Oh, Anne ! Ce n'est que toi.

Elle ferma à nouveau les yeux.

En temps normal, Anne se serait enquise de son bien-être, mais elle avait un objectif et elle devait impérativement accomplir sa tâche. De plus, elle ne tenait pas particulièrement à se montrer gentille avec Deborah et elle ne le ferait sans doute plus jamais.

— Où est parti ton père ?

— Par là.

Deborah fit un signe vague de la main, sans montrer de direction particulière.

— Deborah, ouvre les yeux, dit Anne d'un ton sec. Où est-il allé ? Montre-moi.

Les paupières de Deborah se soulevèrent lentement. Elle montra une porte à sa gauche.

— Par là.

Vers la salle de bal. *Tant mieux.* Anne expira et partit dans la direction indiquée par Deborah. Ensuite, cette dernière sortit complètement de ses pensées.

La pièce suivante était un salon doté de deux portes. La première menait à la salle de bal, Anne voyait des couples danser et entendait la musique. Il était possible que son parrain s'y soit rendu, mais elle décida d'essayer l'autre porte.

Alors qu'elle s'approchait, elle entendit des voix.

— Un grand type imposant avec une vilaine cicatrice au menton. Blond, vous avez dit ?

Anne s'arrêta et écouta, surprise par la grossièreté des propos tenus dans l'autre pièce. Ils devaient parler de Rafe. Tendue, elle s'approcha de la porte, qui était à peine entrouverte.

— Oui. Pourquoi n'est-il pas encore mort ? s'enquit la voix de Ludlow, facilement discernable.

La peur la transperça. Elle espérait que Harry et North arriveraient bientôt.

— Nous voulons d'abord l'argent.

— Ce n'est pas ce que nous avions prévu, répliqua Ludlow d'un ton sévère.

— Qu'avons-nous ici ?

La porte s'ouvrit brusquement. Une main saisit Anne par l'avant-bras et la tira à l'intérieur. La porte se referma derrière elle.

Anne haleta tandis que toutes les têtes présentes dans la pièce se tournaient vers elle. En plus de son parrain, il y avait six hommes, tous vêtus comme s'ils étaient à leur place dans un bal de la société, mais à en juger par leur langage, ce n'était manifestement pas le cas.

— Je vous cherchais, dit Anne à son parrain, le cœur battant à tout rompre.

— Elle écoutait, dit l'homme qui lui tenait le bras. Je l'ai vue par l'ouverture de la porte.

Ludlow fit quelques pas vers elle, le regard méfiant.

— Anne, qu'as-tu entendu ?

— Rien.

Elle espérait qu'ils ne verraient pas la peur dans ses yeux ni la palpitation de son pouls dans sa gorge.

— Elle ment, affirma l'homme en lui serrant le bras plus fort. Je la sens trembler.

Expirant, Ludlow s'essuya le front.

— Anne, ma chère. Tu n'aurais pas dû venir ici.

— Nous pouvons nous charger d'elle quand nous nous occuperons de votre neveu.

Le souffle d'Anne se bloqua, et elle s'efforça de ne pas produire un son en dépit de la peur qui lui enserrait la poitrine.

Ludlow lança un regard furieux à l'homme qui avait parlé de Rafe.

— Taisez-vous ! s'exclama-t-il, puis il soupira en dévisageant Anne. Je ne sais pas ce que tu as entendu, mais cela ne peut pas être *rien*. Tu as l'air plutôt effrayée.

L'esprit en ébullition, elle s'efforça de trouver quelque chose à dire.

— Uniquement parce que vous rencontrez des hommes qui ont l'air de… voyous.

— Tu les as entendus parler de mon neveu.

Anne essaya de garder son calme alors que son bras commençait à souffrir de la poigne du brigand et que la panique la rongeait de l'intérieur.

— Oui. Mais pourquoi devrais-je m'en soucier ? Je ne veux rien avoir à faire avec lui. Je le méprise.

Ludlow sourit.

— Évidemment. Après cela, il ne t'importunera plus.

Ils n'avaient pas prévu cette situation. Et soudain, il lui sembla qu'il s'agissait d'une négligence évidente. L'homme avait déjà tué pour obtenir ce titre. Pourquoi ne recommencerait-il pas pour le conserver ?

Parce qu'il avait donné l'impression d'avoir un autre plan pour obtenir ce qu'il voulait, à savoir tout simplement ruiner les chances de Rafe d'être nommé comte.

— As-tu l'intention de le tuer ? demanda-t-elle tout fort, espérant que Harry et North se trouvaient à présent dans la pièce voisine.

Ludlow fronça les sourcils et il eut le culot d'avoir l'air affligé.

— Je n'ai pas dit ça, n'est-ce pas ?

— Elle a entendu ce que Renny a dit, rétorqua l'homme qui la tenait. Que nous nous chargerions d'elle comme de votre neveu. Et je vous ai dit qu'elle écoutait.

— Personne ne se « chargera » de ma filleule. Viens, Anne, tu peux partir avec moi maintenant.

L'homme qui se tenait le plus près de Ludlow sortit un pistolet de sa veste.

— Mieux vaut s'assurer qu'elle ne parle pas.

Ludlow prit la main d'Anne et l'éloigna de l'homme, soulageant le bras de la jeune femme.

— Non ! Elle partira avec moi.

— Je ne peux pas partir comme ça ! s'exclama Anne, cherchant une raison de rester pour les empêcher de tuer Rafe. Je vais manquer à ma sœur.

— Nous enverrons un valet de pied l'informer.

Ludlow adressa un signe de tête à l'un des hommes. Lui et un autre quittèrent la pièce par une autre porte.

— Voilà. Maintenant, tu peux partir avec moi. Je vais à Ivy Grove. Tu pourras y passer la nuit. Lorcan est censé venir aussi. Il est quelque part par ici.

Il commença à l'entraîner vers la porte par laquelle les autres hommes venaient de sortir

Anne planta les talons dans le tapis et retira sa main de celle de Ludlow.

— Non ! Je ne peux pas partir.

— Elle va le prévenir, affirma l'homme armé. Vous ne pouvez pas lui faire confiance.

— Bien sûr que je peux, dit Ludlow. N'est-ce pas, ma chérie ?

Anne recula d'un pas.

— Je ne peux pas partir avec vous, parrain, pas sans parler à Jane. Laissez-moi y aller. En fait, pourquoi ne viendriez-vous pas avec moi ?

Elle partit en direction de la porte, mais l'homme qui l'avait entraînée dans la pièce la devança. Il n'était pas très grand, mais il était tout de même costaud et menaçant. Il montra les dents ; il lui en manquait deux sur le devant.

— Elle va gâcher le plan.

Cela venait de derrière Anne. *Tout près* derrière elle.

Avant qu'elle puisse pleinement ressentir la peur qui lui montait à la gorge, tout devint noir.

*G*arder ses distances avec Anne, et ne pas intervenir au début du plan, rendait Rafe fou. Il était arrivé à Brixton Park avec Selina et Harry, mais s'était séparé d'eux très rapidement. Harry restait près de la maison avec son frère, guettant le moment où Anne attirerait son parrain à l'intérieur.

Ils avaient discuté du plan en détail et à plusieurs reprises, mais cela ne soulageait en rien l'anxiété de Rafe. Il craignait toujours que quelque chose tourne mal, et maintenant il se trouvait de l'autre côté du labyrinthe, séparé d'eux tous.

Il suscitait également l'intérêt de nombreuses personnes, dont certaines l'approchaient pour l'interroger effrontément sur ses prétentions au titre de comte. Cependant, la plupart des gens se contentaient de le regarder de loin et de parler entre eux. Et Rafe s'en moquait éperdument.

Un valet de pied passa avec un plateau de champagne. Il prit un verre et en avala presque tout le contenu d'une traite.

Il aperçut Harry, Selina, Beatrix, Thomas et North qui se dirigeaient vers lui et il serra le verre si fort dans sa main qu'il se brisa, lui coupant le pouce. Il secoua la main, délogeant les morceaux de verre de sa chair.

Tous arboraient des mines sinistres. Une peur glaçante que Rafe n'avait éprouvée qu'une seule fois dans sa vie ralentit le sang dans ses veines.

— *Quoi ?*

Ce fut Harry qui prit la parole.

— Anne a disparu. Nous l'avons suivie dans la maison, mais nous avons été interceptés par Deborah. Elle a fait tout une scène, et le temps que nous nous en extirpions, nous n'avons pas pu retrouver Anne ni Mallory.

Rafe passa une main tremblante dans ses cheveux.

— Séparons-nous et partons à sa recherche.

Harry hocha la tête.

— Nous pensions la même chose.

— Nous allons demander aussi à Anthony et Jane, dit Thomas, ainsi qu'à Ripley. Je suis sûr qu'il voudra aider, et il pourra rallier ses domestiques à notre cause. Je m'en occupe.

Il se retira.

North commença à tourner les talons.

— Je vais voir les écuries.

— Il ne l'emmènerait pas dans le labyrinthe, alors je ne pense pas qu'il faille chercher là, intervint Harry.

Rafe éprouvait un sentiment d'impuissance écrasant. Il n'arrivait plus à respirer.

— Crois-tu qu'il l'ait enlevée de la propriété ?

— C'est possible. Je vais chercher sa calèche, proposa Harry, posant un regard angoissé sur Rafe. Je suis désolé.

— Nous allons rester avec Rafe, dit Selina en serrant rapidement la main de son mari avant qu'il parte.

Rafe commença à contourner le labyrinthe en direction de la maison.

— Nous devons chercher. Ont-ils fouillé toute la maison ?

— Je crois qu'ils n'ont fait que le rez-de-chaussée. Ils voulaient nous dire, *te* dire ce qui s'était passé avant que trop de temps se soit écoulé.

Combien de temps ? Depuis combien de temps Anne avait-elle disparu ? Il s'arrêta brusquement.

— Qu'y a-t-il ? demanda Beatrix sur sa gauche.

Selina était à sa droite.

— Sommes-nous seulement sûrs que Mallory l'a enlevée ? Il ne lui ferait pas de mal, je ne crois pas.

Mais pouvait-il vraiment en être certain ? Cet homme avait assassiné sa chair et son sang ! Rafe avait la nausée. Alors que Rafe peinait à reprendre son souffle, à calmer son pouls qui s'emballait et son ventre complètement noué, un valet de pied en livrée bleue marcha droit vers lui. Bien,

Ripley avait déjà engagé les domestiques. Peut-être l'avaient-ils trouvée ?

— Monsieur Mallory ? demanda le valet de pied.

— Oui ?

— J'ai un message pour vous de la part de Mlle Pemberton. Vous devez la retrouver à la folie.

Le cœur de Rafe battit encore plus vite.

— Où cela se trouve-t-il ?

Le valet de pied montra du doigt une colline loin de la maison.

— Elle n'est pas très grande, mais vous ne pouvez pas la manquer. Voulez-vous que je vous y conduise ?

— J'ai besoin que vous trouviez lord Northwood, M. Sheffield ou lord Rockbourne et que vous leur disiez que nous nous sommes rendus à la folie pour retrouver Mlle Pemberton.

Le valet de pied hocha la tête une fois.

— Oui, monsieur.

Rafe tourna les talons et partit à grands pas en direction de la colline.

Selina et Beatrix devaient pratiquement courir pour le suivre. Bon sang ! Pourquoi *lui* ne courait-il pas ? Ils avaient atteint le sommet de la colline et il se mit à courir, laissant la gravité l'aider sur le chemin.

— Rafe, attends ! l'appela Selina, mais il ne ralentit pas.

Au pied de la colline, il aperçut la pierre pâle de la folie. Elle était plus petite et bien moins ornementée que celle d'Ivy Grove. Cela ressemblait plutôt aux ruines partielles d'une abbaye qu'Henri VIII aurait détruite.

— Anne ? cria-t-il en arrivant à la folie, le souffle court.

Une silhouette sombre surgit de derrière l'un des murs, sa main s'élevant en arc de cercle. Rafe esquiva et fonça, l'épaule en avant, frappant l'homme à l'aine. Le brigand s'effondra avec un grognement, mais un autre prit sa place, son bras s'abaissa, et la lame dans sa main étincela à la lumière de la lune. Rafe se laissa tomber pour éviter le coup, et il roula aussitôt sur le dos. Le sol de la folie, fait de pierres plates jointes les unes aux autres, ne permettait pas un atterrissage en douceur.

L'homme se posta au-dessus de Rafe et grogna, brandissant le couteau en se penchant. Il y eut alors un tumulte, des jupes rouge foncé et turquoise qui tourbillonnaient et de multiples corps en mouvement. Le brigand qui se tenait au-dessus de lui gémit et bascula en avant. Rafe roula sur le côté, évitant de justesse la chute du corps.

Se relevant d'un bond, il tira son couteau de sa botte et se précipita vers un autre bandit. Balayant la folie du regard, il dénombra quatre hommes debout et un cinquième à terre. Plus Selina et Beatrix, qui brandissaient leur propre couteau.

— Venez me voir ! hurla Rafe, essayant de détourner les hommes de ses sœurs.

Et, oui, Beatrix était sa sœur dans tous les aspects qui comptaient, contrairement au sang, comme celui qu'il partageait avec son oncle.

Deux des hommes reportèrent leur attention sur Rafe. L'un d'eux s'écria :

— Flanquez-le !

Rafe était prêt à les accueillir. Il leva le bras droit en guise de bouclier, tout en maniant le couteau de sa main gauche. C'était généralement un avantage pour lui que sa main gauche soit sa main dominante, car ses adversaires ne s'y attendaient pas.

Retenant l'un d'eux avec son bras, il se jeta sur l'autre, visant avec son couteau le dessous du menton de l'homme. Alors que la lame de l'un traversait la manche de Rafe et entaillait sa chair, il toucha la mâchoire de l'autre. Malheureusement, le criminel bougea assez vite pour éviter de trop gros dégâts.

Avec un grognement grave, Rafe lança sa jambe et fit trébucher l'homme qui l'avait blessé au bras, l'envoyant à terre.

— Rafe, j'ai un pistolet ! s'écria Beatrix.

— Sers-t'en ! répliqua-t-il.

La détonation résonna dans l'air nocturne tandis qu'un des hommes tombait sur les pierres.

Soudain, d'autres personnes apparurent, et un instant plus tard, les trois brigands restants étaient à terre.

Harry se tenait au-dessus d'eux, un pistolet à la main.

— Vous allez tous être présentés au magistrat. Je travaille pour Bow Street.

L'un des hommes jura. Rafe vint se placer aux côtés de Harry.

— Où est Anne ?

Le trio leva les yeux vers lui, mais aucun d'eux ne dit rien. Il se baissa et agrippa celui de gauche par l'avant de sa veste.

— Dites-moi où elle est, ou je vous arracherai les entrailles et vous les ferai manger.

Le visage du bandit perdit toutes ses couleurs tandis qu'il jetait des coups d'œil désespérés à Harry.

— Vous ne pouvez pas le laisser faire.

— Je ne pense pas pouvoir l'arrêter. Après tout, il ne cherche qu'à vous empêcher de vous enfuir. Pour qui travaillez-vous ?

— Personne ! rétorqua l'homme du milieu.

Rafe laissa tomber le premier homme et reporta son attention sur celui qui venait de parler.

— Vous vous retrouvez par hasard habillés comme les membres de la haute société, au milieu d'un bal auquel vous n'avez pas été invités, dans le but de m'attirer à l'écart, énuméra-t-il avant de poser le pied sur le cou de l'homme. Pour qui travaillez-vous ?

— Si j'étais vous, je le lui dirais, remarqua Harry d'un ton calme.

Les yeux exorbités, le criminel explosa :

— Lord Stone. Il a emmené la fille avec lui.

Rafe appuya sur sa botte.

— Où ?

— Ivy quelque chose, croassa l'homme.

— Ivy Grove, lança Rafe en se retournant pour quitter la folie.

— Attends ! l'appela Harry, lui saisissant le bras. Tu ne peux pas y aller seul.

— Je me fiche de savoir qui vient avec moi, mais je pars *maintenant* !

Anthony et Jane arrivèrent avec leur hôte, Ripley. Ce dernier fronça les sourcils en contemplant la scène qui se déroulait dans sa folie.

— *Bon sang de bonsoir* ! murmura-t-il.

— Ripley, nous avons besoin de chevaux, lui annonça Harry.

Le marquis acquiesça.

— Dites au palefrenier en chef à l'écurie que je lui demande de seller tout ce dont vous aurez besoin.

Rafe se mit en route vers la maison. Il ne connaissait que vaguement l'emplacement de l'écurie, mais il la trouverait. Il courut, mais pas aussi vite qu'il l'avait fait pour arriver à la folie.

— Par ici, lui dit Harry, heurtant son bras en le dépassant.

Le suivant, Rafe fut réconforté de voir que non seulement son beau-frère était venu, mais aussi North et Anthony. Ils arrivèrent aux écuries quelques instants plus tard, et le constable prit les choses en main, ce dont Rafe lui fut très reconnaissant. Il n'était plus qu'un chaos d'émotions. Il ne pouvait imaginer que Mallory ferait du mal à sa filleule, mais il était déjà arrivé à la conclusion que cet homme était capable de tout.

S'il faisait du mal à Anne…

Attendre que les chevaux soient prêts fut une véritable torture. Rafe faisait les cent pas tandis que les trois autres hommes restaient stoïques. Quand enfin les chevaux furent sellés, Rafe demanda lequel était le plus rapide.

Le palefrenier en chef indiqua un grand destrier noir.

— Celui-là.

— Êtes-vous certain de vouloir monter ce cheval ? s'enquit North qui, évidemment, connaissait par expérience les compétences limitées de Rafe.

Rafe comprenait l'inquiétude de l'homme.

— Oui, répondit-il en se hissant sur le dos de la bête.

— Je serai juste derrière vous, lança North en grimpant sur un autre cheval.

Ils quittèrent la cour de l'écurie au pas, et il leur fallut plusieurs minutes interminables avant de parvenir à dépasser les dizaines de véhicules qui avaient fait le voyage depuis Londres. Mais une fois qu'ils atteignirent la route, Rafe lança l'animal au grand galop. Il espérait avoir assez d'adresse pour rattraper son oncle malfaisant avant qu'il soit trop tard.

CHAPITRE 18

*L*es oscillations de la calèche donnaient la nausée à Anne, qui luttait pour reprendre conscience. Sa tête la lançait et il lui fallut un moment pour se rappeler ce qui s'était passé. En fait, elle ignorait tout de ce qui s'était passé après qu'un des complices de son parrain l'eut frappée.

Ouvrant très légèrement les yeux, elle aperçut l'intérieur sombre du véhicule. Elle était allongée sur le siège orienté vers l'arrière, les pieds pendants par-dessus le coussin. Son parrain était assis sur le siège opposé, la tête basculée en arrière, les yeux fermés.

Ils heurtèrent une bosse et Anne gémit alors que la douleur explosait dans sa tête. Elle leva la main pour l'appuyer contre son crâne.

— Tu es réveillée, dit Ludlow.

Sa voix exprimait en fait une certaine inquiétude, et Anne avait envie de le gifler pour cela. Elle avait envie de le gifler pour beaucoup de choses.

— Où allons-nous ? croassa-t-elle.

— Ivy Grove.

Brixton Park et, surtout, Rafe, étaient derrière eux.

— Vous êtes une personne horrible, cracha-t-elle alors qu'elle luttait pour s'asseoir.

S'effondrant contre la banquette, elle respira bruyamment tandis que la douleur dans sa tête battait au rythme de son pouls.

— Vous ne pourrez pas tuer Rafe comme vous avez assassiné ses parents. Il est plus intelligent que vous. Bien plus compétent, aussi. Vous voyez son passé d'un mauvais œil, mais il est bien armé pour survivre à des gens pires que vous.

Anne priait pour qu'il soit en sécurité. C'était une chose de savoir qu'il était fort et habile, et une autre de croire qu'il pourrait échapper aux machinations de son oncle alors que ses parents n'y étaient pas parvenus.

— Pense ce que tu veux, répliqua froidement Ludlow. Je suis toujours ton parrain, que tu as toujours aimé. Rien n'a changé.

Elle réprima une nouvelle vague de nausées quand elle entendit ces mots. Elle l'avait aimé. Respecté. D'une certaine manière, elle l'avait apprécié plus que son propre père. Et il avait toujours été un meurtrier.

— Tout a changé, répliqua-t-elle, serrant la mâchoire alors qu'ils heurtaient une nouvelle ornière sur la route. Je vous vois tel que vous êtes vraiment. J'espère que vous serez pendu.

Il expira brusquement.

— C'est, je l'espère, peu probable. Mes hommes vont bientôt se débarrasser de mon neveu, s'ils ne l'ont pas déjà fait.

Anne aurait aimé avoir une arme.

— Beaucoup de gens sont au courant de vos crimes, y compris le beau-frère de Rafe, qui est, si vous vous en souvenez, un constable de Bow Street. Vous *serez pendu*.

— Il n'y a aucune preuve de ce que j'ai fait, affirma-t-il, l'air calme, sûr de lui. Je me suis montré très prudent.

— Je sais que vous avez comploté pour tuer Rafe, et je témoignerai. *C'est* une preuve.

Ludlow fronça les sourcils, et ses yeux semblaient tristes dans la lumière de la lanterne suspendue sur une paroi de la calèche.

— Tu n'es pas obligée de faire ça. J'aimerais que tu n'en fasses rien. Je ne veux pas que tu deviennes gênante.

— Vous pensez que je vais détourner le regard et continuer comme si je ne savais pas ce que vous êtes, ce que vous *avez fait* ? s'exclama Anne, clignant des yeux. Vous êtes fou.

— Tu le penses peut-être, mais ce n'est pas le cas. J'ai été contraint de faire ce qui était le mieux pour le comté, pour ma chère Alicia.

Anne était presque certaine que c'était le prénom de la mère de Rafe.

— Elle n'était pas *votre* chère Alicia. C'était votre belle-sœur.

— Parce qu'elle a mal choisi. Ma femme a toujours été fragile. Je savais qu'elle n'atteindrait pas la quarantaine. Alicia et moi avions une chance d'être heureux ensemble.

— Sauf qu'elle a *choisi* de rester avec son mari, de mourir à ses côtés. Elle a choisi l'amour, dit Anne avec douceur. L'amour gagne toujours.

Il esquissa un petit sourire.

— L'espoir fait vivre. Parfois, il faut juste donner un petit coup de pouce au destin. J'espère que tu feras un choix judicieux, contrairement à Alicia. Rappelle-toi simplement tous les moments heureux que nous avons partagés et combien je t'aime. Tu as été pour moi une bien meilleure fille que Deborah, dit-il, puis il plissa le nez. Elle a été un tel embarras ce soir !

Maintenant qu'Anne voyait la véritable nature de son parrain, elle commençait à comprendre pourquoi Deborah était si désagréable. Il était probable qu'elle partageait une partie de ce qui rendait son père moralement déficient, ou qu'elle ait souffert de cette déficience.

— J'ai de la peine pour Deborah, déclara Anne, posant ses mains de chaque côté de sa tête avant de soupirer. Je ne peux qu'imaginer quelle sorte de négativité et de malveillance vous avez introduite dans son esprit.

— Ne la plains pas. Elle s'en sortira bien, tout comme je m'en suis sorti. Tout comme je m'en *sortirai*.

Anne lui fit une promesse, le fixant d'un regard noir.

— Cela n'arrivera pas. Vous ne conserverez pas le titre et vous serez pendu, lui dit-elle à nouveau, car elle n'aurait su trop le répéter. Je consacrerai toutes mes forces à faire en sorte que ces deux objectifs se réalisent.

Ludlow plissa les yeux.

— Alors tu ne me laisseras pas le choix. Cela m'attriste, ma chérie.

Il s'avança sur le siège et leva le bras. Anne s'arc-bouta, ne sachant pas ce qu'il comptait faire. Le bruit d'un coup de feu retentit et la calèche se déporta sur le côté. Ludlow retomba en arrière, et Anne regretta une fois de plus de ne pas avoir d'arme pour pouvoir bondir sur lui et l'attaquer.

Un autre coup de pistolet résonna, et, cette fois, le véhicule gîta violemment. L'espace d'un instant terrifiant, Anne craignit qu'ils ne basculent en quittant la route.

La calèche ralentit, mais seulement légèrement. Le sol était accidenté et ils rebondirent impitoyablement. La douleur dans la tête d'Anne s'intensifia et elle appuya plus fortement ses mains sur son crâne, comme si elle pouvait soulager la douleur en se maintenant la tête plus immobile.

Soudain, Ludlow s'élança de son siège vers la portière qu'il ouvrit à la volée. Il bondit hors du véhicule, et la porte se balança brutalement.

Haletante, la jeune femme tomba de la banquette alors que la calèche heurtait une grosse bosse. Un cavalier arriva près de la portière ouverte, et Anne pria pour que cette personne, qui qu'elle soit, puisse faire arrêter cette course folle.

Pendant plusieurs minutes éprouvantes, elle souffrit des secousses de la voiture sur le terrain accidenté. Mais le véhicule ralentit, heureusement. Finalement, il s'arrêta. Elle retomba sur le plancher, prise de vertige, et ferma les yeux.

— Anne !

La voix de Rafe s'infiltra dans son cerveau endolori. Il la souleva du plancher et la porta à l'extérieur de la calèche. La douce brise nocturne apaisa sa douleur. Elle ouvrit les yeux, mais elle savait déjà qui la tenait.

Il baissa les yeux sur elle, les yeux écarquillés par la peur, le visage marqué par la détresse.

— Est-ce que tu vas bien ?

Elle hocha la tête, et se rendit compte aussitôt de son erreur.

— Aïe ! Ça fait mal.

— Tout va bien, maintenant, mon amour, lui dit-il en l'emmenant à l'écart de la calèche. Tu es en sécurité à présent.

Elle essaya de relever la tête pour regarder autour d'elle.

— Où est Ludlow ? Il a sauté du véhicule.

— Je l'ai vu faire, lui dit Rafe qui se tourna. Harry l'a attrapé. Avec North.

Anthony arriva auprès d'eux, guidant une seconde monture. Il descendit au bas de la sienne et s'avança vers eux à grands pas.

— Tout va bien, Anne ?

— Oui, à part un méchant mal de tête.

— Heureusement, dit Anthony, posant un regard plein d'admiration sur Rafe. C'était un sacré saut !

Anne tourna la tête pour regarder Rafe.

— De quoi parle-t-il ?

— J'ai dû sauter de mon cheval sur la calèche. J'ai tiré sur le brigand qui était assis à l'avant. Dans sa chute, il a entraîné le cocher. Quelqu'un devait arrêter le véhicule.

Anne ne put s'empêcher de sourire. Compétent n'était pas un mot suffisant pour décrire cet homme.

— Voilà qui est épatant !

Un autre coup de feu retentit, et Anne tressaillit.

— Que s'est-il passé ?

Rafe se mit en route vers l'endroit où Harry et North s'occupaient de Ludlow.

— Je peux marcher, dit Anne.

— Mais tu ne le feras pas, répliqua-t-il, accélérant le pas.

— Comment va-t-elle ? s'enquit Harry.

— Bien. Je n'ai qu'un mal de tête. Que s'est-il passé ? l'interrogea-t-elle, tournant le cou pour voir, mais elle avait du mal à le faire. Veux-tu bien me poser ? Je m'accrocherai à toi, je te le promets.

Rafe la déposa, mais il la tint serrée contre lui. Elle haleta à la vue de son parrain gisant étendu sur le dos, du sang se répandant en une tache épaisse sur sa poitrine entre les revers de sa veste.

— Anne ? bredouilla-t-il, les yeux fixés sur le ciel éclairé par la lune.

— Je n'ai rien à vous dire.

— Lorcan devrait être le comte, pas cet imposteur, cracha Ludlow entre deux halètements.

Rafe se déplaça pour se poster au-dessus de lui, entraînant Anne avec lui.

— Je ne suis pas un imposteur, répliqua-t-il tranquillement. Je suis le comte de Stone.

Du sang s'écoula de la bouche de Ludlow qui luttait pour parler. Aucun son ne sortit en dehors d'un long souffle rauque. Puis il s'immobilisa.

— Je suis désolé, Anne, déclara Harry. Il a sorti un pistolet de sa veste. Je devais tirer.

— Je comprends. Vous avez fait ce que vous deviez faire.

Elle aurait dû être triste, mais elle s'en voulait d'avoir soutenu cet homme affreux, d'avoir cru qu'il avait simplement du mal à accepter de perdre la vie qu'il avait toujours connue. Mais c'était une vie qu'il avait volée à l'homme debout près d'elle.

Elle était également soulagée que Rafe soit effectivement toujours à ses côtés. Se tournant vers son torse, elle passa la main derrière lui et agrippa son bras droit. Il grimaça dès qu'elle le toucha.

— Est-ce que tu vas bien ?

Elle le lâcha et regretta qu'il n'y ait pas davantage de lumière pour voir s'il était blessé.

— Ce n'est qu'une entaille sur mon bras.

Anne le regarda d'un air renfrogné.

— Ce qui est une entaille pour toi peut être une plaie béante pour quelqu'un d'autre.

— Ce n'est qu'une égratignure. Je te le promets, mon amour.

Pour l'instant, elle allait le croire sur parole.

— Comment m'as-tu retrouvée ?

— Mallory s'en est pris aux mauvaises personnes, déclara North en secouant la tête. Ses hommes ont attiré Rafe dans la folie de Brixton Park, probablement avec l'intention de le tuer. Ils n'ont pas fait attention que ses sœurs étaient avec lui, et qu'elles sont tout aussi habiles au couteau que lord Stone ici présent.

Il inclina la tête vers Rafe pour indiquer qu'il parlait du véritable comte.

— Est-ce que tout va bien ? s'enquit Anne, choquée. Pour Selina et Beatrix, je veux dire. Je me fiche éperdument des hommes qui travaillaient pour mon parrain.

— Oui, elles vont bien, la rassura Harry. Et la plupart des hommes pourront être jugés.

Anne baissa les yeux sur son parrain.

— Il était fou, affirma-t-elle, étreignant Rafe plus fort.

Harry passa une main dans ses cheveux auburn.

— Je dois trouver le cocher, ainsi que ce dernier bandit.

— Je vais t'aider, proposa North, et Anthony se joignit à eux.

Une calèche s'arrêta sur le bord de la route, qui devait se trouver à environ quatre cents mètres.

— Rafe ?

Anne reconnut la voix de Selina.

— Ici ! cria Rafe.

Quelques instants plus tard, Selina, Beatrix et Jane arrivèrent, cette dernière se précipitant en avant pour envelopper Anne d'une étreinte serrée. Même si sa tête lui faisait mal, Anne enlaça sa sœur avec un mélange de soulagement et d'amour débordant.

— Je suis si heureuse que tu sois saine et sauve ! lui dit Jane à travers ses larmes.

Soudain, Anne se mit à pleurer à son tour, et l'émotion refoulée de la soirée se déversa hors d'elle tandis qu'elle s'accrochait à sa sœur.

Plusieurs minutes s'écoulèrent avant qu'elles se séparent. Jane s'essuya le visage et inspira brusquement quand son regard se posa sur Ludlow.

— Est-ce que c'est… ?

— Mon parrain, oui, dit Anne. C'est une longue histoire que je me ferai un plaisir de te raconter plus tard. Il suffit de dire que je ne regrette pas sa mort.

Soudain, elle se sentit profondément épuisée. La terre commença à basculer. Rafe la souleva dans ses bras avant qu'elle tombe.

Elle ferma les yeux tandis qu'il la portait jusqu'à la calèche et la déposait à l'intérieur. Elle lui agrippa la main.

— Tu viens avec moi, n'est-ce pas ?

Rafe déposa un baiser sur le poignet d'Anne avant de monter à l'intérieur et de la soulever sur ses genoux.

— Chérie, je ne te laisserai jamais partir.

~

*L*es premières lueurs de l'aube apparurent à l'horizon tandis que Rafe contemplait sa fiancée endormie. Ils étaient revenus à Brixton Park, où il avait porté Anne à l'étage, dans une chambre que Ripley avait fait préparer pour elle ;

Il ignorait comment s'était déroulé le reste de la fête, mais il supposait que Londres serait en ébullition dans la journée à cause de l'histoire de Ludlow Mallory et de sa bande de brigands. Il se fichait de tout cela. Tout ce qui lui importait, c'était qu'Anne soit en sécurité et indemne.

Il se passa une main sur le visage et s'adossa au fauteuil situé à côté de son lit, puis il ferma les yeux. L'épuisement le gagnait, mais son esprit était trop occupé pour pouvoir dormir. Tout serait plus simple à présent que Mallory était mort. Du moins, personne ne contesterait son droit au titre de comte.

Serait-ce vraiment simple ?

Il ne pouvait pas changer le fait que tout le monde était au courant de son passé. Il pourrait ne jamais être accepté. Peut-être le comité spécial des privilèges pourrait-il décider que Lorcan ferait un meilleur comte. Rafe n'était pas sûr de pouvoir se lamenter sur la perte du titre si cela se produisait. Une fois encore, la seule chose qui comptait à ses yeux, c'était qu'Anne soit là, avec lui, et qu'ils aient tout l'avenir devant eux.

— Rafe ?

Il ouvrit les yeux et bondit de son siège.

— Oui ?

Anne grimaça en le regardant.

— C'est le pire mal de tête que j'aie jamais eu.

L'un des sbires de Mallory l'avait frappée très fort. Rafe ignorait duquel il s'agissait, et c'était une bonne chose, car il lui aurait sans doute fait la même chose.

Il s'assit à côté d'Anne sur le lit et l'embrassa tendrement sur le front.

— Je crains qu'il ne dure au moins un jour ou deux.

— Tu parles d'expérience ?

— J'ai déjà subi ce genre de coup une fois ou deux, avoua-t-il.

Anne prit la main de Rafe entre les siennes.

— Tu ne souffriras plus jamais. Pas jusqu'à mon dernier souffle.

— Mon féroce ange vengeur, dit-il en riant doucement.

— Je t'ai dit que tu étais à moi. Je protège ce qui m'appartient.

— J'ai de la chance. Je ne voudrais pas me retrouver en conflit avec toi.

Il frémit, et elle éclata de rire. Portant la main à sa tête, elle grimaça.

— Aïe ! Ne me fais pas rire.

— J'essaierai de ne pas le faire. Du moins jusqu'à ce que tu sois guérie.

— Quand deviendras-tu officiellement comte ? l'interrogea-t-elle.

— Je n'en ai aucune idée.

Elle balaya la chambre du regard.

— Ne sommes-nous pas toujours à Brixton Park ?

— Si.

— Alors, demande à Ripley. Il fait partie du comité spécial des privilèges. Il te le dira.

Rafe s'esclaffa.

— C'est le milieu de la nuit, Anne.

— Après ce qui aurait dû être l'un des meilleurs bals de la saison et qui est désormais devenu légendaire compte tenu de ce qui s'est passé, je te garantis qu'il y a beaucoup de gens debout, et que l'hôte en fait partie, affirma-t-elle, poussant sur son torse. Va voir.

— Pourquoi est-ce important à cet instant ?

Elle le dévisagea comme si c'était lui qui souffrait d'une blessure à la tête.

— Parce que, plus tôt tu deviendras comte, plus tôt tu pourras obtenir un permis spécial, et plus tôt nous pourrons nous marier.

— Tu as des priorités stupéfiantes.

— Elles sont parfaites, et je sais que tu es d'accord.

Anne avait raison. Il était d'accord.

— Très bien, je vais aller chercher Ripley. Dois-je le soudoyer ?

Elle écarquilla les yeux avec un vif intérêt.

— Crois-tu que cela aidera ?

Il rit encore, et bien plus fort, cette fois.

— J'essaie de prouver que je ne suis *plus* un criminel.

— Oh, oui ! C'est vrai !

Elle s'adossa à l'oreiller, un sourire tout à fait charmeur et plutôt satisfait ourlant ses lèvres.

— Tu as l'air contente de toi.

— Je le suis. J'ai attrapé dans mes filets l'homme le plus beau, le plus fascinant, le plus merveilleux de tout Londres. Non, *du monde.*

Il était difficile de ne pas se sentir flatté et… aimé. Rafe ravala la boule qui lui obstruait la gorge. Il se pencha et l'embrassa.

— Dors. Tu en as besoin.

— Je vais essayer.

Elle se retourna et se blottit dans les draps. Rafe la contempla encore un moment avant de se tourner vers la porte. Il envisagea de remettre sa veste et sa cravate, qu'il avait retirées plusieurs heures auparavant, et décida finalement de ne pas prendre cette peine.

Avant qu'il atteigne la porte, quelqu'un frappa doucement. Il l'ouvrit et trouva Jane qui se tenait de l'autre côté du seuil, les traits légèrement plissés par l'inquiétude.

— Comment va-t-elle ? murmura-t-elle.

— Je vais bien, lança Anne depuis le lit.

Souriant, Rafe secoua la tête.

— Elle va bien.

— C'est ce qu'on dirait, répondit Jane, ironique. J'apporte des nouvelles de Ripley. Voulez-vous les entendre ? s'enquit-elle à voix haute.

Rafe entendit du mouvement venant du lit, et il se tourna pour voir Anne se redresser avec difficulté. Il se précipita auprès d'elle pour l'aider.

— Tu dois te reposer, lui intima-t-il.

— Je suis en train de me reposer. Je n'ai pas bondi hors du lit et dansé la gigue, n'est-ce pas ? dit-elle en regardant Jane, qui était entrée dans la chambre. Quelles nouvelles ?

— Il semble que les membres du comité spécial des privilèges qui étaient présents ce soir, et c'était la majorité d'entre eux, ont déjà décidé que Rafe serait le comte.

Le visage d'Anne s'illumina, et sa réaction était plus exaltante encore que la nouvelle elle-même.

— Vraiment ?

Jane acquiesça.

— Ils officialiseront leur décision lundi, confirma-t-elle.

Elle se tourna ensuite vers Rafe, à qui elle fit la révérence.

— My lord.

À mesure que la réalité de ce changement s'imposait à lui, Rafe commençait à comprendre à quel point sa vie avait changé, et que ce n'était pas fini. Il ne ressemblerait plus en rien au garçon ou au jeune homme qu'il avait été. Une partie de lui était triste. En dépit de toutes ses erreurs et ses regrets, il ne pouvait nier qui il était.

— Qu'en est-il de mon passé ? demanda Rafe à voix basse. N'a-t-il pas d'importance à leurs yeux ?

— Si, répondit lentement Jane, posant une main sur sa chemise. Mais ils ont compris que tu avais été enlevé, et que tu as fait du mieux que tu pouvais avec la vie qui t'était imposée, sans que ce soit ta faute. Ils sont également au courant de ta gentillesse et de ta générosité à l'égard des orphelins. Cela en dit long sur ton véritable caractère, Rafe. Et pardonne-moi de te tutoyer, mais nous sommes de la même famille, maintenant… ou presque.

Anne acquiesça toujours rayonnante.

— Elle a raison. Je suis très heureuse que le comité l'ait vu. Oh, c'est merveilleux ! Maintenant, tu peux aller chercher ce permis spécial ! s'exclama-t-elle, puis elle plissa le front. Crois-tu pouvoir l'obtenir lundi, ou devras-tu attendre mardi ?

— Puisque tu as besoin de quelques jours pour te rétablir, disons au moins mardi, avec un mariage au plus tôt mercredi.

Anne fit une petite moue, et Rafe éclata de rire.

— Très bien, mercredi. Je suppose que je pourrai patienter jusque-là.

Rafe n'avait pas envie d'attendre non plus, mais il avait réussi à passer trente-deux ans sans cette femme exceptionnelle. Il devrait sans doute pouvoir tenir trois jours entiers.

Anne plissa les yeux en le regardant.

— Mais que ce soit tôt mercredi.

Rafe ne trouvait rien à redire à cette exigence.

— Le plus tôt possible.

Jane sourit.

— Où aura lieu la cérémonie ?

Rafe se tourna vers Anne, l'air interrogateur.

— À toi d'en décider.

— Non, je veux que tu choisisses. Tu te lances dans une toute nouvelle vie. Commençons-la à l'endroit où tu le souhaites.

— Honnêtement, je m'en fiche, tant que tu es là, répondit-il avant de se tourner vers Jane. Elle aura lieu chez moi, sur Upper Brook Street.

— Parfait. Faites-moi savoir comment je peux vous aider. Je suis sûre que tes sœurs seront aussi impliquées.

— Sont-elles encore là ? l'interrogea Rafe.

Il savait que Harry était rentré à Londres avec les prisonniers et le corps de Ludlow.

— Oui. Lord Rockbourne est rentré chez lui pour être là au matin pour sa fille, mais Beatrix et Selina ont voulu rester au cas où tu aurais besoin d'elles.

Rafe était bouleversé d'avoir le soutien de tant de personnes.

— Merci. À vous tous. Anne et moi avons énormément de chance d'avoir une famille telle que celle-ci.

Jane commença à se tourner, mais elle s'arrêta pour dire :

— Ne vous sentez pas obligés de descendre maintenant. Tout le monde se repose avant le petit déjeuner. Rafe, tu devrais faire de même. Je ne dirai pas où tu dors.

Elle pinça les lèvres, les yeux pétillants, puis elle se tourna et se dirigea vers la porte.

— Tu es la meilleure des sœurs ! lui cria Anne juste avant que Jane referme derrière elle.

Anne remonta dans le lit et souleva les couvertures.

— Tu as entendu ce qu'elle a dit. Tu dois te reposer, insista-t-elle.

— C'est tout ce que nous allons faire, affirma-t-il, retirant son gilet, puis ses bottes et ses chaussettes.

— Tu peux retirer le reste. Je te promets de ne pas essayer de te séduire. D'ailleurs, je porte toujours ma chemise.

— Premièrement, tu devrais savoir que la présence ou

l'absence de vêtements n'a aucune incidence sur le fait que nous puissions ou non nous envoyer en l'air. Deuxièmement, il n'y a pas d'*essai* en matière de séduction. Tu le fais, ou tu ne le fais pas.

Peut-être en dépit du bon sens, Rafe choisit le confort plutôt que la sécurité, et il retira le reste de ses vêtements avant de se glisser dans le lit à côté d'elle. Il la prit dans ses bras avec tendresse, se collant contre son dos.

— Serais-tu en train de me dire que si je veux te séduire, je peux le faire ? s'enquit-elle, essoufflée. Je n'ai même pas besoin de faire d'efforts ?

— Oh ! J'apprécie les efforts, affirma-t-il en lui mordillant le lobe de l'oreille. Mais tu ne dois pas te fatiguer.

Elle remua les fesses contre son érection.

— Comme tu ne t'es pas fatigué l'autre nuit ?

Rafe savait où Anne voulait en venir, tout comme il était conscient qu'il allait perdre cette bataille.

— Tu es irrésistible, murmura-t-il contre son oreille en promenant sa main le long de sa cuisse.

Tant mieux. Je comptais là-dessus.

ÉPILOGUE

Août 1819
Stonehaven, Staffordshire

*V*ingt-sept ans plus tard, il n'y avait plus aucune trace de l'incendie. Les parties de la maison qui avaient brûlé, soit les deux tiers, avaient été réparées de sorte qu'elles correspondaient parfaitement à la partie qui avait survécu. Et même si c'était Ludlow qui s'était occupé de la rénovation, Rafe ne la détestait pas. Parce que l'endroit était différent, notamment la décoration intérieure, il n'éprouvait aucun sentiment de familiarité, pas comme à Ivy Grove.

Il avait décidé que c'était pour le mieux. Il n'était pas certain de pouvoir supporter le sentiment d'avoir vécu ici, en plus de la tristesse qu'il éprouvait déjà en sachant ce qui s'était produit.

Il était arrivé quatre jours plus tôt avec Anne, et Selina et Harry deux jours après. Enfin, Beatrix, Thomas et leur fille Regan étaient là depuis la veille.

— Êtes-vous prêts ? s'enquit Beatrix en sortant sur la terrasse donnant sur le jardin arrière, où Selina et Rafe attendaient.

— Je ne sais pas, murmura Selina, les yeux tendus.

— Venez. Il est temps, suggéra Rafe en leur offrant le bras à toutes les deux.

Ils descendirent de la terrasse.

Le chemin menant à la petite église du domaine et à son cimetière montait en pente douce. Elle était distante d'environ huit cents mètres, au sommet d'une colline, et cachée de la maison par un bosquet d'arbres.

Rafe hésita lorsqu'ils arrivèrent devant la grille. Au centre du cimetière se trouvait un grand tombeau. L'intendant avait expliqué que c'était là que leurs parents reposaient.

Beatrix retira sa main du bras de Rafe.

— Allez-y. Je serai là si vous avez besoin de moi.

Elle leur adressa un sourire encourageant. Échangeant un regard avec Selina, Rafe prit une grande inspiration et ouvrit la grille. Il lui fit signe de le précéder.

Sa sœur s'avança vers la tombe d'un pas tranquille. Plusieurs noms étaient gravés à l'extérieur.

— Combien de générations sont enterrées ici ? s'interrogea-t-elle, passant sa main gantée sur quelques noms. Cinq ?

— On dirait bien, confirma Rafe.

Elle déplaça ses doigts vers les noms qu'ils voulaient voir : Jerome et Alicia. Leurs parents.

— Nous sommes là, murmura-t-elle. Crois-tu qu'ils peuvent nous voir ?

— Je ne sais pas.

Il savait que c'était idiot, mais il espérait qu'ils pouvaient le faire. Il ferma les yeux et essaya de les voir. C'était difficile. Il ne pouvait pas vraiment voir leurs visages, juste de vagues images des cheveux blonds de sa mère, de son collier de corail et du sourire chaleureux de son père. Pourquoi se rappelait-il ce genre de choses, mais pas la couleur de ses yeux ?

Rafe avait cherché sur tous les murs de la maison un portrait d'eux, mais il n'y en avait pas. Et les domestiques, à leur grand désarroi, ignoraient s'il en existait. Absolument tous s'étaient montrés gentils et merveilleux avec Selina et lui, ainsi qu'avec leurs familles.

— Crois-tu qu'ils seraient fiers de nous ? l'interrogea Selina, et le doute dans sa voix reflétait celui qu'éprouvait Rafe.

Il lui prit la main.

— Je l'espère. Nous avons fait de notre mieux, Lina. Nous avons survécu. Je pense qu'ils en seraient heureux.

— Oui.

Elle retira sa main de la pierre et essuya sa joue.

Rafe ne voulait pas voir les larmes de sa sœur, de peur qu'elles ne fassent couler les siennes. Finalement, elles vinrent quand même, laissant de lentes marques humides sur son visage.

Selina renifla.

— Je suis heureuse qu'ils aient toujours été ensemble. Je voudrais la même chose avec Harry.

— Et moi avec Anne.

Il pensa brièvement à Eliza, qu'il aimerait toujours et qui lui manquerait à tout jamais, mais qu'il avait finalement réussi à laisser partir.

— J'ai toujours pensé que nous étions malchanceux, déclara Selina en serrant la main de son frère, avant de se tourner face à lui. Mais ce n'est pas le cas. À présent, nous pouvons vraiment regarder vers l'avant, n'est-ce pas ?

Rafe se tourna à son tour vers elle.

— J'en ai l'intention. Et je serai toujours là pour toi. Je suis désolé que cela n'ait pas toujours été le cas.

— Comme tu l'as dit, nous avons survécu. C'est tout ce qui compte.

Elle passa les bras autour de la taille de son frère et l'étreignit.

Rafe la serra fort et murmura :

— Je t'aime.

— Je t'aime aussi.

Au bout de quelques instants, ils se séparèrent. Selina se tourna à nouveau vers la crypte et déposa un baiser sur ses doigts, qu'elle passa ensuite sur les noms de leurs parents.

— Je ne vous ai peut-être pas connus, mais je vous aime aussi.

Rafe aurait voulu répéter la même chose, mais il n'y parvint pas. Sa gorge était trop serrée, ses émotions trop fortes.

Selina glissa à nouveau la main dans son bras, et ils tournèrent les talons vers la grille. Tous les trois retournèrent vers la maison en silence.

Avant qu'ils atteignent la terrasse, Anne sortit en courant.

— Rafe ! Selina ! Ils ont trouvé la chose la plus extraordinaire ! s'exclama-t-elle, les yeux brillants de joie.

Rafe jeta un coup d'œil à Selina avant de se précipiter dans le salon. Il eut aussitôt le souffle coupé face au spectacle qui s'offrait à lui : un grand portrait d'une famille de quatre personnes, appuyé contre un fauteuil.

Selina porta une main à sa bouche.

— Est-ce que c'est… ?

Harry, qui était présent avec Thomas, s'approcha d'elle et lui passa un bras autour de la taille.

— Vous et vos parents, oui.

Un sanglot échappa à Selina, et son mari l'étreignit avec force.

Rafe s'avança lentement vers le tableau et s'accroupit devant. À présent, il les voyait dans son esprit : le sourire éblouissant de sa mère et les yeux bleu vif de son père. Elle était assise dans un fauteuil, Selina sur ses genoux, tandis que leur père se tenait debout sur la droite, la main posée sur l'épaule de Rafe. L'attention de ce dernier se porta sur le couple de lévriers à ses pieds, l'un tacheté et l'autre gris.

— Ce sont Fitz et Roy, annonça-t-il avec un sourire.

Il les avait complètement oubliés.

La main de Selina agrippa son épaule juste avant qu'elle s'agenouille à côté de lui, le visage près du tableau.

— Je ne peux pas…, commença-t-elle avant de haleter, posant la main sur le collier de corail qu'elle portait autour de son cou. Est-ce que c'est… ? Est-ce le même ?

C'était difficile à dire au premier coup d'œil, mais Rafe étudia le collier du portrait, avant d'observer le pendentif autour du cou de sa sœur. La correspondance était exacte.

— Ce n'est pas possible, souffla-t-il. C'est tout bonnement impossible !

— Pour moi, ce sont les mêmes, remarqua Beatrix d'une voix douce à côté de Selina. Même si ce n'est pas le même collier, il pourrait tout aussi bien l'être. C'est sûrement un signe. Je sais que vous pensez tous les deux que l'idée du destin est idiote, mais…

— Ce n'est plus ce que je pense. Plus maintenant.

Rafe se leva et aida sa sœur à faire de même. Comment pourrait-il penser cela alors que tant de choses s'étaient alignées en sa faveur, des choses qu'il ne méritait pas ou qui n'auraient peut-être jamais dû se produire ? Son regard se posa sur Anne, le deuxième grand amour de sa vie. Oui, il croyait au destin.

— Où ont-ils trouvé ça ? s'enquit Selina, qui essuyait de nouvelles larmes sur son visage alors que Harry s'approchait d'elle.

— Dans un coin du grenier, annonça Anne d'un ton joyeux. L'intendante a pris sur elle de fouiller tous les recoins de la maison quand nous avons cessé de chercher. Elle ne voulait rien nous dire, au cas où elle n'aurait rien trouvé. Tu aurais dû voir comme elle était heureuse !

Rafe alla prendre la main d'Anne.

— Elle aurait dû être là. Je dois la remercier.

Anne sourit.

— Je sais qu'elle sera ravie de voir à quel point vous êtes heureux.

Selina souffla, posant les mains sur ses joues.

— Oh, quelle journée !

Anne s'approcha d'une table située près de la porte.

— Et vous n'avez pas tout entendu ! Le courrier est arrivé, et il y a des lettres pour toi et Beatrix. *De la part de Deborah.*

— Quoi ? s'exclamèrent Beatrix et Selina à l'unisson, leurs regards incrédules se croisant d'abord, avant de se poser sur Anne.

— Oui, confirma cette dernière en remettant les lettres à chacune d'elles. Elle m'a également écrit, parce qu'elle pensait que vous pourriez les brûler avant d'en avoir lu le contenu.

Beatrix ricana.

— C'est la chose la plus intelligente que Deborah ait jamais dite.

— Si vous ne voulez pas les lire, rien ne vous oblige à le faire, mais elles contiennent des excuses. Du moins, c'est ce qu'elle dit dans ma lettre. Et elle s'est également excusée auprès de Rafe et moi.

Rafe siffla entre ses dents.

— Crois-tu qu'elle soit sincère ?

Anne haussa une épaule.

— Est-ce important ? Ce n'est pas comme si nous allions l'inviter à dîner.

Il y eut un instant de silence avant que tout le monde éclate de rire.

Beatrix s'avança vers la cheminée, où elle jeta la lettre non décachetée dans l'âtre froid. Selina la rejoignit, et fit la même chose.

— N'êtes-vous pas même un peu curieuses de savoir ce qu'elle a dit ? leur demanda Anne. Elle s'est montrée très obséquieuse dans la lettre qu'elle m'a adressée.

Selina et Beatrix échangèrent un regard, puis gloussèrent.

— Dans ce cas, nous devrions peut-être les lire, dit Beatrix. Plus tard.

Elle se pencha pour les récupérer et les déposa sur le manteau de la cheminée.

Alors qu'il balayait la pièce du regard, Rafe se dit que son cœur n'aurait pu être plus rempli. C'était la vie qu'il avait toujours voulue, celle qu'il était loin d'être sûr d'avoir un jour.

Tout le monde discutait du portrait, et l'intendante entra, ce qui permit à Rafe et à Selina de la remercier. Finalement, tout le monde s'en alla, à l'exception de Rafe et d'Anne ; ils prévoyaient de se retrouver pour le dîner.

La jeune femme se rapprocha de lui sur le canapé, et elle s'appuya contre son torse.

— Je suis tellement heureuse qu'ils aient trouvé le portrait ! Ta famille est si charmante.

— Cela te rend-il triste ? lui demanda-t-il d'une voix douce.

Il songeait au fait que sa mère était venue à Londres pour leur mariage, mais pas son père.

Anne tourna la tête pour le regarder.

— Pourquoi ? Parce que ma famille n'est pas aussi charmante ? lui demanda-t-elle avant de se blottir à nouveau contre lui. Non, je ne suis pas triste. Ma mère s'est excusée et s'est réconciliée avec Jane. C'est tout ce que je voulais.

Rafe passa un bras autour de la taille d'Anne.

— Et ton père ?

— Il changera d'avis ou… pas. Mais c'est son problème, pas le mien. Je suis totalement satisfaite de mes choix.

Jane aussi était satisfaite des siens. Leur mère s'était sentie horriblement mal à cause de la façon dont ils avaient traité Jane et des attentes qu'ils avaient imposées à Anne. Savoir que ses deux filles avaient fini par convoler en justes noces était un cadeau dont elle était très reconnaissante. Sa joie, tout comme son repentir, avait été évidente.

Après plusieurs minutes, Anne, nichée contre son flanc, se tourna pour regarder Rafe à nouveau.

— Tu es bien silencieux.

— Je n'arrive pas à m'empêcher de regarder le portrait.

Selina et lui avaient passé la plus grande partie de la dernière heure à l'étudier attentivement, comme s'il pouvait apporter les réponses à toutes leurs questions.

— Je voudrais qu'il me parle, mais je sais que c'est impossible.

— Vraiment ? Je pense qu'il le fait, expliqua Anne, penchant la tête. Il me dit que vos parents vous adoraient : ta mère regarde vers toi tout en tenant Selina serrée tout contre elle. Regarde la main de ton père sur ton épaule, et son sourire affectueux. Et j'entends très clairement à quel point tu aimais ces chiens.

Rafe ne put s'empêcher de rire, et c'était si bon !

— J'avais oublié leur existence. Oui, je les aimais. Je voulais qu'ils dorment avec moi, mais ma mère refusait. Mon père les laissait faire quand même, de temps en temps.

Rafe se rappelait leur pelage doux.

Anne posa la tête sur l'épaule de son mari.

— Aimerais-tu avoir une paire de chiens, my lord ?

— Je crois que oui.

— Parfait. Lorsque nous aurons un fils et une fille, nous ferons peindre un portrait comme celui-ci.

Rafe serra sa femme contre lui et déposa un baiser sur sa

tête alors qu'une mèche de cheveux se libérait. Jamais il ne se lasserait de son optimisme et de sa confiance farouche en sa capacité à réaliser tout ce qu'elle voulait.

— Je suppose que nous devrions nous entraîner pour avoir un fils ou une fille.

Basculant la tête en arrière, Anne haussa un sourcil.

— Je crois que nous faisons beaucoup d'exercice, répondit-elle, puis elle posa une main sur sa poitrine et elle la fit glisser sous sa cravate. Après réflexion, je pense que nous pouvons faire mieux. Je suis prête à relever le défi. Et toi ?

Rafe bondit du canapé et souleva Anne dans ses bras. Elle poussa un cri de joie, à mi-chemin entre le halètement et le rire.

— Laisse-moi te montrer à quel point je suis *prêt*.

Il l'embrassa à pleine bouche tandis qu'elle enroulait ses mains autour de son cou.

Anne soupira quand il la porta hors de la pièce.

— Dépêche-toi.

Il pressa le pas en direction des escaliers.

— À vos ordres, my lady.

Rafe craignait que son cœur n'éclate sous le poids de tout cet amour, et il sut avec une clarté soudaine que pour la première fois en vingt-sept ans, il était en sécurité.

Il était à la maison.

Merci beaucoup d'avoir lu **Un voyou à briser** ! C'est le troisième livre de la série **Les Insaisissables : Les Imposteurs**. J'espère que vous l'avez aimé !

Découvrez bientôt la série *Chroniques de rencontres* !

Le chemin de l'amour véritable n'est jamais sans embûches. Il est parfois nécessaire que quelqu'un joue les entremetteurs.

Lorsque des couples se retrouvent à l'occasion d'une partie de campagne, badinage provocateur, rendez-vous secrets et amour sont au rendez-vous !

Le premier tome, *Un comte de Noël* est déjà disponible !
Cecilia et John se sont détestés au premier regard il y a cinq ans, mais leurs parents veulent maintenant qu'ils se marient. En équipe pour une chasse à la bûche de Yule, ils sont séparés des autres au milieu d'une tempête de neige et trouvent refuge dans un cottage. Un sauvetage semble peu probable, ce qui implique qu'ils devront se marier sous peu. Ces ennemis pourront-ils devenir des amants avant l'aube ?

Si vous voulez savoir quand mon prochain livre sera disponible et être averti des ventes spéciales, inscrivez-vous à ma newsletter en anglais sur https://www.darcyburke.com/join ou en français https://darcyburkefrancais.com/newsletter/ et suivez-moi sur les réseaux sociaux :

Facebook: https://facebook.com/DarcyBurkeFans
Instagram darcyburkeauthor

Vous aimez les romans Régence ? Découvrez mes autres séries historiques :

Les Insaisissables
Laissez-vous charmer par les douze célibataires les plus séduisants et les plus insaisissables de la société, ainsi que par les jeunes filles discrètes et marginales qui les font chavirer !

Il y a de l'amour dans l'air
Des contes de Noël classiques réconfortants (écrits après la

Régence !) revisités au temps de la Régence, mettant en scène un village chaleureux, une fratrie de trois enfants, et le plus beau des cadeaux : l'amour.

Le Club des ducs fringants

Six livres écrits avec ma meilleure amie, Erica Ridley, auteure de best-sellers du New York Times. Rencontrez les hommes inoubliables de la taverne la plus célèbre de Londres, *Le Duc fringant*. Beaux, attirants, charmants et pleins d'esprit, une nuit avec ces séducteurs et voyous ne sera jamais suffisante...

J'espère que vous accepterez de laisser un avis sur le site de votre boutique en ligne ou de votre réseau préféré ! J'aime tellement mes lecteurs. Merci beaucoup!

xo,

Darcy

DU MÊME AUTEUR

Le Comte sans héritier

Le Vicomte en fuite

Le Veurve imaginaire

Il y a de l'amour dans l'air

Le Comte flamboyant

Le Cadeau du marquis

La Joie du duc

Le Club des Ducs Fringants

Une nuit de séduction par Erica Ridley

Une nuit d'abandon par Darcy Burke

Une nuit de passion par Erica Ridley

Une nuit de scandale par Darcy Burke

Une nuit d'adieu par Erica Ridley

Une nuit de tentation par Darcy Burke

À PROPOS DE L'AUTEUR

Darcy Burke est l'auteure à succès USA Today de romance sexy, sentimentale historique et contemporaine. Darcy a écrit son premier livre à 11 ans, une fin heureuse entre un cygne accro à la magie et une femelle cygne qui l'aimait, avec des illustrations extrêmement pauvres.

Native de l'Oregon, Darcy vit en bordure des vignes avec son mari guitariste, une fille artiste d'un incroyable talent, et un fils débordant d'imagination qui écrira sans doute un jour mieux qu'elle (et peut-être dès demain). Ils forment une famille-à-chats un peu folle, avec deux bengals, un petit chat en quête de notoriété qui porte le nom d'un fruit, un vieux maine-coon rescapé plutôt arrogant, et une collection de chats du voisinage qui trainent sur la terrasse et entrent quelquefois. Vous trouverez Darcy au chai, dans son confor-table fauteuil d'écrivain avec son portable et un ou trois chats sur les genoux, en train de plier son linge (ce qu'elle adore), ou encore devant le télévision avec sa famille. Ses havres de bonheur sont Disneyland, le week-end du Labor Day au Gorge, Le Danemark et partout au Royaume-Uni – tant que sa famille y est aussi. Retrouvez Darcy en ligne à https://www.darcyburkefrancais.com et suivez-la sur ses réseaux sociaux.